댈러웨이 부인

Mrs. Dalloway

Virginia Woolf

댈러웨이 부인

버지니아 울프 | 나영균 옮김

문예출판사

차례

- 직접 인용이나 강조가 큰따옴표 안에 들어갈 경우 작은따옴표로 표기했다. 다만 이들이 작은따옴표 안에 들어갈 때는 낫표(「 」)로 표기했다.
- 본문의 주는 모두 옮긴이 주다.

댈러웨이 부인은 손수 꽃을 사오겠다고 했다.

루시는 루시대로 준비해야 할 일이 따로 있을 테니까. 문짝들도 떼어놓아야지. 럼플메이어에서도 누가 오기로 되어 있지. 그건 그렇고 — 클라리사 댈러웨이는 이 아침이 마치 바닷가에서 뛰노는 아이들처럼 신선하다고 생각했다.

'어쩌면! 밖이 이리도 좋담! 지금도 들리지만 삐걱 하는 소리가 나는 프랑스식 창을 확 열고 부어턴에서 밖으로 뛰어나갈 때마다 이렇게 느꼈지. 이른 아침 공기는 산뜻하고, 고요하고, 물론 이보다 더 조용했어. 남실거리는 물결처럼, 입맞추는 물결처럼, 차갑고 살을 에는 듯하나, 그러면서도 (당시 열여덟의 소녀였던 나에게는) 엄숙하던 아침의 대기. 거기 열린 창가에 서 있으면, 무슨 무서운 일이라도 일어날 듯한 기분이었어. 꽃들이며, 연기가 서서히 걷히면서 또렷해지는 나무들, 그리고 하늘 높이 솟구쳤다간 다시 내려오곤 하는 까마귀 떼를 바라보면서 서 있었을 때에, 피터 월시가 아마 이런 말을 한 것 같아 — 채소밭에서 명상 중인가요? — 그렇게 말했나? — 난 꽃양배추보다는 사람이 더 좋은데요 — 라고 했나? 이것은 어느 날 아침나절 내가 축대에 나가 있을 때 그이가 한 말일 거야 — 피터 월시가. 그이는 머지않아 인도에서 돌아온댔어. 6월인지 7월인지 언제였는지는 잊어버렸어. 그의 편지는 너무 재미가 없어서 잊어버리게만 되는걸. 생각이 나는 것은 그가 한 말뿐 — 그의 눈, 그의 주머니칼, 그가 씽긋이 웃는 모습, 뾰로통하던 일, 그 밖에 수많은 일들을 깨끗이 잊었는데 — 참 묘한 일이기도 해! — 꽃양배추에 대해서 한 이런 몇 마디가 생각이 나다니.'

댈러웨이 부인은 더트널 회사의 짐마차가 지나가기를 기다리며, 인도의 가장자리에 몸을 꼿꼿이 세우고 있었다. '멋진 여자로군' 하고 스크루프 퍼비스는 생각했다.

'(웨스트민스터 구에 사는 이웃이라 안면이 있는 정도지만) 저 부인에게는 어딘지 모르게 새 같은 데가 있다. 파르스름한, 날쌔고도 활기찬 어치 같은 데가. 하긴 쉰도 넘은 데다가 병을 앓고 난 뒤부터는 무척 흰머리가 늘긴 했지만. 이쪽은 거들떠보지도 않고, 다만 길 건너기를 기다려 아주 꼿꼿하니 서 있군.'

'웨스트민스터에서 살고 있으면 — 몇 해나 됐을까? 20년도 넘었지 — .'

소란한 거리에서나 밤중에 깨어났을 때나 빅벤이 울릴 때면 언제나 독특한 고요함, 장엄함, 무어라 형용키 어려운 침묵, 일말의 불안까지도 인다고 클라리사는 생각했다.

'(이런 말을 하면 사람들은 감기 때문에 허약해진 나의 심장 탓이라고 하지.) 저 봐! 치기 시작하네. 처음에는 예비 종이 음악적으로 들려오고 다음엔 불귀(不歸)의 시간을 알려주는 저 소리. 둔한 원을 그리며 점점 공중으로 번져간다— 이렇게도 어리석은 우리란 말일까.'

빅토리아 가(街)를 건너면서 그는 생각했다.

'무엇 때문에 인생을 이렇게 사랑하고 또 인생을 이렇게 생각하고 꿈을 꾸어도 보고 자기 둘레에 쌓아올렸다간 다시 허물어뜨리기도 하며 항상 새로운 것을 창조하려 하는지 누가 아느냔 말이야. 구질구질하고 더러운 여자들도 그렇고 계단에 쪼그리고 앉은 불쌍하기 짝이 없는 사람들도 (그네들의 몰락을 위해선 잔이라도 들자!) 우리와 똑같이 꿈을 꾼다. 그러니까 의회에서 만들어낼 법령으로는 이 사람들을 거느릴 수가 없는 거지.'

클라리사는 계속 생각했다.

'인생을 사랑하고 있어. 사람들 눈 속에, 팔을 휘젓고 또는 발소리를 요란히 내고 뚜벅거리며 걸어가는 사람들의 걸음걸이 속에, 들끓는 아우성, 마차, 자동차, 버스, 짐차, 또 발을 질질 끌며 흔들흔들 걸어가는 샌드위치맨 속에, 악대 오르간 소리와 환성(歡聲) 속에, 또 머리 위로 날아가는 비행기의 묘하고 드높은 폭음 속에 내가 사랑하는 것이 들어 있어. 인생, 런던, 6월의 이 순간이.

6월도 중순으로 접어들었어. 전쟁도 끝난 셈이지. 대대로 물려온 저택을 아들이 전사해서 사촌에게 빼앗기게 되었다고 어제 저녁 대사관에서 한탄하던 폭스크로프트 부인이나, 아들 존이 죽었다는 전보를 손에 받아 쥔 채 바자회를 열었다고 하는 벡스버러 경 부인 같은 이들은 예외지만. 하여간 전쟁은 끝나고야 말았어. 고맙게도—끝이 나고야 말았어. 국왕과 여왕은 버킹엄 궁전에 머물고 계시다고. 아직 아침도 이른데 말채찍 소리, 달리는 말굽 소리, 크리켓의 봉이 공을 치는 소리가 사방에서 들려오는군. 로즈 크리켓 경기장에서도 들려오고, 애스컷 경마장에서도, 래닐러 폴로 경기장, 그밖에 여기저기서도. 이 모든 것이 검푸른 아침 공기의 보드라운 망사에 싸여 있는 것 같아. 그 망사가 날이 밝아옴에 따라 풀려서 잔디밭이나 피치*에서 뛰노는 말의 모습이 또렷해진다. 개중에는 앞발로 땅을 차고 뛰어오르는 말이며, 차로 달려가는 청년들, 얇은 모슬린 옷을 입고 웃어대는 소녀들도 보이고. 소녀들은 밤새 춤을 추고도 또 익살맞게 털이 늘어진 개를 데리고 나와서 산책을 하고, 겁 많은 늙은 과부들은 무슨 볼일이 있는지 아침도 이른데 차를 몰며 달려가는군. 점포 주인들은 진열장 앞에서 인조석(人造石)이며, 다이아몬드며, 미국인의 구미에 맞는 18세기식의 오색이 짙은 아름다운 청록색 브로치를 아쉬운 듯 매만지고 있고. (하지만 돈을 아껴서 써야지. 엘리자베스 때문에라도 함부로 물건을 사서는 안 되겠어.) 나의 조상

* 말을 매어 두는 곳.

은 한때 조지 왕조의 조신(朝臣)이었고, 나도 그런 환경에서 자라난 탓인지 사교계라면 덮어놓고 좋아하지. 오늘 저녁에도 집 안을 찬란하게 꾸며놓은 야회를 열지 않나. 그건 그렇고, 세인트제임스 공원 안은 또 이게 웬일인가, 이렇게 한가하니. 이 안개 좀 봐. 잡음도 멀어진 것 같군. 유유히 헤엄쳐 가는 행복해 보이는 오리 떼, 거북살스럽게 걸어다니는, 부리에 주머니가 달린 새들. 정부 청사를 등지고, 이건 또 격에 맞게 왕실의 문장을 새긴 공문서 함을 들고 바로 걸어오는 저이가 누구지. 휴 위트브레드가 아닌가, 어렸을 적 옛 동무 휴 — 존경하는 휴.'

"야아, 클라리사 안녕하시오."

휴는 허물없는 말투다. 두 사람은 어렸을 때부터 잘 알던 사이였다.

"어딜 가십니까?"

"런던 거리를 거니는 게 좋아서요. 정말 시골길을 거니는 것보단 훨씬 재미가 나거든요."

휴 부처는 — 딱하게도 — 의사를 보러 상경했다고. 다른 이들은 명화(名畵)를 감상하거나 오페라를 듣거나 딸을 데리고 다니기 위해서 올라오건만, 위트브레드 부부는 '의사를 보러' 왔다고 한다. 클라리사는 전에도 여러 번 사립 병원에 이블린을 찾아간 일이 있었다.

"이블린이 또 아픈가요?"

"네, 몸이 불편해서요."

이렇게 말하면서 휴는 늠름하고도 남성적으로 잘생긴 말쑥하게 차린 몸을 '이이는 언제나 옷차림이 지나쳐. 궁정에서 일을 본다고 그렇게 해야 하나보지!' 하고 생각하게끔 부풀려 올리듯 했다.

"집사람이 좀 아프긴 하지만 뭐 염려할 건 없어요. 다 아는 사이니까 더 말 안 해도 그만하면 짐작하지요?"

"네, 잘 알아요. 고생이겠어요."

클라리사 댈러웨이는 누이와 같은 정을 느끼는 동시에 이상스럽게도 자기 모자에 마음이 쏠리기 시작했다.

'아침 산책에 어울리지 않는 모자라서 그럴까?'

모자를 들어 인사를 하고 가면서 휴는 말했다.

"클라리사, 당신은 열여덟 살밖에 안 된 처녀 같군요. 물론 오늘 저녁 파티에는 가지요. 이블린이 꼭 가라고 하니까요. 궁전에서 있을 파티에 집의 아들아이를 하나 데리고 가야 하니까 좀 늦을지도 몰라요."

'나는 휴 앞에서는 언제나 — 휴가 그런 느낌을 갖게 하는데 — 어린애처럼 느껴져. 여학생처럼. 그렇지만 어려서부터 사귀어서 그런지 정이 들고 휴다운 좋은 점이 있다고 생각해. 하기야 리처드는 휴 때문에 노발대발한 일이 있고, 피터 월시는 지금도 내가 휴를 좋아한다고 해서, 영영 용서할 수가 없다고 하지만.'

클라리사는 부어턴 시절의 장면을 하나하나 더듬어보았다.

'무섭게 화가 난 피터. 휴는 어느 모로 보아도 물론 피터의 상대는 못 돼. 그렇다고 휴는 피터가 말하듯이 아주 병신 같은 등신도 아니야. 늙은 어머니가 사냥 가는 대신에 자기를 바스*로 데려다달라고 했을 때도 그이는 두말없이 그렇게 해드렸어. 정말 이기심이라고는 조금도 없는 사람이야. 피터가 감정도 두뇌도 없고, 영국 신사의 예법과 교양밖엔 가진 게 없다고 하는 것은 잘못이지. 휴는 견디기가 역겨울 정도로 어쩔 수 없는 인간일 때도 있기는 하지만, 이런 아침에 같이 산책하기에는 아주 알맞은 상대이기도 한걸.'

6월은 모든 나무의 잎이 돋아나게 했다. 피믈리코 구의 어머니들은 어린것들에게 젖을 빨리고 있고, 함대에서는 해군성으로 통신을 보내고 있었다. 알링턴과 피커딜리의 거리는 공원 안에서 알맞은 바람을 일으키는 것 같았고, 클라리사가 즐기는 신성한 생기의 흐름을 따라 나뭇잎들을 세차고 아름답게 날리는 것 같았다. 춤추는 일, 말 타는 일, 모두가 그 여자에게는 좋았다.

'몇백 년이나 서로가 헤어져 있었던 것 같은 기분이야, 나하고 피터는. 나는 편지라곤 써본 일도 없고, 피터의 편지란 말라빠진 나무때기처럼 멋이 없어. 하지만 이런 생각도 문득 나긴 해. 그이가 지금 여기 같이 있다면 뭐라고 할까 하는 — 이따금 무슨 날이면, 또 무슨 정경을 보면, 피터의 추억이 고요히 되돌아와. 그 옛날의 모든 쓰라림을 잊은 추억이. 이것이 남을 사랑한 보람인지도 몰라. 이런 추억은 오늘처럼 해맑은 아침 세인트제임스 공원 같은 데서 곧잘 되살아오지 — 정말 그래. 하지만 피터는 — 아무리 날이 맑아도 나무나

---

* 서머싯에 있는 유명한 온천지.

잔디나 분홍 옷을 입은 아가씨들이 아무리 예뻐도— 피터의 눈에는 아무것도 안 보여. 잘 보라고 하면 안경을 쓰고 다시 둘러보곤 하더니— 그이가 흥미를 가진 것은 세계의 정세 정도야. 바그너나 포프의 시, 그리고 천일여일(千日如一)하게 사람들의 성격, 또 나의 정신적인 결점에만 흥미가 있었어. 참 끔찍하게도 날 나무랐지! 어지간히 말다툼도 하고! 피터는 날더러 총리대신과 결혼해서 계단 꼭대기에 서서, 오는 손님을 맞아들일 거라고 했어. 빈틈없는 영부인이시군 하고 놀렸지. (그것 때문에 침실에서 운 일도 있어.) 내가 둘도 없는 영부인이 될 수 있다나 하고.'

세인트제임스 공원 한가운데 서서 지금도 이렇게 옥신각신하고 있는 자신을 클라리사는 의식했다. 이제껏 자기가 옳다고 생각했다— 하지만 또 옳기도 했다— 피터와 결혼하지 않은 것이.

'결혼 생활을 하자면 날마다 한 집에서 사는 두 사람 사이에 어느 정도의 융통이나 자의(恣意)라는 것이 있어야 하니까 말이야. 리처드는 내게 그런 것을 허락해주고, 나 또한 그래. (예를 들면 그이가 오늘 아침 어딜 갔지? 무슨 위원회라나 하는 데 갔지만 나는 한 번도 캐묻는 일이 없다.) 그런데 피터하고는 무슨 일이든지 같이 의논해야 해. 무엇이든지 알려야 하고. 그것은 참을 수 없는 일이야. 그래서 그때 조그마한 정원의 분숫가에서 소동이 났을 적에는 그이와 헤어져야만 했어. 그러지 않았다면 둘 다 파멸하고, 몰락해버리고 말았을 거야.'

클라리사는 생각을 이어갔다.

'그 후 몇 해를 두고 가슴에 꽂힌 화살과 같은 슬픔과 괴로움을 도저히 저버릴 수는 없었지만. 그리고 음악회가 열린 어느 저녁, 누군가가 피터는 인도로 가는 배에서 만난 여자와 결혼했다고 했을 때 받은 그 충격! 이 모든 일을 결코 잊을 수는 없을 거야. 피터는 내가 쌀쌀하고, 무정하고, 새침떼기라고 했어. 그이가 날 얼마나 사랑했는지는 알 수 없는 일이야. 그런데 인도에 사는 그 여자들은 아마 알 수 있었나보지 — 어리석고, 예쁘고, 속 얕은 그 여자들. 그래서 그이를 불쌍히 여겨보려고도 하지만 그이는 우리가 늘 하자고 하던 일을 하나도 한 것이 없어. 그이의 일생은 완전히 실패야. 그러니까 더 화가 나기도 해.'

드디어 클라리사는 공원의 철문까지 다다랐다. 그는 잠시 서서 피커딜리를 지나는 버스들을 바라보았다.

'이젠 이 세상의 누구와도 이렇다 저렇다 시비를 가리지 않겠어. 나 자신이 아주 젊다고 느껴지는 동시에, 말도 못 하게 나이를 먹은 것 같은 기분이야. 칼날처럼 모든 사물을 에어내는 것도 같고, 동시에 밖에 서서 방관하고 있는 것 같기도 해. 지나가는 택시를 물끄러미 바라볼 때, 내가 밖으로 나가서, 저 멀리 바다 위에 홀로 떠 있는 것 같은 기분이기도 하고. 나는 하루라도 그날을 살아간다는 것이 지극히 위험한 일이라고 느껴왔어. 내가 남보다 재주가 월등하다든가 유별나다는 것은 아니야. 가정 교사였던 독일인 프로일라인 다니엘스가 가르쳐준 몇 갈래의 지식에 의지해서 오늘날까지 그럭저럭 살아왔다니 어떻게 된 건지 나도 알 수 없는 일이야. 난 아무것도 모르니까, 외국어도 역사도. 지금은 자기 전에 겨우《회상록》이나 읽을까, 그 밖엔 읽는 거라곤 아무것도 없어. 그런데도 내겐 이런 것들이 이다지도 매력이 있으니. 이 모든 것이. 지나가는 택시가. 이젠 피터에 대해서도 말하지 않기로 하고, 나 자신에 대해서도 말하지 않기로 하자. 이게 나고 저게 난데.'

자신에게 있는 재주라곤 다만 사람을 육감으로 알아보는 일이라고, 그는 걸어가면서 생각해보았다.

'날 누구하고 한 방에 가둬놓는다면 난 고양이처럼 등을 곤두세우거나 으르렁댈 거야. 언젠가 데븐셔 하우스*와 바드 하우스**와 중국 앵무새가 있는 집에 불이 환히 켜진 것을 본 일이 있었지. 그러고 보니 실비아, 프레드, 샐리 시튼— 이런 이들도 생각나는군. 또한 밤을 새워가며 춤추던 일, 장터로 덜거덩거리며 가는 마차, 또 공원을 건너질러서 차를 타고 집으로 돌아가던 일 등도 생각이 난다. 한번은 1실링짜리 은화를 서펀타인 연못***에 던져본 일도 있었지. 하지만 누구에게나 추억이란 있는 것. 내가 사랑하는 것은 바로, 여기 있는 이것이야. 내 앞에 있는 택시에 탄 뚱뚱보 여자야. 그렇다면야 아무래도 좋은 게 아닐까.'

클라리사는 본드 가(街)로 걸어가면서 자문해보았다. 언젠가는 자신도 필연코 죽어 없어진다는 것, 그건 아무래도 좋은 일이 아니

---

* 스트래튼 가에 있던 건물.

** 피커딜리 거리에 있는 건물.

*** 하이드 파크에 있는 연못.

냐고. 이 모든 것은 자기 없이도 이대로 움직여갈 것이라고 그 여자는 생각했다.

'화를 내야 옳단 말인가? 아니 죽음이란 완전한 하나의 종결이라고 생각해버리면 오히려 마음 편한 노릇 아니겠어? 하지만 어쨌든 런던의 거리에서, 또 여기저기 일어나는 흥망성쇠의 세파에 밀려, 나도 피터도 또한 그대로 살고 있지 않나. 서로가 서로 안에서 살아가고 있는 거야. 나는 고향 집 나무의 한 부분이고, 저기 저렇게도 보기 싫게 늘어선 집들의 부분이고, 또 내가 한 번 보지도 못한 사람들의 한 부분이기도 한 거야. 안개처럼 나는 내가 절친하게 지내는 이들 가운데 펼쳐져 있는 거야. 여러 나뭇가지가 안개를 떠받치고 있는 듯 보이는 광경을 본 적 있는데, 그렇듯 이 사람들이 날 떠받쳐 주는 거야. 그래서 나의 생명, 나라는 것이 그렇게도 멀리 멀리 퍼져 가는 거지. 해처드 책방의 창 안을 들여다보고선 나는 지금 무엇을 꿈꾸는 것일까? 무엇을 생각하려나? 펼쳐서 늘어놓은 책을 읽어보면서, 전원에 동터오는 하얀 새벽의 어떤 모습을 그리려나?

> 이제는 뜨거운 햇빛도 두려워 마라.
> 또한 혹한(酷寒)의 눈보라도.*

오랫동안 세상에서 경험을 쌓아가노라면 남자든 여자든 그 누구

---

* 〈심벨린〉 4막 2장에서.

를 막론하고 마음에 눈물의 샘이 자라나지. 눈물과 설움, 용기와 참을성, 더없이 곧은 극기의 마음이. 보기로서 내가 가장 존경하는, 바자회를 열었다는 벡스버러 경 부인을 생각해봐도 좋아.

책방엔 조록스의《유흥과 주연》, 스펀지 씨의《스포츠 여행》, 애스커트 여사의《회상록》, 그리고《나이지리아의 대사냥》등이 펼쳐진 채 놓여 있어. 책이 많기도 하네. 그런데도 병원에 누워 있는 이블린에겐 갖다 줄 만한 것이 하나도 없구나. 이블린이 기뻐할 만한 것은. 내가 병실에 들어섰을 때 말할 수 없이 여윈 그 자그마한 여자 이블린에게 순간이나마 밝은 표정을 짓게 할 만한 책이 없어. 우리끼리 앉아서 여느 때처럼 병 이야기를 끝도 없이 늘어놓기 전에 말이야. 내가 들어서자마자 남들이 반가운 낯으로 맞아주는 것 — 이것을 나는 얼마나 바라고 있는지 몰라.'

이런 생각들을 모으면서 클라리사는 되돌아 본드 가를 향해 발걸음을 옮겼다. 무슨 일을 할 적에 굳이 이유를 붙이려 든다는 것이 실없는 일 같아 그는 몹시 못마땅했다. 오히려 무슨 일이건 재미가 나서 한다는 리처드 같은 이가 되고 싶었다. 길을 건너려고 기다리면서 클라리사는 생각해보았다.

'그런데 나는 무슨 일을 하자면 단순히 그 일 때문에 하는 게 아니고, 남을 이렇게 또는 저렇게 생각하게끔 하기 위해서 하지 않나. 이것이 전혀 어리석은 짓인 줄 뻔히 알면서도. (순경이 금방 손을 들었다.) 설혹 그렇다고 해도 잠시나마 속아넘어갈 이는 아무도 없을 텐데도. 아아, 다시 한번 되살아보았으면!'

인도로 올라서면서 그는 생각했다.

'내 얼굴이 달리만 생겼다면! 난 첫째 벡스버러 부인처럼 검은 머릴 하고 싶어. 주름진 가죽같이 보드라운 살결과 고운 눈. 벡스버러 부인만큼 여유가 있고 점잖아봤으면. 큼직하고 남자처럼 정치에도 흥미를 가질 수 있고, 시골에 별장도 있는 그 부인처럼 신중하고 진실한 사람이 되고파. 그런데 내 몸집은 콩줄기처럼 가느다란 데다가 얼굴은 조막만 한 게 못나고 코는 또 새 부리처럼 뾰족해. 몸 맵시가 나고, 손발이 곱고, 돈을 적게 들이는 품으로는 옷차림이 알뜰한 것도 사실이지만. 어떤 때는 내가 가진 이 몸뚱이, (그는 네덜란드파 그림을 보려고 발걸음을 멈추었다.) 모든 기능을 가진 이 몸뚱이가 아무것도 아닌 — 전혀 무(無)와 같은 것으로 생각되기도 해. 내 모양이 볼 수 없고, 눈에 띄지도 않고, 알아주는 이도 없는, 게다가 이젠 더는 결혼을 할 수도 없고, 더군다나 아이도 가질 수 없는 몸이 되고 만 것 같은 이상스런 기분이 날 때가 있어. 다만 있는 것이라곤 이 사람들 무리를 따라 본드 가를 올라가는 놀랍고도 엄숙한 행진뿐. 댈러웨이 부인이라는 것, 이젠 클라리사가 아닌 리처드 댈러웨이 부인이 있을 따름이야.'

그는 그렇게 느꼈다.

본드 가는 클라리사의 마음을 사로잡고 말았다. 사교 계절 이른 아침의 본드 가. 상점 지붕 위에서 펄럭이는 깃발, 즐비하게 늘어선 점포, 요란한 빛도 화려함도 없는 거리. 클라리사의 아버지가 50년을 두고 옷을 맞춰 입던 양복점에 양복지 한 두루마리가 있었다. 몇

알의 진주알 얼음덩이 위에 놓인 연어도 보였다.

"그뿐이야."

그는 생선 가게를 바라보면서 말했다.

"그것뿐이야."

장갑 가게 앞에 걸음을 멈추면서 또 되뇌었다. 전쟁 전에는 최고품의 장갑을 살 수 있던 그 집. 늙은 윌리엄 아저씨가 늘, 귀부인은 구두와 장갑으로 알아본다고 하던 일이 생각났다. 아저씨는 전쟁이 한창이던 어느 날 아침, 침상에서 몸을 젖히더니 숨을 거두었다고 한다.

"실컷 살았구나."

이는 그가 한 말이었다.

"장갑과 구두. 난 장갑이 퍽이나 좋아. 하지만 내 딸 엘리자베스는 구두나 장갑 같은 덴 도무지 흥미가 없어. 조금도 ―."

그러면서 그는 야회를 열 때면 언제나 꽃을 대 주는 꽃집을 향해 본드 가로 걸어 올라갔다.

'엘리자베스란 아이는 무엇보다도 제 개라면 아주 사족을 못 쓰지. 오늘 아침엔 온 집안이 타르* 냄새 투성이더니. 그렇지만 킬먼 양보단 보잘것없는 개 그리즐 쪽이 나을는지도 몰라. 갑갑한 침실에서 기도서를 펴놓고 처박혀 앉아 있느니보단 차라리 디스템퍼**

* 개의 피부병에 쓰는 약.

** 개에게 걸리는 병.

나 타르 그 밖에 다른 것이 낫지 않겠어.'

뭐든지 그보다는 더 나을 것이라고 그는 우기고 싶었다.

'하지만 리처드 말마따나 그것도 소녀들이 한 번은 거쳐야 하는 단계일지 몰라. 사랑과 같은 감정일지도 모르지. 그러나 왜 하필 킬먼 양일까? 킬먼 양은 물론 여태껏 천대만을 받아온 여자이긴 해. 그 점은 생각해주어야지. 재주도 있고 역사에도 소질이 있다고 리처드도 말하던걸. 여하간 엘리자베스하고 킬먼 양은 떨어질 수 없는 사이야. 게다가 내 딸 엘리자베스는 성찬식에까지 나가고 있지. 무슨 옷을 입든, 점심에 초대한 손님을 어찌 대하든, 그런 건 도대체 안중에도 없어. 종교적인 도취감이 인간을 아주 무감각하게 만들어버린다는 것(주의(主義)라든가 하는 것도 그렇다) 또는 감정을 둔하게 만든다는 것은 나도 경험한 바지만, 킬먼 양은 소련 사람들을 도와주기 위해선 물불을 가리지 않고, 오스트리아 사람들을 구제하기 위해서는 끼니도 굶는 이지만, 개인으로 대하자면 견디기가 역겨운 이야. 그토록 그는 무감각하거든. 초록빛 비옷을 입고 있지. 1년 열두 달을 한결같이 땀을 흘려가면서도 그 옷을 입고 있어. 한 방에 같이 있노라면 5분도 못 되어서 그편은 우월하고 이편은 열등하다는 느낌을 갖게 하고야 말지. 저는 이렇게 가난합니다, 당신은 아주 부유하시군요, 저는 침상도 방석도 깔 것도 없는 빈민촌에서 산답니다 하면서. 그러니까 그 여자의 마음은 빈민촌에 늘어붙은 설움으로 녹슨 덩어리처럼 돼버렸어. 전쟁 중엔 학교에서도 쫓겨났대—불쌍하게도 마음이 토라진 불행한 인간! 그가 밉다는 건 아니야. 그가 생각하는 바가 미울 뿐이지. 그의 생각이 모이고 모여서, 마침내는 킬먼 양과는 판이한 다른 것이 되어버렸나봐. 우리를 걸터 타고 생피를 마구 빨아먹는 유령, 통치자, 폭군이랄까 하는— 것이 되어버린 거야. 골패를 한 번만 더 던져봐서, 백(白)이 아닌 흑(黑)이 나온다면, 나도 혹 킬먼 양을 사랑하게 될는지도 모른다! 하나 이 세상에서는 안 될 말이지. 도저히.

그런데 이놈의 흉측한 괴물이 내 마음속에서 꿈틀거리기 때문에 나는 초조해진다! 나뭇잎이 우거진 깊숙한 숲 같은 내 영혼 저 속에서 나뭇가지가 우지끈 부러져나가고, 그 괴물이란 놈의 발굽이 마구 디디고 선 것 같은 기분이야. 지극히 만족한다든가 완전한 안심이란 바랄 수 없는 일인가봐. 이 괴물이 어느 틈에 꿈틀 할지 모르니까. 특히 내가 앓고 난 뒤로 이 증오심이란 괴물은 내 척추를 잡아 긁고, 감정을 사뭇 초조하게 하는 힘이 생겨났어. 이놈은 내 몸을 괴롭혀서 아름다움, 우애, 건강, 또 사랑을 받고 가정을 즐기는 이 모든 기쁨을 뒤흔들고, 떨게 하고, 꺾어버려. 진정 어떤 괴물이라도 있어서 나의 뿌리를 파헤치는 것도 같아. 만족이란 보호대도 결국 자애(自愛)에 불과한 게 아닌가! 이 증오!'

"그만둬, 어리석어!"

혼자 이렇듯 외치면서 그는 꽃집 멀버리의 여닫이 문을 밀고 들어섰다.

그가 가볍게, 날씬하게 꼿꼿하니 걸어들어가니까, 단추처럼 둥그스름하게 생긴 핌 양이 인사를 했다. 핌 양의 손은 꽃하고 같이 찬물

속에 줄곧 잠겨 있는 양 언제 보아도 새빨갰다.

여러 가지 꽃들이 있었다. 비연초, 스위트피, 라일락 다발, 그리고 카네이션, 한 묶음의 카네이션이. 장미도, 아이리스도 있었다.

"그럼요—."

클라리사는 흙내가 향기로운 화원의 냄새를 들이쉬면서, 핌 양과 이야길 하고 서 있었다. 한때 그녀의 도움을 받은 일이 있는 핌 양은 그를 친절한 분이라고 여겨왔다. 벌써 오래된 일이긴 하지만, 퍽 친절하다고.

'그런데 올해는 무척 늙어 보이시네. 아이리스, 장미, 한들거리는 라일락 송이들 가운데서 실눈을 뜬 채, 고개를 갸웃거리는 저 부인, 소란한 거리를 거쳐온 뒤에 이 달콤한 향기, 싸늘히 풍기는 냄새를 맡고 계시다.'

자세히 눈을 뜨고 보니 장미가 어찌나 생생한지, 세탁소에서 새로 찾아와 버드나무 상자에 갓 담아놓은 레이스 달린 새하얀 리넨 같다고 클라리사는 생각했다. 거무스름해 보이는 새빨간 카네이션은 얌전히 고개를 쳐들고 있었다. 여러 항아리에 늘어놓은 스위트피는 보랏빛, 눈결 같은 흰색, 하늘빛, 색색으로 펴져 있다—마치 눈부신 여름 해가 다한 황혼에 모슬린 옷을 입은 처녀들이 검푸른 하늘을 등지고, 스위트피며 장미를 송이송이 따러 나온 모습과도 같다고 그는 생각했다.

'비연초, 카네이션, 칼라들이 만발하고, 이 모든 꽃들—장미, 카네이션, 아이리스, 라일락이 피어나는 건 여섯 시에서 일곱 시 사이니까. 그럴 때면 하얀빛, 보랏빛, 빨강빛, 짙은 오렌지빛, 가지가지의 꽃들은 안개 자욱한 화단에서 곱게 청아하게 저절로 타오르는 듯이 보이지. 헬리오트로프 위를, 또는 달맞이꽃 위를, 뱅뱅 도는 은빛 나방이 난 또 왜 그렇게 좋을까!'

그는 핌 양과 더불어 이 항아리에서 저 항아리로 걸어다니기 시작하면서 '아서야지, 어리석다' 하고 자신에게 타일렀다. 이 아름다움이며, 향기, 빛깔, 그리고 자기를 좋아하고 따르는 핌 양, 이런 것들이 물결처럼 넘쳐 흘러서 증오, 그 괴물을 모두 휩쓸어내는 것 같았다. 물결을 타고 그는 위로 위로 떠올라가는 듯싶었다. 그 순간—바깥에서 총소리가!

"못된 자동차 같으니라구."

창가로 가서 내다보던 핌 양은 두 손에 가뜩 스위트피를 들고 돌아오면서, 미안하다는 듯이 생긋 웃었다. 자동차도 자동차의 바퀴도 모두 자기 탓인 것처럼.

댈러웨이 부인이 깜짝 놀라고 핌 양이 창가에 가서 변명까지 하게 한 요란스레 터지던 소리는 멀버리 창문 바로 저편 길로 다가오던 자동차에서 났다. 길 가던 사람들은 물론 걸음을 멈춘 채 눈이 휘둥그레서 쳐다보았다. 비둘기빛이 도는 회색 쿠션에 몸을 기댄 어느 지위 높은 이의 얼굴이 사람들의 눈에 언뜻 띄었다. 그러자 한 남자의 손이 차일을 내려서 네모진 차창으로 비둘기빛 나는 회색만이 보였다.

그런데도 소문은 금세 사방으로 퍼져 본드 가의 한복판에서 옥스퍼드 가로, 다른 한편으로는 애트킨슨 향수점에까지 다다랐다. 눈에 보이지 않게, 소리도 없이, 구름장인 양, 재빨리, 언덕 너머에 장막이 드리우듯 옮겨가서, 조금 전까지도 퍽이나 혼란하던 사람들의 얼굴을 뒤덮어버렸다. 갑자기 컴컴하게 소리 없이 끼어드는 구름인 양, 이제 금방 신비스러운 날개가 그네들의 얼굴을 살짝 스쳐간 것이다. 그들은 위엄이 당당한 음성을 들었다. 엎드려 경배하려는 그들의 정신은 눈가림을 당하고 입은 딱 벌린 채 허둥거렸다. 아까 보인 것이 누구의 얼굴이었는지 아무도 몰랐다. 황태자의 얼굴? 여왕의 얼굴? 그렇잖으면 수상의 얼굴일까? 누구의 얼굴이었을까? 아무도 몰랐다.

에드거 제이 워트키스는 팔뚝에다 둘둘 만 납으로 된 관을 걸쳐 들고 남이 들으라고, 물론 익살맞게 "국무총리의 차입죠"라고 했다.

셉티머스 워런 스미스는 길이 막혀 갈 수 없음을 깨달으며 그 말을 들었다.

셉티머스 워런 스미스는 나이가 한 30이나 됐을까 얼굴이 파리하고, 새 주둥이 같은 코에 갈색 구두를 신고, 다 낡은 외투를 걸쳤다. 그의 얼굴색이나 눈에는 불안의 빛이 떠돌아 전혀 낯선 사람들까지도 역시 불안하게 했다. 세계는 바야흐로 채찍을 쳐들었다, 그 채찍이 어디로 떨어질 것인가 하는 불안.

모든 것이 일제히 정지해버렸다. 자동차의 고동 소리는 온몸을 통해 불규칙하게 뛰노는 맥박처럼 들려왔다. 멀버리 가게의 진열장

바로 앞에 차가 멈췄기 때문에 햇살이 유난히 따가워졌다. 버스 꼭대기에 올라앉은 늙은 부인네들은 검정 양산을 펴들었다. 여기선 초록, 저기선 빨간 양산이 퉁기며 펴졌다. 댈러웨이 부인은 스위트피를 두 팔에 하나 가득히 안고 창가로 와서, 붉은 기가 약간 도는 얼굴을 찌푸리고, 무언가 하고 내다보았다. 모두들 자동차를 쳐다보고 있었다. 셉티머스도 보았다. 자전거를 탄 사내아이들은 얼른 뛰어내렸다. 차가 뒤로 늘어섰다. 자동차는 여전히 차일을 내린 채 거기 서 있었다. 차일 위에 있는 건 무슨 이상스러운 나무 같은 무늬가 아닌가 하고 셉티머스는 생각했다. 모든 것이 하나의 중심점을 향해 차츰차츰 몰려오는 이 광경에 셉티머스는 겁이 더럭 났다. 뭔지 무서운 것이 거의 표면에까지 떠올라와서, 확 타오를 것만 같았다. 온 천지가 요동을 하고 흔들려서, 드디어는 확 타오르고 말 것 같았다. 자기가 길을 막고 있다고 그는 생각했다.

'남들이 나를 저렇게 쳐다보고 손가락질하고 있다. 어떤 하나의 목적을 위해서 나는 이렇게 인도 위에 뿌리를 박고 꼼짝 못하고 서 있지 않나? 그런데 무슨 목적이지?'

"여보 가요."

그의 아내가 말했다. 아내는 몸이 자그마하고 버들가지처럼 뾰족한 얼굴에 눈만 커다란 여자였다. 이탈리아 여자였다.

그러나 루크레치아 자신도 자동차와 차일 위에 있는 나무 무늬를 보지 않을 수가 없었다.

'저 속에 있는 게 여왕이실까 — 여왕께서 뭘 사러 나오셨나?'

운전사는 무엇인가를 열고, 돌리고, 닫고 하더니 운전대 앞으로 올라갔다.

"어서 가요."

루크레치아가 말했다.

그런데 남편은—두 사람이 결혼한 지는 한 4, 5년 되었다—펄쩍 뛰더니 움찔하면서 "그래!" 하고 골난 듯이 말했다. 마치 아내가 무슨 훼방이나 논 것처럼.

남들이 알겠지, 남들이 보겠네 하고 아내는 자동차에 눈이 팔린 군중을 바라보면서 생각했다.

'사람들, 영국 사람들, 어린애도 있고, 말도 갖고, 옷도 많은(이건 좀 부럽기도 했다) 그들, 그러나 그들은 지금은「군중」에 지나지 않아. 셉티머스가「난 자살해버릴 테야」라고 한 때문이야. 끔찍한 말이야. 남들이 그 말을 들었으면 어쩌나?'

아내는 군중을 바라보았다.

'나 좀 살려요, 나 좀!'

그는 고깃간 머슴애건 여자들이건, 그저 붙잡고 부르고 싶었다.

'나 좀 살려달라고! 지난 가을에 나하고 셉티머스는 바로 이 외투를 함께 두르고, 강가 큰 길에 서 있었어. 셉티머스는 아무 말도 않고 신문만 들여다봐서, 내가 그 신문을 잡아챘지. 우리를 보던 늙은이가 있었는데도 난 마구 웃었어. 그렇지만 남들은 하다가 실패한 일은 숨겨버리는 법이야. 이일 어느 공원으로라도 데리고 가야겠군.'

"이제 건너가요."

아내가 말했다.

'이이 팔은 아무 감각도 없지만, 나는 이이 팔에 매달릴 권리가 있어. 단순하고, 정에 약하고 스물네 살밖에 안 된 나, 영국엔 친지 하나 없는데도 이이 때문에 고국 이탈리아를 버린 나야. 이런 나에게 이이는 한 조각 뼈다귀 같은 팔이지만 매달려보라고 내밀어주겠지.'

루크레치아는 생각했다.

자동차는 차일을 내리고 수수께끼를 속에 실은 채 피커딜리를 향해 달려갔다. 여전히 시선을 받고, 여전히 길 양쪽에 늘어선 사람들의 얼굴에는, 여왕인지, 황태자인지, 또는 수상인지 아무도 모르되, 하여간 그분에 대해서 다 같이 숭배의 표정을 불러일으키면서 그분의 얼굴을 잠깐이나마 얼른 엿본 것은 세 사람뿐이었다. 남성이냐, 여성이냐 하는 것까지도 지금 논란이 되어 있었다. 그러나 그 안에는 고귀한 분이 앉아 있으리라는 것만은 확실했다. 고귀한 분은 숨은 채 본드 가로 스쳐 가버렸다. 군중이 손만 내밀면 닿을 듯한 거리에서. 그 사람들은 지금 처음이자 마지막으로 영국의 국왕—국가의 영속적인 상징인 국왕과—말이라도 건넬 수 있는 위치에 서 있는 것인지도 몰랐다. 이 사실은 런던의 거리가 녹음에 싸이고, 이 수요일 아침 인도를 급히 걸어가는 이들이 모두 흙에 파묻혀서, 몇 개의 결혼 반지와 무수한 금니—충치 대신 봉해 박은—가 뒤섞인 뼈다귀가 되어버릴 때가 되면, 시간의 파편들을 체질하는 호기심 많은 고고학자에게나 알려지게 될 것이다. 그때가 되면, 자동차 안의 얼굴이 누구였는지도 알려질 터였다.

'아마 여왕님일 거야.'

꽃을 들고 멀버리의 꽃집에서 나오면서 댈러웨이 부인은 이렇게 생각했다.

'여왕님이야.'

자동차가 차일을 내리고, 걸어가듯이 천천히 지나는 동안, 그녀는 양지바른 꽃집 옆에 지극히 엄숙한 표정을 짓고 잠시 서 있었다. 여왕님이 어떤 병원엘 가시는 길이거나 어떤 바자회가 열리는 곳에라도 가시는 길이라고 클라리사는 생각했다.

'낮의 이 시간치고는 드문 혼잡인데, 로즈, 애스컷, 헐링엄*, 어디로들 가는 것일까?'

그녀는 혹 길이 막히지나 않나 궁금해졌다. 영국의 중간 계급들이 짐과 양산을 가지고, 이런 날에 털옷까지 입고, 버스 위층에 옆으로 앉아 있는 품이 너무도 우스꽝스러워서, 어디에 비길 수도 없다고 그는 생각했다.

'여왕님까지도 정지를 당하시고, 여왕님께서도 지나갈 수가 없어.'

클라리사는 브루크 가 이편에서 못 가고 서 있었다. 저편에는 노판사 존 버커스트 경이 있었고, 자동차는 그와 클라리사 사이에 서 있었다. (존 경은 여러 해를 두고 엄격한 판결을 내린다고 알려진 이지만 옷 잘 입는 여인을 좋아했다.) 그때 운전사가 약간 몸을 앞으로 굽히더니

* 폴로 경기장.

순경에게 무어라 소곤댔다. 아니 무엇을 보여주었다. 순경은 경례를 하더니, 팔을 들고 고갯짓을 해가며, 버스를 곁으로 비키게 했다. 자동차는 그 사이를 빠져나갔다. 천천히 그리고 소리 없이, 차는 제 갈 길로 굴러갔다.

클라리사는 추측했다. 클라리사는 물론 알았다. 운전사의 손에서 무엇인가 희고 마력을 가진 둥근 물건, 어떤 이름이 새겨진 원판(圓板)을 보았던 것이다—여왕의 이름일까, 황태자의 이름일까, 아니면 수상의 이름일까? 차는 광채를 발산하면서 길을 태우듯이 지나갔다. (클라리사는 차가 점점 작아지고 사라져버리는 것을 보았다.) 그 이름은 오늘 저녁 버킹엄 궁전에서 샹들리에가 찬란한 가운데 성장을 하고, 떡갈나무 잎을 달고 떡 버틴 가슴, 휴 위트브레드와 그의 모든 동료들, 영국의 신사들이 모인 가운데서 찬연히 빛날 것이다. 클라리사 역시 야회를 열 예정이었다. 그는 몸을 바로 했다. 오늘 저녁 층계 꼭대기에 이렇게 서리라고 생각하면서.

자동차는 가버리고 말았다. 그러나 조그마한 파문은 아직도 남아 있어 본드 가 양쪽에 늘어선 장갑점이며, 모자점, 양복점 사이를 흘러갔다. 30초 동안 모든 사람들의 머리는 같은 쪽을 향하고 있었다—그 차의 창 쪽으로. 장갑 한 켤레를 고르려고—팔꿈치까지 오는 것으로 할까, 더 긴 것으로 할까, 레몬빛, 또는 엷은 회색이 어떨까—망설이며 부인네들은 서 있었다. 차가 지나갔다는 말이 떨어지자 곧 어떤 변화가 일어났다. 그 한마디 한마디는 미미한 것이어서, 중국에서 일어난 지진을 전할 수 있더라도 계기(計器)로도 그 진동을 기록할 수는 없지만, 전체로 보아 어마어마한 말이 되어 대중에게 주는 영향은 컸다. 모자점, 양복점, 도처에서 낯선 사람들이 서로 얼굴을 맞보는 순간 전사자, 국기, 영국 제국을 그들 마음속에 새삼스레 일깨워주었으니 말이다. 뒷골목 어느 주점에서는, 그 때문에 어떤 식민지인이 윈저 가(家)*를 수모했다는 이유로 말다툼이 벌어지고, 맥주 병이 터지는 일대 격동이 벌어졌다. 그 소문은 또 길 건너에서 결혼에 쓸 눈결같이 흰 리본 달린 내의를 사던 소녀들의 귀에도 들어갔다. 아까 지나간 자동차는 표면상의 동요를 가라앉힌 것 같았으나, 사람들 마음속 깊이 숨은 그 무엇을 건드려 일으켰던 것이다.

피커딜리 가를 건너질러서 자동차는 세인트제임스 가로 접어들었다. 키가 큰 남자, 몸집이 건장한 남자, 연미복에 흰 와이셔츠를 입고, 머리를 뒤로 넘겨 빗은 남자들이 화이트 클럽** 창가에서 연미복 뒷자락 밑으로 뒷짐을 진 채 내다보고 있었다. 그들은 본능적으로 누구인지 고귀한 분이 지나간다는 것을 알았다. 클라리사를 덮쳐 온 것 같이 불멸의 존재가 던지는 창백한 광선이 그들을 엄습한 것이다. 곧 신사들은 몸을 곧게 세우고 뒷짐진 손을 풀었다. 선조들을 본받아 군주를 섬기기 위해서 급하면 대포의 포구에라도 뛰어들어갈 태세였다. 선조들의 흰 흉상(胸像), 그 뒤에 보이는《태틀

---

* 조지 5세 이후의 영국 왕조.

** 런던에서 가장 오래되고 규모가 큰 신사들의 클럽.

러》지, 소다수 병이 늘어선 몇 개의 작은 테이블까지도 이를 실증하는 것 같았고, 물결치는 밀밭과 영국의 대저택을 암암리에 대표하는 듯했다. 또한 회랑의 벽에 부딪힌 가냘픈 음성이 전 사원의 위력으로 해서 쩡쩡 퍼지듯이, 그 자동차의 미약한 진동 소리가 크게 되울리는 것 같았다. 숄을 두르고 꽃을 들고 보도에 서 있었던 아일랜드 여자 몰 프레트는 귀한 청년의 건강을 축복해서(황태자임에 틀림없다) 맥주 한 잔 값이라도 — 장미 한 아름이라도 — 세인트제임스가에 던지고 싶었다. 가난이야 어찌 되든 하는 달뜬 생각이 들었다. 그러나 늙은 순경이 자기를 보고 있어서, 그만 이 늙은 아일랜드 여인의 충성은 쑥 들어가버리고 말았다. 세인트제임스 궁전의 보초가 경례를 붙였다. 황후 알렉산드라의 호위관이 차더러 들어가라는 손짓을 했다. 적은 무리가 버킹엄 궁전의 철문 앞에 모여들었다. 예외 없이 가난한 이 사람들은 모두 우두커니, 그러나 믿음을 가지고 기다리며, 국기가 휘날리는 궁전을 바라보았다. 석대 위에 솟은 듯 선 빅토리아 여왕상(像)을 바라보고, 층층이 진 샘물과 제라늄 꽃밭에 마음을 빼앗기고 있었다. 그들은 또한 몰 가를 달리며 구경 삼아 드라이브를 나온 평민에게 공연한 흠모의 염을 일으켰다. 그리고 차가 여러 대 뒤이어 지나가는 동안 흠모의 염을 낭비하지 말아야겠다고 스스로가 정신을 차리는 것이었다. 그러는 동안에도 소문은 그들의 혈관을 부풀리고, 왕족이 자기네 쪽을 바라보고 계시다, 여왕이 고개를 숙이신다, 황태자가 경례를 하신다 하는 갖가지 생각에 그들의 다리 신경은 떨렸다. 신의 은혜로 역대 국왕들이 받아온 궁중의 생활, 시종 무관들과 지극한 범절들, 옛날 여왕께서 갖고 계셨다는 인형의 집, 영국인과 결혼하신 메리 공주, 그리고 황태자를 그들은 생각했다—아아 황태자! 황태자께서 조부 에드워드 7세를 그렇게도 닮으셨다고 한다. 그런데 황태자는 더 날씬하시다고. 그분은 세인트제임스 궁전에서 살고 계시다. 그래서 아침에 황후 폐하를 문안 오시는 건지도 몰랐다.

팔에 아이를 안고 새러 블레츨리는 이렇게 말했다. 피믈리코 구 자기 집 난롯가에서의 버릇처럼 발을 들었다 내렸다 하면서도, 그의 눈은 연방 몰 가를 바라보았다. 에밀리 코츠는 궁전의 수많은 창들을 바라보며 그 안에 있을 시녀들, 수없이 많은 시녀들, 침실, 몇 백 몇천 개가 될 침실을 상상했다. 스코치테리어를 데리고 가는 중년을 지난 신사들, 직장이 없는 남자들도 모여들어서 군중의 무리는 점점 커져갔다. 올버니의 아파트에서 셋방살이를 하는 꼬마 보울리 씨는 깊은 인정의 샘을 밀폐해버린 것 같은 사람이었으나, 이와 같은 일이 생길 때마다 갑자기 당치 않게 감상이 넘쳐서 밀봉이 열리곤 했다. 여왕이 지나가시는 것을 보려고 지켜 서 있는 이 가난한 여자들—불행한 여인들, 귀여운 어린이들, 고아, 과부, 그리고 전쟁—쯧쯧—혀를 차는 그의 눈에는 실로 눈물까지 괴어왔다. 몰 가의 앙상한 가로수 사이로 따스하게 산들거리는 미풍은 영웅들의 동상을 스쳐, 보울리 씨의 마음속 깊이 영국인으로서의 감격의 깃발을 휘날렸다. 차가 몰 가로 접어들어 앞으로 다가오자, 그는 벗어 든 모자를 높이 쳐들었다. 피믈리코 구의 가난한 어머니들이 자기에게 바싹 다가드는 것도 모른 채 차려 자세로 서 있었다.

갑자기 코츠 부인은 하늘을 올려다보았다. 비행기의 폭음이 불길하게 군중의 귀에 들려온 것이다. 비행기는 하얀 연기를 뒤로 내뿜으면서 나무 위로 날아가고 있었다. 연기가 굽이쳐 꼬여서, 글씨 모양이 되어가는 게 아닌가! 공중에 글씨를 쓰는 것이었다. 모두들 쳐다보았다.

바싹 내리꽂더니 비행기는 수직으로 솟아올라가서 동그라미를 그리고, 전속력으로 달려가다간 툭 떨어지고 다시 날아올라 움직일 때마다 가는 곳마다 굵직하게 엉킨 흰 연기의 줄기가 그 꼬리에서 뿜어나와 구불구불 굽이쳐 하늘에 글씨를 새겨놓았다. 그런데 무슨 글잘까. C일까? E 아니면 L일까? 그것들은 잠깐 머물렀다간 흩어져서, 공중에 녹아버리듯 지워지고 말았다. 그리고 비행기는 멀리 날아가 하늘가 새로운 곳에 또다시 글씨를 쓰기 시작한다. K, E 저것은 아마 Y일까?

"Glaxo."

코츠 부인은 긴장한 듯 겁에 질린 음성으로 똑바로 위를 쳐다보며 이렇게 말했다. 그의 어린애도 엄마 팔에 안긴 채 흰 보에 싸여 반듯이 누워서, 똑바로 위를 쳐다보고 있었다.

"Kreemo."

블레츨리 부인도 몽유병자처럼 중얼거렸다. 아직도 손에 모자를 들고 차려 자세로 서 있는 보울리 씨도 똑바로 위를 쳐다보고 있었다. 몰 가에 늘어선 사람들은 모두 하늘을 올려다보고 있었다. 그들이 이렇게 올려다보고 있을 때 온 천지는 완전히 조용해지고 하늘에는 갈매기 무리가 날아갔다. 한 마리가 선두에 서고 다른 것은 그 뒤를 따라— 그리고 이 유다른 정적과 평화 속에서, 이 창백함, 이 순수함 속에서, 종이 열한 번 울렸다. 그 여운이 날아가는 갈매기 사이로 사라져갔다.

비행기는 멋대로 돌고 돌진하고 내리꽂혔다. 날래게, 자유롭게, 미끄럼을 타듯이.

"저것은 E자야."

블레츨리 부인이 말했다. 비행기는 춤이라도 추듯이 간다— .

"과자 광고로군."

보울리 씨는 중얼거렸다(그리고 자동차는 철문 안으로 들어갔고, 그것을 본 이는 아무도 없었다). 또한 흰 연기를 끊고 멀리 멀리 비행기는 날아가고, 연기는 엷게 흩어져 희고 넓은 구름장 주위로 모여들었다.

비행기는 사라지고 말았다. 구름 저편으로. 아무런 소리도 없다. E, G 또는 L이라는 글자가 녹아 붙은 구름은 유유히 움직여 갔다. 결코 알리지 못할 중대한 사명을 띠고 런던의 서쪽에서 동쪽으로 가야만 한다는 듯이. 사실 그렇기도 했다— 가장 중대한 하나의 사명을 띠고. 그때 갑자기 기차가 터널 밖으로 튀어나오듯 비행기가 구름 밖으로 튀어나왔다. 그 소리는 몰 가에, 그린 공원에, 피커딜리에, 리젠트 가에, 리젠트 공원에 있는 모든 사람들의 귀에 울려왔다. 연기의 줄기가 꼬리 뒤에 감돌고 기체는 떨어졌다 솟아올랐다 하면서 한 자 한 자 그려냈다— 하지만 무슨 글자를 쓰고 있는 것일까.

루크레치아 워런 스미스는 리젠트 공원 큰길 가에 있는 벤치에 남편과 나란히 앉아서 위를 올려다보았다.

"저것, 저것 좀 봐요, 셉티머스!"

아내는 소리쳤다. 의사 홈즈 선생이 (이렇다 할 중대한 병은 없고, 다만 건강이 약간 좋지 못할 뿐이라지) 그더러 남편의 흥미를 자기 이외의 것으로 끌게 해주라고 했기 때문이다.

'옳지.'

셉티머스는 올려다보며 비행기가 자기에게 신호를 보내고 있다고 생각했다.

'실제의 말이 아니라서 나는 아직 그 신호의 말을 읽을 수가 없다. 그렇지만 이 아름다움, 이 절묘한 아름다움, 이것만으로도 신호임은 분명하다.'

하늘에서 풀려서 녹아드는 흰 연기 글자를 볼 때 그의 눈엔 눈물이 고였다.

'그 글자들은 끝없는 비애와 친절이 섞인 미소를 띠어 상상의 피안(彼岸)에 있는 미(美)의 모습을 하나씩 하나씩 나에게 보여주고, 그저, 영원히, 보고만 있으면, 이를, 보다 많은 미를 부여해주겠노라는 뜻을 신호해주는 것만 같다.'

눈물이 그의 뺨에 흘러내렸다.

"토피*의 광고예요. 토피를 광고하고 있는 거예요."

---

* 사탕 과자.

애 보는 아이가 루크레치아에게 일러주었다. 다같이 그들은 글자를 더듬기 시작했다. t……o……f……

"K……R……."

애보는 아이가 말했다. 셉티머스는 바로 귓가에서 그 아이가 케이 아알이라고 하는 소리를 들었다. 깊고, 부드럽고 풍부하고 고운 오르간 같은 소리. 그러나 그 음성에는 또한 메뚜기의 소리 같은 깔끄러움이 있어서 그의 등줄기를 시원하게 쓸어내고, 그의 뇌 속에 일련의 음파를 울려 보내고, 그 음파는 흔들려서 부서졌다.

'이것은 또 대단한 발견이다……. 어떤 특정한 기압 조건 하에 있는 (우리는 과학적이어야 하니까. 무엇보다도 과학적이어야 하기 때문이다) 인간의 목소리가 나무에게 생명을 불어 넣을 수 있다니!'

셉티머스는 생각했다. 루크레치아가 남편의 무릎을 꽉 눌렀기 때문에 그는 그만 그 자리에서 꼼짝도 못했다. 올라갔다 내려갔다 하는 느티나무의 동요, 찬란한 모든 나뭇잎들이 오르내리면서 물결쳐 움직일 때마다, 푸른빛에서 파란빛으로 빛깔이 엷어졌다간 또 짙어지기도 했다. 말머리에 꽂힌 술 장식이나 귀부인의 모자에 달린 새털처럼 그리도 자랑스럽게 그리도 장하게 올라갔다간 내려왔다.

'이러한 움직임은 나를 미치게 할 뻔하지 않았나. 그러나 난 미치지 않겠다. 눈을 감자.'

더 보지 않으리라고 셉티머스는 자신에게 타일렀다.

'그러나 나뭇잎은 손짓을 한다. 잎들은 살아 있다. 나무들도 살아 있다. 잎사귀들이 몇백만의 섬유가 되어 벤치에 앉은 나의 몸과 연결되어서 나를 아래위로 부채질하는 것 같다. 가지가 쭉 뻗을 때마다 나도 뻗는 것 같다. 참새가 불규칙한 분수처럼 팔딱거리며 오르내리는 것도 이 구도(構圖)의 일부다. 검은 가지에 줄이 간 흰색과 푸른색, 음(音)은 이러한 도형과 잘 어울린다.'

음과 음 사이의 간격은 음 자체만큼 의미 있는 것이라고 셉티머스는 생각했다.

'어떤 아이가 울음을 터뜨렸다. 그와 때를 같이해서 멀리서 기적이 울렸다. 이런 것은 모두 하나의 새로운 종교의 탄생을 의미한다—.'

"셉티머스!"

루크레치아가 말했다. 남편은 몹시 놀랐다.

'사람들이 보겠구나.'

"저 분수까지 걸어갔다 올게요."

아내가 말했다.

'난 이 이상 견딜 수가 없어.'

아내는 생각했다.

'홈즈 박사는 아무 일 없다고 하겠지만. 그이가 죽어버리는 것이 얼마나 나을지 몰라! 저렇게 뚫어지게 보지만 나를 보는 것도 아니야. 그저 모든 일이 끔찍해. 그래서 나는 그이 곁에 앉아 있을 수가 없어. 하늘도, 나무도, 놀고 있는 아이들도, 끌고 가는 짐차도, 울리는 기적 소리도, 다 무너져 들어가는 것 같아. 모두가 다 끔찍해. 하지만 저이가 자살은 하지 않겠지. 누구에게 말할 수도 없는 노릇.

「셉티머스는 과로를 한 거예요」 하는 말이나 고작 어머니에게 할 수 가 있으니. 사랑하는 것은 사람을 외롭게 해.'

루크레치아는 계속 생각했다.

'아무에게도 말할 수 없어. 지금은 셉티머스에게도.'

아내가 돌아다보니 셉티머스는 초라한 코트에 싸여 혼자 벤치에 쭈그리고 앉아 뚫어지게 앞을 보고 있었다.

'남자가 자살을 하겠다고 하는 것은 비겁한 일이야. 그렇지만 셉티머스는 전쟁에도 참가한 일이 있지.'

그녀는 생각해보았다.

'용감했어. 지금은 옛날의 셉티머스가 아니야. 나는 레이스 깃을 달고 있어. 새 모자도 썼어. 그런데도 그이는 본 척도 안 해. 내가 없어도 그이는 행복한걸. 내게 무슨 일이 있어도 그이는 자기 생각만 해. 남자란 다 그래. 그이는 병이 아니라지 않아. 홈즈 박사는 그이가 아무렇지 않다고 했어.'

루크레치아는 눈앞에 제 손을 펴보았다.

'이것 좀 봐! 결혼 반지가 헐거워졌네— 말랐구나. 고통을 받는 것은 나 혼자만이야— 그래도 하소연할 사람도 없어.

이탈리아는 멀고 멀다. 하얀 집들, 언니들이 앉아서 모자를 만드는 방, 산책을 나와서 웃어대는 사람들로 저녁마다 번잡한 거리 거리. 바퀴 달린 의자에 웅크리고 앉아서 항아리에 꽂힌 몇 송이 못난 꽃이나 들여다보는, 반쯤 죽어가는 여기 사람들하고는 다르지!'

생각에 잠겼던 루크레치아는 "밀라노의 화원에 한 번 가보세요"

하고 소리를 내서 말했다. 그러나 누구에게 한 말일까?

아무도 없었다. 그의 말이 사라졌다. 이렇게 불꽃도 사라진다. 그 불똥이 밤하늘로 스쳐 올라가 부서지면 암흑이 뒤덮고, 또 집들과 탑의 윤곽 위로 퍼부어서 침울한 언덕을 희미하게 비추다간 꺼져버린다. 하지만 비록 이것들이 사라져도 밤은 그 불똥으로 차 있다. 색을 잃고 창마다 닫혔어도, 그들은 거기에 보다 묵직하게 존재해 있고, 솔직한 낮의 빛이 비춰내지 못하는 것을 드러낸다— 저 어둠 속에 엉기고, 한데 뭉친 여러 가지 일들의 불안과 오뇌는 새벽빛도 덜어줄 길이 없다고 루크레치아는 생각했다. 벽을 희게 또 부옇게 물들이고, 유리창 하나하나를 비춰내고, 들의 안개를 걷어버리고, 평화로이 풀을 뜯는 적갈색 소들을 보여주는 새벽이 오면, 모든 것은 눈앞에 또다시 존재한다.

"난 외로워, 난 외로워!"

루크레이치아는 리젠트 공원 분수 곁에서 외쳤다. (인도인과 그가 가진 십자가를 보면서.) 모든 경계선이 사라지는 밤에는, 이 나라는 고대의 모습으로 되돌아가는 것도 같았다. 고대 로마인이 상륙했을 때처럼 모호한 채로. 그리고 산들은 이름도 없고, 강은 어딘지 모르는 곳으로 굽이쳐 흘러가던 시대의 그 모습으로— 루크레치아의 마음의 암흑도 이와 같았다. 그때 갑자기 한 암초가 발 밑에 돋아나서 거기에 발을 딛고 섰을 때처럼 그는 문득 말했다.

"나는 남의 아내야. 몇 년 전에 밀라노에서 결혼해서 그이의 아내가 됐어. 그러니 절대로, 절대로 그이가 미쳤다거나 하는 소리를 하지 말아야지!"

그러면서 돌아다보자 그 암초는 무너져버렸다. 밑으로 밑으로 루크레치아는 떨어졌다. 셉티머스가 없었다.

'자기가 말하듯이 자살하려고 가버린 게다— 짐차 밑에 몸을 던지러! 아니, 아니야. 저기 있어.'

셉티머스는 아직도 벤치에 혼자 앉아서 초라한 코트를 입고, 다리를 꼬고, 뚫어지게 보면서 큰 소리로 이야기하고 있었다.

'나무를 잘라서는 안 된다. 신이 계시니. (이러한 계시를 셉티머스는 봉투 뒤에 적어 넣었다.) 이 세상을 바꾸어라. 증오로 살인을 하는 자는 없다. 그것을 알려야 한다. (이것을 기록했다.)'

이렇게 생각하면서 셉티머스는 기다렸다. 귀를 기울였다. 건너편 난간에 앉은 참새가 "셉티머스, 셉티머스" 하고 너덧 번 지저귀더니 이번에는 목을 빼고 그리스 말로 "범죄는 없다"고 생생하게 찢어지는 소리로 지저귀기 시작했다. 다른 참새가 또 한 마리 사자(死者)만이 거니는 강 저편 생명의 목장에 있는 나뭇가지에서 날아와서 그들은 함께 째지는 소리를 길게 뽑으면서 그리스 말로 "죽음은 없다"라고 지절댔다.

'내 손이 여기 있다. 죽은 자가 여기 있다. 허연 것들이 맞은편 너머에 모여들고 있다'고 생각하면서도 셉티머스는 감히 바라보려 하지 않았다.

"에반스가 저 난간 뒤에 있다!"

"뭐라구요?"

루크레치아는 갑자기 말하더니 그의 곁에 앉았다.

'또 방해다! 이건 늘 방해만 한다.'

"사람들을 멀리 — 우리는 사람들을 멀리 떠나가야 한다."

셉티머스는 말했다(펄쩍 뛰어 일어나면서). 바로 저 너머 저리로 가야 한다고. 거기엔 나무 그늘 밑에 의자가 놓여 있고, 공원의 쭉 뻗은 경사는 파란 덮개 달린 긴 녹색 양탄자를 깔아놓은 듯 펼쳐지고, 핑크빛 연기가 감돌았다. 멀리 연기가 자욱이 낀 집들은 성벽같이 잇닿았고, 거리의 잡음은 원을 그리듯 은은히 울려왔다. 바른쪽에는 짙은 갈색 짐승들이 동물원 울타리 너머로 긴 목을 빼고 으르렁거리며 고함치고 있었다. 거기 나무 그늘 아래 그들은 앉았다.

"보세요."

크리켓용 말뚝을 들고 가는 한 무리의 소년들을 가리키면서 아내는 애원했다. 한 아이가 뮤직홀에서 어릿광대 놀음을 하는 것처럼 발을 질질 끌다가 한 발꿈치로 뺑 돌고 또 발을 끌었다.

"보세요."

아내는 또 애원했다. 홈즈 박사가 남편이 현실의 사물을 보도록 하라고 했기 때문이다. 뮤직홀에 가거나 크리켓을 하거나 하도록 — "크리켓이 제일 좋지. 아주 좋은 바깥 운동이어서 주인 어른께 아주 적절한 게임이지요"라고 홈즈 박사는 말했다.

"보세요."

아내는 되풀이했다.

"봐라!"

보이지 않는 무엇이 셉티머스에게 명령을 했다.

'그 소리는 인류 최대의 인물 셉티머스, 최근에 삶에서부터 죽음으로 옮겨간 셉티머스는 지금 얘기하려고 했다. 나는 사회를 혁신하기 위해서 왕림한 군주다. 나는 이불과 같이, 햇볕에만 녹는 백설의 담요와도 같이, 영원히 닳는 일 없이, 영원히 고뇌를 이기면서 가로 놓여 있다.'

셉티머스는 이렇게 생각했다.

'나는 속죄의 양, 구원의 고뇌자다. 그러나 나는 그것을 원치 않는다.'

그러면서 그는 신음 소리를 냈다. 한 손을 내저으며 그 영원의 고뇌, 영원히 고독을 쫓는 시늉을 했다.

"보세요."

남편이 밖에서 큰 소리로 혼자 지껄여서는 안 되겠다고, 아내는 또 되풀이해 말했다.

"좀 보세요, 네."

애타 부른다. 그러나 무엇을 보라는 것이냐? 몇 마리의 양(羊). 있는 것은 그것뿐이었다.

"리젠트 공원의 지하철 역으로 가는 길을― 리젠트 공원의 지하철 역으로 가는 길을 가르쳐주시겠습니까."

메이지 존슨이 물었다. 그녀는 이틀 전에 에딘버러에서 갓 올라왔다고 했다.

"이리로 말고― 저리로 가세요!"

루크레치아는 그가 셉티머스를 볼까 두려워 쫓듯이 손짓을 하면서 일러주었다.

둘이 다 이상하다고 메이지 존슨은 생각했다. 하나부터 열까지 이상해 보인다고. 그는 런던은 이번이 처음이고, 리든홀 가에 있는 삼촌 집에서 살게 되어 올라와선 지금 이 아침에 리젠트 공원을 산책하는 중이었다. 의자에 앉아 있는 부부는 메이지를 어리벙벙하게 했다. 젊은 아내는 외국인 같고 남편은 어딘지 이상한 데가 있었다. 그래서 자기가 아주 늙어도 이 장면은 생각이 나겠다고 메이지는 생각했다. 수많은 추억 가운데 50년 전 어느 맑은 여름 아침 리젠트 공원을 산책하던 일이 꺼림칙하게 다시 되살아 나올 것이라고. 그는 겨우 열아홉밖에 안 되었고 방금 런던으로 올라왔다.

'그런데 참 이상도 하지. 이 부부에게 길을 물었더니 아내는 깜짝 놀라서 손을 휘젓고— 남편은, 저 남자는 정말 정상이 아닌가봐. 아마 싸웠는지도 몰라. 영원히 헤어지려 하고 있는지도.'

메이지는 생각했다.

'필경 무슨 일이 있었을 거야. 걸어가는 모든 사람들(그는 이제 큰 보도(步道)로 돌아왔다), 자갈을 깐 샘, 알뜰한 꽃들, 늙은 남자와 여자들, 대부분이 바퀴 달린 의자에 앉은 환자들— 에딘버러에서 살다가 오니 모든 것이 이상스러워 보여.'

메이지 존슨은 천천히 걸음을 옮기며 막연히 주위를 둘러보면서 산들바람을 맞고 있는 사람들 사이에 끼었다— 다람쥐가 동그마니 앉아서 몸치장을 하고, 분수같이 오르내리는 참새가 빵 부스러기를 주우러 팔짝이고, 개들이 철 난간에서 까불고 서로 뒹굴고 하는 동안에도 보드랍고 따스한 바람은 이들 위로 스쳐갔다. 그러면 동물은 물끄러미 인간들을 쳐다보는데 그 눈초리엔 어딘지 익살맞고 얌전한 모습이 있었다— 메이지 존슨은 "오!" 하고 소리를 지르지 않고는 견딜 수가 없었다. (벤치에 앉은 젊은 남자가 그의 가슴을 덜컥 내려앉게 했기 때문이다. 무슨 일이 꼭 있나보다.)

"무서워! 무서워!"

메이지는 소리를 지르고 싶었다.

'나는 집을 뛰쳐나왔다. 식구들은 모두 일이 일어날지 모른다고 경고해주었는데.'

"왜 나는 집에 가만히 있지 않았을까?"

철 난간의 둥근 마디를 비틀면서 메이지는 외쳤다.

'저 애는.'

뎀스터 부인은 생각했다(그 부인은 다람쥐에게 주려고 빵 부스러기를 모아 가지곤 가끔 리젠트 공원에 와서 점심을 먹었다).

'아직 아무것도 몰라. 좀 살이 찌고 살이 늘어나도, 희망을 약간이라도 갖는 내 나이 때가 좋은 거야.'

아들 퍼시는 술을 먹는 버릇이 있었다.

'그야 아들이 있는 게 더 낫기야 하지.'

뎀스터 부인은 생각했다. 부인은 여태껏 고생을 해온 이였다. 그래서 저런 젊은 처녀를 보면 자연 웃지 않을 수 없었다.

'너는 그만하면 예쁘니까 혼인을 하게 될 거야. 혼인을 해봐요, 그

러면 알 테니.'

이렇게 생각했다.

'아아, 요리사랑 또 그런 일이랑. 남자란 모두 제각기 버릇이 있는 법이야. 내가 미리 알 수만 있었던들 이런 길을 걸었을까.'

뎀스터 부인은 생각해보았다. 그래서 메이지 존슨에게 한마디 몰래 속삭여주고 싶어졌다. 자기의 시든 얼굴, 축 늘어진 주름살 위에 연민의 키스를 받고 싶어졌다. 험악했던 인생이었기 때문이라고 그는 스스로 생각해본다. 그가 무엇을 안 바쳤단 말인가? 장밋빛 나는 살결도, 날씬한 몸맵시도, 발까지도 바치지 않았나? (그는 흉하게 마디진 두 발을 자기 치마 밑으로 끌어들였다.)

장밋빛 살결 — 하고 그는 혼자 빈정거렸다.

'다 쓸데없는 거란다. 먹고, 마시고, 같이 자고, 좋은 날도 있고, 궂은 날도 있어서, 인생이란 장밋빛 살결이 문제가 아니니까. 게다가 정말이지 이 캐리 뎀스터는 캔티시타운에 사는 어떤 여자하고도 그 운명을 바꾸고 싶진 않단 말이야!'

그러면서도 그는 연민을 갈구했다. 장밋빛 살결을 잃어버린 데 대한 연민을. 히아신스 화단 곁에 선 메이지 존슨에게 그는 연민을 구걸하고 싶었다.

'아아, 저 비행기! 나는 언제나 외국 구경을 하고파 하지 않았나?'

뎀스터 부인에게는 전도사인 조카가 하나 있었다. 비행기는 솟구쳐 쏜살같이 날았다.

'마게이트*에 있을 적에는 늘 간신히 육지가 보이는 한에서 바다

저 멀리까지 갔지. 난 물을 무서워하는 여자들은 딱 질색이야.'

이렇게 부인은 생각했다. 비행기는 하늘을 휩쓰는 듯 쏜살같이 내려왔다. 그는 목이 꽉 막히는 것 같았다. 비행기는 다시 올라갔다. 저기엔 잘생긴 젊은이가 타고 있을 거라고 뎀스터 마나님은 멋대로 생각했다. 그리고 비행기는 멀리 멀리 날아갔다. 급히 사라지면서, 멀리 멀리 비행기는 날았다. 그리니치와 모든 배의 마스트 너머로, 잿빛 교회들, 세인트 폴 사원과 그 외의 것들이 있는 작은 섬 위로 까맣게 떠서 런던의 양 변에 펼쳐진 들과 검푸른 숲을 넘어 달려갔다. 그 숲속에서는 명랑한 개똥지빠귀가 대담하게 뛰어다니고, 재빨리 살피다가 달팽이를 집어서 돌에다 한 번, 두 번, 세 번, 때려부수었다.

멀리 멀리 비행기는 날아가 지금은 반짝이는 점으로밖에는 안 보였다.

'동경, 집중(그리니치의 자기 정원에서 잔디를 힘차게 깎고 있는 벤틀리 씨는 그렇게 느꼈다). 인간 영혼의, 또는 나의 결의의 상징이야.'

삼나무 둘레를 깎아 다듬으면서 벤틀리 씨는 생각했다.

'사상, 아인슈타인, 사색, 수학, 멘델의 학설에 의해서 이 몸 밖으로, 이 집 밖으로 뛰쳐나가려는 나의 결의의 상징이야.'

멀리 비행기는 날아가버렸다.

그러는 동안에도 정체 모를 추레한 사나이가 가죽 주머니 하나를 들고 세인트 폴 사원의 계단 위에 서서 머뭇머뭇하고 있었다. 이 사

---

* 런던의 동쪽에 있는 해안 도시. 해수욕장으로 유명.

원 안에는 그윽한 평안과 극진한 환대와 또 깃발이 펄럭이는 수많은 무덤이 있으리라. 이 깃발이 전쟁에서 승리한 표적은 아니라고 그 사나이는 생각했다.

'이 깃발은 지금 나를 무직의 처지로 빠뜨린 그 진리 탐구라는 성가신 정신의 승리의 상징이야. 무엇보다도 이 사원은 신앙의 동지(同志)를 제공해주고, 공동체의 일원으로서 나를 청해준다.

위대한 사람들도 거기에 속해 있고 순교자들은 이것을 위해서 목숨을 버렸어. 왜 들어가지 못해.'

이렇게 생각하면서 사나이는 제단 앞에 팸플릿이 가득 찬 가죽 주머니를 놓았다. 그는 제단의 십자가가 추구와 탐구와 어휘의 조작이 못 미치는 피안으로 승화되어서 육체를 해탈한, 종교상의 순수한 정신으로 화해버린 것의 상징이라고 생각했다.

'그런데 왜 안 들어가느냐?'

이렇게 생각하며 사나이가 머뭇거리는 동안에 비행기는 러드게이트 광장*의 상공을 날아가버렸다.

신기했다. 조용했다. 거리에서 나는 소리 외엔 아무런 소리도 없었다. 비행기는 조종사도 없이 자의로 나는 것 같았다. 곡선지어 오르고, 또 올라서, 황홀경 속에, 순수한 기쁨 속에 솟아오르는 혼과도 같이 곧장 날아올랐다. 꼬리에서는 하얀 연기가 뿜어나와 꼬부라지면서 T, O, F를 그려놓았다.

---

* 세인트 폴 사원의 서쪽에 있는 광장.

“저 사람들은 무엇을 하고 있니?”

문을 열어준 하녀에게 클라리사 댈러웨이는 물었다. 현관의 홀은 지하 납골실처럼 싸늘했다. 댈러웨이 부인은 손을 눈에 가져갔다. 그는 하녀가 문을 닫았을 때 루시의 치마가 스치는 소리를 듣고, 속세를 떠나 낯익은 베일과 옛 신앙으로 돌아가려는 의욕에 싸인 수녀 같다고 느꼈다. 부엌에서 요리사가 휘파람을 불고 있었다. 타이프라이터 똑딱거리는 소리가 들렸다. 이것이 자기 생활이라고 생각하고 홀에 놓인 테이블 위를 굽어보면서 그는 이 권위 앞에 머리를 숙이고, 자기가 축복을 받고 정화되는 것을 느꼈다. 전화의 전언(傳言)을 적은 쪽지를 집어들면서 그는 이러한 순간이 인생이란 나무에 핀 봉오리이며, 어둠 속에 피어나는 꽃들이라고 생각했다(어떤 아름다운 장미가 자기 눈을 위해서만 피기라도 한 것처럼). 한순간도 그는 신을 믿은 적은 없었다. 그는 쪽지를 손에 집어들며 생각했다.

‘하지만 더 한층 우리는 매일매일 살아가면서 하인들에게, 그렇지, 개들과 카나리아에게, 그보다도 남편 리처드에게, 보답을 해야겠다. 리처드는 이 모든 것의 근원이야— 명랑한 소리, 파란 광선, 그리고 또 휘파람을 부는 요리사의 근원이야. 워커 여사는 아일랜드 여자여서 종일 휘파람을 불지.’

그는 쪽지를 들면서 이 복된 순간순간도 기쁨을 몰래 모아두었다가 보답을 해야겠다고 느꼈다. 이러는 동안 루시는 곁에 서서 “주인어른께 온 겁니다, 마님 —” 하고 설명하려 했다.

클라리사는 전화 쪽지를 읽었다.

'브루턴 부인께서 댈러웨이 씨와 오늘 점심을 같이 하실 수 있겠는가 문의.'

"그래서 주인 어른께서 마님께 외식하신다고 여쭈라고 하셨습니다."

"원!"

클라리사가 말했다. 루시는 댈러웨이 부인이 자기에게 원하는 한도 내에서 실망을 나누어 가졌다. (하지만 클라리사의 고통은 나눌 길이 없다.) 루시는 부인과 자기 사이에 무언가 통하는 것을 느껴 눈치를 챘다. 상류 계급 사람들의 사랑이란 이런 것인가 하면서 조용히 스스로의 장래를 장식해보았다. 댈러웨이 부인의 양산을 받아 들고, 한 여신이 전쟁터에서 훌륭히 분투할 때 쓰던 성스러운 무기나 되는 것처럼 받들어서 스탠드에다 꽂았다.

"이제는 두려워 마라."

클라리사는 말했다.

"이제는 뜨거운 햇볕도 두려워 마라."

브루턴 부인이 자기를 남편 리처드와 동반해서 점심에 초대하지 않았다는 충격이 그때 그가 서 있던 순간을 동요시켰기 때문이다. 강 위에 뜬 한 포기 풀이 저어가는 노의 충격을 느껴 흔들리는 것 같이 그렇게 그는 떨고 또 동요했다.

'다시없이 재미난다고 하는 그의 오찬회에 밀리슨트 브루턴은 나 클라리사를 초대하지 않았어. 어떤 저열한 시기심도 나를 리처드에게서 떼어놓을 수는 없어.'

그러나 클라리사는 '시간'이라는 것이 두려웠다. 브루턴 부인의 얼굴이 무감각한 돌에 새긴 글자 판인 양 생명이 쇠퇴해가는 모습을 읽어볼 수가 있었다. 해마다 깎여 들어가듯 얼마 남지 아니한 수명이 이미 젊었을 시절처럼 생존의 빛과 맛과 억양을 넓히고 빨아들일 수 없음을 그는 알았다.

'그 시절의 나는 방에 들어서면 그 방 안이 환했다. 그리고 방 문턱에서 잠시 머뭇거리고서 있을 땐 종종 미묘한 긴박감을 느끼곤 했지.'

클라리사는 회상해보았다. 그것은 발밑에서는 바닷물이 어두워졌다간 밝아지고, 파도가 부서질 듯 부서질 듯하다가는 슬그머니 표면에서 갈라져 진주알이 숨은 해초를 굴리고, 감추고, 껍질을 들씌우고 하는 동안 잠수부가 망설이는— 그러한 느낌이었다.

클라리사는 쪽지를 테이블 위에 놓았다. 그리고 난간에 손을 짚고 천천히 층계를 올라가기 시작했다. 자기의 얼굴, 자기의 목소리를 이 친구 저 친구가 반영시켜주는 파티에서 빠져나와 문을 닫고 밖에 나가서 홀로 서 있을 때처럼. 그것은 무서운 밤을 맛보고 선 한 사람의 모습, 아니 그보다도 선명한 현실의 6월 아침을 마주 보고 있는 하나의 모습이었다. 어떤 이들에게는 그의 그런 모습이 피어나는 장미꽃과도 같이 여겨졌다는 사실을 클라리사는 알고 있었다. 열린 층계참의 창가에 서서 그는 생각에 잠겼다. 창에서는 발이 펄럭거리고, 개가 짖어댔다. 자신이 갑자기 주름 잡히고 늙고 오그라든 것 같이 느껴졌다. 밖에서, 창에서, 또 지금은 노쇠한 육체와 머리에서, 하루의 고달픔과, 화려함과, 꽃다움이 들어옴을 느꼈다. 그것은 브루턴 부인이 다시없이 재미있다고 하는 그의 오찬회에 클라리사를 초대치 않았기 때문이었다.

은퇴하는 수녀나 높은 탑을 탐색하려는 아이같이 클라리사는 층계를 오르고 다시 창가에서 발을 멈췄다가 욕실까지 왔다. 거기에는 연둣빛 리놀륨이 깔리고 수도꼭지에서 물방울이 떨어지고 있었다. 지붕 밑 방에는 생명의 핵심에 젖어드는 공허감이 있다. 여자들은 값진 의상을 벗어야 한다, 대낮에 옷을 벗어야 한다고 생각하면서 클라리사는 바늘꽂이에 핀을 꽂고, 새털이 달린 노란 모자를 침대 위에 놓았다. 시트는 깨끗하고 이쪽 가장자리에서 저쪽 가장자리까지 하나의 넓고 흰 띠처럼 팽팽하게 펼쳐져 있었다.

'점점 내 침대는 좁아지는 거야'라고 그는 생각했다. 양초가 타서 반쯤 남아 있었다. 마르보 남작의《회상록》을 읽을 때 쓴 양초다. 밤이 이슥하도록 〈모스크바로부터의 퇴각〉 부분을 읽었다. 리처드는 자기는 하원(下院)의 회의가 늦게까지 계속될 것 같으니 앓고 난 클라리사는 부디 푹 자야 한다고 일렀다.

'난 〈모스크바로부터의 퇴각〉 부분이 더 좋았어.'

클라리사는 생각했다.

'그이도 그건 알고 있어. 그래서 나는 지붕 밑 방을 쓰게 되고 침대도 이렇듯 좁아. 잠이 잘 안 오니까 책을 읽으면서 거기에 누워 있노라면 아이를 낳았어도 나를 시트처럼 휘감고 놓지 않는 처녀성을 저버릴 수가 없다. 어여쁘던 소녀 시절, 갑자기 이런 순간에 부닥쳐서 — 클리브던의 숲속을 흐르는 강 위에서처럼 — 내 차디찬 마음이 위축되어버리고, 그의 사랑을 거부해버린 그런 때가 있었지. 콘스탄티노플에서도, 또 그 후에도 여러 번. 내게 무엇이 부족한지 난 잘 알아. 아름다움도 아니요, 이성도 아니야. 스며드는 중심되는 것, 잔잔한 표면을 깨뜨려서 남녀 간의 또는 여자끼리의 차가운 알력을 완화시키는 따뜻함, 그것이 내게는 없는 거야. 그것을 나는 어렴풋이나마 알고는 있지. 어디서 주웠는지도 모르고, 나 자신도 못마땅해하는, 자연이(언제나 현명한 자연이) 베푼 주저심이 내게 있는 거야. 이것은 야속한 일이지. 그렇지만 때로 처녀 아닌 성숙한 여성의 매력, 종종 내게 어떤 어려운 일이나 저지른 어리석은 일들을 고백하는 그런 여자들의 매력에는 나 스스로 굴하지 않을 수가 없는 걸. 동정에서인지 그들의 아름다움 때문인지 그렇지 않으면 내가 나이를 먹어서 그런지 또는 어떤 우연인지는 몰라도 — 그윽한 향기나 이웃에서 들려오는 바이올린 소리 같은 동정심 — (어떠한 순간에는 음(音)이란 놀라운 힘이 있는 법이야) 그런 때에는 남자가 여자에게서 느끼는 그런 느낌이 내게도 들어. 순간이긴 하지만 그것으로도 충분한 거야. 그것은 갑자기 오는 계시야. 누르려고 해도 어쩔 수 없이 몸을 내맡길 수밖에 없이 얼굴에 번져가는 붉은색과 다름없는 계시. 그 붉은색이 극한도까지 빨개져서 몸을 바르르 떨면서, 놀라운 의의와 도취의 압력으로 세계가 부풀어올라, 가까이 와서는 얇은 껍질이 터져서 용솟음쳐 쏟아져 나와서, 터진 자리와 상처를 놀라운 위안으로 채우는 것을 느낄 때와 다름없는 계시. 그러면 그 순간 나는 하나의 빛을 보게 돼. 짙은 노란색으로 타오르는 성냥불, 거진 드러나다시피 한 내적인 의미를. 그러나 가까운 것은 멀어지고 굳은 것은 부드러워지지. 끝이 났다— 그 순간이. 이러한 순간(여자들의 경우도 그렇다)에 비하면 (그는 벗은 모자를 놓았다) 침대나 마르보 남작이나 절반 탄 양초는 아주 좋은 대상이야. 잠을 못 이루고 누워 있노라면 불이 켜졌던 집 안이 갑자기 컴컴해지고 마루가 삐걱거리지. 그러고는 고개만 들면 리처드가 살며시, 되도록 살며시 열지만 방문 손잡이가 딸각 하는 소리를 들을 수가 있어. 그이는 구두를 벗고 양말발로 위층으로 가만히 올라오는 거야. 그러다가 어떤 때는 더운 물병을 떨어뜨리고는「제길!」하기도 해. 그런 때면 얼마나 우스운지 몰라!

그런데, 사랑이란 문제(웃옷을 벗으면서 클라리사는 생각했다), 여자를 사랑한다는 문제— 샐리 시튼을 들어보자— 옛날에 샐리 시튼과 가졌던 관계를. 결국 그것은 사랑이 아니었을까?

샐리는 마룻바닥에 앉아 있었지(이것이 샐리에 대한 첫인상이야). 그는 마루 위에 무릎을 껴안고 앉아서 담배를 피우고 있었어. 어디서였을까? 매닝네 집에서였나? 킨로크 존스의 집에서였나? 하여간 무슨 연회석에서였어. (어디였는지는 확실히 알 수 없지만) 같이 서 있던 남자에게 저이는 누구냐고 물었던 것이 분명히 생각이 나니까. 그랬더니 그 남자가 샐리라고 하면서 그의 부모는 사이가 좋지 않다고 했지. (얼마나 놀랐는지— 부모 되는 사람들이 싸우다니!) 그날 저녁에 난 계속 샐리에게서 눈을 뗄 수가 없었어. 내가 가장 좋아하는 그런 종류의 놀랄 만한 미인이었으니까. 까맣고 큰 눈에다가 내가 갖지 못했기에 늘 부러워하던 그 성질—제멋대로 하는 일종의 대담성, 무슨 말이든 무슨 일이든 해치울 수 있다는 그런 대담성을 가진 성질. 이런 성질은 영국 여성들보다도 외국 여성들에게서 흔히 볼 수 있어. 샐리는 항시 자기의 혈관 속에 프랑스인의 피가 섞여 흐른다면서, 어떤 조상이 마리 앙투아네트를 섬기다가 단두대에 올라가게 되어 루비 반지 하나를 남겼다고 하더니 그해 여름이었지 아마. 샐리가 부어턴에 묵으러 온 것은? 어느 날 저녁을 먹은 뒤 샐리가 뜻밖에도 돈 한 푼 없이 걸어 들어온 거야. 불쌍하게도 헬리너 아주머니는 어떻게 놀랐는지 그 후로는 샐리에게 박절하게 굴었지. 샐리는 집에서 대단한 싸움이 벌어졌다면서 한 푼도 가진 게 없어서—부어턴으로 오기 위해 브로치 하나를 잡혔다나봐. 홧김에 그만 뛰쳐나왔다고 했지. 우리는 그날 밤이 새도록 이야기를 했어. 부어턴에서의 생활이 얼마나 안전한가를 처음으로 나에게 알려준 것은 샐리였어. 나는 성(性)에 대해서도 아무것도 몰랐고—사회 문제에 대해서도 아무것도 몰랐어. 단 한 번 어떤 늙은이가 들판에 죽어 넘어져 있는 모습을 보았을 뿐이었으니까. 헬리너 아주머니는 어떤 일이든 우리가 서로 이야기하는 것을 싫어하셨지. (그래서 샐리가 나에게 윌리엄 모리스의 책*을 주었을 때에는 갈색 종이로 싸서 주어야 했어.) 우리는 앉아서 몇 시간이고 이야기를 했어. 지붕 밑 내 침실에서 인생을 논하고, 어떻게 이 세계를 개혁할 것인가를 이야기했어. 우리

---

* 빅토리아 시대의 시인이며 사회주의 사상을 가졌다.

는 사유 재산 폐지를 주장하는 단체를 만들려고, 발송은 하지 않았지만, 진정서까지 써봤지. 물론 이런 생각은 다 샐리가 해낸 것이지만— 하지만 얼마 후에는 나도 샐리에 못지 않게 열의를 갖게 되었어— 식전에 침대에 누워 플라톤을 읽고 모리스를 읽고 몇 시간이고 셸리를 읽기도 했지.

샐리의 정력, 재질, 개성은 놀라워. 예를 들면 꽃을 꽂는 재주가 그래. 부어턴에서는 늘 테이블 위에 볼품없는 꽃병들이 줄지어 놓여 있었는데, 샐리는 밖에 나가서 접시꽃, 달리아 등— 함께 꽂혀 있는 것을 본 일도 없는 가지각색의 꽃들— 을 따다가 목을 똑 따서 물을 담은 항아리에다 둥둥 띄우곤 했어. 해 질 무렵 저녁을 먹으러 들어와 보면— 그 효과는 참 기가 막힐 정도였지. (물론 헬리너 아주머니는 꽃을 그렇게 다룬다는 건 나쁜 일이라고 생각하셨지만.) 그런가 하면 욕실에 스펀지를 갖고 가는 걸 잊어버려서, 복도를 벌거벗은 채 뛰어가기도 하고. 그 무서운 하녀 엘리 애트킨슨은— 신사분들이 혹시 보시면 어쩌려구?— 하고 투덜거리며 돌아다녔지. 정말이지 샐리는 사람들을 깜짝 놀라게 했어. 단정치 못한 아이라고 아버지가 하시더니.

이렇듯 회고하면서 이상하게 느껴지는 것은 샐리에 대한 내 감정의 순수함, 성실함이야. 이건 남자에 대한 감정과는 달라. 완전히 타산을 떠난, 오직 여자들 사이에서만, 성숙한 여인들 사이에서만 있을 수 있는 성질의 것이야. 나는 샐리를 보호해주는 입장이었어. 이것은 같이 단결이 되어 있는데서 오는 느낌이었지. 또 기어이 둘을 갈라놓고야 말 장래에 대한(우리는 늘 결혼이 비극적인 결말이라고 했으니까) 하나의 예감이기도 했어. 여인들을 위하는 이런 의협심 때문에 샐리보다는 오히려 내가 보호적인 태도를 갖게 된 거야. 그 시절의 샐리는 아주 말괄량이였어. 극히 어리석은 일을 남에게 자랑 삼아 이야기하기도 하고, 축대의 흉벽 위를 자전거를 타고 돌기도 하고, 잎담배를 피우기도 하고. 엉터리없는 사람이었어 — 정말 엉터리없는. 하지만 그의 매력은 적어도 나에게는 압도적이었지. 그래서 내가 지붕 밑 침실에서 더운 물병을 손에 든 채 서서 이렇게 소리치던 일이 생각난다 — 샐리가 이 지붕 밑에…… 그 애가 여기 지붕 밑에 있다! — 그런데 지금에 와서 이런 말들이 내게 무슨 뜻이 있을까! 옛날에 느꼈던 감정은 그림자도 비치지 않는걸. 하지만 흥분해서 온몸에 소름이 쭉 끼치던 일종의 도취감에 잠겨 머리를 빗던 일(지금 옛날의 감정이 되살아오는구나. 이렇게 머리핀을 빼 화장대에 놓고 머리를 만지기 시작하노라니까), 까마귀가 분홍빛 저녁 놀 속에서 어지럽게 날던 일, 옷치장을 하던 일, 층계를 내려가던 일, 차라리 지금 죽는다면 더없이 행복하리라*고 홀을 건너가면서 느꼈던 일들이 생각난다. 이것이 그때의 나의 심경이었어……. 그것은 오셀로와도 같은 느낌이야. 셰익스피어가 오셀로로 하여금 느끼게 하려고 했듯이 나도 확실히 그렇게 강렬히 느꼈어. 그 모든 것이 새하얀 의상을 입고 만찬 테이블에서 샐리와 만나러 가는 데서 느끼는 감정이었어!

---

* 《오셀로》 1막 2장.

그때 샐리는 핑크색 비단 옷을 입고 있었지. 그럴 수가 있담? 여하튼 샐리는 경쾌하게 날아가는 무슨 새나, 둥실둥실 떠다니던 풍선이 잠깐 가시나무 가지에 앉은 것 같이 보였으니. 사랑에 빠져 있을 때는(그러면 이것이 사랑이 아니고 무엇이랴?) 남들이 태연스러운 것처럼 이상스러워 보이는 일이 없지. 헬리너 아주머니는 저녁을 마친 뒤 어디론지 나가버리시고, 아버지는 신문을 읽고 계셨어. 피터 월시도 틀림없이 거기 있었던 것 같아. 그리고 노처녀 커밍즈 양도, 요제프 브라이트코프도 확실히 있었어. 요제프는 여름마다 왔으니까. 불쌍한 노인이지. 그이는 몇 주일이고 머무르면서 나와 같이 독일어 책을 읽는 척했지만, 정말은 피아노를 치거나 소리 없이 브람스의 노래만 불렀지.

이 모든 것도 샐리에 비하면 배경에 지나지 않아. 난롯가에 서서, 하는 말마다 애무처럼 들리는 아름다운 목소리로 아버지와 이야기하곤 했지. 아버지는 자기도 모르게 샐리에게 끌리기 시작했어. (아버지는 샐리가 빌려간 책이 축대에서 흠뻑 젖어 있는 것을 발견한 일을 기어코 잊지 못했어.) 그때 갑자기 샐리가 「이렇게 좋은 날씨에 집 안에 있다니」 해서 모두가 축대로 나가 서성거렸지. 피터 월시와 요제프 브라이트코프는 내내 바그너에 대해서 얘기했고, 나와 샐리는 좀 뒤처져 있었어. 꽃들이 가득히 꽂힌 돌항아리를 지나친 그때에 바로 내 일생을 통해 더없이 아름다운 순간이 왔던 거야. 샐리가 걸음을 멈추고 꽃을 하나 따더니 내 입술에 입맞추던 순간이. 그때는 온 세계가 뒤집힌 것 같았어! 다른 이들은 다 사라져버리고 거기엔 나와 샐리만이 있었지. 포장을 잘 한 선물을 주고, 보진 말고 잘 가지고 있으라는 말을 들은 느낌이었어 — 다이아몬드, 종이에 싼, 한없이 귀중한 물건을 우리가 걷다가(이리저리 왔다 갔다 하는 동안에) 몰래 열어본 듯, 아니 그 광채가 절로 종이를 뚫고 스며나온 듯한 계시, 종교적인 황홀경이었어! 그순간 우리는 요제프 노인과 피터와 마주친 거야.

「별 구경을 하나요」 하고 피터가 물었어. 그땐 마침 캄캄한 암흑 속에서 돌벽에 얼굴을 부딪힌 것 같은 느낌이었어! 깜짝 놀라고 기가 막혀서! 그것도 나 자신 때문에 그렇게 놀란 것은 아니고, 다만 샐리가 얼마나 마음 아픈 푸대접을 벌써부터 받고 있는가를 느꼈기 때문이었어. 피터의 적의(敵意), 그이의 시기심, 우리 두 사람 사이를 떼어놓으려는 그이의 결의를 느낄 수 있었기 때문이야. 번개가 번쩍하는 순간 풍경이 훤히 보이는 것처럼, 나는 모든 것을 순식간에 알아차렸어 — 그런데도 샐리는 굽히는 일이 없어(이때처럼 샐리를 숭배한 적은 없어). 태연하더군. 나는 크게 웃어대면서 요제프 노인에게 별들의 이름을 가르쳐달라고 했어. 노인은 신이 나서 열심히 가르쳐주었지. 나는 귀를 기울이고 별 이름을 듣고.

「아이 참 지겨워!」 하고 난 무엇인가 방해를 해서 가장 행복한 순간을 망칠 것을 미리 알고나 있었던 것처럼 혼자 중얼거렸어.

하지만 나중에 나는 피터 월시에게 얼마나 영향을 받았는지 몰라. 그이를 회상할 때면 으레 우리가 다투던 일이 기억나는 것은 웬일일까 — 아마도 그이의 호의를 얻고자 해서인지도 모르지. 난 여러 가지 말도 그이에게서 배웠어. 감상적이라든가 문화적이라든가 하는 말들을. 이 말들은 매일의 생활 속에서 되살아나와. 마치 그이가 나를 감시하고 있는 것처럼. 이 책은 감상적이라는 둥, 인생에 대한 태도가 감정적이라는 둥 하고. 내가 지난 날을 회상하는 것 역시 감상적인지도 모르지. 그이가 돌아온다면 무어라고 할까? 내가 늙었다고 할까? 그것을 말로 할까, 그렇지 않으면 그이가 돌아오면 날 늙었다고 생각하고 있는 것을 이쪽에서 눈치로 알게 될까? 사실 난 늙었어. 앓고 난 뒤로는 백발이 되다시피 했으니까.'

클라리사는 브로치를 테이블에 놓을 때 갑자기 경련 같은 것을 느꼈다. 마치 조용히 생각에 잠겨 있는 동안에 얼음처럼 찬 갈고리가 몸에 푹 꽂힌 것처럼.

'나는 아직 늙지 않았어. 쉰둘이 된 지도 얼마 안 되는걸. 이 해가 다하자면 아직도 여러 달이 고스란히 남아 있지 않나. 6월, 7월, 8월! 달마다 아직 고스란히 남아 있다.'

이렇듯 생각하면서 클라리사는(화장대로 가면서) 인생의 찰나를 붙잡으려는 듯이 그 순간 속으로 뛰어들어가 꿰뚫고 말았다. 거기—6월 아침의 이 순간은 모든 지난 아침의 무게를 지니고 있는 것 같았다. 거울과 화장대, 그리고 늘어선 병들을 새삼스럽게 바라보면서(거울을 들여다보면서) 클라리사는 자기의 지난 과거를 한 점에 모으고, 또한 바로 그날 저녁에 야회를 열려고 하는 자기의 우아한 분홍빛 얼굴을 비춰 보았다. 클라리사 댈러웨이의 얼굴, 자신의 얼굴을.

몇백만 번을 들여다본 자기의 얼굴인지 몰랐다. 언제나 약간 빼뚜름한 듯이 보이는 얼굴이었다. 거울을 들여다볼 때에 클라리사는 입을 꼭 오므렸다. 얼굴이 뾰족하게 보이게 하기 위해서였다.

'이것이 나로구나—뾰족하고, 창(槍) 같고, 분명해. 본연의 자기가 되어야 할 때에 노력해서 이목구비를 통일하면 이런 얼굴이 된다. 그것이 나 자신과 얼마나 다르고, 얼마나 모순되고, 순전히 남을 위해 꾸민 얼굴인지는 나만이 알지. 하나의 중심, 하나의 다이아몬드, 사람들과 접촉을 하는 응접실에 앉은 한 여인. 그러한 나는 불행한 사람들에게는 말할 것도 없이 광명이며, 외로운 자가 찾아드는 안식의 보금자리인 거야. 젊은이들을 도와준 일도 있어, 그들은 고맙게 생각하지. 나는 언제나 같은 태도를 가지려고 애썼어. 나의 다른 일면—결점, 시기심, 허영, 의심 등 이런 것들은 조금도 드러내지 않으려고 하고. 브루턴 부인이 나를 초대하지 않았다고 해서 느끼는 이런 감정은(마지막으로 머리를 빗으면서) 극히 비열하지 않나! 자, 내 옷이 어디 있지.'

그의 야회복은 벽장 속에 걸려 있었다. 클라리사는 보드라운 옷갈피로 손을 넣어 녹색 옷을 가만히 꺼내서 창가로 가지고 갔다. 이 옷은 찢어졌다. 누가 치맛자락을 밟았던 순간을 회상하자 그는 지금도 대사관 만찬회에서 주름잡은 허리가 뜯어지는 것을 느끼는 것 같았다. 불빛에서 보면 이 녹색이 빛나지만 지금은 햇빛에 흐려 보였다.

'이걸 고치자. 하녀는 할 일이 너무 많아서. 오늘 밤엔 이 옷을 입어야지. 비단실과 가위와—또 무엇이더라—그래 골무를 가지고 응접실로 내려가자. 편지도 좀 써야 하고 준비가 대강 되어 있나도 살펴야 하니까.'

이상하다고 그는 층계참에 서서 다이아몬드 모양의 얼굴을 가다듬으면서 생각했다. 주부가 집에서 일어나는 순간순간의 변화나 기분을 일일이 다 알고 있다는 것은 이상한 일이라고. 계단의 나선을 따라 미미한 소리가 먼 곳에서 들려왔다. 마루를 닦는 소리, 탕탕 치는 소리, 문을 두드리는 소리, 대문이 열려서 크게 반향되는 소리, 지하실에서 말을 전하는 소리, 쟁반 위에서 은그릇이 맞부딪치는 소리—야회를 위해서 반짝반짝하게 닦아놓은 은그릇들—이 모든 것은 야회를 위한 것이었다.

루시는 쟁반을 들고 응접실로 들어와 맨틀피스 위에다 커다란 촛대를 놓고, 가운데에 은함을 놓고, 수정으로 된 돌고래 문장은 시계 쪽으로 돌려놨다. 손님들이 오면 이 근처에 서겠지. 저도 흉내낼 줄 아는 그 점잔 빼는 말투로 이야기를 하겠지 하면서. 신사숙녀들이 말이다. 모든 이들 가운데서 우리 마님이 가장 아름답다—은기의 마님, 리넨의 도자기의 마님이야. 햇빛, 은그릇, 떼어놓은 문들, 럼플메이어네서 온 일꾼들, 이런 것들은 자개 박은 테이블에다 종이 베는 칼을 놓는 루시에게 무엇인가 완성되어가는 느낌을 주었다.

"이봐요! 이것 좀 봐요!"

거울을 들여다보면서 루시는 어느덧 자기가 처음으로 고용되었던 캐터햄의 빵집에 있는 옛 동무들에게 지껄이고 있었다.

"나는 메리 공주를 섬기는 앤질러 양이야."

(그때 마침 댈러웨이 부인이 들어왔다.)

"얘, 루시! 은그릇이 참 보기 좋은데!"

부인은 말했다.

"그런데 어제 저녁 연극은 재미있었니?"

부인은 수정 돌고래를 돌려서 똑바로 세우면서 물었다.

"아아, 네에. 끝나기 전에 다들 와야 했어요."

루시가 말한다.

"열 시까지 집에 돌아가야 한다고 해서요. 그래서 마지막에 어떻게 됐는지 모르지요."

"그것 참 안됐군."

부인이 말했다.

"(우리 집 하인들은 나에게 말만 하면 늦도록 머물 수도 있는걸.) 딱하게 됐는데."

부인은 소파 한가운데 놓인 헌 쿠션을 집어들어 루시의 팔에 안겨주고는 등을 밀며 말했다.

"이걸 가지고 가. 워커 부인(요리사)한테 내가 그런다고 줘버려라, 어서."

루시는 쿠션을 안고 나가다가 응접실 문 앞에 걸음을 멈추더니 얼굴을 붉히고 지극히 수줍어하면서 말했다.

"마님 옷을 제가 꿰맬까요?"

"그렇지만 넌 할 일이 많지 않니."

이 일을 안 해도 할 일이 얼마든지 있지 않느냐고 댈러웨이 부인은 사양했다.

"고맙다, 루시. 참 고마워."

댈러웨이 부인은 말했다. (소파에 앉아서 옷과 비단실과 가위를 무릎에다 놓고) 고맙다 고맙다고 연해 말했다.

"고마워 고마워."

그는 자기가 이렇게 원대로 친절하고 너그러울 수 있도록 도와주는 하인들이 두루두루 고마웠다.

'하인들은 나를 좋아해. 그런데 이 옷은 — 어디가 찢어졌더라? — 바늘에다 실을 꿰야지. 이 옷은 내가 좋아하지. 양재사 샐리 파커가 만들어준 옷, 그가 마지막으로 만들어준 옷이야. 샐리는 은퇴해서 지금 일링에서 살고 있지. 내가 시간만 있다면 (하지만 시간이 없지) 일링으로 그를 찾아갈 텐데.'

클라리사는 생각했다.

'샐리는 좀 괴짜고 정말 예술가야. 생각하는 것은 조금 남다른 데가 있지만, 그가 만드는 옷은 조금도 이상한 데가 없는걸. 해트필드나 버킹엄 궁전에라도 입고 갈 수 있어. 하긴 해트필드에도 버킹엄 궁전에도 입고 가긴 했지.'

잔잔함이 밀려 왔다. 바늘이 비단결을 매끈하게 꿰매고 잠시 멈췄다가 녹색의 주름을 잡고, 가볍게 아주 가볍게 허리를 꿸 때 그 잔잔함, 만족감이 깃들었다. 이와 같이 여름날의 물결들도 모여들고 넘쳐서는 흩어진다. 모여들고 흩어지고, 또한 온 세계가 '그것뿐이다'라고 더욱더 장엄하게 말하고, 마침내는 바닷가에서 햇볕을 쬐고 누워 있는 육체 안의 마음까지도 역시 '그것뿐이다'라고 하는 듯했다. 이제는 두려워 말라고 마음은 말한다. 이제는 더 두려워 말라고 마음은 근심을 어느 바다에다 내어맡기고 말한다. 바다는 이 모든 비애를 대신해서 한숨짓고, 또다시 처음으로 돌아가기 시작하고, 모여들고 흩어져간다. 그런데 육체만이 지나가는 벌의 소리를 듣고 있다. 파도가 부서진다. 개가 짖는다. 멀리서 저 멀리서 개가 짖는다. 또 짖는다.

"저런, 초인종이!"

바늘을 멈추면서 클라리사는 말했다. 설레는 마음으로 그는 귀를 기울였다.

"댈러웨이 부인은 날 만나주시고 말고!"

늙수그레한 남자의 목소리가 복도에서 났다.

"만나주고 말고."

루시를 가만히 옆으로 밀치고, 재빨리 위층으로 뛰어 올라오면서 남자는 중얼거렸다.

"만나줄 거야. 인도에서 5년이나 있다 오는데, 물론 클라리사는 만나줄 거야."

"누굴까? 무슨 말인가?"

계단에서 나는 발소리를 듣고 클라리사는 의아스러웠다.

'하필 내가 야회를 여는 날 아침 열한 시에 찾아오다니 참 무례하군.'

손잡이에 손이 닿은 소리, 그러고는 들어섰다. 잠시 클라리사는 들어온 이가 누군지 알아볼 수가 없었다. 그를 본 것이 너무 뜻밖이고, 기뻤고, 또 부끄럽기도 해서 어리둥절해졌다. 피터 월시가 뜻밖에도 아침에 이렇듯 찾아오다니! (그는 피터의 편지를 아직 읽지 않았다.)

"그래 어떠시오?"

피터 월시는 분명히 떨면서 말했다. 클라리사의 양손을 쥐고 입을 맞추었다. 이이는 퍽 늙었구나 하고 피터는 생각했다. 그 일에 대해서는 아무 말도 하지 말자고 그는 생각했다. 클라리사는 훨씬 늙었으니까. 클라리사가 자기를 보고 있다고 생각하니 갑자기 쑥스러워졌다. 상대방의 양손에 입을 맞춘 후였지만. 그는 호주머니에 손을 넣어서 커다란 나이프를 꺼내 날을 절반쯤 열었다.

'조금도 변하지 않았구나.'

클라리사는 생각했다.

'옛날 그대로의 묘한 표정, 옛날 그대로의 체크 양복— 얼굴이 약간 일그러지고 좀 여윈 듯 메마른 것도 같아. 하지만 예전대로 퍽 건강해 보이네.'

"이렇게 다시 뵈니 얼마나 기쁜지 모르겠어요!"

클라리사는 말했다. 이이는 주머니칼을 꺼내들고 있다. 참 이이다운 일이라고 생각하면서.

"어젯밤에야 런던에 닿았어요."

피터는 말했다.

"곧 시골로 내려가야 해요. 그런데 어때요, 여러분 다 안녕하신가요 — 리처드도 엘리자베스도? 그런데 이건 다 뭡니까?"

그는 주머니칼을 클라리사의 녹색 의상을 향해 기울이면서 물었다.

'이이는 옷차림이 퍽 어울린다. 그렇지만 이이는 내게 관해서는 늘 비판적이야.'

클라리사는 생각했다.

'지금도 여전히 이이는 옷을 꿰매고 있다. 여느 때처럼 옷을 꿰매고 있군.'

피터는 생각했다.

'내가 인도에 있는 동안 내내 이 여자는 여기에 앉아 있었나봐. 옷도 꿰매고 이리저리 놀러도 다니고, 파티에도 가고, 하원(下院)으로 달려갔다 돌아오기도 했겠지.'

이렇게 그는 생각하며 점점 초조해하고, 점점 흥분했다. 어떤 여자에게는 이 세상에서 결혼 생활만큼 해로운 게 없다고 그는 생각했다.

'정치도 그렇지. 점잖은 리처드 같은 보수당의 남편을 갖는다는 것도 그렇고. 그렇지, 그것은 그렇다.'

그러면서 그는 칼을 짤깍 하고 닫아버렸다.

"리처드는 잘 있어요. 그이는 회의 중이에요."

클라리사가 말했다.

그리고 가위를 벌리면서 또 말했다.

"지금 옷을 고치고 있는데 마저 해도 괜찮겠어요? 오늘 저녁에 파티가 있어서 그래요. 그 파티에 피터 씨는 초대하지 않겠어요—."

그러나 클라리사가 이렇게 피터 씨라고 다정스레 불러주는 것은 듣기에 한없이 반가운 일이었다. 실로 피터는 이 모든 것이 반갑기만 했다—은그릇, 의자, 모든 것이 다 반가웠다!

왜 나를 초대하지 않느냐고 피터가 물었다.

'그야 물론'—클라리사는 생각했다—'피터는 매력이 있어! 여간 매력이 있지 않아! 그때 내가 얼마나 어렵게 결심했는지 지금도 기억이 나. 그런데 왜 그렇게 마음을 정했을까. 피터하곤 결혼하지 않겠다고? 그 지겨웠던 해 여름.'

"오늘 아침에 당신이 오셨다는 건 정말 뜻밖이에요."

여자는 양손을 자기 옷 위에 포개놓으면서 말했다.

"생각나세요? 부어턴에 있었을 때 늘 발이 펄럭이던 일이?"

클라리사는 말했다.

"그랬지."

대답하면서 피터는 클라리사의 아버지와 단둘이서 아주 거북하게 아침을 먹던 일을 떠올렸다.

'그 노인도 돌아가셨지, 그런데 나는 문상의 편지 한 장도 클라리사에게 보내지 않았다. 나는 패리 노인, 그 투덜거리고 다리가 휘청거리는 노인, 클라리사의 아버지인 저스틴 패리하고는 사이가 좋지 않았어.'

"당신 아버지와 좀 더 의좋게 지냈더라면 하는 생각이 늘 나요."

"그렇지만 아버지께서는 아무도—내 친구는 누구든 좋아하지 않으신 걸요."

클라리사가 대꾸했다. 그러면서 피터가 자기와 결혼하고 싶어하던 일을 다시 끄집어낸 자기의 혀를 깨물어버리고 싶었다.

'하기야 그랬지.'

피터는 생각한다.

'그래서 내 마음은 무너져나가는 것 같이 아팠으니 말이야. 축대에서 바라보는 저녁 하늘에 숨막히게 아름다운 빛을 발하면서 떠오르는 달처럼 가슴속에 솟구치는 슬픔에 나는 사로잡히고 말았어. 여태껏 그때처럼 비참한 때는 다시없었지.'

정말 그때 그 축대에나 앉아 있는 듯 피터는 클라리사에게 가까이 다가앉았다. 그리고 한 손을 꺼내 치켜올리더니 도로 떨어뜨리고 말았다. 그 달이 여기 우리들 머리 위에 걸려 있다고 생각하면서. 클라리사 역시 달 밝은 축대에 그와 같이 앉아 있는 듯한 기분이었다.

"지금은 허버트가 그 집에 있지요."

클라리사는 말했다.

"이제는 그 집에 가는 일이 없어요."

달빛이 비추는 축대에서 이쪽은 벌써 싫증이 난 것을 스스로 느끼고 부끄러워지는데 상대방이 잠자코 아무 말 없이 슬픈 듯 달만 바라보고 말하려고 하지 않기 때문에 발을 움직여 보고, 기침을 해보고, 테이블 다리에 있는 소용돌이 무늬를 보고, 나뭇잎을 만지작거리며, 차마 말을 못 하고 있을 때와 꼭 같은— 그런 느낌을 피터 월시도 마침 가졌다.

'무엇 때문에 이렇게 생각을 하게 할까? 지금까지 그렇게 지독히 나에게 고통을 주고 왜 또 날 괴롭히려나?'

"호숫가의 일을 기억하세요?"

여자가 새침하게 말했다. 클라리사는 감정이 복받쳐서 가슴이 메이고, 목이 막히듯 "호수"라고 말할 땐 입술이 바르르 떨렸다. 클라리사는 지금 부모 사이에 서서 오리에게 빵을 던져주는 어린애인 동시에 호숫가에 서 있는 부모 앞으로 걸어오는 장성한 여자 같은 느낌이었다. 자기는 인생을 두 팔에 안고 있으며, 양친 앞으로 다가 갈수록 그것이 팔 안에서 커져서 하나의 전 생애가 되고, 완전한 인생이 되어가는 것 같았다. 그것을 부모 앞에 내려놓고 "이것이 내가 인생을 가지고 만들어낸 거예요! 이것이!" 하고 말하고 싶었다.

'내가 인생에서 무엇을 만들어냈다는 것일까? 참으로 무엇을? 오늘 아침 피터와 여기 앉아서 바느질을 하고 있는 내가.'

여자는 피터 월시를 바라다보았다. 여자의 시선이 그 시절, 그때의 감정을 거쳐서 못미더운 듯이 피터에게로 와서 눈물어린 채 물끄러미 바라다보았다. 그리고 시선은 다시 옮겨가서 어디로인지 날아갔다. 새가 나뭇가지에 앉았다가 떠올라서 날아가듯이. 여자는 아무렇지 않은 듯 눈물을 닦았다.

"네."

피터가 말했다.

"네, 네, 네."

의식(意識)의 표면으로 올라오면 상처를 주고야 마는 무엇을 클라리사가 무작정 끌어올리는 듯싶었다. "그만! 그만!" 하고 소리치고 싶었다.

'나는 아직 젊어. 나의 인생은 아직도 끝나지 않았다. 아직도 멀었지. 겨우 오십이 좀 지났다 뿐이 아닌가. 이이한테 말을 할까, 말까?'

피터는 생각했다. 그 일을 터놓고 이야기해버리고 싶었다.

'하지만 이이는 너무나 냉담하다 — 가위를 들고 바느질을 하고 있지 않나. 데이지를 클라리사 옆에 두고 보면 아주 평범해 보일 테지. 클라리사는 나를 인생의 낙오자라고 생각할 거야. 사실 그들의 눈으로 보면, 댈러웨이 부처의 눈으로 보면 그렇기도 하겠지. 그렇다, 분명 그렇다. 나는 낙오자다, 이 모든 것과 비한다면 — 이 자개 박은 테이블, 복잡한 페이퍼 나이프, 돌고래 장식품과 촛대, 의자의 커버며 값진 고물의 담채(淡彩) 영국 판화 같은 것에 비하면 — 나는 낙오자다! 공연히 뽐내는 이 생활 전체가 나는 싫어 — .'

이렇듯 그는 생각했다.

'리처드가 하는 일이 마땅치 않다. 클라리사가 하는 일은 리처드와 결혼한 것을 빼놓고는 싫지 않지만.'

이때 루시가 은그릇을 더 가지고 방으로 들어왔다.

'이 여자는 매력 있고, 날씬하고, 우아하게 보인다.'

루시가 은기를 내려놓으려고 몸을 굽힌 것을 보며 피터는 생각했다.

'그런데 클라리사는 지금까지 내내 이렇게 지내왔겠지. 한 주일 한 주일 클라리사의 생활은 이렇게 계속되어왔겠지! 그런 동안에

나는—.'

피터는 생각했다. 갑자기 모든 것이 자기 몸에서부터 방사해 나오는 그런 느낌이었다. 여러 번에 걸친 여행, 승마, 말다툼, 모험, 브리지 파티, 연애 사건 그리고 일, 일, 일이. 그는 태연히 나이프를 꺼내었다—지난 30년 동안 그가 가지고 있었던 것을 클라리사도 분명 아는, 오래된 뿌리 손잡이가 달린 나이프였다—피터는 칼을 손으로 꽉 쥐었다.

'참 이상한 습관이기도 하지.'

클라리사는 생각했다.

'언제든지 칼을 가지고 장난을 해. 저래서 언제나 남이 보잘것없는, 속이 텅 빈 인간이라고 생각하는 거지. 옛날에도 그랬지만 쓸데없이 말이 많은 이라고들 한다. 하지만, 나도 그렇지.'

그러면서 클라리사도 바늘을 쥐고 누구의 도움을 청하고 싶어졌다. 호위병이 잠이 든 사이에 (피터가 찾아온 것이 엄청난 충격이었다—클라리사는 가슴이 뛰었다) 지나가던 나그네가 멋대로 들어와서 우거진 가시나무 밑에 누워 있는 여왕을 엿보았을 때처럼, 클라리사는 자기가 하고 있는 일에 구원을 청하고 싶어졌다. 자기가 즐기는 것, 남편, 엘리자베스, 다시 말하면 자기 자신, 지금은 피터에게 낯선 사람이 되어버린 자기 자신, 이 모든 것에 구원이 오기를 바랐던 것이다. 달려와서 이 원수를 쫓아달라고.

"그래서 무슨 일이 있었나요?"

여자가 말했다. 전투가 시작되기 전, 말은 땅을 박차고 머리를 쳐든다. 말의 옆구리에 광선이 번쩍 하고, 목덜미가 곡선을 그린다. 파란 소파에 나란히 앉은 피터 월시와 클라리사는 이렇게 서로 도전했다. 피터의 군병은 그의 몸뚱이 안에서 맞부딪치고 웅성거렸다. 여기저기에서 그는 온갖 힘을 다 긁어모았다. 찬사(讚辭), 옥스퍼드에서의 생활, 클라리사가 전혀 모르는 결혼 생활, 여자를 사랑한 일, 할 일을 다했다는 자부를 긁어모았다.

"별의별 일이 다 있었지요!"

피터는 외쳤다. 거기 모인 세력에 힘을 얻었다. 백방으로 쳐들어가는 그 세력은 지금 다시 볼 수 없는 사람들의 어깨 너머로 공중을 날고, 그에게 공포심과 동시에 극심한 통쾌감을 주었다. 그는 이마로 손을 가지고 갔다.

클라리사는 꼿꼿이 앉은 채 숨을 죽였다.

"나는 사랑을 하고 있어요."

피터는 말했다. 하지만 그것은 클라리사에게 한 말은 아니었다. 어둠 속에 높이 떠받쳐놓은 어떤 사람, 그렇기에 만져볼 수도 없고, 어두운 잔디 위에 화환을 내려놔줄 수밖에 없는, 그런 어떤 사람에게 말한 것이었다.

"사랑을 하고 있어요."

그는 또 되풀이했다. 지금은 아무 느낌도 없이 클라리사 댈러웨이를 보고 말했다.

"인도에 있는 어떤 여자를 사랑하고 있습니다."

피터는 화환을 내려놓은 것이다. 클라리사, 당신 멋대로 생각해보라고.

"사랑!"

여자가 말했다.

'피터가 이런 나이에 조그마한 보타이를 매고, 사랑이라고 하는 괴물한테 집어먹히다니! 목덜미는 쭈글쭈글하고 손은 불그레한 피터가. 그리고 이이는 나보다 6개월이나 윈데!'

클라리사는 언뜻 자기 자신을 살펴보았다. 그리고 역시 이이는 사랑을 하고 있다고 느꼈다. 아직 젊은 마음이 있다고 느꼈다. 사랑을 하고 있다고.

대항하는 적군을 영구히 짓밟고 넘어가는 불굴의 에고이즘, 앞으로, 앞으로, 앞으로 하고 외치는 강, 우리들에게는 아무런 종말도 없는 줄 알면서 그래도 앞으로, 앞으로 하고 외치는 에고이즘이 그녀의 볼을 붉게 물들여서 여자는 무척 젊어 보였다. 환한 복숭앗빛이 되고 눈이 몹시 빛났다. 여자는 무릎에 드레스를 놓고, 초록 비단실 끝을 바늘에 꿰면서 바르르 떨었다.

'이이가 사랑을 해! 나를 사랑하는 것은 아니야. 물론 누구인지 더 젊은 여자겠지.'

"어떤 분인가요?"

그녀가 물었다.

이제 이 조각을 높은 대에서 내려 두 사람 사이에 내려놓아야 했다.

"기혼자예요, 불행히도."

피터가 말했다.

"인도 주재군 소령의 부인이지요."

이렇게 우스꽝스럽게 소령 부인을 클라리사 앞에 피력하면서, 피터는 부드럽게 그러나 어딘지 비꼬는 듯이 씩 웃었다.

(역시 사랑하고 있구나 하고 클라리사는 생각했다.)

피터는 조리 있게 말을 이었다.

"그 여자는 어린아이가 둘 있어요. 아들하고 딸이. 그래서 이혼 수속 때문에 변호사를 만나러 돌아온 거예요."

'자! 이제 다 말했다.'

피터는 생각했다.

'클라리사, 당신 좋을 대로 해요.'

클라리사가 보고 있기 때문에 그 인도 주재군 소령의 아내(나의 데이지)와 두 어린애가 시시각각으로 더 아름다워지는 것 같았다. 접시에 담은 회색빛 둥근 화약에다 불을 붙이자 산뜻한 바닷바람 같은 두 사람의 친밀감 속에 — 그들의 미묘한 친밀감에 (어떤 의미에서 클라리사만큼 자기를 이해하고 동정해주는 이는 없다) 아름다운 나무가 자라나는 것 같았다.

그 여자가 이이를 추켜올리고 속인 거라고 클라리사는 생각했다. 나이프를 세 번 놀려서 인도군 소령의 아내라는 여자를 깎아 만들어내면서 클라리사는 생각했다.

'쓸데없는 낭비! 어리석은 짓이야! 평생을 두고 피터는 저렇게 농락을 당해오지 않았나. 처음에 옥스퍼드에서 퇴학당하고, 다음엔 인도로 항해하는 배에서 만난 여자와 결혼하고, 이번엔 소령 부인하고—다행히 나는 이이과 결혼할 것을 거절했지! 아직도 이이는 사랑에 빠져 있으니 나의 옛 친구, 나의 친애하는 피터는 사랑을 하고 있어.'

"그래서 이제 어떡하실 참이에요?"

여자가 물었다.

"링컨 법원에 있는 후퍼 앤드 그레이틀리 사무소의 변호사들이 다 좋도록 해주지요, 뭐."

피터가 말했다. 그는 나이프로 손톱을 깎기 시작했다.

'제발 저 칼 좀 치워주었으면!'

어찌할 수 없는 초조감 때문에 여자는 마음속으로 외쳤다.

'그것이 이이의 실없는 당돌함이고, 결점이야. 다른 사람들은 다 느낄 수 있는 것도 전혀 모른다는 것, 이이의 그런 점이 나를 괴롭혀. 언제나 그래서 난 괴로워했지. 저 나이에 얼마나 어리석은 일이 난 말이야.'

'다 알고 있어요.'

피터는 생각했다. 누구를 상대로 대항해야 할지 다 알고 있다고. 손끝으로 칼날을 어루만지면서 그는 클라리사와 댈러웨이, 그리고 나머지 모든 인간들이 상대다, 하지만 클라리사에게 보여주겠다 하고 생각했다—그때에 놀랍게 어떤 억누를 수 없는 힘에 의해 눈물이 터져 나왔다. 부끄러울 겨를도 없이 긴 의자에 앉아서 피터는 울고 또 울었다. 눈물이 뺨으로 줄줄 흘렀다.

클라리사는 몸을 숙이고, 그의 손을 끌어 잡아당기고, 입을 맞추어주었다— 열대 지방의 질풍에 나부끼는 팜파스 풀처럼, 가슴 안에서 설레는 은빛 새털 같은 동요를 억누르기도 전에, 남자의 뺨이 제 얼굴에 맞닿는 것을 느꼈다. 동요가 차차 가라앉자 클라리사는 그의 손을 쥔 채 무릎을 두드려주면서 뒤로 몸을 기대었다. 그랬더니 마음이 편해지고 가벼워졌다. 불현듯 내가 이 사람과 결혼을 했더라면 종일토록 이런 행복감을 가질 수가 있었던 것을— 하는 생각이 떠올랐다.

'나에게는 모두가 끝난 거야. 시트는 팽팽하고 침대는 좁아. 양지에서 사람들은 산딸기를 따고 있는데 나는 외로이 탑에 올라가버린 게 아닌가. 문이 닫히고 떨어진 벽토와 흩어진 새의 보금자리 사이에서 내다볼 때에 바깥 풍경은 한없이 먼 것 같고 온갖 소리가 가느다랗게 차디차게 들려올 뿐이야!'

(리드의 언덕 위에서도 이랬지 하고 그녀는 생각했다.)

'리처드, 리처드!'

잠들었던 사람이 깜짝 깨어서 어둠 속에 손을 뻗고 도움을 구하는 것 같이 그렇게 클라리사는 외쳤다. 브루턴 부인과 점심을 같이 하는 중이지 하는 생각이 다시 떠올랐다.

'리처드는 나를 저버렸다. 나는 영원히 혼자다.'

무릎 위에 손을 모으면서 그 여자는 생각했다.

피터 월시는 일어나 창가로 가서, 이편에 등을 대고 손수건을 이리저리 움직였다. 다소곳하고도 꾸밈 없는, 그러나 외로운 모습이었다. 빈약한 견갑골이 손을 움직일 때마다 조금씩 옷을 쳐들었다.

그는 팽 하고 코를 풀었다. 저를 함께 데려가달라고 클라리사는 문득 외치고 싶었다. 피터가 곧 먼 여행이나 떠나는 것처럼. 다음 순간 재미있고, 감동적인 연극의 제5막이 끝나버린 것 같았다. 연극 속에서 일생을 살다가 방금 뛰쳐 나온 것 같았다. 피터와 살다 모두가 끝나버린 것 같았다.

'자, 이제 가야지.'

외투, 장갑, 오페라 글라스들을 모아가지고 일어나 극장에서 거리로 나오는 여인처럼, 클라리사는 소파에서 일어나서 피터 곁으로 갔다.

'그런데 참 이상한 일이야.'

피터는 생각했다.

'클라리사가 패물 딸랑거리는 소리와 비단 옷 스치는 소리를 내면서 방을 건너올 때에, 아직도 그 힘, 내가 싫어하는 여름 하늘의 달을 부어턴의 축대 위로 오르게 하던 그 힘을 아직도 가지고 있다는 건.'

"말 좀 해봐요."

여자의 두 어깨를 붙잡고 피터는 말했다.

"클라리사, 당신은 행복해요? 리처드가—."

방문이 열렸다.

"우리 엘리자베스예요."

클라리사는 감정을 넣으며, 말씨를 꾸미면서 말했다.

"안녕하셨어요?" 하며 엘리자베스가 들어왔다.

30분을 알리는 빅벤의 소리가 세차게 세 사람 사이에 울리기 시작했다. 건강하고 무관심한 청년이 사정없이 아령을 휘두르는 것 같았다.

"여어, 엘리자베스."

피터는 소리치고 손수건을 호주머니에다 틀어넣으면서 재빨리 엘리자베스에게 다가갔다. 그러곤 "그럼, 안녕히, 클라리사" 하더니 그 쪽은 보지도 않고 얼른 방을 나가 층층대를 뛰어내려가서 현관문을 열었다.

"피터! 피터!"

클라리사는 그를 부르면서 층계참까지 쫓아내려갔다.

"오늘 야회를! 오늘 저녁 야회를 잊지 마세요!"

클라리사는 외쳤다. 밖에서 들어오는 소음 때문에 목소리를 높여야 했던 것이다. 거리의 소음과 울리는 모든 시계 소리에 눌려서 "오늘 저녁 야회를 잊지 마세요" 하고 외치는 소리는 피터가 문을 닫자 가느다랗게 멀리 들려왔다.

"오늘 야회를 잊지 마세요. 오늘 야회를 잊지 마세요."

피터는 거리를 걸어내려가면서 30분을 알리는 빅벤의 단조로운 소리의 흐름에 맞추어 리드미컬하게 되풀이했다. (시계 소리가 둔한 원을 그리며 점점 공중으로 번져갔다.)

'아아, 그놈의 파티, 클라리사의 파티!'

피터는 생각했다.

'왜 그이는 그런 파티를 열까? 클라리사를 탓하는 것은 아니고, 그렇다고 또, 연미복을 입고 단춧구멍에 카네이션을 꽂고, 이리 걸어오는 등신 같은 저 남자를 탓하는 것도 아니지만. 나같이 사랑을 할 수 있는 자는 세상에 하나밖에 없어. 저기 그 사나이, 내가 있어. 행운의 사나이, 내가 빅토리아 가에 있는 자동차 공장의 유리 창문에 비치는군. 저 내 뒤에는 인도 전토가 놓여 있다. 평야와 산이, 전염병, 콜레라가, 아일랜드의 두 배만 한 지역이 놓여 있어. 내가 단독으로 결재를 내린 수많은 사건들이 놓여 있다— 나, 피터 월시가. 참으로 나는 지금 난생 처음 사랑을 하고 있어. 클라리사는 부드러운 데가 없어져버렸어. 게다가 클라리사는 좀 센티멘털해진 것 같다— 그런데 휘발유를 얼마 가지면 몇 마일이나 달릴까?'

커다란 자동차를 쳐다보면서 피터는 그 성능을 생각해보았다.

'나는 기계를 만지는 데 좀 소질이 있거든. 내가 살던 지역에서 편리한 쟁기를 고안해낸 일도 있고, 영국에서 손수레를 주문해 받은 일도 있었지만 노동자들은 막무가내 쓰지 않으려고 했지. 클라리사는 이런 일은 조금도 몰라.

클라리사가 「우리 엘리자베스예요」 하던 그 말투는— 참 화나더라. 왜 그저 엘리자베스라고 하지 못하냔 말이야— 진실하지가 못하거든. 엘리자베스도 그런 말투는 못마땅할 거야.'

크게 울리던 시계 소리의 마지막 여운에 아직도 근방의 공기는 떨리고 있었다. (30분이다. 아직 일러. 열한 시 반밖엔 안 됐다.)

'난 젊은이들을 이해할 수가 있다. 젊은이들은 좋거든. 그런데 클

라리사는 어딘지 찬 데가 있어.'

그는 생각했다.

'처녀 시절에도 늘 좀 수줍어하더니 그게 중년이 되니까 인습적으로 굳어버린 거야. 그럼 다된 거지, 다된 거야.'

두꺼운 유리 판자 속을 쓸쓸히 들여다보면서 피터는 연달아 생각했다. 당치 않은 시간에 찾아가서 노여웠을까 하고도 생각해보았다. 갑자기 못나게도 울어버린 것, 감정을 터뜨린 것이 열없어졌다. 여느 때처럼 별수 없이 클라리사 앞에 터놓고 이야기해버린 것이 열없었다.

구름이 해를 가릴 때 런던은 잠시 침묵에 잠긴다. 사람의 마음도 또한 그러하듯 긴장이 풀린다. 시간이 돛대 위에서 펄럭거린다. 인간은 걸음을 멈추고 그 자리에 선다. 딱딱한 관습이란 해골이 인간의 모양을 한 몸뚱이를 떠받치고 있다.

"아무것도 없는 곳이랄까."

생각에 잠긴 피터 월시는 중얼거렸다. 속이 텅 빈 것 같은 느낌이었다. 마음이 공허했다. 클라리사가 나를 퇴짜놓았다. 그 자리에 뻔히 선 채 클라리사가 내게 퇴짜를 놓았다고 피터는 생각했다.

"아아."

세인트 마거리트 교회의 종이 울렸다.

'시간이 되자 응접실에 들어가서 모여든 손님을 맞는 안주인처럼, 난 늦지 않았어 하며 울리는군. 지금 꼭 열한 시 반인걸 하고 종소리가 말하는 성싶어. 그야 꼭 옳은 말이긴 하지만 그 소리는 뚜렷한 개성을 나타내기를 망설이는 안주인의 음성 같다. 과거를 슬퍼하는 마음이, 또 현재를 근심하는 마음이 그 소리를 억누르고 있어. 그 소리는 열한 시 반, 한다. 세인트 마거리트 교회의 종소리는 마음 속 깊이까지 미끄러져 들어와, 뗑 칠 적마다 하나씩 파묻혀버리지. 그 소리는 속 이야기를 해버리고 싶은, 자기를 살라버리고 싶은 기쁨에 몸을 떨며 푹 쉬려고 하는 생물 같아. 클라리사 같아.'

피터 월시는 생각했다.

'시간이 되자 흰 옷에 몸을 감고, 아래층으로 내려오는 클라리사 같아.'

아니 클라리사 자신이라고 생각했다. 감정이 북받쳐 오르고 지극히 선명하면서도 야릇한 그 여자의 추억이 떠올랐다. 그것은 오래전에 그들이 친밀한 순간을 즐기면서 앉아 있었을 때, 이 종소리가 방 안으로 들어와, 꿀을 담고 날아가는 벌처럼 이편에서 상대방에게로 옮겨가면서 그 순간을 담고 가버렸다는 느낌이었다.

'하지만 어느 방이었나? 또 어떤 순간이었나? 또 시계가 쳤을 때 난 왜 그렇게 심각한 행복감에 잠겼을까?'

세인트 마거리트의 종소리가 사라지는 것을 들으면서 피터는 생각했다. 클라리사는 앓고 난 다음이라고 생각하고 보니 종소리마저 피곤과 괴로움을 울려주는 것 같았다. 클라리사는 심장이 나빴다는 기억이 언뜻 났다. 그러니까 갑작스레 크게 울리는 마지막 시계 소리가 장넌 때에 기습해 오는, 때 아닌 죽음을 고하는 듯도 싶었다.

'클라리사가 응접실에서 서 있던 그 자리에 쓰러진다. 아니야! 아

니야!'

피터는 외쳤다.

'클라리사는 죽지 않았어! 난 아직도 젊어!'

이렇게 외치면서 피터는 화이트홀 거리를 힘차게 걸어갔다. 세차고 한없이 펼쳐져가는 미래가 마치 제 앞으로 굴러오는 것처럼 느끼면서.

'난 아직 늙지 않았어. 굳어버리지도 메마르지도 않았어. 남이야 날보고 뭐라고 하든— 댈러웨이 내외나 위트브레드 부처나 친구들이 뭐라고 하든, 난 알 게 없다— 알 것 없어.'(하긴 가다가 취직 자릴 구할 때는 리처드에게 정말 신세를 져야 할 적도 있겠지만.)

발을 크게 떼면서 눈을 똑바로 뜨고, 피터는 케임브리지 공작의 동상을 노려보았다.

'난 옥스퍼드 대학에서 추방을 당했다— 그건 사실이야. 난 사회주의자였고, 어떤 의미에선 낙오자였지— 그래. 그러나 문명의 장래란 것은 나 같은 청년들의 수중에 놓여 있어. 30년 전의 나 같은 청년들의. 추상적인 원칙을 흠모하고 머나먼 런던에서부터 히말라야의 산속까지 책을 주문해와서 과학을 읽고, 철학을 읽는 그런 청년들의 수중에.'

장래는 이러한 청년들의 수중에 놓여 있다고 그는 생각했다.

수풀 속에서 잎사귀가 바스락거리는 듯한 소리가 뒤에서 났다. 그와 함께 뚜벅뚜벅 규칙적인 발소리가 났다. 그 소리가 쫓아오면서 북소리에 맞추듯 그의 생각을 보조에 맞추어서 화이트홀 거리로

몰아쳐 올라갔다. 행진이었다. 제복을 입고 총을 멘 청년들이 똑바로 앞을 바라보고 팔을 꼿꼿이 편 채 행진해 간다. 그들 얼굴에는 동상의 대(臺)에 빙 돌아 새긴 의무, 감사, 충성, 애국을 찬양하는 비문의 글자 같은 표정이 어려 있었다.

이건 참 그럴듯한 훈련인데 하고 피터 월시는 청년들과 발을 맞추면서 생각했다.

'그러나 그들에겐 건장한 데가 없어. 대부분이 열여섯 살쯤으로 보이는 호리호리한 소년들이야. 내일이면 쌀 항아리나 비누 상자 뒤에서 일해야 할 신세인 것 같이 보이는군. 관능적인 향락도 날마다의 일거리도 다 잊어버리고 핀스베리의 거리에서부터 임자 없는 무덤, 1차대전 전사자 기념비까지 꽃다발을 들고 갔을 때의 엄숙한 표정만을 지니고 있다. 그들은 맹세를 한 거야.'

통행인도 경의를 표하고 차들도 멈췄다.

'같이 쫓아갈 수는 없는데.'

그들이 화이트홀을 올라갔을 적에 피터 월시는 생각했다. 한결같은 걸음걸이로 그들은 피터를 지나치고, 모든 사람들을 지나치고, 앞으로 갔다. 마치 하나의 의지력이 수많은 다리와 팔을 똑같이 움직이는 것 같았고, 복잡하고 말 많은 인생이 기념비와 화환 밑에 파묻히고, 훈련을 받아서 눈만 뜬 채 굳어버린 송장이 된 것 같았다.

'경의를 표해야지. 웃어버릴 수도 있겠지만 경의를 표해야겠다.'

피터는 생각했다. 저기 지나간다고 피터 월시는 보도의 가장자리에 서서 생각했다. 넬슨, 고든, 해블로크의 늠름한 동상들, 위대한 군인들도 이런 위대한 체념을 가졌고(피터 월시는 저도 굉장한 체념을 한 것 같이 느꼈다) 또 유혹의 밑바닥에서 허덕여본 끝에, 마침내는 이 대리석에 새겨진 눈동자로 노려보게 된 것이라고 하는 것 같았다.

'그렇지만 조금도 저렇게 노려보고 싶지는 않아. 남이 그런 일을 할 때에는 경의를 표할 수도 있지만 말이야. 저 소년들의 행동도 그래. 저들은 아직 육체의 번민이란 걸 몰라.'

행진하는 소년들이 스트랜드 가 쪽으로 사라지자 피터는 이렇게 생각했다 — 내가 지금까지 겪어온 일을 하나도 모를 거라고 길을 건너 고든의 동상 밑에 서면서 그는 생각했다.

'어렸을 때 나는 고든을 무척 숭배했지. 한쪽 다리를 들고, 팔짱을 끼고, 서 있는 고든 — 불쌍한 고든을. 그건 그런데 내가 런던으로 온 걸 클라리사밖엔 아무도 몰라. 여행이 끝이 난 지금도 나는 아직 섬에 있는 것만 같이 여겨지는군.'

아직도 살아 있으며, 아무도 모르게 트라팔가 광장에 열한 시 반에 혼자 서 있다는 신기함이 그를 뒤덮었다.

'이게 뭘까? 난 어디 있나? 이러쿵저러쿵 사람은 어째서 그런 짓을 하나?'

그는 생각해보았다. 이혼 문제가 다 쓸데없는 헛소리만 같이 여겨졌다. 그의 마음은 늪처럼 납작해지고 세 개의 커다란 감정의 덩어리가 그 위로 굴러갔다 — 이해와 큰 박애심과 그리고 이 두 가지의 결과처럼 생각되는, 아무래도 억누를 수 없는 미묘한 기쁨의 덩

어리가. 마치 머릿속에서 누구의 손이 끈을 당기자 덧문이 열렸으나 자기는 거기에 관여하지 않고, 거닐면 거닐 수도 있는 끝도 없이 이어지는 길머리에 서 있는 것 같은 느낌이었다. 이렇게 젊게 느끼는 건 몇 해 만이었다.

'난 도망쳐 나왔다! 완전히 자유로운 몸이다.'

습관이 허물어지자 맘이 마구 타오르는 불길처럼 기울고 구부러지면서, 밑바닥에서부터 무너져 나갈 것 같았다.

'이렇게 젊은 기분이 나는 건 몇 해 만이구나!'

피터는 생각했다. 그는 종래의 자기라는 것으로부터 이탈해버렸다. 밖으로 도망쳐 달아나면서 그런 줄 모르는 유모 할머니가 빈 방의 유리창에다 대고 손짓하는 꼴을 살피는 어린애 같은 기분이었다. 그런데 저 여자는 아주 멋쟁이로군 하고 트라팔가 광장을 건너 헤이마켓 쪽으로 걸어가면서 피터는 생각했다. 피터의 눈에는 한 젊은 여자가 고든의 동상을 지나가면서 한 겹씩 한 겹씩 허물을 벗어버리고 그가 항상 마음에 그리던 이상의 여자로 변해가는 것 같이 보였다. (피터는 다감한 편이었다.) 젊으면서도 정중하고, 쾌활하면서도 점잖고, 검은 머리면서도 아주 예쁜 여자로.

그는 허리를 펴고 남몰래 주머니칼을 만지면서 그 여자 뒤를 밟기 시작했다. 흥분이란 것이 이쪽으로 등을 지면서도 여전히 그와 저 여자를 맺는 한 줄기의 빛을 던지며 그의 자태를 뚜렷이 비쳐내는 것 같았다. 갈피를 못 잡게 엉키는 차소리가 동그랗게 만든 두 손 사이로 그의 이름을—피터가 아닌, 그가 공상할 때면 부르는 그의 이름을 — 속삭이고 있는 것 같았다.

'당신 하고 여자가 말한다. 당신 하는 한마디를 흰 장갑을 낀 손과 어깨로 말한다.'

콕스퍼 거리의 덴트 시계점 앞을 지날 때 얄팍하고 길쭉한 외투 자락이 에워싸는 듯한 상냥함과 서글픈 정을 드러내듯 바람에 나부꼈다. 두 팔을 벌리고 피곤한 자를 안아주려는 듯이 — .

'그렇지만 저 여자는 미혼일 거다. 젊어, 아주 젊은데.'

피터는 생각했다. 트라팔가 광장을 건널 때 보이던 가슴의 빨간 카네이션이 다시 불타듯 눈앞에 떠오르고, 여자의 입술이 유난히 붉게 보였다. 여자는 길 가장자리에서 기다리고 서 있었다.

'저 여자는 위엄이 있다. 클라리사처럼 속되지 않아. 클라리사처럼 부자가 아니야. 저 여자는 점잖을까?'

여자가 움직이자 피터는 생각해보았다.

'재치가 있고 우스운 소리도 곧잘 하겠다.'

(남을 이러쿵저러쿵 상상해보는 것도, 이따금 탈선을 해보는 것도, 재미니까.)

'냉정하게 응답할 줄 아는 재치, 날쌔면서도 시끄럽지 않은 재치가 있겠는걸.'

여자는 발을 옮겨 길을 건넜다. 피터는 뒤를 따랐다.

'무안을 주려고는 꿈에도 생각지 않지만 저 여자가 발걸음만 멈춘다면「시원한 걸 한 잔 하실까요?」하고 말을 걸어보자. 그럼 여자도 선뜻「네」할지 누가 아나.'

길거리에 들어서자 다른 사람들이 두 사람 사이로 들어와서, 피터의 눈을 가리고, 여자의 모습을 지워버리고 말았다. 피터는 그대로 쫓아갔다. 여자의 표정이 홱 달라졌다. 뺨이 빨개졌다. 눈에 냉소가 떠올랐다. 자긴 물불을 헤아릴 줄 모르는 모험가라고 피터는 생각했다.

'날래고, 대담하고, 정말로(어제 저녁에야 인도에서 왔으니까) 낭만적인 해적 같은 놈이다. 상점의 진열장에 널려 있는 물건 같은 것에는 노란 잠옷이건, 담뱃대건, 낚싯대건 간에 통 관심이 없어. 점잔을 빼는 것도, 야회에 가는 것도, 가장자리에 흰 선을 두른 조끼를 입은, 쭉 뽑은 노인 신사들도 다 귀찮아. 난 해적이거든.'

여자는 계속해서 걸어간다. 피커딜리를 건너서, 리젠트 가를 따라서, 앞장 서서 자꾸 간다. 그 여자의 외투, 장갑, 어깨 모양이 상점의 창마다 놓인 장식품, 레이스, 깃털목도리 같은 것과 어울려 사치와 취미의 분위기를 만들어냈다. 밤에 불빛이 울타리 너머 컴컴한 바깥으로 새나오듯이 분위기가 상점에서 밖으로 스며나왔다.

웃으면서, 아주 기쁘다는 듯이 여자는 옥스퍼드 가와 그레이트 포틀랜드 가를 건너서 어떤 좁은 길로 들어섰다.

'자, 지금, 이제, 마지막 순간은 다가온다. 여자가 지금 발걸음을 늦추고, 가방을 열고 이쪽을 흘끔 본다. 날 본 건 아니고, 그저 안녕하는 눈초리야. 모든 것을 송두리째 의기양양하게 영원히 집어치워 버리겠다는 눈초리야. 열쇠를 문에 꽂았다. 문을 열었다. 들어가버렸어!'

클라리사가 "오늘 저녁 야회를 잊지 마세요!" 하던 음성이 피터의 귀에 쟁쟁했다. 여자가 들어간 집은 꽃바구니를 매달아놓은, 알 수 없는 납작한 붉은 벽돌 집이었다.

'끝났다. 어쨌든 난 재밀 봤다. 재미를 봤어.'

그는 허옇게 바랜 제라늄 꽃바구니를 올려다 보았다.

'산산이 부서졌다 — 내 재미가 말이야. 그야 뭐 한 절반은 꾸며본 일인 줄은 나도 알아. 이 여잘 쫓아온 것도 남들이 인생의 태반을 공상으로 꾸며놓듯 만들어내본 거지.'

그는 계속 생각했다.

'나 자신도 만들어내고, 그 여자도 만들어내고, 자릿자릿한 재미도, 또 그보다 더한 것들도 만들어낸다. 이상한 일이지만 어쩔 수 없는 사실이야. 이런 맛은 아무도 모를걸 — 다 산산이 부서져버렸어.'

그는 발길을 돌려 길을 따라 올라갔다. 링컨 법원 — 후퍼 앤드 그레이틀리 사무소에 갈 시간이 올 때까지 어디 앉아 있을 자리를 찾아야겠다고 생각하면서.

"어딜 갈까? 아무래도 좋아. 그럼 이 길을 따라 리젠트 공원으로나 가볼까."

구둣발로 보도의 돌을 차는 소리가 "아무래도 좋다"고 울려왔다.

"아직 이르거든. 퍽 이르니까."

찬란한 아침이었다. 건강한 심장의 고동 소리처럼 생명이 거리거리에 뻗어가고 있었다. 그 고동은 망설이지도 — 머뭇거리지도 않는다. 정확하게 시간을 맞춰 휘몰아오던 자동차는 정각에 문 앞에서 멎었다. 비단 양말을 신고, 모자에 새털을 단 여자 하나가 홀연히 내려섰다. 그러나 별 매력도 피터에게는 느껴지지 않았다. (맘껏 재미를 본 끝이라서.) 점잖은 집사들, 노르께한 당견(唐犬), 흑백의 바둑판 같은 무늬를 놓은 양탄자가 쭉 깔린 현관, 거기에선 하얀 발이 바람에 나부꼈다. 피터는 열린 문 틈으로 들여다보며 좋은데 하고 생각했다.

'런던, 사교 계절과 문명, 말하자면 이런 것들이 제각기 특징을 살려서 만들어낸 훌륭한 성과가 아니냐. 3대를 거쳐서 인도 대륙의 행정을 보아온, 인도에서는 상류 계급에 속하는 나도 (참 이상하지. 인도 제국이나 군대 같은 것을 그렇게 싫어하면서도 이런 감상에 빠진다는 건) 어떤 때는 이런 종류의 문명이 다 내 것같이 귀하게 여겨지니 말이야. 영국, 집사들, 개들, 안정된 생활을 하는 여자들에 대해서 자랑스러워질 때가 있거든. 어처구니없는 일이지만 한편 또 수긍이 가기도 해.'

의사나 사업가나 능력 있는 여자들이 또박또박 시간을 맞춰가며 바지런하게 힘차게 일하고 있는 것이 다 장해 보였다.

'저들은 일생을 내맡길 수도 있는 훌륭한 친구들이야. 세상살이에는 든든한 길동무들이지. 이것 저것 심심치 않게 재미나는 광경이로군. 그늘에 앉아서 담배나 피워볼까.'

피터는 리젠트 공원으로 갔다.

'그렇지, 어렸을 때 이 공원을 걸어다닌 일이 있어 — 이상하군. 어렸을 때 생각이 적이 난다. 클라리사를 만나서 그런지도 모르지. 여자란 남자보다 늘 과거에서 사는 법이니까. 여자는 장소에 정을 들인다. 그리고 아버지한테 — 여자는 늘 자기 아버지를 자랑삼지. 부어턴은 좋은, 아주 좋은 곳이었지만 난 그 영감하고 사귀지 못했어. 하룻밤은 그 영감하고 굉장한 말다툼을 했지 — 이러니저러니 말을 많이 했지만 무엇 때문이었는지는 까맣게 잊어버렸다. 무슨 정담(政談)이었겠지.

그래 리젠트 공원은 잘 알아. 길게 뻗은 인도, 왼쪽으로 접어들면 풍선을 파는 조그마한 집이 있고, 어디 이 근방엔 비문(碑文)을 새겨 놓은 시시한 동상이 있었더라.'

생각하면서 그는 빈 벤치를 찾았다. 지금 몇 시냐고 묻는 무리한테 방해를 받고 싶지 않았기 때문이다. (좀 졸려서.) 유모차에 잠든 아기를 태운 채 지키고 앉은 유모 할머니가 하나 있었다.

'저기가 제일 좋겠다. 유모가 앉은 이쪽 끝에 가서 앉자.'

방 안에 들어와 엄마 곁에 선 엘리자베스가 갑자기 떠올라서 피터는 이렇게 생각했다.

'엘리자베스의 얼굴은 꽤 괜찮더군. 커졌어. 아주 어른이 됐어. 예쁘진 않아도 잘생긴 편이야. 열여덟 살 이상은 안 됐을 테지. 클라리사하곤 마음이 안 맞는지도 몰라. 「우리 엘리자베스예요」 — 그 말투라니 — 왜 그저 「엘리자베스예요」 하지 못할까 — 흔히 어머니들이 하듯이 없는 걸 있는 척하는 거라. 클라리사는 자기 매력을 지나치게 믿는다. 너무 믿어.'

진하고 부드러운 잎담배 연기가 시원하게 피터의 목으로 내려갔다. 그 연기를 그는 동그랗게 뿜어냈다. 연기는 잠시 공중에 떠 있었다. 파랗게, 동그랗게.

'오늘 저녁엔 엘리자베스와 조용히 얘길 해봐야겠다.'

연기는 모래 시계처럼 스르르 무너지더니 희미하게 사라졌다. 괴상한 모양이군 하고 피터는 생각했다. 문득 눈을 감고, 한 손을 쭉 뻗고, 그는 굵직한 담배꽁초를 내던졌다. 큼직한 빗자루가 그의 마음속을 말짱히 쓸어버린 것 같은 기분이었다. 동시에 흔들리는 나뭇가지도, 아이들의 노는 소리도, 발소리도, 지나가는 사람들도, 웅성대는 거리의 소음도, 커졌다 적어졌다 하는 소리도, 다 쓸어버린 것 같았다. 피터는 아래로 아래로 자꾸만 꺼져들어가서 새 깃같이 보드라운 잠 속으로 끌려 들어가 아주 폭 싸이고 말았다.

피터 월시가 햇살이 따가운 옆자리에서 코를 골기 시작하자 회색 옷을 입은 유모는 뜨개질하던 것을 다시 집어들었다. 회색 옷을 입고 잠자코 피곤을 모르는 듯 손을 움직이는 유모는 잠든 이의 권리를 지켜주는 사람, 또는 하늘과 나뭇가지가 어울려서 만들어내는 어둑어둑한 황혼을 틈타서 나타나는 유령처럼 보였다. 외로운 나그네, 오솔길을 헤매고 양치식물의 숲을 헤치고, 무성한 솔송나무를 짓밟는 꿈나라의 나그네인 피터는 문득 눈을 뜨고 한길 저 끝에 거인의 모습을 보았다.

철저한 무신론자인 나그네는 이따금 예상치 않은 비상한 환희의 순간에 부닥쳤다. 우리들의 외부에는 마음의 상태만이 존재한다고 그는 생각했다. 위로, 구제를 갈구하는 비참한 마음의 난쟁이들, 나

약하고 추한 겁쟁이 남녀의 밖에 있는 무엇을 갈구하는 마음만이 존재한다고. 혹 어떤 여자를 마음속에서 생각할 수 있다면 그 여자는 그런 의미에서 존재한다고 나그네는 생각했다. 길을 걸어가면서 하늘이며 나뭇가지를 쳐다보고 나그네는 언뜻 그것을 여자로 생각해보았다. 그러니까 그것들이 제법 위엄 있어 보이는걸 하고 놀랐다. 산들바람에 검게 그늘진 잎사귀가 나부끼는 모습이 마치 정중하게 자비와 이해와 용서를 베풀어주는 여인 같은 풍치였다. 그러다가도 나무는 갑자기 몸을 높이 추슬러 올려서 경건하던 모습을 뒤집어 엎고 요망한 교태를 부리기도 했다.

이러한 환상이 외로운 나그네 앞에 어른거리고, 열매를 가득 실은 '풍양(豊穰)의 뿔'을 나그네 앞에 놓는가 가면 넘실거리는 푸르른 바다 물결 위를 타고 달아나는 마녀처럼 없어졌다간 철썩 내던져지는 장미 꽃다발처럼 얼굴에 와서 부딪혔다. 그리고 넘쳐 흐르는 물결을 뚫고, 고기잡이들이 붙잡으려고 애쓰는 익사자의 창백한 얼굴처럼 물위로 둥실 떠오르기도 했다.

이런 환상이 끊임없이 떠오르는 현실과 맞서 걷기도 하고, 현실 앞에 얼굴을 쑥 내밀기도 했다. 그리고 외로운 나그네를 휩싸버리고 이 세상의 모든 관념이라든가 돌아오려는 욕망을 빼앗아간 대신 죽음이란 평화를 주었다. 마치(하고 나그네는 수풀 속 길을 걸어가면서 생각한다) 살겠다는 열병이 아무것도 아닌 극히 단순한 것인 듯이. 그러면 인생의 복잡다단한 제반 일들이 뭉쳐 하나가 되어버렸다. (난 지긋하다, 오십도 넘었으니.) 치는 물결에서 한 거대한 형상이 빨려

올라오고, 그 엄청나게 큰 손에서 연민과 이해와 용서의 소낙비를 내리듯이, 하늘과 나뭇가지로 만들어진 이 환상도 험한 바다에서부터 일어나 온 것이다. 그러니까 하고 나그네는 생각했다.

'불이 켜진 내 방으론 돌아가지 않으련다. 쓰던 책도 마치지 않고, 담뱃대도 털어내지 않고, 상을 치우라고 터너 부인을 부르지도 않으련다. 그보다는 똑바로 거인에게로 걸어가겠다. 그럼 그 영상은 고개를 좀 쳐들면서 날 바람결에 태워 다른 것들과 함께 무(無)의 나라로 불어 보내주겠지.'

환상이란 이런 것이다. 외로운 나그네는 숲 바깥으로 나왔다. 거기엔 늙은 여자가 하나 그가 돌아오기를 기다려서인지 손을 눈 위에 대고, 흰 앞치마를 바람에 날리면서 문으로 나왔다. 이 여자는(그의 일념(一念)은 무섭다) 사막을 헤매며 잃어버린 아들을 찾고, 죽은 기사를 찾는 세계대전 전사자의 어머니의 모습인 것도 같았다. 그래서 여자들이 서서 뜨개질하고, 남자들이 흙을 파고 있는 마을의 거리를 걸어가면서 외로운 나그네는 저물어가는 해에 무언지 불길함을 느꼈다. 사람들의 모습은 움직이지 않았다. 무슨 엄연한 운명, 올 것을 알고 그들이 태연히 기다리고 있는 운명이, 그들을 휩쓸어 완전히 절멸시켜버리는 것도 같았다.

방 안에 있는 일상 용구들 가운데 찬장과 테이블과, 화분이 놓인 창이 있었다. 상보를 걷으려고 몸을 굽힌 안주인의 윤곽이 갑자기 불빛에 부드러워졌다. 아름다운 상징이었다. 그것을 덥석 안으려는 우리를 말리는 것은 차디찬 인간 사회의 교제를 기억하는 마음뿐이라고 나그네는 생각했다. 안주인은 마멀레이드를 집어서 찬장 속에 넣었다.

"오늘 저녁엔 더 할 일이 없습니까?"

그러나 외로운 나그네는 누굴 보고 대답을 해야 할 것인가?

늙은 유모는 리젠트 공원에서 잠든 아기 옆에서 뜨개질을 하고 있었다. 피터 월시는 코를 골았다. 그는 깜짝 놀라 깨어서 "영혼의 죽음"이라고 혼자 중얼거렸다.

"제에기!"

소리 내어 중얼거리면서 기지개를 켜고 눈을 떴다.

"영혼의 죽음."

그 말은 어떤 장면, 어떤 방, 그가 꿈꾸던 어떤 과거와 관련이 있었다. 그 장면, 그 방, 꿈꾸던 그 과거가 차차 뚜렷하게 되살아왔다.

그것은 1890년대의 부어턴에서 지내던 그해 여름의 일이다.

'내가 클라리사를 열렬히 사랑하고 있던 때야. 사람들이 차를 마신 뒤에 탁자를 둘러싸고 모여 앉아서 환담하고 있었고, 방에는 누르스름한 불빛이 비추고, 담배 연기가 자욱했지. 사람들은 하녀와 결혼한 어떤 남자 이야기를 하고 있었어. 그 남자는 이웃에 사는 지주라고 하던데, 이름이 무엇이더라. 하녀와 결혼을 하고 부어턴으로 인사를 하러 데리고 왔다더니—그런데 그 행차야말로 굉장했다고. 여자는 더덕더덕 칠을 하고, 꼭 귀신 같더라고 클라리사는 흉내를 냈어. 말문이 열리면 얘기를 끝도 없이 늘어놓더라나 하고, 흉내를 냈지. 그러니까 또 누가 그랬더라—샐리 시튼이었을 거다—결혼하기 전에 그 여자가 아기를 뱄다는 것도 짐작할 만하지 뭐냐고. (그 시절에는 남녀가 같이 모인 자리에서 이런 말을 하는 건 대담한 일이었지.) 그때 클라리사의 표정이 지금도 생각난다. 얼굴이 새빨개지고 일그러지더니 「아이, 다시는 그 여자하고 말도 안 할 테야!」 그 말에 테이블을 둘러싸고 앉았던 사람들이 그만 열없어지고 거북해져버렸어.

클라리사가 그런 일에 구애받는 걸 난 책망하진 않았어. 그 시절에 그처럼 곱게 자라난 처녀는 아무것도 모르는 법이니까. 하지만 클라리사의 태도는 거슬렸어. 수줍고 몰인정하고 거만하고 얌전을 빼는 그런 태도가. 그래서 나는 「영혼의 죽음」이라고 그런 경우에 들어맞는 말을 찾아서 그전처럼 불러본 거야. 「영혼의 죽음!」이라고.

모두가 열없어했지. 클라리사가 말하는 동안엔 고개들을 숙이고 표정이 달라져서 일어났어. 샐리 시튼이 장난을 치다 들킨 어린애처럼 고개를 숙이고 얼굴이 벌게서 말을 하고 싶지만 겁이 난다는 모양이었던 것도 눈에 선해. 클라리사 때문에 사람들이 놀랐던 거야. (샐리는 클라리사와 아주 친해서 그 집에 늘 와 있었어. 매력 있고, 얼굴도 잘생기고 머리칼이 검은 여자, 그 시절엔 아주 말괄량이란 소문까지 났지. 내가 잎담배를 주니까 그걸 제 침실에서 피웠어. 누구하고 했다나, 그렇지 않으면 집안 식구하고 싸웠다나 하던데. 클라리사의 아버지 패리 씨는 우리 둘을 미워해서 그것 때문에 우리가 친근감을 가지게 되었지.) 클라리사는 그래도 좌중의 모든 사람들 때문에 화가 났다는 태도로 일어나서 핑계를 대더니 혼자 나가버렸어. 클라리사가 방문을 열자 커다란 털보 세퍼드가 들어왔지. 클라리사는 개를 덥석 안고 미친 듯이 쓰다듬었어. 그건 날 보고 여봐라는 것 같았어 — 날 보라고 한 일이지. 다 알고 있다 — 아까 그 여자에 대해서 내가 너무 심한 말을 했다고 생각하지요. 그렇지만 내가 얼마나 동정심이 있는지 보세요. 내가 얼마나 우리 로브를 귀여워하는지를! 하는 듯이.

우리 둘에게는 항시 말하지 않고도 이렇게 통하는 이상한 힘이 있었어. 내가 저를 책망하는 걸 클라리사는 금세 알아차리고, 그럴 때는 반드시 자길 방어하는 어떤 행동을 했지. 이 개를 가지고 법석하듯이 — 그렇다고 누가 속는가. 난 언제든지 클라리사의 마음속을 빤히 들여다본걸. 그야 뭐, 별 말을 하는 것도 아니고 그저 우두커니 앉아 있을 뿐이었지만. 우리의 말다툼은 이렇게 시작되는 수가 많았지. 그때 클라리사가 방문을 닫아버려서 난 어쩔 수 없이 곧 우울해져버렸어. 다 쓸데없는 일 같았다 — 이렇게 사랑하면서도 싸우고 화해하고, 또 싸우고, 또 화해한다는 것이. 그래서 난 혼자 밖에 나와서 곳간, 외양간 사이로 말을 보면서 걸어다녔지. (그 집은 볼품 없었다.) 패리 내외는 결코 잘살지는 못했어. 그래도 그 집에는 늘 마부랑 하인이 여럿 있었지 — 클라리사는 말타기를 어지간히 좋아했어 — 늙은 마차꾼도 있더니 — 이름이 뭐더라 — 늙은 유모도 있었고. 무디 할머니라나 구디 할머니라나 하고들 불렀지. 그 할머닐 찾아가면 조그만 방에 사진하고 새장이 그득했어.

그날 저녁에는 정말 기분이 나빴어. 난 점점 우울해져서, 그 일

뿐 아니라 모든 일이 다 싫어졌지. 그래서 클라리사를 차마 만날 기운도 안 났다. 무어라고 설명할 기운도, 시원스럽게 터놓고 얘기할 기운도 없었으니까. 근처에는 사람들이 있었고—클라리사는 아무 일도 없었던 것처럼 태연했어. 이거야말로 괘씸하더군—그 쌀쌀한 점, 그 매정스러운 점, 그것은 속에 깊이 들어박혀 있어서 오늘 아침 만나서 얘기했을 때도 선뜻 느껴야 하지 않았나. 클라리사에게는 꿰뚫을 수 없는 데가 있어. 그런데 난 분명 클라리사를 사랑하고 있어. 그에게는 남의 신경을 뒤흔드는 힘이 있어. 남의 신경을 바이올린의 현처럼 만들어버려. 정말이지 그래.

그날 저녁을 먹을 때에 난 좀 늦게 들어갔다. 날 봐라 하는 어리석은 생각에서였지. 그리고 패리 양 곁에 가서 앉았어—헬리너 아주머니 말이야—패리 씨의 누이지. 이 노인이 주인격이지 싶어서. 패리 양은 흰 캐시미어 목도리를 두르고, 창을 등지고 앉아 있었어—아주 무서운 할머니지만 진기한 꽃을 찾아다 주었다고 해서 내게는 제법 친절했지. 상당한 식물학자여서 두꺼운 장화를 신고 어깨에다 까만 양철 조각으로 만든 채집 상자를 떠메고 돌아다니던 할머니야. 그 할머니 곁에 앉았으나 아무 말도 할 수가 없었다. 모든 것이 내 앞을 휙휙 달음질쳐서 지나가버리는 것 같아서. 그래 앉아서 그저 먹기만 했지. 저녁 식사가 반쯤이나 지났을까 했을 때 그제야 겨우 처음으로 클라리사를 쳐다볼 기운이 났어. 그때 클라리사가 바른편에 앉은 젊은 남자와 얘기하고 있는 걸 보고, 난 육감으로 클라리사가 그 남자하고 결혼하리라는 것을 알았어. 그땐 그 남자 이름도 몰랐지만.

바로 그날 오후의 일이었지. 바로 그날 오후 댈러웨이가 찾아와서 클라리사가 그를 위컴이라고 소개한 것은. 그것이 모든 일의 시초였어. 누구인가가 댈러웨이를 데리고 왔던 거야. 그런데 클라리사가 그의 이름을 잘못 알고 사람들에게 위컴이라고 소개를 하고 다녔지. 마침내 그 남자는 「제 이름은 댈러웨이올시다」라고 해서 — 그래서 난 처음으로 리처드를 본 거다 — 좀 어색한 데가 있는 금발의 청년인데 간이 의자에 앉은 채 「제 이름은 댈러웨이올시다!」 하고 뇌까렸어. 샐리는 그 기회를 놓치지 않고 이후론 그를 볼 적마다 「제 이름은 댈러웨이올시다」라고 놀려댔어.

그 시절에 난 여러 가지 육감에 사로잡혀 있었어. 그 육감 — 클라리사가 댈러웨이와 결혼하리라 — 는 육감에 눈이 아찔하고 — 순간 세상이 무너지는 것 같았지. 댈러웨이에 대한 클라리사의 태도에는 일종 — 무어라고 할까 — 일종의 태연함이 있었어. 어딘지 어머니가 아들을 대하는 듯한 데가 있었고, 정다운 데가 있었어. 둘이서 정치담을 하고 있더군. 저녁을 먹으면서 내내 나는 그들이 하는 소리를 들어보려고 애를 썼지.

저녁을 먹은 뒤에 응접실에서 패리 할머니가 앉은 의자 곁에 서 있던 것이 생각난다. 클라리사는 아주 안주인다운, 하나도 나무랄 데 없는 몸가짐으로 들어오더니 나에게 어떤 사람을 소개하고 싶다고 했어 — 그 말투가 생전 처음 만난 사람 같더라. 화가 버럭 났지. 그래도 난 오히려 그런 클라리사에게 감탄했어. 클라리사의 용기, 그의 사교적인 소질, 일을 수습해가는 능력에 감탄한 거야. 「아주 그럴듯한 안주인이구려」 하니까 클라리사는 몸을 움찔했어. 그러라고 한 말이었는걸. 그가 댈러웨이와 있는 것을 본 다음부터는 어떻게든지 마음 아프게 해주고 싶었으니까. 그래서 클라리사는 날 저버리게 된 거야. 클라리사와 댈러웨이가 나를 상대로 공모를 하는 것만 같아서였어 — 내가 없는 데서 — 웃고 이야기하는 것만 같아서. 난 패리 양의 의자 곁에 나무로 새긴 사람처럼 서서 들꽃 이야기를 하고 있었지. 그렇게 지독하게 괴로웠던 일은 생전에 처음이라! 패리 양의 말을 듣는 척하는 것조차 잊어버리고 있었으니. 깜박 정신을 차리고 보니까 패리 양은 화가 나서 어쩔 줄을 모르고, 눈이 튀어나올 것 같이 날 뚫어지게 쳐다보고 있지 않겠나. 나는 지금 지옥에서 헤매고 있기 때문에 그런 이야길 듣고 있을 수 없다고 하마터면 외칠 뻔했어. 그때 사람들이 방을 나가기 시작했지. 겉옷을 가지고 가야 하느니 물위는 춥다느니 하는 소리가 들리고. 달밤에 호수로 뱃놀이 가자는 거였어 — 그것도 샐리의 변덕에서 나온 말이었어. 샐리가 달이 어떻다고 하는 소리가 들리더니 모두들 나가버리고 나만 혼자 남게 되었지.

그랬더니 「같이 안 가려우?」 하고 헬리너 아주머니가 물어보더군 — 딱한 할머니 — 내 마음을 알아차린 거야. 돌아다보니까 클라리사가 거기 와 있었어. 날 데리러 돌아왔다면서. 그의 관용, 그의 친절에 난 그만 가슴이 뭉클해지고 — .

「어서 오세요, 다들 기다리고 있어요」라고 클라리사가 말했겠지.

그렇게 행복스러웠던 때는 또 없었어! 말 한마디 없이 화해하고 그대로 호숫가로 걸어내려가던 20분 동안 나는 완전히 행복했어. 클라리사의 목소리, 웃음소리, 옷(뭔지 하르르한 희고 붉은 옷이었다), 그의 쾌활함, 모험성. 클라리사는 사람들을 배에서 내려서 섬을 탐험하게 하고, 암탉을 후닥닥 쫓아다니고, 웃고 노래했어. 그러는 동안에도 댈러웨이가 클라리사에게 반해버린 것이 분명했거든. 또 클라리사가 댈러웨이에게 애정을 느끼는 것도 알 수 있었고. 하지만 그땐 괜찮은 것 같았어. 무슨 일이건 상관이 없는 것 같았어. 우리는 둘이서 땅에 철벅 앉아서 이야기를 했어 — 나하고 클라리사하고 둘이서 서로 마음을 주고 받는 것이 조금도 힘이 들지 않았어. 그러나 다음 순간 모두가 끝나버렸지. 나는 배를 타면서 「저이는 저 남자와 결혼할걸」 하고 혼자 중얼댔다. 벙벙해져서 노여운 마음도 별로 들지 않았어. 댈러웨이가 클라리사와 결혼한다는 것, 그것은 분명했으니까.

댈러웨이가 돌아오는 배를 저었어. 그는 말이 도무지 없었어. 그가 일어나서 20마일이나 되는 숲속 길을 돌아가려고 자전거를 타고 비틀거리며 내려가고 손을 흔들면서 사라지는 것을 사람들이 바라보고 있을 때에, 나는 본능적으로 깊이, 분명히, 느끼는 바가 있었어 — 그날 저녁에 일어난 일, 로맨스, 클라리사에 대해서 느끼는 바가. 댈러웨이는 클라리사를 소유할 만한 자격이 있는 사람이라고 느꼈어.

나는 어떠냐 하면, 어리석기 짝이 없었지. 내가 클라리사에게 한 요구(지금은 잘 알 수가 있지만)는 참 어리석기 짝이 없는 것이었어. 할 수 없는 일을 하라고 했으니까. 지겨운 말다툼도 끔찍하게 했어. 내가 조금만 덜 어리석었어도 클라리사는 날 받아들이려 했을 거야. 샐리도 그러리라고 했고. 그해 여름 샐리는 내게 긴 편지를 여러 차례 써 보냈어. 클라리사와 내 이야길 했다는 둥, 자기가 내 칭찬을 해주었다는 둥, 그래서 클라리사가 그만 울어버렸다는 둥 그런 말을 써보냈어. 그해 여름에는 참 이상한 일만 일어났지. 편지, 말다툼, 전보—새벽같이 부어턴에 와서 하인들이 일어날 때까지 빈둥빈둥 돌아다니던 일, 아침 먹을 적마다 늙은 패리 씨와 지겹게도 단둘이 얼굴을 마주 대하던 일, 무섭긴 하나 친절했던 헬리너 아주머니, 샐리가 이야기하자고 채소밭으로 날 끌고 가던 일, 클라리사가 머리가 아프다고 누워 있던 일들이 새삼스럽다.

마지막 소동, 내 일생에서 무엇보다도 중요하다고 생각되는 그 소동(이건 과장일지도 몰라—하지만 지금껏 그렇다고 생각돼)은 아주 무더운 어느 날 오후 세 시에 일어났지. 시초는 아무것도 아닌 일이었건만—샐리가 점심때 댈러웨이 이야기를 하다가 「제 이름은 댈러웨이올시다」라고 한 데서 시작한 거야. 그랬더니 클라리사는 늘 하던 버릇으로 갑자기 몸을 사리고 얼굴이 빨개지더니 「그런 시시한 농담은 실컷 들었어」 하고 쏘아붙였어. 그것뿐이었지. 그런데 그것은 마치 클라리사가 「당신하고는 재미만 보자는 거고 리처드 댈러웨이하고는 마음이 통해요」라고 말한 것과 다름이 없었어. 정녕 그런 것만 같았어. 그래서 나는 여러 날을 두고 밤잠을 못 자고 어떻게든지 끝장을 내야겠다고 샐리 편에 편지를 보내서 세 시에 분숫가에서 만나자고 한 거야. 「중대한 일이 있습니다」라고 편지 끝에다가 써 넣었지.

분수는 집에서 동떨어진 조그만 숲속에 관목 나무에 빙 둘러싸여 있었어. 시간도 되기 전에 클라리사가 오더군. 분수를 사이에 두고, 우리는 마주보고 섰지. 분수공(噴水孔)에서는(고장이 났었다) 물방울이 뚝뚝 떨어지고 있었어. 이런 광경이 이렇게도 맘에 젖어드는지 모르겠네! 살아 있는 것같이 파랗던 이끼도 눈에 선해.

클라리사는 꼼짝도 하지 않았어. 「사실대로 말해보아요, 사실대로」 하고 되풀이하면서 난 머리가 터질 것만 같았지. 클라리사는 바르르 떨더니 돌덩어리처럼 그 자리에 굳어버리고 움직이질 않았어. 「사실대로 말해봐요.」 나는 또 되풀이했고. 그때 갑자기 《타임스》지를 든 늙은이 브라이트코프가 숲속에서 머리를 불쑥 내밀고 우리들을 뚫어지게 쳐다보더니 입을 딱 벌리고 가버렸지. 둘 다 움직이지 않았어. 「사실대로 말해봐요.」 내가 또다시 말했어. 무엇인지 딱딱한 물건에다 대고 맷돌질하고 있는 것 같은 느낌이더군. 클라리사는 까딱도 하지 않았고. 등을 곧게 편 채 돌덩어리같이 또는 부싯돌같이 까딱 없었어. 그리고 「소용없어요. 소용없어. 이걸로 다 마지막이에요」라고 클라리사가 했을 때는 ― 몇 시간 동안을 ― 그토록 긴 듯 생각되는 동안을 눈물을 흘려가면서 이야길 한 끝에 ― 뺨을 찰싹 얻어맞은 것 같았어. 클라리사는 획 돌아서더니 날 두고 가버렸지.

「클라리사!」 하고 나는 불러보았어. 「클라리사!」 그러나 그는 돌아오지 않았고 모두가 끝장이 나버린 거야. 나는 그날 저녁으로 떠나버렸지. 그후 한 번도 클라리사를 만난 일이 없었어.'

지겨운 일이라고 피터는 마음속으로 외쳤다.

'지겨워, 지겹다고. 그래도 햇살은 따갑고 그래도 사람들은 잊어버리고 살아간다. 그래도 날은 날마다 지나가는 인생이야. 그래도.'

그는 하품을 하고 주위를 돌아다보기 시작했다—.

'리젠트 공원은 내가 어렸을 때와 별로 변하지 않았군. 저 다람쥐가 생긴 걸 빼놓고는— 그래도 보상이라는 것이 있을 텐데.'

그때, 어린 엘리스 미첼이 동생과 같이 저희들 방 맨틀피스 위에다 모아놓은 자갈돌 무더기에다 보태겠다고, 이제껏 주운 돌을 한 움큼 유모 무릎에다 와락 쏟아놓았다. 그리고 다시 뛰어가다가 그만 어떤 부인 다리에 쾅 부딪혔다. 피터 월시는 깔깔 웃었다.

한편 루크레치아 워런 스미스는 거닐면서 혼자 생각하고 있었다.

'이런 법이 있담. 왜 나만 이 고생을 해야 하나?'

널따란 길을 걸어가면서 그는 마음속에 물었다.

'아니, 더는 참을 수 없어.'

그는 생각했다. 정신을 못 차리는 남편 셉티머스를, 지독하고 끔찍하고 혹독한 소리를 혼자 지절거리라고 버려둔 채, 이 젊은 아내는 생각에 잠겨 있었다. 혼자 중얼거리고, 죽은 사람과 이야기하라고, 저기 벤치에다 남편을 버려두고. 그때 엘리스가 그 여자와 쾅 부뒷쳐 넘어져서 울기 시작한 것이다.

그것은 오히려 위안이 되는 일이기도 했다. 루크레치아는 어린애를 일으켜 세우고, 옷을 털고, 입을 맞춰주었다.

'그렇지만 나는 조금도 잘못한 일이 없는데. 난 셉티머스를 사랑하고, 여태껏 행복하게 살아오지 않았나. 전에는 깨끗한 집도 있었고, 언니들은 아직도 그 집에서 모자를 만들어 팔면서 살고 있는데, 왜 나는 이렇게 고생을 해야 할까?'

어린애는 곧장 유모에게로 달려갔다. 유모가 뜨개질감을 내려놓고, 꾸짖고 달래면서, 그 애를 안아 올렸다.

'저기 저 무던해 보이는 남자가 달래려고, 시계를 꺼내서 찰깍하고 뚜껑을 열어주는군그래 — 그런데, 나는 왜 이렇게 모진 바람을 쐬야 할까? 왜 밀라노에 남아 있지 못했을까? 왜 고통을 받는 것일까? 왜?'

널따란 길, 유모, 회색 옷 입은 남자, 유모차가 눈물에 어려 루크레치아의 눈앞에서 어른거렸다.

'이 모진 고문에 몸을 뒤트는 것이 내 운명인가보다. 그렇지만 왜? 나는 얇은 잎사귀 그늘에 숨어서 잎이 흐느적거릴 때마다 햇빛에 눈이 부시고, 마른 나뭇가지가 뚝 부러질 적마다 깜짝 놀라는 새 같구나. 몸을 감출 곳도 없이 무정한 세상의 커다란 나무들과 한도 없는 구름에 싸여서 피할 곳도 없이 괴로워만 하는 나. 왜 난 이렇게 고생을 해야 하나? 왜?'

루크레치아는 얼굴을 찌푸리고 발을 동동 굴렀다.

'정신과 의사 윌리엄 브래드쇼 경을 보러 갈 시간이 거의 되어오네. 셉티머스 있는 데로 돌아가야지. 나무 밑 파란 의자에 앉아서, 혼자서 중얼거리고 있는 그이에게 돌아가서 일러주어야지. 그때 우리 집 가게에서 언뜻 한 번 본, 죽은 에반스하고 얘기하고 있는 그이에게로. 에반스는 조용한 것을 좋아하는 것 같아 보이던데, 셉티머스하고는 무척 친한 사이더니 전쟁에 나가서 죽어버렸어. 그렇지만 이런 일은 누구나 당하는 일인 걸 뭐. 전쟁에 나가서 죽은 친구쯤은 누구에게든지 다 있어. 또 결혼하면 희생하는 것도 으레 있는 일이고. 난 집을 버리고 여기 이 지겨운 도시에서 살려고 이렇게 오지 않았나. 그런데 셉티머스는 하찮은 일만 생각하고 있어. 나도 그러려면 얼마든지 그런 생각을 할 수 있어. 그이는 점점 이상해져. 우리 침실 벽 뒤에서 누가 이야길 한다나 하면서. 집 주인 필머 부인은 그이가 이상하다는 눈치를 챈 모양이야. 그이에겐 또 환상도 보이나봐. 양치식물이 우거진 숲속에 늙은 여자의 얼굴이 보였대. 그래도 마음이 내키면 곧잘 기분도 좋아하면서. 둘이서 햄프턴 코트(유원지)에 갔을 땐 참 재미있었어. 빨갛고 노란 작은 꽃들이 잔디밭에 만발해 있었지. 그이는 꽃이 동동 뜬 등잔불 같다고 하면서 지껄이고, 여러 가지 얘기를 꾸며대고 웃더니. 그 뒤에 강가로 내려가 서 있노라니까 갑자기 「우리 자살하자」고 했어. 그때 강물을 들여다보는 그이의 눈에는, 기차나 버스가 지나갈 때와 같은 그런 표정이 떠 있었어. 무엇인가에 매혹당한 것 같은 눈. 그이가 어딜 가버릴 것만 같아서 나는 그이의 팔을 꼭 붙잡았지. 그러다가 집으로 돌아가는 길에는 아주 조용해졌어 — 완전히 정신이 돌아왔던 모양이지. 자살을 하자고 해서 나와 다툰 것도 몇 번인지 몰라. 인간이란 간악한 거라고 하는가 하면 길 가는 사람들이 꾸며대는 어처구니 없는 거짓말도 빤히 다 알 수 있고, 그들의 생각도 들여다보고 알고 있다고 해. 다 안대. 세상의 의미를 알고.

집으로 돌아왔을 때 그이는 걸음도 못 걸을 만큼 피곤해했지. 소파에 덜커덕 드러눕더니 「불 속에 떨어져!」 하고 소리치면서 나더러 손을 붙잡아달라고 했어. 어떤 얼굴이 벽에서 내다보고 자길 비웃고 무섭게 욕을 퍼붓는다고. 창에 친 발 근방에서는 손가락질하는 손도 보인다고 하고 정녕 우리밖에 아무도 없는데도 큰 소리로 이야기를 하기 시작했어. 누구보고인지 대답을 하고, 토론을 하고, 웃고, 외치더니 몹시 흥분한 기색으로 자기 하는 말을 적어두라고 했어. 죽음과 이자벨 폴 양에 대해서 한 횡설수설을 적으라고. 난 더 못 참겠어. 돌아가야지.'

루크레치아는 지금 남편 가까이 왔다. 남편이 하늘을 뚫어져라 쳐다보고, 손을 맞쥔 채 중얼거리는 것이 보였다.

'그래도 홈즈 박사는 아무 일 없다고 하셨는데. 그렇다면 웬일일까 — ? 왜 내가 곁에 앉으니까, 깜짝 놀라서 상을 찌푸리고 저리로 가더니 내 손을 가리키고, 또 그 손을 잡고, 무서운 것을 보는 듯이 보는 것일까? 내가 결혼 반지를 빼버렸다고 해서 그러나? 내 손이 말라서.'

"반지를 빼서 지갑에다 넣었어요."

아내는 말했다.

그는 아내의 손을 놓았다.

'우리의 결혼 생활은 끝났다.'

고통과 안도를 같이 느끼면서 셉티머스는 생각했다.

'날 결박하던 끈은 끊어졌다. 난 둥둥 떠간다. 이제 자유로운 몸이야. 나, 인류의 주(主) 셉티머스를 석방하라는 판결대로 자유로운 몸이 됐어. 나만이(아내는 결혼 반지를 버렸으니까. 날 버렸으니까) 나 셉티머스 혼자만이 대중에 앞서 진리를 듣기 위해서, 또 뜻을 배우기 위해서 앞으로 불려 나간다. 문명의 모든 노력을 다한 뒤에 — 그리스인, 로마인, 셰익스피어, 다윈, 그리고 나 자신의 노력을 다한 뒤에 얻은 진리를 모두 바쳐야 한다.'

"누구에게?"

그는 소리내어 물었다.

"국무총리에게."

머리 위에서 웅성거리는 소리가 대답했다.

"이 극비의 사실을 내각에 알려야겠다. 첫째, 나무들이 살아 있다는 것, 둘째 범죄가 없다는 것, 셋째 사랑, 우주적인 사랑은 — ."

셉티머스는 중얼거렸다. 숨이 막히는 듯 떨면서 이 오묘한 진리를 모색해냈다.

'이 진리는 아주 심각하고 어려운 것이기 때문에 말로 하려면 힘이 몹시 든다. 그러나 세계는 그로 인해서 영구히 변해버리는 것이다.'

셉티머스는 "범죄는 없다"고 말하며 카드와 연필을 더듬어 찾으면서 사랑이란 말을 되풀이했다. 그때 스코치테리어 한 마리가 바로 다리 밑으로 기어들어 냄새를 맡기 시작해서, 그는 그만 겁에 질려 벌떡 일어나버렸다.

'개가 사람이 되어가고 있다! 이런 꼴을 보고 있을 순 없다! 개가 사람으로 변하는 꼴을 본다는 것은 무섭고 끔찍한 노릇이다!'

개는 금세 종종걸음으로 가버렸다.

'하늘은 갸륵하게도 자비스럽고 더할 나위 없이 인자하다. 날 아껴주시고, 내 약점을 사하여주신다. 하지만 과학적으로는 이것을 어떻게 설명해야 옳을까? (우리는 무엇보다도 과학적이라야 하니까.) 왜 난 몸뚱이를 꿰뚫어 볼 수도 있고, 개가 사람이 될 미래도 알 수가 있나? 아마 진화라는 이론 때문에 날카로워진 두뇌에 열파(熱波)가 작용해서 그런 게다. 과학적으로 말하자면 육체는 이 세상에서 녹아 없어져버린 것이다. 나의 육체도 녹아버리고 신경 섬유만이 남아 있다. 그 남은 것이 베일처럼 바위 위에 펼쳐져 있다.'

몸은 지쳤으나 마음은 긴장한 채 셉티머스는 의자에 기댔다. 이렇게 기대어 쉬면서 다시 인류와 만나게 될 때를 애써서 괴로움을 참아가며 기다렸다.

'나는 세계의 등에 높다랗게 업혀 있다. 대지가 밑에서 진동한다. 붉은 꽃이 내 몸에서 자라나, 꽃잎이 머리 곁에서 산들거린다. 음악 소리가 이 높은 곳에 있는 바윗돌에 부딪혀서 요란한 소리를 내기 시작한다. 저 밑의 길거리에 있는 자동차의 경적 소리로군.'

그는 중얼거렸다.

'여기서는 그 경적이 대포 소리처럼 이 바위 저 바위로 반향하고, 갈라졌다간 합쳐서 쭉 뻗은 기둥처럼 솟아오른다. (음악 소리를 눈으로 볼 수 있는 줄은 이제껏 몰랐구나.) 기둥이 된 소리는 노랫가락이 되어 지금 목동의 피리 소리에 휘감겼다. ("늙은이가 선술집 옆에 서서 싸구려 피리를 불고 있는 거야" 하고 그는 중얼거렸다.) 그 소리는 가만히 서 있는 목동의 피리에서 흘러나와서, 지나가는 차들이 저 아래 내려다보이는 이곳에 올라온 내게까지 그윽하고 서글프게 들려온다. 목동의 만가(輓歌)는 차소리가 요란한 거리에서 울려오고 있다.'

이렇게 생각하면서 셉티머스는 자기가 하얗게 쌓인 눈 속을 헤쳐 들어가고 있다고 느꼈다.

'빨간 장미가 나를 둘러싼다 — 이것은 우리 침실 벽에서 따온 꽃잎이 두꺼운 홍장미다.'

그는 생각했다.

'음악 소리가 멎었다. 아까 그 늙은이가 돈 한 푼을 얻어 다음 선술집으로 건너간 게지.'

그는 그렇게 판단했다.

'그렇지만 나는 그대로 이 높은 바위 위에 올라앉아 있다. 물에 빠진 뱃군이 바위 위에 동그마니 올라앉은 것 같구나. 나는 배의 가장자리에서 몸을 내밀다가 떨어진 거다.'

그는 생각했다.

'저 바다 밑으로 풍덩 빠졌다. 난 죽었다. 그런데 지금 살아 있다. 그렇지만 좀 쉬게 해주십시오.'

그러면서 그는 빌었다. (이이는 또 혼자 말을 하고 있네 — 아이 지겨워. 지겨워!) 잠이 깨기 전에 새가 지저귀는 소리와, 차가 덜거덕거리는 바퀴 소리가 먼저 이상한 화음처럼 들리다가 점점 커져서 꿈나라에서 현실의 기슭으로 끌려가는 사람처럼 셉티머스도 현실에 가까워짐에 따라 햇살이 점점 따가워짐을 알고, 사람들 말소리가 차츰 커져서 무슨 무시무시한 일이 금세 일어날 것 같이 느꼈다.

'눈만 뜨면 된다. 그러나 눈에는 무거운 무게가 걸려 있다. 공포라는 무게가. 힘을 주어라. 눈을 떠라.'

그러면서 그는 눈을 슬그머니 떠보았다. 눈앞에 리젠트 공원이 보였다. 발밑에 길게 얼룩진 햇빛이 아롱졌다. 나무가 소용돌이치듯 흔들렸다. 너희를 환영한다고 세상은 말하고 있는 것 같았다. 아름다움이여, 우리는 너희들 받아들이고, 창조한다고 하는 것 같았다. 그것을 증명하는 듯이(과학적으로 말이다) 집에도, 난간에도, 또는 울타리 너머로 목을 길게 빼고 넘겨다보는 양에도, 아름다움이 순간 뛰어올랐다. 휘몰아치는 바람 속에 잎이 하나 바르르 떠는 것을 바라다보는 재미란 말할 수 없었다. 하늘에서는 제비가 날다가 방향을 바꾸어서 우로 좌로 가고, 빵빵 맴을 돌았다. 그러면서도 언제나 고무줄로라도 잡아내놓은 듯이 일정한 테두리 안에서 벗어날 줄을 모른다. 파리가 오르내렸다. 햇살이 이 잎 저 잎을 희롱하듯 하나씩 비추고는 따뜻해 보이는 보드라운 금빛으로 빛났다. 이따금 무슨 종소리 같은 소리가(자동차의 경적일 게다) 풀줄기 위에서 땡그랑 했다.

'이 모든 것, 고요하고 온당하고 별다른 데도 없는 모든 것들이 모여서 만들어진 이것이야말로 진리다. 아름다움, 그것이 진리다. 그것은 도처에 있다.'

"시간이 됐어요."

루크레치아가 말했다. "시간"이란 말의 껍질이 터져서, 그 풍요한 내용물이 셉티머스를 들씌웠다. 그의 입술에서는 겉껍질처럼, 또는 밀려나오는 톱밥처럼 딱딱하고, 하얀 불멸의 말마디가 저절로 굴러나와서 날아가, 시간의 송가(頌歌)라는 모양으로 한 줄로 늘어섰다. 불멸하는 시간의 송가 모양으로. 셉티머스는 노래를 불렀다. 에반스가 나무 뒤에서 대답했다. 죽은 자는 테살리에 있나니라고, 에반스가 난초의 숲속에서 노래했다. 자기는 전쟁이 끝나기를 기다려 그곳에 있다고 했다. 그리고 지금 죽은 자들은—"제발이지 이리 좀 오지 마라!"

셉티머스는 소리쳤다. 차마 죽은 사람들을 보고 있을 수가 없었기 때문이다.

그러나 우거진 나뭇가지가 싹 둘로 갈라졌다. 옷을 입은 사나이 하나가 이리로 걸어오고 있었다.

'에반스다! 흙 한 점 안 묻고 상처도 없다. 조금도 변하지 않았다.'

온 세계에 알려야겠다고 셉티머스는 한 손을 쳐들고 외쳤다. (회색 옷을 입은 송장이 점점 가까이 오고 있으니 말이다.) 그 모습은 마치 사막 속에서 머리를 두 팔에 파묻고, 볼에는 절망의 구름이 푹 패인 채, 인류의 운명을 슬퍼하던 거대한 동상 뒤에 사막 저 끝에서 비쳐

나온 한 줄기 빛이 점차 굵어지면서 비치는 것 같았다. (셉티머스는 반쯤 의자에서 일어섰다.)

'수많은 사람의 무리가 뒤에 엎드려 있는 동안 거대한 애도자인 나는 한순간 만면에 빛을 받고—.'

"그렇지만 난 참 속이 상해요."

남편을 앉히려고 애쓰면서 루크레치아는 말했다.

"몇백만의 사람들이 통곡을 한다. 오랫동안 그들은 이렇게 서러워해왔다. 조금만 있으면 계시를 말해주련만—."

"시간이요, 셉티머스. 몇 시지요?"

루크레치아가 되풀이했다.

'이이는 혼자 이야길 하고 공연히 놀라. 저 남자가 눈칠 채겠네. 저 남자가 우릴 보고 있어.'

"시간을 가르쳐주마."

졸린 듯한 신비로운 웃음을 천천히 띠고 셉티머스는 회색 옷을 입은 송장에게 말했다. 그가 빙그레 웃으면서 앉았을 때에 15분이 지났다고 알리는 종이 쳤다— 열두 시 15분 전.

저것은 젊은 탓이라고 피터 월시는 그들 앞을 지나가면서 생각했다.

'말다툼을 했나보다— 저 여자는 딱하게도 아주 비참한 얼굴을 하고 있군— 아직 아침 한나절인데 무엇 때문에 싸웠을까. 저 외투를 입은 젊은 녀석이 뭐라고 했기에 저 여자가 저런 얼굴을 할까. 무슨 끔찍한 처지에 빠졌기에 둘이 다 이렇게 맑은 여름 아침에 저토

록 비참한 얼굴을 하고 있을까? 다섯 해 만에 영국에 돌아와서 재미나는걸—어쨌든 처음 며칠은 말이야.'

모두가 처음 보는 것처럼 여겨졌다. 나무 밑에서 사랑 싸움 하는 애인들. 공원에서 볼 수 있는 가정 생활의 이모저모. 런던이 이렇게 재미나게 보인 것은 참 처음이다—은은한 원경, 그 풍요함, 푸른 초목, 문명, 이런 것들이 인도에서 살다 온 탓인지 재미있어 보인다. 잔디밭을 건너가면서 피터는 생각했다.

'인상에 대해서 이토록 감수성이 예민한 건 말할 것도 없이 내 결점이야. 이 나이에도 소년이나 소녀처럼 기분이 잘 변하니. 이렇다 할 이유도 없이 기분이 좋았다 나빴다 하거든. 예쁜 얼굴을 보면 좋고, 구질구질한 여잘 보면 금세 우울해진다. 인도서 살다 오니까 보는 여자마다 반할 것 같군 그래. 이 여자들은 싱싱한 데가 있어. 가난한 옷차림을 한 여자들도 5년 전보단 분명 나아 보여. 유행이 이처럼 어울려 보인 일도 처음인걸. 길고 까만 외투, 날씬한 모양이 품위 있어 보인다. 그리고 일반적으로 보편화된 멋진 화장법도 어울려. 여자마다, 점잖은 여자들까지도 온실에서 자란 장미처럼 볼을 물들이고 있군. 피묻은 듯이 빨간 입술, 둥그렇게 그린 눈썹, 기교와 재주를 부린 흔적이 여기저기에 보여. 분명 무슨 변화가 있었나보다. 청년층은 뭘 생각하고 있을까?'

피터 월시는 궁금했다.

'1918년에서 1923년까지—그 다섯 해는—퍽 중요한 시기였나보다. 사람들이 퍽 달라 보이는걸. 각 신문도 변한 것 같고. 예를 들면 이름 있는 주간 신문에 수세식 변소 이야기를 버젓이 쓰는 자가 있어. 10년 전에는 도저히 있을 수 없던 일이지 — 이름난 주간 신문에 수세식 변소 이야길 쓴다는 건. 또 저렇게 남의 앞에서 연지나 분을 꺼내서 화장하는 법도 없었는걸. 돌아오는 배에 젊은 남녀가 여럿 탔는데 — 베티하고 버티가 특히 기억에 남는다 — 아주 내놓고 친하게 지내더군. 늙은 어머니는 앉아서 뜨개질을 하면서 눈 하나 깜짝 않고 보고만 있었어. 그 여자애는 아무 앞에서나 콧등에 분을 바르고. 그들은 약혼도 안 한 사이라던데, 그저 재미를 보고 있었단 말이야. 그러니까 서로 마음의 상처는 있을 수 없지. 돌덩이처럼 단단하지 — 베티 — 뭐라나 하는 그 애는 — 그렇지만 마음은 아주 착한 애였어. 그도 서른쯤 되면 그럴듯한 아내가 되겠지! — 때가 오면 그도 시집을 갈 테니까. 어떤 부자한테 가서 맨체스터 근방의 커다란 집에서 살겠지. 누가 그랬더라?'

큰 보도로 들어서면서 피터 월시는 자문해보았다.

'부자한테 시집가서 맨체스터 근방의 커다란 집에서 산 게 누구더라? 파란 수국에 대해서 달콤한 편지를 길게 써 보낸 사람이지. 파란 수국을 보니까 내 생각이랑, 옛날 생각이 난다고 써 보낸 — 그래, 샐리 시튼이다! 샐리 시튼이야 — 부자한테 시집가서 맨체스터 근방의 큰 집에서 살리라곤 꿈도 못 꾼 대담한 말괄량이, 로맨틱한 샐리!

(그러나 옛날 친구들, 클라리사의 친구들 가운데서는 — 위트브레드, 킨더슬리, 커밍햄, 킨로크 존스니 하는 — 친구들 가운데서는 샐리가 아마 제일

일 거야. 그래도 샐리는 사물을 올바로 보려고 했으니까.) 어쨌든 휴 위트브레드를 간파했으니 말이야— 모두가 존경하던 휴— 클라리사를 비롯해서 누구나가 그 발밑에 엎드려 있었을 때에.

「위트브레드 씨네요?」 하는 샐리의 소리가 귀에 쟁쟁해. 「위트브레드네가 누구란 말이에요? 석탄 장수지, 훌륭하신 상인 나리지요」라고 하는 샐리의 음성이.

샐리는 무엇 때문인지 휴를 아주 미워했어. 휴는 체면 생각밖엔 못 한다고 하면서, 공작으로나 태어났어야 했을 거라고 했지. 「공주님하고나 결혼할 거예요」 하고 비꼬더니. 그야 뭐 휴는 영국 귀족계급에 대하여 누구보다도 극단적인 천부의 존경심이라고 할까 하는 것이 있었어. 클라리사도 그것만은 긍정했으니까. 그러면서도 어딘지 휴에게는 사랑스러운 데가 있다나, 이기심이 아주 없어서 늙은 어머니 때문에 사냥하는 것도 중지했느니— 아주머니의 생신도 꼬박꼬박 기억을 하느니 하고. 말이야 바른 말이지 샐리는 이런 것을 모두 꿰뚫어 보고 있었어. 제일 기억에 남는 것은 부어턴에서 어느 일요일 아침에 여성의 권리 문제를 토론하던 때야. (그 케케묵은 화제.) 샐리가 갑자기 화를 내면서 영국 중류 사회에서도 못된 것만을 대표하고 있다고 휴에게 대든 것은. 그리고 피커딜리의 거리에 나와 다니는 창부들의 가련한 신세도 휴의 책임이라고 했어— 흠 잡을 데 하나 없는 신사 휴! 어림 없는 휴!— 어쩔 줄 몰라하던 그 얼굴! 부러 그런 거라고 샐리는 나중에 말하더군. (우리는 늘 채소밭에서 만나서 의견을 주고 받았으니까.) 「휴는 아무것도 알지 못하고, 생각지도 않고, 느끼지도 않는다」고 한 샐리의 목소리, 샐리 자신도 의식 못 하리 만큼 찡찡 울리는 목소리가 지금도 들려오는 것 같군. 샐리는 마구간의 머슴애들도 휴보다는 훨씬 줏대가 있다고 하면서, 휴는 아주 전형적인 사립학교 졸업생이라고 했지. 영국밖에는 그런 인간을 만들어낼 나라가 없다고도 했어. 무엇 때문인지는 몰라도 샐리는 정말 휴에게 앙심을 품고 있더니. 무언지 휴에 대해서 꼬부장한 것이 있었어. 무슨 일이— 입을 맞췄다나?— 아니지! 물론 휴를 흠잡는 말을 믿는 사람은 아무도 없지. 흡연실에서 샐리에게 입을 맞췄다는 것을 누가 믿을 건가. 그것이 귀족 영애 이디스 양이나 바이올렛 부인 같은 여자였다면 있음직도 한 일이겠지만, 돈 한 푼 없고, 아버지나 어머니가 둘 다 몬테카를로에서 도박질을 하고 있다는 뜨내기 샐리에게 누가 그러겠는가. 휴처럼 빼는 인간은 본 적도 없어— 그렇게 아첨을 잘 하고— 아니 아양을 떨진 않지. 그러기에는 너무나 건방진 녀석이니까. 고급「보이」라면 더 들어맞겠다— 가방을 들고 뒤에서 쫓아다니는 놈. 전보치는 것 같은 일에는 신용이 있는 녀석— 여자 없이는 못 살 그런 녀석이거든. 그런데 기어이 그가 감투를 얻어 썼으니— 귀족의 딸 이블린하고 결혼하고, 궁정에서 한자리 얻고, 왕가의 술창고를 맡고 있다지. 임금님의 구두 장식을 닦아드리고, 궁중복이라나 하는 레이스가 너덜너덜 붙고 무릎까지 오는 바지를 입고 다니더군. 그가 궁에서 한자리 얻다니 참 이럴 수도 있나!'

휴는 귀족 영애 이블린과 결혼을 해서 어디 이 근방에서 살고 있을 거라고 피터는 생각했다. (공원을 내려다보고 있는 호화스런 저택을 보면서) '한번은 어떤 집에서 점심을 먹었는데 다른 집에서는 볼 수 없는 휴의 소지품 같은 물건이 있더군 — 리넨을 넣어두는 장 말이다. 그걸 가서 보고 좋다고 한참 칭찬을 해야 하니, 참 — 리넨을 넣는 장이건, 베갯잇이건, 너절한 떡갈나무 가구건, 그림이건 간에, 휴는 값싸게 찾아내는 재주가 있었어. 그런데 휴 부인이 실패를 곧잘 하지. 휴 부인은 몸집이 큰 남자면 덮어놓고 숭배하는 보잘것없는 생쥐같이 조그만 여자다. 거진 존재가 없다시피 한 여자야. 그런데 그 여자가 이따금 엉뚱한 소리를 하거든 — 아주 그럴듯한 말을. 아마 옛날 사교술의 꼬투리가 남아 있어서 그런지도 모르지. 난로에 때는 석탄 냄새가 심해서 — 방 공기가 탁해지니 어쩌느니 하면서, 그네들은 이런 곳에서 잘 살고 있어. 리넨 장과 옛날 명화와 진짜 레이스가 달린 베갯잇을 쓰면서, 1년에 5천 내지 1만 파운드 가량의 수입을 가지고 살고 있지. 그런데 나는 휴보다 두 살이나 위면서도 구직을 하러 다니는 신세가 아니냐.

나이 쉰셋에 그런 친구들에 청을 하러 다니는 판이야. 어디 서기 자리에 넣어달라는 둥, 어린애들에게 라틴어를 가르치는 조교사 자리라도 구해달라는 둥 하면서. 관청에서 고관 나리에게 턱으로 부려 먹히는 자리라도, 1년에 5백 파운드만 준다면 괜찮아. 데이지와 결혼한다면 연금을 받더라도 그보다 적어서는 못 살 테니까. 위트브레드나 댈러웨이 같으면 자리를 구해줄 수도 있겠지. 댈러웨이에게는 무슨 청을 하건 상관없어. 그 친구는 좀 답답하기는 하지만 아주 호인이니까. 그래, 머리도 좀 둔한 편이지. 그렇지만 호인이긴 해. 무슨 일이건 할 적에는 아주 요령 있게 현실적으로 해치우지. 창조력이 있다거나 재치가 보인다거나 하는 것은 아니지만 그저 저 나름으로 말할 수 없이 좋은 데가 있는 친구야. 그 친구는 마땅히 시골 지주 노릇을 했어야 들어맞는걸 — 정치에 들어선 것은 오산이었지. 야외에서 말이나 사냥개를 다룰 때면 아주 솜씨가 그만이니까. 예를 들면 클라리사가 귀여워하던, 털이 텁수룩한 큰 개가 함정에 빠져서 발 하나가 반쯤 끊어져 나갔을 때도 얼마나 솜씨 있게 했던가. 클라리사는 기절을 하고 말았지. 그러나 댈러웨이가 다 해치웠어. 붕대를 감아주고, 부목을 대주고, 클라리사 보곤 정신 차리라고 해가면서. 그래서 클라리사가 그를 좋아했는지도 모른다 — 그런 것이 클라리사에게는 필요했던 거야.

「자, 정신 차려요. 이것을 쥐어주고 — 저것 좀 가져오시오」 하면서 내내 사람 대하듯 개를 보고 말을 했지. 그건 그렇지만 클라리사는 시(詩)에 대한 그런 말을 어떻게 집어삼킬 수가 있었을까? 어쩌자고 댈러웨이가 셰익스피어에 대해서 그런 말을 하게 그냥 두느냔 말이야. 리처드 댈러웨이는 심각한 얼굴로 의젓이 일어나서 점잖은 사람은 셰익스피어의 소네트를 읽을 게 아니다, 남의 문 열쇠 틈에 귀를 대고 엿듣는 거나 같으니까라고 했어. (또 소네트에 나오는 대인 관계를 찬성할 수가 없다고 했지.) 점잖은 사람은 자기 아내가 죽은 전처의 동생과 사귀는 걸 용서해선 안 된다나. 참 기가 막히지! 그저 그런 때는 설탕 입힌 아몬드를 던져주는 거라. 그때 마침 저녁 식사

때였지. 그런데 클라리사는 그 말을 다 집어삼키지 않았어. 리처드는 그렇게 솔직하고 주관이 섰다 하면서. 그런 독창적인 생각을 가진 남자는 없다고 생각했는지도 모르지!

이것이 연줄이 되어 샐리는 나와 가까워졌다. 우리 둘이 늘 산책하던 정원이 하나 있었어. 담으로 빙 둘러싸이고 장미의 숲과 커다란 꽃양배추가 있는 정원— 샐리가 장미꽃 잎을 뜯던 일, 가다가 멈춰 달빛이 비추는 배춧잎이 곱다고 소리친 일들이 생각이 나는군. (몇 해를 두고 생각도 안 하던 일이 이렇게 생생하게 기억이 난다는 것은 참 이상한 일이야.) 샐리는 내게 물론 반 농담 삼아서 클라리사를 끌고 달아나라고 했지. 휴나 댈러웨이 같은— 클라리사의 영혼을 질식시켜버리고 (샐리는 그때 시를 썼다) 살림꾼으로 만들어놓고 그의 세속적인 데를 조장시켜줄— 그런 신사들에게서 클라리사를 구해주라고. 하지만 클라리사도 잘한 것은 잘했다고 해주어야 하지. 어쨌든 휴하고는 결혼할 생각을 하지 않았으니까. 클라리사는 자기가 원하는 것이 무엇인지 분명 알고 있거든. 감정이 움직이는 것 같이 보여도 그것은 표면뿐이지. 속은 아주 영리한걸— 말하자면 샐리보다 훨씬 사람을 볼 줄 알았고 게다가 퍽 여자다웠지. 그 특수한 천부의 소질이랄까, 어디서든지 자기의 세계를 만들어낼 줄 아는 여자만이 타고나는 소질이 있었거든. 나도 보았지만 클라리사는 방에 들어와서 여러 사람에게 둘러싸여서 문간에 서 있기만 해도 사람들은 그 모습을 잊을 수가 없더란 말이야. 뭐 그렇게 눈에 띄는 것도 아닌데도, 조금도 예쁘다거나 아기자기한 데가 있는 것도 아닌데도 그래. 특별히 재치 있는 말을 하는 것도 아니고, 그런데, 잊을 수가 없어.

아니! 아니! 아냐! 난 이미 클라리사를 사랑하진 않아. 그저 오늘 아침 가위와 비단 실로 파티 준비를 하고 있는 그녀를 보고 나니까 공연히 머리에서 그 생각이 떠나지 않아서 그러는 거지. 기찻간에서 졸고 있는 사람들이 기대고 귀찮게 굴 듯이 그녀의 추억이 되살아올 뿐이야. 물론 이것은 사랑이 아니야. 그를 생각해보고, 비판하고, 30년 만에 다시 한번 그라는 인간을 설명해보려는 것이지. 뚜렷하게 이렇다 할 수 있는 것은 클라리사가 퍽 세속적이란 점이야. 지위나 상류 사회나 세상에서 말하는 출세 같은 데에 너무 관심이 많다는 점 — 어느 의미에선 사실이라고 클라리사도 그것을 긍정한 일이 있어. (이편에서 마음만 먹으면 언제나 클라리사를 고백하게 만들 수 있다. 솔직하니까.) 지저분한 여자, 케케묵은 샌님, 그리고 아마 나 같은 낙오자가 싫다고 클라리사는 늘 말했지. 손을 호주머니에다 넣고 빈둥거릴 권리는 아무에게도 없다는 거지. 뭣이든지 해야 한다는 거야. 뭣이든지. 그의 응접실에서 만나게 되는 어마어마한 나리님들, 공작 부인이니, 늙어 꼬부라진 백작 부인이니 하는 이들이 나에게는 한푼의 가치도 없는 것 같건만, 클라리사에겐 그들이 현실적인 인물들로 보이는 모양이야. 벡스버러 경 부인은 언제나 자세가 곧다고 클라리사가 한번은 말한 일이 있어. (클라리사 자신도 그러하면서. 어디 기대앉거나 하는 일은 절대 없으니까. 화살처럼 꼿꼿하지. 너무 뻣뻣할 정도로.) 그런 귀부인들은 나이를 먹을수록 부러워지는 용기를 가지고 있다고 클라리사는 말했어. 이런 것은 물론 모두가 댈러웨이의 말투야. 공공심(公共心)이니, 대영제국이니, 관세 개정이니, 지배 계급의 의식이니 하는 것이 흔히 그렇듯이, 이런 생각도 남편에게서 받아서 클라리사의 마음속에서 커진 거야. 남편보다도 갑절이나 재주가 있으면서 사물을 남편의 눈으로밖에 볼 줄 모르다니 — 이것은 결혼 생활에서 오는 하나의 비극이야. 그런 이지를 가지고도 언제나 리처드가 한 말을 끌어내지 않으면 안 되다니 — 리처드가 아침에 《모닝 포스트》를 읽고 생각한 것을 남들은 알 수도 없을 거라는 듯이! 이 파티도 그렇지. 이것도 다 남편 때문에 하는 일 아냐. 남편 때문이라고 생각해서 하는 일. (정당히 말해서 리처드는 노퍼크에서 농사를 짓는 쪽이 훨씬 나을 텐데.) 클라리사는 저의 집 응접실을 일종의 회합 장소로 만들어버렸어. 그런 면에는 클라리사는 아주 재주가 있어. 순진한 청년을 데리고 뒤틀어도 보고, 뒤집어도 보고, 가르쳐주고, 사회에서 자리를 잡아주는 것을 본 게 몇 번인지 몰라. 그래서 물론 허다한 둔해빠진 인간들이 클라리사의 주위에는 우글우글해. 하지만 이따금 생각지 않던 괴짜도 나타나긴 하지. 어떤 때는 화가, 또 어떤 때는 작가들이. 그런 분위기에선 보기 드문 인간들도 나타나거든. 그런데 이런 일 배후에는 누구를 찾아간다, 명함을 두고 온다, 남에게 친절을 베푼다, 꽃다발을 들고 뛰어다닌다, 선물을 한다 하는 사소한 수고가 숨어 있는 법이야. 누구누구가 프랑스엘 간다 — 공기 베개를 사주어야지 — 이런 문제 때문에 클라리사는 정력이 말라들고 있어. 그런 여자들이 항상 계속해가야 하는 끝도 없는 이 모든 교제 관계 때문에. 하지만 클라리사는 타고난 본능에서 성실하게 그 일을 하고 있는 거야.

이상스럽게도 클라리사 같은 회의주의자는 또 없지. 그런데 (이것은 내가 클라리사라는 사람을 설명해보려고 만들어낸 이론일지도 모르지만 그 어떤 점에서는 다 들여다보일 것 같으면서 어떤 점에서는 도무지 알 수 없는 게 클라리사다) 인간은 누구나 침몰해가는 배에 매인 운명에 놓인 무리고 (클라리사는 어렸을 때 헉슬리와 틴덜을 즐겨 읽었는데, 이들은 바다에 관한 이런 비유를 잘 썼다) 인생이란 부질없는 농담이니까 여하튼 우리의 할 일이나 하고 보자고 생각해서 그랬는지도 몰라. 같은 운명에 놓인 죄수들의 고통을 조금이라도 덜어주자는 것인지도 모르고(이것도 헉슬리식이지), 이 감옥 같은 인생을 꽃과 공기 베개라도 장식해서, 되도록 알뜰하게 살아보자는 것인지도 몰라. 신(神)이라고 하는 놈들도 멋대로 못 한다— 기회만 있으면 인간의 생명을 해치고 방해하고, 망치려고 노리는 신들도, 한결같이 숙녀답게 점잖게만 살아가면, 꼼짝할 수 없다는 것이 클라리사의 생각이야. 이런 심경은 실비아가 죽은 후에 곧 온 거야— 그 무서운 사건이 일어난 후에. 바로 눈앞에서 제 동생, 형제 중에서도, 그중 뛰어나고, 겨우 인생의 변두리까지 다다른 동생이, 넘어지는 나무에 깔려서 그렇게 무참히 죽는 것을 보고서는(모두가 저스틴 패리의 실수였다— 그의 부주의 때문이다) 아무라도 회의적이 아니될 수는 없겠지. 후년에 와서는 클라리사도 그렇게까지 생각하지 않는지도 모르지만. 어쨌든 신(神)은 없다, 누구의 탓도 아니다 하는 데서 선을 위한 선을 하겠다는 무신론자의 종교랄까 하는 걸 만들어낸 것이지.

하지만 물론 클라리사는 인생을 무한히 즐긴다. 즐기는 것이 그의 천성이니까. (그야 클라리사에게도 절제란 것은 있지만. 이렇게 여러 해 동안 지내본 나도 때로는 클라리사란 사람을 스케치 정도로밖에 알지 못한다고 느껴져.) 클라리사에게는 조금도 냉소적인 데가 없어. 선량한 부인들에게서 흔히 보는 역겨운 도덕 관념이란 것도 도무지 없고. 무엇인가 실제로 즐기지. 하이드 공원을 같이 거닐 때는 튤립 꽃밭을 보고, 유모차에 탄 어린애를 보고, 또는 즉흥으로 사소한 우스운 이야기를 꾸며보고 즐긴다. (저기 있는 애인들이 불행해 보이면 말도 걸어봤을걸.) 클라리사는 또 아주 묘미 있는 우스운 소리도 곧잘 해. 그런데 그런 말이 나오려면 사람들, 언제나 사람들이 있어야만 돼. 그러니까 당연한 결과로 점심이다, 저녁이다 하면서 쉴새 없이 파티를 열고, 시간을 허비하고, 쓸데없는 헛소리를 하고, 생각에도 없는 말을 해가면서까지 마음의 칼날을 둔하게 만들고 분별심을 잃어버리는 거야. 상 머리에 앉아서 댈러웨이에게 이용 가치가 있음직한 늙은이의 비위를 애를 써가면서 맞추질 않나 — 온 유럽 중에서 가장 못난 멍청이들을 댈러웨이네는 친구로 사귀고 있었으니 — 그런가 하면, 엘리자베스가 들어오면 모든 것이 딸을 위해서 있어야 하고, 양보해야 할 판이지. 내가 마지막 찾아갔을 때 엘리자베스는 중학교를 다니고 수줍어서 말도 잘 안 하는 애였어. 눈이 어글어글하고 얼굴이 창백한 소녀. 어머니를 닮은 데라곤 하나도 없고, 표정도 말도 없는 아이. 모든 걸 그저 그런가보다 해서인지, 어머니가 하는 말을 다 듣고 나면 네 살 먹은 애처럼 「이제 가도 돼?」 하고 묻더군. 엘리자베스가 나가니까 클라리사는 댈러웨이에게 느끼는 것 같은 기쁨과 자랑이 뒤섞인 표정으로 하키를 치러 가는 거라고 설명을 했지. 이젠 엘리자베스도 사교계에 나가겠군. 내가 답답한 늙은이라고 저의 어머니 친구인 나를 비웃을지도 모르지. 그래도 그만이야. 늙는 보람은—.'

피터 월시는 리젠트 공원을 나오면서 모자를 손에 들고 생각했다.

'단순히 이거야. 즉 전같이 열정은 강한 대로 남아 있으면서 동시에 인생에 더없는 향취를 주는 힘을 얻게 되는 것—과거의 경험을 파악하고, 그것을 불빛에 비춰서 천천히 돌려볼 수 있는 그런 힘을 얻게 되는 데에 있어.

이건 끔찍한 고백이기도 하군. (모자를 다시 썼다.) 그러나 쉰셋이 된 지금 내게는 말동무가 필요치 않아. 인생 자체, 인생의 순간순간, 그 한 방울 한 방울, 여기, 지금, 리젠트 공원에서 햇볕을 쬐는 이 순간만으로 충분해. 그것도 정말이지 너무 많아. 지금 이런 힘을 얻고 보니 인생의 미묘한 맛을 있는 데까지 맛보고 쾌락의 토막토막, 생이 갖는 의미를 모두 집어내자면 한평생이 걸려도 모자랄 것 같아. 맛볼 수 있는 쾌락도, 의미도, 전보다 훨씬 실속이 있고, 그만큼 더 보편성을 띠고 있는걸. 클라리사 때문에 겪은 고민은 다시 있을 수 없는 일이지. 때로는 몇 시간이 돼도(이런 말을 해도 엿듣는 이가 없기를 바란다), 몇 시간, 또는 며칠이라도, 데이지 생각을 전혀 안 하지 않나.

그러면 그때의 비참한 괴로운 심경이며 타오르는 정열을 잊지 못한 오늘날에 내가 데이지를 사랑한다는 것은 있을 수 있는 일일까? 아니 이건 전혀 다르지 — 그때보다 훨씬 즐거운걸 — 그것은 말할 것도 없이 데이지가 나를 사랑하고 있기 때문이야. 그래서 배가 떠났을 때에 유난히 마음이 놓이는 것이 혼자 있고만 싶었던 거야. 데이지가 선실에서 이것 저것 마음을 쓰는 것 — 담배, 수첩, 선실용 담요를 찾아다 주는 것 같은 일 — 이 도리어 귀찮았다. 솔직하게 말한다면 누구든지 그럴 테지. 나이 오십이 지나면 친구가 필요치 않다. 여자보고 예쁘다고 말해주는 것도 다 귀찮으니까. 오십 대의 남자가 솔직한 실토를 한다면 다 이렇게 말할 거야.'

피터 월시는 생각했다.

'그런데 이 뜻밖에 복받치는 감정! — 오늘 아침에 울음이 터져 나온 것 — 이것은 또 웬일일까? 클라리사는 나를 어떻게 생각했을까? 바보 같은 녀석이라고 생각했겠지만, 그것도 처음 있는 일은 아니다. 마음 깊이 남아 있던 질투가 나와버린 거다 — 인간의 모든 정열보다 질긴 질투가.'

피터 월시는 팔을 뻗치고 주머니칼을 쥐면서 생각했다.

'데이지는 요새 오드 중령과 만난다고 지난 번 편지에 써 보냈지. 일부러 한 소리다. 다 알지. 내게 질투심을 일으키려고 한 소리야. 뭐라고 쓰면 내 마음이 찔릴까 하고 이마를 짚으면서 편지를 쓰는 데이지가 눈에 선해. 그런 줄 다 알면서도 어쩔 수 없이 화가 나! 영국으로 돌아오고, 변호사를 만나고, 법석을 떤 것은 데이지와 결혼하려고 한 게 아니라, 그가 다른 남자와 결혼 못 하게 하려고 한 일이니까. 클라리사가 옷인지 무엇인지에 열중해서 착 가라앉아 쌀쌀하게 앉아 있는 것을 봤을 때 문득 생각난 것도 이것이었어. 그렇게 무정하게만 안 굴었어도 내가 그렇게는 안 되었을 것을. 나를 코를 훌쩍거리고 찔찔 우는 이런 늙은이로 만들어버린 게 아니냐. 그렇지만 여자는.'

피터는 주머니칼을 접으면서 생각했다.

'정열이 뭣인지 몰라. 남자에게서 정열이 어떤 것인지를. 클라리사는 고드름처럼 차. 긴 의자에서 내 곁에 앉아 손을 주고, 볼에다 입을 맞춰주고—.'

이때 피터는 네거리로 나왔다.

어떤 소리가 그의 공상을 중단시켰다. 가느다랗게 떨리는 소리, 방향도 없이 거품처럼 힘없게 밑도 끝도 없이 떠오르는 소리, 약한, 그러나 날카로운, 인간적인 뜻이 없는 소리—.

이이 엄 파 엄 소오.
푸 쉬이 투우 이임 우우—.

하고 울린다. 나이도 성(性)도 모를, 땅 속에서 솟아나는 태곳적 샘소리, 그 소리는 건너편 리젠트 공원 지하 철도 역에 떨고 서 있는 키 큰 거지가 내는 소리였다. 굴뚝과도, 녹슨 펌프와도 같은, 또는 바람에 부러져서 싹을 틔우지 못하는 고목과도 같은 그런 모습이었

다. 바람에 가지를 아래위로 날리면서,

이이 엄 파엄 소오.

푸우 쉬이 투우 이임 우우.

하고 노래하면서, 구원의 산들바람에 흔들리고, 삐걱거리고, 신음하는 듯한 모습이었다.

모든 시대를 통해서 — 돌을 깐 길에 풀이 무성하던 때, 흙탕이었을 때, 커다란 이를 가진 매머드가 다니던 때, 고요히 동이 터오던 천지개벽의 시대를 통해서 — 이 누더기를 입은 노파는 — '치마를 입었으니까 여잘 게다' — 오른손을 내밀고 왼손으로 옆구리를 움켜쥐고 서서 사랑의 노래를 부르고 있었다 — "백만 년을 이어 내려온 사랑" 하고 노파는 불렀다.

"승리하고야 마는 사랑이여! 백만 년 전, 그 옛날에, 지금은 가고 없는 그대와 나는, 5월의 들을 거닐었나니."

노파는 읊는다.

"그러나 여름의 햇살같이 빨간 들꽃이 피어오르는, 기나긴 세월이 지나갈 무렵, 그대는 저승으로 떠나갔노라. 낫을 든 죽음의 신이, 솟은 산을 단숨에 무너뜨리고, 호호 늙은이 머리가 타다 남은 재로 변하고, 싸늘한 땅 위에 누울 그때면, 신이여, 지는 해가 어루만지는 언덕 위, 내 무덤에 보랏빛 들꽃 한 무더기를 고이고이 던져주시옵소서. 그때면 만물의 연극이 끝이 나리니."

건너편 리젠트 공원 지하 철도 역에서 이런 옛 노래가 흘러나오는 동안에도 대지는 푸르고 꽃에 뒤덮인 것같이 보였다. 그렇게 누추한 입, 나무 뿌리와 잡초가 얽힌 진흙 땅에 패인 구멍과 같은 입에서 나오건만, 거품처럼 보글보글 끓어오르는 그 옛 노래는 무한한 세대의 매듭진 갈래를 뚫고, 땅에 묻힌 유골과 숨은 보배에까지 스며들고, 잔물결을 쳐, 포장길을 따라 메릴본 가로 흘러나가서, 유스턴까지 젖은 자국을 남기면서 거름을 주고 갔다. 천만 년이 지나도 녹슨 펌프 같은 노파, 한 손은 동전을 달라고 내밀고, 또 한 손은 옆구리에 댄 이 누더기 옷의 노파는 여전히 그 옛날 원시 시대의 어느 5월에 애인과 거닐던 일을 추억하며, 그 자리에 서 있을 터였다. 어느 5월에 지금은 바다가 되어버린 곳을 거닐던 일을 추억하면서. 누구하고 거닐었느냐 하는 것은 문제가 아니다—어떤 남자하고, 그렇다, 그를 사랑해준 남자하고다. 세월의 흐름이 태곳적 5월의 밝은 햇살을 흐리게 했다. 그때 곱던 꽃잎도 지금은 허옇게 바래 시들었다.

"그대여, 정다운 눈으로 깊이 내 맘속까지 들여다보아주오."

노래하면서 구걸을 할 때의(지금은 분명히 구걸하고 있다) 노파의 눈은 보이지 않았다. 그에게는 갈색 눈, 검은 수염, 그은 얼굴도 보이지 않고, 어른거리는 그림자 모습만이 보였다. 그 그림자를 보고 그는 여전히 "그대의 손을 내게 주오. 살며시 쥐오리다" 하고 새처럼 지저귄다. (택시를 타면서 피터 월시는 그 불쌍한 걸인에게 돈 한 푼을 안 줄 수 없었다.)

"남이 본들 무슨 상관이리오?"

노파는 노래했다. 옆구리를 쥔 채 받은 은화를 호주머니에 넣으면서 빙긋이 웃는다. 무슨 일인가 하고 들여다보는 사람들의 눈초리도 지나가는 남녀노소도 눈에 안 보이는 것 같았다—거리는 바삐 걸어가는 중류 계급 사람들로 혼잡했다—모두가 낙엽처럼 발밑에 깔리고, 그 노랫가락의 구원(久遠)의 샘에 젖어 시들어 흙으로 화해버리는 것 같았다.

이이 엄 파 엄 소오.
푸우 쉬이 투우 이임 우우.

"불쌍한 할머니."

루크레치아 워런 스미스는 말했다.

정말이지 불쌍한 늙은이라고 루크레치아는 길을 건너려고 기다리면서 생각했다.

'저 할머니는 비오는 밤이면 어떻게 하나? 자기 아버지가 잘 살던 옛날에 알던 이가 우연히 지나가다가 저렇게 저기에 몰락해 서 있는 걸 보면 어떡하나? 밤엔 어디서 잘까?'

명랑할 만큼 상쾌한, 끊임없는 노래의 실가닥은 오두막집 굴뚝에서 나는 연기처럼 공중으로 굽이쳐 올랐다. 깨끗한 너도밤나무 사이를 굽이굽이 돌아 꼭대기 잎 사이로 파란 솔처럼 새어 나오는 연기 같았다.

"누가 본들, 무슨 상관이리오?"

몇몇 주일을 두고 하도 마음이 상해서 루크레치아는 일어나는 일마다 무슨 특별한 뜻이 있는 듯 생각하게 되었다. 길가는 행인이 무던하고 친절해 보이면 붙잡고 "나는 속이 상해요"라고 하소연하고 싶을 때도 있었다. "누가 본들, 무슨 상관이리오?" 하고 노래부르는 노파를 보고 언뜻 모두가 다 잘되어 가리라는 예감이 들었다. 그들은 지금 윌리엄 브래드쇼 경을 만나러 가는 길이었다. 브래드쇼라는 이름의 어감이 좋으니까 셉티머스를 곧 고쳐주실 거라고 루크레치아는 생각했다. 양조장 마차가 지나갔다.

'회색 말의 꼬리에 빳빳이 일어선 털이 있네. 저기에는 신문의 벽보가 붙어 있고. 속이 상하느니 한 것은 어리석고도 어리석은 착각이었나보다.'

두 사람은 길을 건너갔다. 셉티머스 워런 스미스와 그의 아내. 남의 주의를 끌 만한 점은 조금도 이 두 사람에겐 없었다. 세상에서 가장 중대한 계시를 마음에 품고 있는 청년, 그보다도 이 세상에서 가장 행복하면서 또 가장 비참한 청년이 하나 여기에 있다는 걸 행인에게 깨우쳐줄 만한 아무런 것도 없었다. 남들보다 느리게 걸어가고 있었는지는 모른다. 셉티머스의 걸음걸이가 미적거리고, 발을 질질 끌었는지는 모른다. 하지만 셉티머스를 몇 해 만에 처음 어느 날 이 시간에 웨스트 엔드에 나와본 사무원이라고 생각한다면 이렇게 하늘을 쳐다보고, 이것저것 두리번거리며 보는 것도 매우 자연스러운 일이었다. 그는 포틀랜드 가가 화려한 방이나 되는 듯이, 또

자기는 거기 몰래 들어와 구경하는 사람인 듯이 두리번거렸다. 베주머니에 싸인 샹들리에가 천장에서 늘어진 방에서, 집을 맡아 보는 여자가 기다란 발의 한 모퉁이를 쳐들고, 먼지가 뽀얗게 뜬 햇살을 임자 없는 괴상한 안락의자에 비치게 하면서, 이 집은 이렇게 훌륭하다고 설명할 때와 같이 셉티머스는 좋긴 하나 또 이상스럽기도 하다고 생각했다.

보기에 셉티머스는 사무원 같았다. 사무원이라도 좀 나은 축의 사무원 같았다. 갈색 구두를 신고 손이 깨끗하고 얼굴 옆모습도 교양이 있어 보였다 — 코가 크고 이지적이면서 예민해보이는 모진 옆모습이었다. 하지만 입만은 달랐다. 입술을 헤 벌리고 있었다. 눈은 (흔히 그렇지만) 그저 보통 눈이었다. 자색이 나고 컸다. 그래서 전체로 보면 이것도 저것도 아닌 뭔지 모를 인상이었다. 나중에는 펄리 근방에 집이나 마련해서 자동차도 가지게 될지, 그렇지 않으면 평생을 뒷골목 아파트살이를 면치 못할지도 모를 그런 상이었다. 학교 교육 절반, 독학 절반, 공립 도서관에서 얻어온 책으로 공부하고, 통신으로 유명한 작가의 지시를 받아가며 하루의 일이 끝난 저녁에 독서하는 그런 상이기도 했다.

그 밖의 경험이라고는 남들도 사무실에서, 들이나 런던의 거리를 거닐면서 갖는 고독의 경험을 셉티머스도 가졌을 뿐이다. 그는 집을 뛰쳐나왔다. 아주 어릴 때 일이었다. 그것도 어머니 때문이었다. 어머니는 거짓말을 했다. 그리고 그가 열두 번도 더 손을 씻지 않고 밥을 먹으러 내려갔기 때문이었고, 스트라우드에 있어서는 시인으로서의 장래가 없다고 생각했기 때문이었다. 그래서 어린 누이동생에게만 비밀을 말하고 엉뚱한 쪽지를 남긴 채 런던으로 간 것이다. 위인들이 써놓은 것 같은 쪽지, 그들의 노력의 전기(傳記)가 유명해질 때 세상 사람들이 읽게 되는 그런 쪽지를 남기고.

런던은 스미스란 이름의 청년을 몇백만 명 집어삼켰다. 부모가 남보다 뛰어나라고 생각해서 붙여준 셉티머스란 유별난 이름도 런던은 알아주지 않았다. 그도 유스턴 거리에서 하숙할 때에는 많은 경험을 가져보았다. 불그스름하고 순진한 둥근 얼굴을 2년 동안에 여위고, 찌푸리고, 독살스러운 얼굴로 만들어버리고 만 그런 경험을 한 것이다. 아무리 관찰력이 뛰어난 친구들도 아침에 온실 문을 열어보았을 때, 자기가 기르는 나무에 꽃이 한 송이 핀 것을 보고 하는 말, 그런 말 밖에는 셉티머스가 겪은 모든 경험을 보고 할 말이 없을 것이다 — 꽃이 피었구나, 허영과 야심과, 이상주의와 정열과, 고독과 용기와, 태만 같은 흔해 빠진 씨앗에서 꽃이 피었구나 하는 말 밖에는. 이런 것들이 모두 얼버무려져서(유스턴 거리에 있는 하숙방에서) 그를 수줍게도 하고, 말을 더듬게도 하고 워털루 가의 야학에서 셰익스피어 강의를 하던 이자벨 폴 양에게 연모의 마음도 갖게 했다.

"당신은 어딘지 시인 키츠를 닮지 않았어요?" 하고 폴 양이 물은 적이 있었다. 폴 양은 어떠하면 셰익스피어의 《안토니와 클레오파트라》나, 그의 작품을 감상할 안목을 이 청년에게 길러줄까 하고 생각한 끝에, 그에게 책을 여러 권 빌려주었다. 짤막한 편지도 주었다.

그래서 일생에 한 번밖에 안 켜지는 그런 불길을 청년의 마음속에 켜주었다. 정욕의 열기도 없이, 어디까지나 공기처럼 해맑고, 비현실적인, 금빛나는 불꽃은 폴 선생과《안토니와 클레오파트라》와 워털루 가의 야간 학교를 향해 셉티머스 속에서 타올랐다. 그는 폴 양이 아름답다고 생각하고, 흠잡을 데 없이 총명하다고 믿었다. 그 선생의 꿈도 꾸고, 시를 써서 바치기도 했다. 폴 선생은 그 시의 소재를 무시하고, 빨건 잉크로 고쳐주었다. 어느 여름날 저녁 셉티머스는 선생이 풀빛 옷을 입고, 광장을 거니는 모습을 본 일이 있었다. 뭘 써보고, 쓴 것을 찢어버리고, 새벽 세 시나 되어서 걸작품을 완성해놓고, 거리로 뛰어나가 걸어다니고, 교회에 가고, 하루는 온종일 굶는가 하면 다음날은 하루 종일 술을 마시고, 셰익스피어, 다윈, 문화사, 버나드 쇼 등을 집어삼키듯 읽는 셉티머스를 저녁 이맘때 문을 열고 들어다보는 원예가가 있다면 "꽃이 피었군" 하고 말했을 것이다.

무슨 일이 있구나 하는 것을 브루어 씨는 알았다. 브루어 씨는 경매와 평가 사정업체며 토지 부동산의 알선업체인 시블리 앤드 애로우스미스 회사의 지배인이었다. 무엇이 있다고 그는 생각했다. 그는 젊은 부하들에게 아버지처럼 대해주고, 스미스의 재능을 높이 평가하고, 열댓 해만 있으면, 스미스는 천장에 창이 달린 깊숙한 방에서 결재함에 둘러싸여, 가죽 안락의자에 앉게 되리라고 예언했다. "몸만 건강하면" 하고 브루어 씨는 말했다. 그것이 위험한 점이었다—"자네는 허약해 뵈네" 하면서 축구를 권하기도 하고, 저녁도 청해주고, 월급을 올려줄 염려도 해주었다. 그때에 브루어 씨의 심산을 뒤집어엎고, 유능한 청년들을 빼앗아간 사건이 일어났다. 그리고 마침내 유럽 대전의 손길은 음흉하게 뻗어나가, 머스웰 힐의 브루어 씨 집에 있는 케레스 여신의 석고상을 부수고 제라늄 꽃밭에 포탄 구멍을 내고, 요리사를 미치게 만들었다.

셉티머스는 누구보다도 앞서 의용군에 자원했다. 셰익스피어의 작품과 풀빛 옷을 입고 광장을 거니는 이자벨 폴 양을 가진 영국이란 나라를 구하려고 프랑스로 건너갔다. 전선에서 참호 생활을 하는 동안에 축구를 하라고 권한 브루어 씨가 원했던 변화가 당장에 왔다. 셉티머스는 용기를 드러내고 진급했던 것이다. 에반스라는 상관의 주목을, 아니, 애정을 이끌었다. 그들의 사이는 난롯가 양탄자 위에서 까불고 뒹구는 두 마리 개에 비할 만한 데가 있었다. 한 마리가 종이 뭉치를 갖고 논다. 으르렁거리며 쥐어뜯기도 하고, 이따금 늙은 개의 귀를 깨무는 시늉도 한다. 또 한 마리는 졸면서 드러누웠나 하면 불꽃에 눈을 껌벅거리고, 한쪽 발을 쳐들고, 뒹굴고, 좋다는 듯이 으르렁거린다. 이처럼 에반스와 셉티머스는 항상 같이 지내고, 같이 나누고, 같이 싸우고, 다투었다. 그러나 에반스(그를 한 번밖에 본 일이 없는 루크레치아는 그를 "조용한 사람"이라고 불렀다. 에반스는 붉은 머리의 건장한 사나이였으나 여자 앞에서는 말이 없었다)가 이탈리아에서 휴전 직전에 죽었을 때 셉티머스는 아무 감정도 나타내지 않았고, 우정이 끝난 것을 인식하지도 못했을 뿐더러, 오히려 별로 느끼는 것도 없이 태연할 수 있는 자기를 다행하게 여겼다. 전쟁이 그를 교육했던 것이다. 전쟁은 숭고했다. 그는 우정, 유럽 대전, 죽음과 같은 온갖 경험을 얻고 진급이 되었으나, 자기는 서른도 못 됐으니까 살아남을 운명이었나보다고 생각했다. 그 점에서 셉티머스는 옳았다. 최후의 총탄이 그에게서 빗나갔다. 그는 터지는 탄환을 느낌도 없이 바라보았다. 평화가 찾아왔을 때, 그는 밀라노에서 군의 명령으로 어느 여관집에 유숙하고 있었다. 뜰이 있고, 화분에 심은 꽃이 놓이고, 마당에는 조그마한 테이블이 있는 집이었다. 그 집 딸들은 모자를 만들었다. 어느 날 저녁, 아무것도 느낄 수 없다는 공포에 갑자기 사로잡힌 셉티머스는 막내딸 루크레치아와 약혼해버리고 말았다.

전쟁은 끝이 나고, 휴전 조약도 조인이 되고, 전사자도 매장됐을 무렵, 그는 특히 저녁이면 갑자기 닥쳐오는 공포에 사로잡히게 되었다. 아무것도 느낄 수 없다는 공포였다. 이탈리아 처녀들이 모자를 만들고 있는 방문을 열면 처녀들이 보였다. 말소리도 들렸다. 처녀들은 접시에 담은 색색의 구슬을 앞에 놓고, 철사를 문지르고, 갓풀을 칠한 모자 판을 이리저리 돌렸다. 책상 위에는 새털, 금은 장식, 비단 헝겊, 리본이 어지러웠고, 가위가 책상에서 짤각짤각 소리를 냈다. 그러나 뭔가 심상치 않은 것이 있었다. 그는 아무것도 느낄 수가 없었던 것이다. 그래도 시끄러운 가위 소리, 웃어대는 처녀들, 제품이 되어 나오는 모자가 그를 위로해주었다. 그것으로 안전하다는 것을 알 수가 있으며 그곳이 피난처가 되었다. 그러나 그 방에 밤새 앉아 있을 수는 없었다. 그는 새벽에 잠이 깰 때가 있었다. 그런 때는 침대가 꺼져 들어가는 것만 같았다. 몸뚱이가 꺼지는 것도 같았다. 그때마다 가위와 등잔 불빛과 풀칠한 모자 판이 몹시 그리웠다. 그래서 형제 중에서 명랑하고 까부는 동생 루크레치아에게 구혼을 한 것이었다. 루크레치아는 그때 재주 있게 생긴 조그만 손가락을 펴고 "이 속에 모든 게 다 들어 있어요" 했다. 비단 헝겊이건, 새털이건, 무엇이건, 그 손에만 넣으면 산 것처럼 움직였다.

"제일 중요한 건 모자예요."

둘이 거닐면서 루크레치아는 이런 말을 늘 했다. 그리고 지나가는 모자 하나하나를 자세히 보았다. 외투도 옷도 여자들의 몸가짐도 일일이 뜯어봤다. 멋없는 옷차림, 지나친 옷차림을 루크레치아는 비난했다. 그것도 수다스럽게 비난하는 게 아니고, 참을 수 없다는 듯이 손짓을 했다. 속이려는 것은 아니다. 누가 봐도 싸구려 협잡인 그림을 내보일 때, 화가가 안 받겠다고 할 적의 그런 손짓이었다. 관대하지만 또한 언제나 비판적인 루크레치아는 아무것도 아닌 감을 살려서, 그럴듯하게 입고 다니는 여점원을 보면 반가워했다. 그런가 하면 모피 목도리에 긴 옷을 입고, 보석을 찬란하게 차리고, 마차에서 내리는 프랑스 귀부인을 보면, 전문가다운 안목으로 살펴보면서 진정 좋다고 칭찬을 했다.

"아이 예뻐!"

셉티머스에게 보라고 꾹꾹 찌르면서 루크레치아는 중얼거렸다. 그러나 아름다운 것은 셉티머스에게 판유리 뒤에 있는 것처럼 희미했다. 입맛도(루크레치아는 아이스크림이니 초콜릿이니 단것을 좋아했다) 전혀 없었다. 셉티머스는 조그마한 대리석 상에다 잔을 내려놓았다. 밖에 있는 사람들도 내다보았다. 사람들은 행복스러워 보였다. 사람들은 길 한가운데 모여서 고함을 지르고, 웃고, 아무것도 아닌 것을 가지고 싸웠다. 그러나 셉티머스는 맛을 볼 수도 느낄 수도 없었다. 찻집에서 테이블과 지껄이는 종업원들 사이에 있노라니까 그 무서운 공포심이 닥쳐왔다—느낄 수가 없다는 공포심이. 생각은 할 수가 있었다. 읽을 수도 있었다. 단테 같은 작가도 힘들이지 않고 읽을 수 있었다. ("여보 셉티머스, 제발 그 책 좀 놓으세요" 하고 루크레치아는《신곡》의 지옥편을 가만히 덮어버렸다.) 계산서도 더해볼 수 있었다. 두뇌는 성했던 것이다. 그렇다면 그가 느낄 수 없다는 것—이것은 이 세상 탓이었다.

"영국 사람들은 참 말이 적어요."

그러면서 루크레치아는 영국인의 그런 면이 좋다고 했다. 영국 남자들을 존경하니까 런던에 가서 영국 말이랑 재단사가 만든 신사복이랑을 보고 싶다고 했다. 런던으로 시집을 가 소호에서 사는 아주머니가 멋진 가게가 많다고 하던 이야기도 기억이 난다고 했다.

'그럴 수도 있을 거다.'

뉴헤이븐을 떠날 때 기차의 유리창으로 영국 땅을 내다보면서 셉티머스는 생각했다.

'세상이라는 것이 아무 뜻이 없을 수도 있을 거야.'

회사에서는 그를 상당한 직책에 올려주었다. 그리고 셉티머스를 자랑으로 삼았다. 훈장을 여러 개 받았기 때문이다.

"자네는 자네 할 일을 다했네. 이젠 우리가—" 하고 브루어 씨는 입을 떼었으나 말을 끝낼 수가 없었다. 그토록 브루어 씨는 기뻤다. 셉티머스 부처는 토트넘 코트 밖에 있는 훌륭한 방을 얻어서 살았다.

이 집에서 그는 다시 셰익스피어를 펴봤다. 말씨의 아름다움에 도취하던 소년 시절의 기쁨—《안토니와 클레오파트라》를 읽어보았으나—은 완전히 시들어버렸다. 셰익스피어는 인간을 증오했다—옷을 입는 것, 아이를 낳는 것, 식욕, 색욕의 추잡함을 증오했다는 것이 셉티머스의 눈에 비쳤다. 아름다운 문장 속에 숨은 계시가 눈에 비쳤다. 하나의 세대가 남몰래 다음 세대로 전하는 비밀의 암호는 혐오와 증오와 절망이라고 생각되었다. 단테도 그러했다. 아이스킬로스(번역판을 읽었으나)도 그랬다. 루크레치아는 상머리에 앉아서 모자에 장식을 달고 있었다. 필머 부인의 친구를 위해 날짜를 정해놓고 하는 일이었다. 루크레치아의 창백하고 신비스러운 품이 마치 물속에 빠진 백합꽃 같다고 셉티머스는 생각했다.

"영국 사람들은 참 진실해요."

루크레치아는 셉티머스의 목을 안고 뺨을 비비대면서 말하곤 했다.

남녀 사이의 사랑을 셰익스피어는 불쾌한 것으로 여겼다. 성교는 도무지 더러워 견딜 수가 없었다. 그래도 루크레치아는 아기를 낳아야겠다고 했다. 그들은 결혼한 지 5년이 되었다.

두 사람은 같이 런던 탑으로도 갔다. 군중 가운데 섞여서 국왕이

의회의 개원식을 거행하는 것도 보았다. 가게들도 구경했다—모자점, 부인복점, 진열장에 가죽 핸드백을 진열해놓은 점포. 루크레치아는 걸음을 멈추고, 그런 것들을 바라보았다. 그래도 꼭 아들이 하나 있어야겠다고 말하면서. 루크레치아는 셉티머스 같은 아들이 하나 꼭 있어야겠다고 했다.

"그래도 아무도 당신 같은 수는 없지요. 아무도 그렇게 얌전하고, 진실하고, 그렇게 재주가 있을 수는 없어요. 나도 셰익스피어 좀 읽어봐도 괜찮아요? 셰익스피어는 어려운 작가인가요?"

그러나 이 같은 세상에 애를 낳을 수 없는 노릇이었다. 고통을 영속시키고, 꾸준한 감정이 없고, 변덕과 허영에 차서 이리 쏠리고 저리 쏠리는 인간이란 음탕한 동물의 종족을 늘려선 안 될 노릇이었다.

새가 풀밭에서 깡충 뛰고 훽 나는 것을 손가락 하나 꼼짝 못하고 보고 있는 사람처럼, 셉티머스는 루크레치아가 가위질하고, 본을 만드는 모습을 바라보았다.

'인간은(루크레치아가 이걸 모르는 척하려면 해도 좋다) 순간적인 쾌감을 증대시키는 데에 필요한 것 이외의 친절도 신앙도 자비도 없다는 것이 사실이다. 인간은 늑대처럼 떼를 지어 뒤지고 다닌다. 사막을 뒤지고 짖는 소리 요란하게 황야로 사라진다. 그들은 쓰러진 자를 버리고 간다. 인간의 찌푸린 상은 그대로 굳어버렸다. 회사의 브루어 씨를 생각해봐라. 왁스를 바른 수염에, 산호 넥타이 핀에, 하얀 조끼를 입고, 아주 기분이 좋은 것 같지만—내심 차디차고, 끈적

끈적하지 — 전쟁 중에 그의 제라늄 꽃밭은 망가지고, 요리사가 미쳐버렸다. 또 아밀리어 뭐라나 하는 여자도 정각 다섯 시만 되면 꼬박 찻잔을 가져다주지만 — 곁눈질하고, 남을 비웃는 음란한 계집이다. 또 톰이라나 버티라나 하는, 빳빳이 풀먹인 와이셔츠를 입고 다니는 녀석들도 악덕의 땀방울을 뚝뚝 떨어뜨리고 있다. 내가 저희들이 벌거벗은 우스운 꼴을 공책에다 그려놓은 것도 모르지.'

거리에서는 마차가 요란스레 지나갔다.

'인간의 야수성이 벽보에 역력히 드러나 있다. 광산에서 생매장된 사람들, 산 채 태워 죽음을 당한 여자들, 대중의 구경거리 삼아 전시되는 광인들의 불쌍한 행렬, (구경꾼들은 소리를 내고 웃는다) 그들은 두리번거리고, 싱글벙글하면서 지금 토트넘 코트에서 내 곁을 지나가고 있다. 제각기 절반은 미안하고, 절반은 자랑스럽다는 듯, 소망을 잃은 비애를 보이고 있는 것 같구나. 나도 미칠까?'

차를 먹을 때 루크레치아는 필머 부인의 딸이 임신했다고 남편에게 얘기했다.

"늙어서 자식도 없는 건 싫어요! 난 참 외롭고 속상해!"

결혼 후 처음으로 아내는 울었다. 아내의 울음소리가 먼 데서 나는 것처럼 멍하니 그는 듣고 있었다. 똑똑히 들을 수도 분명히 알아들을 수도 있었다. 피스톤 소리와 비슷하다고 셉티머스는 생각했다. 그러나 아무것도 느낄 수가 없었다. 아내는 울고 있는데, 그는 아무것도 느낄 수가 없었다. 다만 이렇게 가슴이 꺼지듯 말 없는 절망에 빠져 아내가 훌쩍일 적마다 그는 지옥 속으로 한 발 한 발 내려가는 것 같았다.

마침내 셉티머스는 극적인 제스처로 두 손을 들어 머리를 움켜쥐고 말았다. 그 제스처가 진심이 아님을 의식하면서도 기계적으로 한 짓이었다.

'이제 나는 손을 들었다. 누군가가 도와줘야겠다. 사람들을 부르러 보내야겠다. 나는 져버린 것이다.'

무슨 짓을 해도 그를 일으킬 수는 없었다. 루크레치아는 그를 자리에 눕혔다. 의사를 불렀다—필머 부인이 아는 홈즈 선생이었다. 홈즈 선생은 진찰을 했다. 아무 일도 없다고 홈즈 선생은 말했다.

'아이 좋아라! 참 친절하시기도 해! 참 고마우셔!'

루크레치아는 생각했다.

"나는 기분이 저렇게 나쁠 때면 뮤직홀에 가지요."

홈즈 선생은 말했다.

"하루쯤 쉬고 집사람하고 골프를 쳐요. 잘 적에 물 한 컵에다 브로마이드 정 두 개를 넣어 잡숴보시지요. 블룸즈버리 근처의 이런 옛날 집들은—."

그러면서 홈즈 선생은 벽을 툭툭 쳤다.

"벽을 아주 좋은 나무로 붙인 게 많은데 집 주인들은 멋도 모르고 도배지로 발라버리거든요. 요 며칠 전에 베드포드 스퀘어에 사는 누구넬 왕진을 갔더니—."

그러나 변명의 여지가 없다고 셉티머스는 생각했다.

'아무 일도 없다니 말이다. 인간성이 나에게 사형을 선고한 그 죄목, 느낄 수 없다는 것밖엔 아무 일도 없다. 에반스가 죽었을 때 난 아무렇지도 않았다. 그게 무엇보다도 나빴다. 그러나 모든 다른 죄악들도 새벽이면 침대 머리맡 너머로 고개를 쳐들고, 자신의 타락을 깨닫고 엎드려 있는 내 몸을 손가락질하고, 빈정대고, 비웃는다. 그것들은 사랑하지도 않는 여자와 결혼하여 아내를 속이고, 농락하고, 이자벨 폴 양을 모욕한 탓으로 행악(行惡)의 점과 자국이 찍혀서, 지나는 여자들이 너를 보면 몸서리친다고 빈정댄다. 이런 고얀 놈에게 인간성이 내리는 언도는 사형밖에 없다고 으르렁댄다.'

홈즈 선생이 다시 왔다. 몸집이 크고, 혈색도 좋고, 잘생긴 선생은 구두를 털고 거울을 들여다보면서 아무렇지도 않다는 듯이 말했다 — "머리가 아프고, 잠이 안 오고, 공포증이 나고, 꿈을 많이 꾸는 것 — 이건 다 신경 과민에서 오는 증세지 아무것도 아닙니다"라고 했다.

"나는 체중이 160파운드에서 반 파운드만 줄어도 집사람보고 아침 식사로 오트밀죽 한 그릇 달라고 합니다(오트밀죽 만드는 법을 배워야겠다고 루크레치아는 생각했다). 그러나 — ."

선생은 말을 이었다.

"건강이란 대체로 조절할 수 있는 것입니다. 바깥 일에 재미를 붙여서 무슨 취미를 가져보십시오."

선생은 셰익스피어의 책 — 《안토니와 클레오파트라》를 열어봤다. 그리고 셰익스피어를 한 옆으로 밀어버렸다. 무슨 취미를 가져보라고 홈즈 선생은 말했다.

"내가 이렇게 건강이 좋은 것도(나도 런던의 누구 못지않게 일을 하지마는) 환자를 본 뒤에는 다 잊어버리고 고물 가구를 만지는 덕이 아닐까요? 실례지만, 부인이 꽂으신 빗 참 예쁘군요!"

홈즈 선생은 말했다.

이놈의 바보 같은 녀석이 다시 왔을 때 셉티머스는 만나지 않겠다고 했다.

"그래요?"

홈즈 선생은 상냥하게 웃었다. 그는 병실에 들어가면서 매력 있는 자그마한 부인, 스미스 부인을 살짝 한 옆으로 밀어야 했다.

"그래 겁이 나셨군요."

환자 곁에 앉으면서 선생은 또 상냥스럽게 말했다.

"부인께 자살하겠다고 하셨다지요. 부인은 좋은 분이던데. 외국분이시죠? 그런 말을 하시면 영국 남자에 대해서 이상한 관념을 갖게 되지 않을까요? 남자는 아내에 대한 의무라는 것이 있습니다. 침대에만 누워 있지 말고, 무슨 일을 해보는 게 좋지 않겠어요? 나는 40년의 경험이 있으니까 내 말을 믿으셔도 좋을 겁니다 — 당신은 아무렇지도 않습니다. 다음에 내가 올 적에는 일어나셔서 당신의 예쁜 부인이 걱정 안 하도록 해드리십시오."

'말하자면 이것은 인간성이 나에게 덤벼드는 거다 — 콧구멍이 새빨간 지긋지긋한 짐승 같은 인간성이. 홈즈가 나에게 덤빈다.'

홈즈 선생은 아주 규칙적으로 매일 왔다.

"한 번만 발을 헛디디면 — 인간성이 덤벼든다. 홈즈가 덤벼든다.

유일한 길은 홈즈 몰래 도망치는 길이다. 이탈리아로 — 어디로라도 홈즈 선생이 못 쫓아올 데로."

셉티머스는 엽서 뒷면에다 이렇게 적었다.

아무래도 루크레치아는 남편을 이해할 수가 없었다.

"홈즈 선생은 여간 좋은 분이 아니시던데. 당신을 열심히 봐주세요. 우리를 도와주고 싶어서 그런다고 하셨어요. 어린애가 넷인데 차 마시러 오라고 하시더군요."

아내는 말했다.

'그래 나는 버림을 받았다. 온 세상이 「죽어버려라. 우리를 위해서 너는 죽어버려라」 하고 고함을 치고 있다. 그렇지만 내가 왜 그들을 위해서 자살을 해야 하나? 음식도 맛나고, 햇살도 따뜻한데. 그런데 자살을 어떻게 하나? 보기 흉하게 피바다가 되게 식칼로 하나? — 가스선을 빼나?'

셉티머스는 너무 기운이 없었다. 손을 드는 것도 간신히 했다. 게다가 이토록 외롭고, 버림을 받고 보니, 죽어가는 사람이 그렇듯 오히려 마음에 기쁨이랄까 숭고한 고독감이 들었다. 미련이 있는 자는 도저히 알 수 없는 자유를 느꼈다.

'물론 홈즈가 이겼다. 콧구멍이 새빨간 짐승이 이겼다. 그러나 홈즈도 이 세상 끝에서 헤매고 있는 이 마지막 유물에는 손을 못 댈 게다. 물에 빠진 뱃사람처럼 이 세상의 해안에 누워서 사람들이 살고 있는 지역을 바라다보는 버림받은 자, 나에게는 손을 못 댈 것이다.'

그 순간이었다. (루크레치아는 뭘 사러 나갔다.) 셉티머스가 위대한 계시를 받은 것은. 휘장 뒤에서 사람 소리가 났다. 에반스가 이야기했다. 죽은 자가 그에게로 오고 있었다.

"에반스! 에반스!"

그는 외쳤다.

"스미스 씨가 혼자 중얼거리고 있어요."

부엌에서 하녀 아이 애그니스는 필머 부인을 보고 소리쳤다.

"내가 쟁반을 들고 들어가니까 그분이 에반스, 에반스 하고 불러서 깜짝 놀랐어요. 정말이에요. 그래서 막 뛰어내려온 거예요."

그때 루크레치아는 꽃을 들고 방으로 들어갔다. 방을 건너가서 가져온 장미를 병에 꽂았다. 해가 곧장 장미에 비추었다. 루크레치아는 웃으면서 방 안을 껑충껑충 뛰어다녔다.

"거리에 있는 불쌍한 사람에게서 장미를 안 살 수가 있어야죠."

루크레치아가 말했다.

"그런데 다 시들어가요."

꽃을 가지런히 하면서 아내는 말했다.

"그래 밖에 누가 있구나. 아마 에반스일 게다. 루크레치아가 시들어간다고 한 장미는 에반스가 그리스에서 딴 것이다. 신(神)과의 소통은 건전이다. 행복이다. 신과의 소통은—."

그는 중얼거렸다.

"무어라고 하셨어요, 셉티머스?"

루크레치아는 겁에 질려 소리쳤다. 남편이 혼자 말하고 있었기 때문이었다.

루크레치아는 홈즈 선생을 부르러 애그니스를 보냈다.

"그이가 미쳤어요. 날 잘못 알아봐요."

루크레치아는 말했다.

"이 짐승 같은 놈! 이 짐승 같은 놈!"

인간성, 즉 홈즈 선생이 방으로 들어오는 것을 보고 셉티머스는 고함을 쳤다.

"자, 이게 무슨 일입니까?"

다시없이 상냥하게 홈즈 선생은 말했다.

"그런 소릴 해서 부인을 놀라게 하다니오. 잠이 푹 들 약을 드리지요. 당신네들이 돈이 있다면—."

홈즈 선생은 빈정거리듯 방 안을 둘러봤다.

"꼭 할리 가에 있는 뇌병원으로 가시라고 하겠는데요. 내가 못 미더우시다면 말입니다."

이렇게 말하는 홈즈 선생의 표정은 그리 친절하지 않았다.

때는 열두 시 정각이었다. 빅벤의 시계로 열두 시였다. 그 종소리는 런던의 북부 일대에 울렸다. 그 소리는 다른 시계 소리와 합쳐서 눈에 안 보이는 에테르처럼 구름과 가느다란 연기 속에 녹아 저 멀리 갈매기의 무리 가운데로 사라졌다—클라리사 댈러웨이가 파란 옷을 침대 위에 놓았을 때, 또 워런 스미스 부부가 할리 가를 걸어 내려갔을 때, 열두 시가 땡 울렸다. 열두 시는 스미스 부처가 의사와 만나기로 약속한 시간이었다. 아마 저기 회색빛 차가 문간에서 있는 곳이 윌리엄 브래드쇼 경의 집인가보다고 루크레치아는 생각했다. 종소리는 둔한 원을 그리며 점점 공중으로 번져가고 있었다.

맞았다— 그것은 윌리엄 브래드쇼 경의 자동차였다. 나지막하고 튼튼한 이 회색 자동차의 패널에는 보기 좋게 짝지은 이름 문자가 알뜰히 새겨 있었다. 차 임자는 정신의 구제자, 과학의 사제(司祭)이기 때문에 요란스러운 장식 문장은 맞지 않는다는 듯이 자동차의 점잖은 회색에 맞추어 회색 모피와 은빛 담요가 안을 싸고 있었다. 부인이 차 안에서 기다릴 때 춥지 않게 해주기 위해서였다. 윌리엄 경은 때로 6, 70마일이나 떨어진 시골에 돈 많은 병자를 왕진하러 갔다. 그런 환자들은 윌리엄 경이 적당히 부르는 비싼 치료비를 낼 수 있었다. 그런 때 부인은 담요를 무릎에다 두르고 한 시간 남짓 이 차 안에 기대 앉아서 기다렸다. 기다리는 동안에는 때로는 환자 생각도 하지만 때로는 시시각각으로 높아가는 황금의 벽을 생각했다. 그것은 무리도 아니었다. 자기들 내외, 갖은 변통과 근심 걱정(나는 용하게 이런 걸 다 참아왔다. 우리도 고생은 무척 했지) 사이에서 높아가는 황금의 벽을 생각할 때 부인은 향기로운 바람만이 불고 있는 고요한 바다 위에 슬며시 누운 것 같이 느꼈다. 남에게 존경과 칭찬을 받고 남이 부러워하고, 몸이 뚱뚱한 것이 좀 유감이지만, 별로 부족한 것 없는 처지였다. 동업 의사들을 목요일 저녁마다 초대하는 파티, 때때로 열어야 하는 바자, 왕족께 드리는 문안 때문에 시간이 너무 없었다. 남편은 나날이 바빠가고 아들은 이튼 학교에서 곧잘 지내고 있었다. 딸을 하나 갖고도 싶었지만 그것 아니라도 여러 방면에 부인은 취미가 많았다. 아동 복지, 간질 병자의 후원 문제, 그리고 사진에 취미가 있었다. 그래서 건설 중인 교회나 무너져가는 교회를 보면, 남편을 기다리는 틈을 타서 문지기에게 돈을 주고, 열쇠를 얻어서 내부의 사진을 찍기도 했다. 전문 기자가 찍은 것과 거의 구분할 수 없을 만한 사진들이었다.

윌리엄 경도 이젠 늙었다. 그는 평생 일을 열심히 하고 오늘의 지위를 순전히 실력으로 얻었다. (그는 가겟집 아들이었다.) 윌리엄 경은 자기 직업을 무척 사랑하고 무슨 의식 때면 당당한 풍채로 말도 잘했다 — 이 모든 것이 그가 기사의 작위를 받을 때까지는 그로 하여금 그처럼 우울하고 피곤한 표정을 지니게 했으나(환자는 끊임없이 몰려들고 인술의 책임과 특권은 무척 성가신 일이기 때문이었다) 이 피곤한 모습은 허연 머리와 어울려 그의 탁월한 풍채를 더욱 빛냈으며, 따라서 그는 명의라는 명성을 얻게 되었다. (신경증 환자를 다루는 데는 명성이 제일 중요하다.) 그는 훌륭한 기술이 있고 진단을 내리는 데 거의 오진이 없을 만큼 정확할 뿐 아니라, 동정심이 있고, 능란하고, 인간의 정신을 잘 알고 있다는 평판이었다. 셉티머스 내외가 방 안에 들어서는 순간 벌써 윌리엄 경은 짐작이 갔다. (워런 스미스라는 이름의 내외였다.) 남자 쪽을 보자 그는 곧 짐작할 수가 있었다.

'이건 아주 중한 환자로군. 완전한 신경쇠약 환자로군 — . 육체적, 정신적으로 아주 쇠약해서 모든 증세가 진행 중인데.'

그는 2, 3분 내에 그것을 알아냈다. (조심스럽게 중얼거리면서 질문에 대한 답을 카드에 적어 넣는 동안에.)

"홈즈 선생이 얼마나 오래 봐주었지요?"

"여섯 주입니다."

"브로마이드 정을 먹으라고 했다고요? 아무 일도 없다고 했어요? 아, 그래요."

'이놈의 개업의들이!'

윌리엄 경은 생각했다.

'그놈들 실수를 바로잡으려면 내 시간의 반을 허비해야 해. 어떤 때는 아주 고칠 수 없는 경우도 있는걸.'

"대전 때에 훌륭한 무공을 세우셨어요?"

환자는 대전이란 말을 의아한 듯이 되풀이했다.

'이 환자는 말에 상징적인 뜻을 부합시키고 있어. 카드에 적어야 할 중대한 증세다.'

"대전이라구요?"

환자가 물었다.

"유럽 대전 — 초등학교 애들이 화약으로 싸움을 하는 그 싸움 말인가? 내가 훌륭한 무공을 세웠나? 다 잊어버려서 모르겠네. 나는 대전에서 실패했는데 — ."

"네, 아주 훌륭한 무공을 세웠어요."

루크레치아가 의사에게 보장했다.

"그래서 진급했죠."

"회사에서도 아주 신임이 두텁다고요?"

브루어 씨가 호의를 다해서 쓴 편지를 힐끔 보면서 윌리엄 경은 중얼거렸다.

"그래서 아무 걱정도 없나요, 경제적인 근심이라든지? 아무것도?"

'나도 무시무시한 죄를 저질러서 인간성에게서 사형 언도를 받았다.'

셉티머스는 생각하고 있었다.

"나는— 나는."

그는 입을 떼었다.

"죄를 저질렀어요."

"아무 일도 한 게 없어요."

루크레치아가 의사에게 보장했다.

"좀 기다려주실까요."

윌리엄 경이 말했다. 옆 방에서 루크레치아와 얘기할 게 있다는 것이다.

"바깥어른께서는 아주 중하십니다."

윌리엄 경은 말했다.

"자살하겠다고 안 합디까?"

"네, 그랬어요."

아내는 울기 시작했다.

"그래도 그럴 마음은 없나봐요."

"물론 없지요. 그저 휴양 문젭니다. 휴양, 휴양, 침대에서 오래 휴양하는 게 좋아요. 주인 어른을 아주 잘 봐드릴 좋은 요양소가 시골에 있습니다."

월리엄 경이 말했다.

"저하고 떨어져서 가게 되나요?"

아내는 물었다.

"안된 말이지만 그렇습니다. 우리가 가장 사랑하는 사람이 아플 적에는 같이 있는 게 좋지 않아요."

"그렇지만 그인 미친 것은 아니지요?"

윌리엄 경은 미친 것은 아니라고 했다. 다만 정신의 균형이 없어진 거라고 했다.

"그런데 이이는 의사를 좋아하지 않아요. 요양소에 안 가려고 할 거예요."

윌리엄 경은 짧은 말로 친절하게 환자의 상태를 설명해주었다.

"이분은 자살하겠다고 위협하지요? 그러면 별수 없습니다. 법률 문제니까요. 요양소에 간댔자 시골에 있는 깨끗한 집에서 침대에 누워 있는 것뿐이에요. 간호사들이 참 친절합니다. 내가 1주일에 한 번씩 왕진하러 가지요. 부인께서 더 물어보실 말씀이 없으시다면—."

그는 환자를 재촉하는 법이 없었다.

"주인 양반에게로 돌아갑시다."

더 물어볼 말은 없었다—윌리엄 경에게는.

그래서 두 사람은 인류 가운데에서 가장 숭고한 자가 있는 옆방으로 돌아갔다. 심판자 앞에 선 범죄자, 산꼭대기에서 몸을 내던진 희생물, 도망자, 익사한 뱃사공, 불멸의 송가를 쓰는 시인, 삶에서 죽음으로 간 주(主), 셉티머스 워런 스미스에게로 돌아갔다. 그는 천장에 뚫린 창 밑에 있는 안락의자에 앉아 궁중 의상을 입은 브래드쇼 경 부인의 사진을 뚫어지게 보면서 미의 계시를 중얼중얼 주워섬기고 있었다.

"우리 이야길 좀 해보았습니다."

윌리엄 경이 말했다.

"선생님이 당신의 병이 아주 참 중하대요."

루크레치아가 큰 소리로 말했다.

"당신이 홈(요양소)에 들어가도록 마련을 한 거지요."

경이 말했다.

"홈즈의 홈 말인가?"

셉티머스가 비웃었다.

'이 자는 인상이 나쁜데.'

윌리엄 경은 생각했다. 아버지가 장사꾼이었던 그에게는 자연, 집안과 옷차림을 보는 버릇이 있어서 초라한 모양을 보면 화가 났다. 더 깊이 따지면, 책을 읽을 여가가 없는 그는 진찰실로 들어와서 최고도의 기능을 항상 부릴 대로 부려가면서 일해야 하는 의사를 교양이 없다고 하는 그런 문화인에 대해서 원한이 있었다.

"내 요양소입니다, 워런 스미스 씨."

윌리엄 경은 말했다.

"거기 가면 안정하는 법을 가르쳐드리지요."

그리고 한마디 더 할 말이 있다고 했다.

워런 스미스 씨는 회복만 하면 부인을 놀라게 할 사람이 아니라는 것이다.

"그래도 자살하겠다고 하는걸요."

루크레치아가 말했다.

"누구든지 심하게 우울한 때가 있는 겁니다."

윌리엄 경이 말했다.

'한 번 발을 헛디디면.'

셉티머스는 마음속으로 되풀이하고 있었다.

'인간성이 덤벼든다. 홈즈와 브래드쇼가 덤벼든다. 그놈들은 사막을 뒤진다. 그리고 고함치면서 황야로 사라진다. 그놈들은 무서운 고문 기구를 쓴다. 인간성엔 자비가 없다.'

"이따금 충동을 느끼나요?"

윌리엄 경은 분홍 카드에다 연필을 대고 물었다.

"당신이 알 바가 아니오."

셉티머스가 말했다.

"자기 자신만을 위해서 사는 사람은 아무도 없습니다."

궁정 의상을 입은 부인의 사진을 쳐다보면서 윌리엄 경이 말했다.

"당신에게는 아주 유망한 장래가 있지 않습니까?"

윌리엄 경은 말했다. 브루어 씨의 편지가 탁자 위에 있었다.

"아주 유망한 장래가 말입니다."

'내가 다 고백을 해버린다면? 내가 이놈들에게 말을 해버린다면? 그러면 홈즈나 브래드쇼는 날 놔줄까?"

"나는— 나는—."

셉티머스는 말을 더듬었다.

'그런데 내 죄가 무엇이었지? 생각이 안 난다.'

"네."

윌리엄 경은 셉티머스에게 말을 권하는 듯했다. (그러나 시간이 퍽 늦었는데.)

'사랑, 나무, 죄악은 없다— 내가 전하려는 말은 뭣이었나?'

기억이 나지 않았다.

"나는— 나는—."

셉티머스가 말을 더듬었다.

"될 수 있는 대로 자신에 대한 생각을 하지 마세요."

윌리엄 경이 친절히 말했다.

'정말 이 환자는 돌아다녀선 안 되겠는데.'

"뭐 더 물어보고 싶으신 게 있습니까? 모든 수속은 다 해드리지요."

(윌리엄 경은 루크레치아에게 나직이 말했다. "오늘 저녁 다섯 시에서 여섯 시 사이에 부인께 알려드리겠습니다.")

"모든 걸 내게 맡기십시오" 하며 윌리엄 경은 두 사람과 작별했다.

이런 죽을 듯한 괴로움을 가져본 일은 처음이라고 루크레치아는 생각했다.

‘도움을 구하려다가 오히려 버림을 받았어! 저 의사 때문에 낙심이 돼 죽겠다. 윌리엄 브래드쇼 경이란 이는 좋은 사람이 아닌가봐.’

“저 차 하나만 유지할래도 비용이 상당할걸.”

거리에 나왔을 때 셉티머스는 말했다.

아내는 남편 팔에 매달렸다.

‘우리는 버림을 받았어. 그렇지만 이 이상 뭘 바랄 건가?’

윌리엄 경은 환자를 45분 동안 보았다. 결국, 사람들이 아무것도 모르는 신경 계통이니, 인간의 뇌 조직이니 하는 것을 취급하는 이 엄격한 과학을 하면서, 의사가 균형의 정신을 잃는다면 의사로서 패자인 것이다. 사람은 건강해야 한다. 건강은 즉 균형이다. 그래서 한 남자가 들어와서 자기는 그리스도라고(흔히 망상이다) 하고, 대개의 경우에 그러하듯, 전할 말이 있다고 하고, 종종 자살을 하겠다고 위협을 하면, 균형을 불러일으켜서 침대에서 안정하라고 이른다. 홀로 안정하는 것, 침묵과 안정, 친구도 안 만나는 안정, 책도 안 읽는 안정, 전할 말도 전하지 못하는 안정, 여섯 달을 이렇게 안정하고 나면 들어갈 때 104파운드였던 환자가 168파운드가 돼서 나왔다.

균형. 윌리엄 경이 섬기는 여신인 신성한 균형의 정신은 병원에서 환자를 보러 다니고, 낚시에서 연어를 잡고, 브래드쇼 부인과 할리 가에 있는 집에서 아들 하나를 낳는 동안에 윌리엄 경이 습득한 것이었다. 브래드쇼 부인도 연어 낚시를 하고, 전문가의 작품과 구별할 수 없을 만큼 교묘한 사진을 찍었다. 균형을 숭배하기 때문에 윌리엄 경은 자신이 번영했을 뿐 아니라 영국이란 나라까지도 번영시켰다. 영국의 광인(狂人)을 격리하고 그들의 생산을 금하고, 절망에게 벌을 주고 부적격자에게는 그들의 사상을 전파 못 하게 했다. 그래서 마침내는 윌리엄 경이 가진 균형의 정신을 그들에게도 나누어 갖게 해주었다— 환자가 남자면 윌리엄 경의 정신을, 여자면 브래드쇼 부인의 정신을 나누어주었다. (부인은 수도 놓고, 뜨개질도 하고, 1주일에 네 밤을 아들과 집에서 지냈다.) 그래서 동료들이 그를 존경하고, 아랫사람들이 그를 두려워했을 뿐 아니라, 환자의 친구나 친척들도 세상의 종말이 온다는 둥, 주께서 강림하신다는 둥 예언하는 그리스도나 여자 그리스도에게 자리에 누워 우유를 먹어야 한다고 경이 고집한 데 대해서 말할 수 없는 감사를 느꼈다. 윌리엄 경은 30년 동안 이런 종류의 환자를 취급하는 경험을 쌓아, 이것은 광기, 이것은 상식 하고 틀림없는 판단을 할 수 있는 균형의 정신을 가졌던 것이다.

그러나 '균형'에는 더 무서운 얼굴을 한 무시무시한 동생 여신이 있다— 그 여신은 지금도 인도의 푹푹 찌는 사막 가운데, 또는 아프리카의 진흙과 늪 가운데, 또는 런던의 지저분한 교외에, 말하자면 풍토나 악마의 신앙에서부터 인간이 이탈하려는 곳에서는 어디서든지— 사원을 파괴하고 우상을 쳐부수고 그 대신 자기의 엄격한 면모를 내세우려고 분주하다.

'전향(轉向)'이라는 것이 그 여신의 이름이다. 그는 약자의 의지를 미끼로 삼고, 억지로 떠맡긴 스스로의 용모가 대중의 면상에 찍힌 것을 보고 만족해한다. 그 여신은 하이드 공원의 입구에서 나무통 위에 올라서서 연설도 한다. 청렴을 빙자하는 흰 옷을 감고, 동포애를 가장하면서 회오자연(悔悟者然)한 태도로 공장이나 의회 안을 버젓이 다닌다. 사람을 도와주기도 하나 권세를 탐낸다. 의견을 달리 하거나 불만을 표시하는 자는 용서 없이 해치워버린다. 그리고 위를 우러러보고 여신의 눈에서 발하는 광명을 온순히 받아들이는 자에게 축복을 준다. 이 '전향'이라는 여신도(루크레치아 워런 스미스는 눈치챘다) 윌리엄 경 마음속에서 예에 벗어나지 않게 그럴듯한 가장 밑에 숨어서 살고 있었다. 사랑이니, 의무니, 자기 희생이니 하는 존엄한 이름을 쓰고 윌리엄 경이 얼마나 열심히 일하고, 기금도 애써 걷고, 여러 가지 개혁 운동도 보급시키고, 공공 기관도 설립했던가. 그러나 까다로운 여신 '전향'은 빌딩의 벽돌보다 생피를 더 좋아하고 인간의 의지를 매우 교활하게 뜯어먹고 산다. 예로 브래드쇼 부인이 있다. 15년 전에 이미 부인은 '전향'의 물결 속에 휩쓸려 들어갔다. 이것은 이렇다고 꼬집어낼 수도 없는 일이다. 내외간에 무슨 말다툼이나, 논쟁이 있었던 것도 아니다. 그저 그의 의지가 차차로 가라앉아 남편의 의지 속에 빠져 들어가 꼼짝도 못하게 됐을 따름이다. 부인이 짓는 미소는 상냥스러웠고, 그는 그저 말없이 남편에게 순종했다. 할리 가의 자택에서 같은 의사 노릇을 하는 여남은 되는 동업자를 대접하려고, 여덟 코스나 되는 요리를 차리는 부인의 만찬회도 늘 빈틈없고 세련된 것이었다. 다만 밤이 깊어감에 따라 침울해져서, 아니, 아마 거북해서인지 얼굴이 바르르 신경질적으로 경련하고, 손발이 실수를 하고, 어쩔 줄 몰라하는 눈치만이 불쌍하게도 부인이 자신과 남편을 속이고 있다는 걸 나타내주었다—이렇게 믿기는 참 안된 일이기는 하나 말이다. 그 옛날에는 부인도 마음놓고 고기잡이를 하러 다닐 수가 있었다. 지금은 남편의 눈에 번드르르하게 흐르는 지배와 권력에 대한 욕심을 섬기는 데 바빠 몸을 꼬아 비틀고, 살을 깎듯 아양을 떨고 뒷걸음질하면서 눈치를 보았다. 무엇 때문에 만찬회의 흥이 깨지는지, 무엇 때문에 머리 위를 무엇이 내리누르듯 우울해지는지 부인은 알지 못했다. (전문적인 화제 때문에, 또는 부인이 말하듯 평생을 자신을 위해서보다 환자를 위해 사는 위대한 의사의 피곤 때문이라고도 할 수 있겠지만) 부인의 야회는 재미가 없었다. 그래서 열 시를 치면 손님들은 인사를 하고 나와서, 이제는 살았다는 듯이 할리 가의 바깥 공기를 들이마셨다. 그러나 이런 해방을 환자들만은 바랄 수가 없었다.

그림이 벽에 걸리고 비싼 가구가 놓여 있는 회색 방의 채광창 밑에서, 환자들은 자기들의 범죄가 얼마나 중한지를 새삼스레 깨닫게 되었다. 안락의자에 몰려 앉아서 환자들은 윌리엄 경이 자기들을 위해서 한다는 팔의 운동을 물끄러미 바라보곤 했다. 윌리엄 경은 팔을 불쑥 내밀고 내민 팔을 흠씬 힘들여 허리로 가져간다. 그것은 (환자가 고집을 부릴 적에는 말이다) 자기는 이렇듯 운동을 자의로 할 수 있지만 너희들은 할 수 없다는 걸 환자들에게 증명하기 위해서였다. 이러면 마음 약한 환자는 그만 쓰러져 울면서 순종했다. 어떤 환자는 알지 못할 광기가 들어서 윌리엄 경에게 맞대놓고 빌어먹을 사기꾼이라고 욕하고, 불순하게도 인생 자체에 대한 의문을 버젓이 표명했다. 왜 사느냐고 그들은 물었다. 윌리엄 경은 "인생이 좋으니까"라고 대답했다. 브래드쇼 부인이 타조털이 달린 궁정 의상을 입고 찍은 사진이 맨틀피스 위에 걸려 있는 것도, 경이 1년에 1만2천 파운드의 수입을 올리는 것도 사실이지만, 그들에게는 인생이 아무런 은총도 베푼 일이 없다고 환자들은 항변했다. 경은 그건 그렇다고 생각했다. 이네들에게는 「균형」의 정신이 없다고 생각했다. 그러나 결국 신이란 없는 것이 아니냐는 물음에는 그저 어깨만 으쓱해 보일 뿐이었다.

"말하자면 살고 안 살고 하는 것은 우리 자신의 문제 아닙니까? 그건 당신들이 잘못 생각하는 겁니다. 서리에 사는 친구가 하나 있는데요, 그 요양소에서는 '균형'의 정신을 가르칩니다. 이것이 어려운 일이라는 것은 나도 솔직히 인정합니다. 또 가족적인 정, 명예, 용기, 빛나는 생애, 이런 것도 가르치고 있습니다. 이 모든 것을 나는 극력 지지합니다. 이렇게 여러 말을 해도 환자가 말을 안 듣는 경우에는 사회의 치안과 복리의 힘을 빌리지 않으면 안 됩니다."

그는 매우 조용하게 말했다.

"이렇게 해서 서리의 요양소에서는 나쁜 혈통에서 오는, 자살을 하겠다고 하는 비사회적인 충동을 통제하고 있습니다."

이런 말을 할 때면 반대를 짓밟고 사람들의 마음속 깊이 지울 수 없는 자기의 영상을 새기려고 열망하는 여신이 숨은 곳에서 몰래 빠져 나와 왕좌에 올랐다. 그러면 벌거벗고, 막을 길도 없고, 지쳐빠지고, 아는 이도 없는 환자들은 윌리엄 경의 의지력에 깊은 인상을 받고야 말았다. 그는 덥석 덤벼들어 환자를 집어삼킨다. 사람들을 가두어버린다. 결단과 인간애의 이러한 결합 때문에 환자의 친척들은 윌리엄 경을 이렇듯 몹시 흠모했다.

그러나 루크레치아 워런 스미스는 할리 가를 걸어 내려가면서 그 남자는 웬일인지 아주 싫다고 뇌까렸다.

시간을 조각조각 찢어발겨 얇게 저미고, 가르고, 가른 것을 또 잘게 가르면서, 할리 가에 있는 여러 개의 시계는, 6월 하루의 토막을 핥으면서 복종하라고 권하며, 권세를 지지하고, '균형'의 정신이 얼마나 우월하며, 유리한가를 일제히 말하고 있었다. 이렇듯 차츰 줄어든 시간의 토막을 옥스퍼드 가에 있는 한 가게에 걸린 광고용 시계는 정답게 또 친절하게 알려주었다. 리그비 라운즈네 시계는 무료로 시간을 알려드리는 것을 무척 기쁘게 여긴다는 듯이 한 시 반을 쳤다.

쳐다보면 상회의 이름 자가 각기 하나하나 시간을 나타내고 있는 것도 같았다. 리그비 라운즈 상회가 그리니치 표준 시간을 알려주는 것을 사람들은 마음에 고맙게 여겼다. 이 고맙다는 마음은(휴 위트브레드는 상회의 진열장 앞에서 서성거리며 생각했다) 후에 리그비 라운즈 상회에서 양말이나 구두를 산다는 형식으로 나타난다고 그는 생각했다. 이렇듯 생각하는 것이 휴의 버릇이었다. 그 이상 깊이는 생각하지 않았다. 휴는 겉만을 스쳐보았다. 쓰이지 않는 고어, 현재 쓰이는 말, 콘스탄티노플, 파리, 로마에서의 생활도 피상적으로 건드려봤고, 한때는 승마, 사냥, 테니스도 좀 해봤다. 짓궂은 인간들은 휴가 비단 양말을 신고, 무릎까지 내려오는 바지를 입고, 버킹엄 궁전에서 무언지 모를 것의 위병 노릇을 하고 있다고 말했다. 그러나 그는 무척 능률적으로 일을 해나갔다. 그는 55년이란 세월을 영국 상류 사회에서 그럭저럭 살아온 것이다. 역대 국무총리와도 사귀었다. 그는 정이 두텁다는 소문이었다. 시대의 큼직한 움직임에는 참여치 않고, 별로 신통한 자리를 얻지 못한 것이 사실이라 해도, 사소한 개혁 한둘은 그의 공에서 이루어졌다. 공원에 세워놓은 공중 대피소가 개선된 것이 그 하나고, 또 하나는 노퍽크에 있는 올빼미 보호책이었다. 하녀들도 휴에게 감사할 이유가 있었다. 기금을 구한다, 보호다, 보존이다, 쓰레기를 치우자, 연기를 덜 풍기자, 공원에서의 풍기를 바로잡자 하며 사회에 호소하면서《타임스》지에 보내오는 편지 끝에 적힌 그의 이름은 만인의 존경을 받았다.

잠시 걸음을 멈추고(30분을 알리는 시계 소리가 사라질 때에) 양말과 구두를 비판적으로 거만하게 바라다보는 그의 모습은 당당한 것이 그럴듯했다. 그의 태도는 흠잡을 곳 없이 견실해서 마치 어디 높은 데서 이 세상을 내려다보고 있는 사람과도 같았다. 옷차림도 신분에 맞추어 입고 있었다. 그는 역량과 부와 건강이 부과하는 여러 가지 의무를 다하고, 과히 필요치 않을 때에도 사소한 예법이나 구식 규범을 꼼꼼하게 지켰다. 그래서 그의 몸가짐에는 어떠한 특징이 있었고, 배울 만한 것, 그가 남의 기억에 남기는 그 무엇이 있었다. 예를 들면 그가 20년이나 사귄 브루턴 경 부인과 점심을 같이 할 때는 반드시 카네이션 꽃다발을 들어다 두 손으로 부인께 바치고 부인의 비서인 브러시 양에게는 남아프리카에 있는 동생 안부를 빼놓지 않고 물었다. 브러시 양은 여성적인 매력이라고는 도무지 없는 여자였다. 웬일인지 그는 휴의 문안에 화를 내고 "고맙습니다. 남아프리카에서 잘 지내요" 하고 쌀쌀하게 대답했다. 사실 그의 동생은 포츠머드에서 가난하게 살고 있었다.

브루턴 경 부인은 휴와 같이 들어온 리처드 댈러웨이를 더 좋아했다. 두 사람은 대문 앞에서 마주쳤다.

부인은 물론 리처드 댈러웨이가 더 좋았다. 리처드 쪽이 훨씬 인물이 탁월했다. 그러나 자기가 친히 여기는 휴를 남이 흠잡는 것은 질색이었다. 휴의 친절을 부인은 결코 잊을 수가 없었다—휴는 정말 놀랄 만큼 친절했다—어떤 경우에 그렇게 친절했는지는 잊었지만, '그래도' 하고 부인은 생각했다.

'참 친절한 이야. 하여튼 사람과 사람 사이의 차이란 별로 대수로운 것이 아니니까, 클라리사 댈러웨이처럼 남을 욕하고 칭찬하는 것은 무의미하지—클라리사는 남을 욕도 하고 칭찬도 하는데 나이가 예순둘이나 되고 보면, 그것은 아무 의미가 없는걸.'

휴가 가져온 카네이션을 부인은 대단치 않은 모난 웃음을 띠면서 받았다. 더 오실 분은 없다고 부인은 말했다.

"구실을 만들어서 초대한 거예요. 곤란한 일이 있어서 좀 도와주십사고요. 그럼 먼저 식사를 하실까요."

이래서 앞치마를 두르고 흰 모자를 쓴 처녀들이 소리 없이 맵시 있게 문 새로 들락날락하기 시작했다. 이 처녀들은 필요에 못 이겨 부리는 하녀들과는 달랐다. 메이페어에 사는 부인들이 한 시 반부터 두 시 사이에 여는 오찬회에 소리 없이 나르는 것이라고나 할까, 위대한 기술을 습득한 조력자들이었다. 주인이 손 한 번만 올리면 그들의 왕래는 딱 멎었다. 그러면 손님들은 대뜸 앞에 늘어놓은 진수성찬을 보고 심한 착각을 일으켰다. 돈을 내지 않아도 괜찮을까 하는 착각을. 조그마한 테이블이 펴지자 유리잔, 은기, 접시 받침, 빨간 과일 접시가 저절로 늘어서는 것 같았다. 갈색 크림의 얄팍한 막이 넙치 살코기를 뒤덮었다. 캐스롤 냄비에는 토막을 친 닭고기가 둥둥 떠다녔다. 빨간 불이 난롯가에서 활활 타올랐다. 와인과 커피를 마실 때(이것도 돈을 안 낸다) 사색에 잠긴 손님들의 눈앞에 명랑한 환상이 나타났다. 고요히 생각에 잠기는 그들의 눈앞에. 그런 눈에는 인생이 음악적이고 신비에 차 보였다. 또한 이들 눈은 브루턴 경 부인이 접시 옆에 놓은 빨갛고 아름다운 카네이션을 지그시 바라다보았다. (브루턴 경 부인의 동작은 언제나 모진 데가 있었다.) 휴 위트브레드는 온 우주가 무고하고 동시에 자기의 지위도 든든하다는 느낌에서 포크를 멈추고 이렇게 말했다.

"카네이션을 부인께서 레이스에 다시면 예쁘게 어울리지 않을까요?"

브러시 양은 그가 부인께 이렇게 허물없이 말하는 말투가 거슬렸다. 휴는 버릇 없는 인간이라고 생각했다. 브루턴 경 부인은 웃지 않을 수가 없었다.

브루턴 경 부인은 카네이션을 손에 들었다. 그 손은 부인 뒤에 걸린 사진 안에서 족자를 들고 있는 장군의 손과 너무나도 흡사했다. 부인은 꽃에 반한 듯이 잠시 움직이질 않았다.

'부인은 이 장군의 증손녀인가? 고손녀인가? 어느 쪽인가?'

리처드 댈러웨이는 생각했다.

'로데리크 경, 마일즈 경, 톨보트 경 — 아, 그래, 그렇지. 이 집안에서는 이상스럽게 딸들이 조상을 많이 닮는다지. 부인도 용기병(龍騎兵)의 장군이 됐더라면 좋았을걸. 그럼 나도 기꺼이 그 밑에서 일했을 거야.'

리처드는 이 부인에게 최대의 경의를 가지고 있었다. 명문의 풍채가 당당한 이 부인에 대해서 이런 낭만적 감정을 가졌기 때문에 그는 장난 삼아 자기가 아는 성급한 청년을 그의 오찬회에 데려오고 싶었다. 부인 같은 타입의 사람을 상냥한 사교 애호가로 만들어 낼 수나 있다는 것처럼! 리처드는 부인의 고향을 알았다. 부인의 집안 식구도 알았다. 거기에는 아직도 열매가 열리는 포도나무가 있는데 리처드 라브레스였는지 아니면 로버트 헤리크였는지가 — 부인은 시 같은 것은 한 토막도 읽은 적이 없으나 하여튼 그렇단 얘기였다 — 그 밑에 앉은 일이 있다고 한다.

'내가 골치를 앓고 있는 문제를 이 사람들 앞에 내놓는 건 좀 뒀다 하는 게 좋겠지. (여론에 호소해보자는 것. 호소한다면 어떤 말로 하느냐 등의 문제.) 이이들이 커피를 마실 때까지 기다려보는 게 좋겠다.'

브루턴 부인은 생각했다. 그래서 카네이션을 접시 옆에 내려놓았다.

"클라리사는 안녕하세요?"

부인이 갑자기 물었다.

클라리사는 브루턴 경 부인이 자기를 좋아하지 않는다고 늘 말했다. 사실 부인은 사람보다는 정치에 더 흥미가 있다는 소문이었다. 이야기도 남자처럼 하고 요새《회상록》같은 데서 말에 오르내리게 된 1880년대의 어느 유명한 음모 사건에서도 한 몫 보았다는 소문이 돌았다. 사실 부인의 응접실 뒤에는 쑥 들어간 조그마한 방이 있고, 거기에는 테이블을 하나 두었다. 그 테이블 위에 세상을 떠난 탈버트 무어 장군의 사진이 걸려 있었다. 장군은 브루턴 경 부인 앞에서 (1880년대의 어느 날 저녁) 부인의 승인을 받고, 아니, 조언을 받아가면서 어느 역사적인 사건에 영국 군대가 진격할 것을 명령하는 전문(電文)을 썼다고 하는 소문이었다. (부인은 그때의 펜을 지금도 가지고 있어서 그 당시의 이야기를 했다.) 그렇기 때문에 부인이 "클라리사는 잘 지내나요?" 하고 허물없이 물어볼 때면 부인에게 호감을 무척 갖고 있는 남자들도, 남편의 방해가 되고, 해외 근무를 방해하고, 유행성 감기를 치료하기 위해서 의회의 회기 중에라도 해변가로 데리고 가야 하는 그런 아내들에게, 부인이 과연 얼마나 흥미를 가졌는지 미심쩍었을 뿐만 아니라 아내들에게 부인의 흥미를 납득시켜줄 수는 더욱 없었다. 그래도 "클라리사는 잘 지내나요?" 하는 부인의 문안은 호의를 가진 친구가 말없이 보내는 신호임을 여자들은 잘 알았다. 이런 말은(아마 일생에 대여섯 번에 불과하겠지만) 여자끼리의 우정을 서로가 인식하고 있다는 것, 또 그 인식은 남자들만이 모이는 오찬회의 밑바닥을 흘러서 별로 만나는 일 없는 그들이, 혹 만날 때면 냉정하고 서로 적대하는 것 같은 표면 밑에서 기묘한 하나의 기반이 되어 그들을 연결시켜주고 있다는 것을 드러내주었다.

"오늘 아침 공원에서 클라리사를 만났지요."

휴 위트브레드는 캐스롤 냄비 속에 나이프와 포크를 집어넣으면서 말했다. 런던에 오기만 하면 모든 사람과 만나게 되는 자기를 자랑하고 싶어서 한 말이었다.

'어지간히 욕심 사나운 남자야. 이런 욕심쟁이는 없다.'

밀리 브러시는 생각했다. 이 여자는 굽힐 줄 모르는 공평한 눈으로 남자를 관찰했고, 동성인 여자에게는 영원히 변함없는 애정을 비쳤다. 몸매는 마디마디가 굵고 칼로 깎은 듯이 모가 져서 여자다운 매력이라고는 도무지 없는 그런 여자였다.

"누가 런던에 와 있는지 아세요?"

브루턴 경 부인이 갑자기 생각이 났다는 듯이 말했다.

"우리가 잘 아는 피터 월시가 왔어요."

모두들 빙그레 웃었다. 피터 월시! 댈러웨이 씨는 정말 반가운가 보다고 밀리 브러시는 생각했다.

'그런데 위트브레드 씨는 닭고기 생각만 하고 있네.'

"피터 월시!"

브루턴 경 부인, 휴 위트브레드, 리처드 댈러웨이 세 사람은 다 같은 일을 회상했다— 피터가 맹렬한 사랑을 하다가 거절을 당한 끝에 인도로 갔으나 실패하고 모든 일을 망쳐버렸다는 것을. 리처드 댈러웨이는 이 옛 친구를 퍽 좋아하나보다 하는 것을 밀리 브러시는 알 수가 있었다. 그 여자는 리처드의 갈색 눈 속 깊이 숨겨진 무엇을 보았다. 리처드가 주춤하면서 생각에 잠겨 들어가는 것을 보았다. 댈러웨이 씨는 언제나 이 여자의 흥미를 끌었다. 지금도 그랬다.

'저이는 무슨 생각을 하고 있을까, 피터 월시 생각을 하나?'

밀리 브러시는 궁금했다.

'피터 월시는 클라리사를 사랑했지. 오찬회가 끝나면 곧 집에 가서 클라리사를 만나야겠다. 그리고 내가 저를 사랑하고 있다고 자세히 말해주어야지. 그래 말해주어야겠어.'

리처드는 생각했다.

밀리 브러시는 댈러웨이의 이러한 침묵에 한때 반할 뻔한 일이 있었다.

'댈러웨이 씨는 퍽 믿음직하고 점잖으셔.'

이제는 나이가 사십이나 된 그 여자는 (탁월한 정신, 깨끗한 영혼을 이렇듯 생각하는 중에도) 브루턴 경 부인이 고개를 끄덕 한다든가 이쪽을 획 돌아만 봐도 부인의 눈치를 다 알 수가 있었다. 인생은 밀리에게 털끝만 한 가치도 부여한 일이 없었기 때문에— 곱실거리는 머리도, 아름다운 미소도, 입술도, 뺨도, 코도, 부여한 일이 없었기 때문에 그의 마음은 속세에 헤맬 필요가 없었다. 브루턴 경 부인의 고갯짓으로 눈치를 챈 밀리 브러시는 퍼킨스에게 커피를 얼른 가져오라고 일렀다.

"그래요. 피터 월시가 돌아왔어요."

브루턴 부인이 말했다. 세 사람은 다같이 자기가 우월하다고 느꼈다. 자기들이 버젓이 살고 있는 모국 땅에 피터는 헐벗은 패배자로서 돌아왔다고 생각하면서.

'그러나 그를 도와줄 수는 없다. 성격적인 결함이 있으니까.'

세 사람은 생각했다. 피터의 이름을 이러이러한 분에게 소개해두는 것도 괜찮겠다고 휴 위트브레드가 말했다. 관청 상관에게 '폐관의 친구 피터 월시 운운' 하는 편지를 쓸 것을 생각하고, 휴는 거만하고 서글픈 상을 찡그렸다.

'그렇지만 별 수는 없을 테지 — 영구적인 자리는 얻지 못할 거야. 성격이 그러니까.'

"어떤 여자하고 문제가 있대요."

브루턴 부인이 말했다. 세 사람은 역시 그 일이 원인일 거라고 미리 짐작했던 것이다.

"자."

브루턴 부인은 화제를 돌리려고 말했다.

"자세한 얘기는 본인한테 듣기로 하고."

(커피가 들어오는 것이 더디었다.)

"주소는?"

휴 위트브레드가 소곤거렸다. 그러자 브루턴 부인을 밤낮으로 둘러싸고 있는 봉사의 밀물 위에 잔물결이 일었다. 밀물은 모여서 재난을 저지하고 고운 비단에 부인을 에워싸주었다. 이 밀물은 또한 충격을 막고 장애를 감소시켜주는 고운 그물이 되어서, 브루크 가에 있는 이 집 둘레를 싸고 있었다. 매일매일의 일이 그 잔그물에 걸리면 브루턴 부인의 집에서 30년이나 있는 동안에 머리가 허예진 퍼킨스는 꼬박꼬박 시간을 맞추어서 하나하나 처리해나갔다. 지금도 퍼킨스는 주소를 받아 써서 그것을 위트브레드 씨에게 주었다. 휴는 지갑을 꺼내서 눈썹을 치켜올리면서 중요 서류 사이에 그 종이 쪽지를 넣고, 아내 이블린에게 말해서 피터를 점심에 초대하겠다고 했다.

(하인들은 위트브레드 씨가 말을 다 할 때까지 커피 들여오기를 삼가고 있었다.)

휴는 퍽이나 꾸물거린다고 브루턴 부인은 생각했다.

'이 양반은 살이 찌기 시작했네.'

쓸데없는 일(피터 월시에 관한 일)을 치워버리고 자기의 관심을 차지하고 있는 문제를 향해 심신이 어쩔 수 없이 쏠렸다. 관심을 가지고 있을 뿐더러, 부인의 정신의 철근을 이루고 있는 신경 조직과 그것 없이는 밀리슨트 브루턴일 수 없는 본질적인 요소가 모두 그 문제 때문에 사로잡혀 있었다. 그 문제란 좋은 집안에 태어난 남녀 청년을 캐나다로 이민케 해서 거기서 장래 발전할 수 있는 조망을 가지고 활동하게 하자는 계획이었다. 부인은 과장이 심했다. 아마 '균형'의 정신을 잃었는지도 모른다. 다른 사람에게는 이민이라는 것이 그리 신통한 구제책도, 절대 우월한 구상도 아니었다. 다른 사람들에게는 (휴에게도 또는 리처드에게도 또 충성스런 브러시 양에게도) 그것이 별로 갇혀 있는 에고이즘을 해방해주는 길이 못 되었다. 건장하고, 기름지고, 가문이 좋고, 충동에 따라 움직이고, 감정이 솔직하고, 별로 반성이라고는 안 해본 부인은 젊은 시절이 지나면서 마음속에 울적해오는 이런 감정을 무엇에든지 퍼붓지 않고는 못 견디었다 — 그것은 이민이라도 좋고, 해방의 문제라도 좋았다. 그것이 무엇이든, 부인의 영혼의 요소가 나날이 그 둘레에 분비되어가는 그 핵심이 되는 문제는 어느덧 오색빛이 찬란한 반은 거울, 반은 보석 같은 것이 되어갔다. 그것을 남이 비웃을까봐 조심스럽게 숨겨두지만 때로는 자랑 삼아 내보이기도 했다. 다시 말하면 이민의 문제는 대체로 브루턴 경 부인 자신의 문제가 되어버렸던 것이다.

어쨌든 부인은 편지를 써야 했다. 그런데 《타임스》지에 기고하는 편지를 하나 쓰려면, 브러시 양에게도 늘 말하듯이 남아프리카로 보내는 군대를 편성하는 것보다도 더 힘이 들었다. (대전 중에 부인은 군대를 편성해서 보낸 일이 있다.) 아침에 펜을 쥐고 써보고 찢고 다시 시작하고 하는 고투를 한 뒤에는, 여느 때 느껴보지 못한, 여자가 된 설움을 톡톡히 — 맛보았다. 그리고 《타임스》지에 편지를 투고하는 기술이 있는 휴 위트브레드를 — 이건 누구나가 알고 있는 사실이다 — 새삼 생각해보았다.

부인과는 전혀 성질이 다르고, 말을 마음대로 구사할 줄 알고, 편집자의 마음에 들게 글을 쓸 수 있는 인물은 단순히 욕심이라고만 할 수 없는 어떤 정열을 가지고 있다. 우주의 법칙에 신기하게 화합

할 수 있는 남자의 능력, 그것은 여자가 도저히 가질 수 없는 것이다. 그런 능력을 존경하기 때문에 브루턴 부인은 종종 남성에 대한 혹평을 삼갔다. 남자는 표현할 줄을 안다. 남이 하는 말귀를 알아듣는다. 그래서 부인은 리처드가 조언을 해주고, 휴가 편지를 써주면, 틀림없다는 것을 확신할 수 있었다. 그러기에 부인은 휴에게 수플레를 해먹이고, 병석에 있는 이블린의 문안을 하고, 두 남자가 담배 피우기를 기다려서 이렇게 말했다.

"밀리, 종이 좀 갖다 주련?"

브러시 양은 나가서 종이를 들고 들어와 테이블에다 놓았다. 휴는 만년필을 꺼냈다. 은빛 만년필이었다. 20년이나 썼다고 그는 펜 뚜껑을 틀면서 말했다.

"아직 잘 써져요. 제조업자에게 보였는데 조금도 닳지 않았다고 합니다."

이것은 어느 정도 휴 자신의 공이기도 하고, 그 펜으로 써내는 의견의 명예이기도 하다고 리처드 댈러웨이는 생각했다. 휴는 편지지 머리에 복잡한 동그라미를 그리면서 큰 문자로 글씨를 쓰기 시작했다. 그러니까 갈피를 못 잡던 브루턴 경 부인의 글이 신기하게도 의미가 통하고 조리가 서 갔다.《타임스》지의 편집자도 글이 이만하면 칭찬할 것이라고, 브루턴 부인은 이 놀라운 변화를 보면서 생각했다. 휴는 동작이 느렸다. 또 끈기가 있었다. 리처드는 더 딱 잘라서 쓰라고 했다. 휴는 남의 감정을 존중해서 여러 군데 말을 고치자고 했다. 리처드가 웃으니까 휴는 "이건 생각해봐야 돼" 하고 쏘아

붙이면서 쓴 글을 되읽었다.

"그러기에 우리는 시기가 왔다고 생각한다 — 나날이 늘어가는 인구의 과잉(過剩)한 청년층…… 우리가 돌아가신 선조에게 갚아야 할……."

'모두가 관심을 사려는 허식에 지나지 않는다. 그래도 물론 해는 안 되지.'

리처드는 생각했다. 휴는 조끼에 떨어진 담뱃재를 털어가면서 순서를 따라 고매한 의견을 쓰고, 쓴 걸 다시 요약했다. 그래서 마침내 완성된 편지의 초고를 소리내어 읽었을 때에는 브루턴 경 부인은 확실히 걸작이라고 생각했다.

'내 의견이 저렇게 훌륭하게 들리는 수도 있나?' 하고.

휴는 편집자들이 이 편지를 받아줄는지는 보장 못 하겠으나 오찬회에서 어떤 편집자라도 만나게 되면 얘기해보겠다고 했다.

좀처럼 정을 보이지 않는 부인이 휴가 갖다 준 카네이션을 옷에다 꽂고 두 손을 내밀고 "나의 국무총리" 하고 외쳤다. 이 두 사람이 없었다면 어떻게 했을지 모른다고 했다. 두 사람은 일어났다. 리처드 댈러웨이는 여느 때같이 장군의 초상화가 걸려 있는 데로 걸어가서 바라보았다. 틈이 나면 브루턴 부인 가문의 역사를 써야겠다고 생각하고 있었기 때문이었다.

또 밀리슨트 브루턴은 집안 자랑을 여간 하지 않았다.

"그래도 급할 건 없어요. 급할 건 없어요."

그림을 보면서 부인은 말했다. 이것은 자기의 집안 사람들, 군인,

행정가, 해군 대장을 지낸 사람들은 자기네 의무를 다하는, 행동하는 사람들이었다는 의미였다.

"리처드 당신의 첫째 의무는 나라에 대한 거예요. 그런데 이건 참 좋은 얼굴이지요."

부인은 말했다.

"전기를 쓰기 위한 모든 자료가 올드믹스턴에 준비돼 있어요. 때만 오면 말이에요."

이것은 노동당 내각이 서는 날이면 보수당의 리처드는 한가해질 테니까라는 뜻이었다.

"아이, 인도 소식 좀 들었으면!"

부인은 외쳤다.

두 사람은 홀에 놓인 공작석 테이블에서 노란 장갑을 꺼냈다. 휴가 쓸데없이 공손히 아첨을 하는 통에 브러시 양은 뱃속부터 우러나오는 혐오로 얼굴이 벽돌처럼 빨개졌다. 그동안에 리처드는 모자를 손에 들고 브루턴 부인을 향해서 말했다.

"오늘 저녁 집의 파티에 오시지요?"

이 말을 들은 브루턴 경 부인은 편지 때문에 그만 흐트러졌던 위엄을 회복했다.

"갈 수 있을지 모르겠어요. 못 갈지도 모르고요. 클라리사는 기운도 좋군요. 나는 파티에 갈 기운이 없답니다. 하긴 나야 점점 늙어가니까."

문간에 선 부인은 이런 말을 했다. 풍채도 좋고, 꼿꼿한 모습이었다. 부인 뒤에서는 당견(唐犬)이 기지개를 켜고, 브러시 양이 두 손에 서류를 가득 안고 안으로 사라졌다.

브루턴 부인은 묵직한 걸음걸이로 위풍당당하게 자기 방으로 올라가서 한 팔을 뻗고 긴 의자에 누웠다. 부인은 길게 숨을 쉬고 코를 골았다. 그러나 잠든 것은 아니었다. 다만 따뜻한 6월의 들판에서 뱅뱅 맴도는 벌 떼나 노랑나비처럼 졸리고 노곤했다. 부인의 마음은 어린 시절 동생 모티머와 톰을 데리고 애마 패티를 타고 건너뛰던 시냇가, 데븐셔 들로 돌아갔다.

'개도 있었지, 생쥐도 있었고. 아버지 어머니는 나무 그늘 밑 풀밭에 앉아서 내다놓은 찻잔의 차를 드시고, 화단에는 달리아, 접시꽃, 팜파스 잔디가 한창이었어. 장난꾸러기 우리들은 밤낮 무슨 장난을 쳤는데, 나쁜 짓을 해서 옷을 다 버리고, 들키지 않게 몰래 나무숲 속으로 해서 집에 돌아간 일도 여러 번이었지. 늙은 유모가 옷이 더럽다고 잔소리도 퍽이나 하더니!'

"아이 참."

부인은 정신이 들었다.

'오늘은 수요일, 여기는 브루크 가(街)가 아닌가. 친절하고 마음 착한 리처드 댈러웨이하고 휴 위트브레드는 이 더운 날씨에 긴 의자에 누운 내게까지 소음이 들려오는 저 길로 걸어갔구나. 권력은 내 것이야. 지위도 수입도 내 것이고. 나는 늘 시대의 첨단에 서서 살아왔지. 친한 친구도 있고 요즈음 가장 능력이 있다는 사람들도 알고 있어. 런던의 웅성거리는 소리가 여기까지 올라오네.'

긴 의자 등에 얹은 부인의 손은 선대 장군들이 쥐었을지도 모를 관장(官杖)을 상상리에 부둥켜 쥐었다. 그것을 쥐고 있노라니까 졸음이 오고 노곤한 가운데 캐나다로 가는 이민단을 지휘하고 있는 것 같이 느껴졌다. 자기 영토, 양탄자만 한 크기의 땅, 메이페어를 걸어가는, 아까 여기서 나간 두 사람을 지휘하고 있는 것도 같았다.

그들은 눈에 안 보이는 가느다란 실로 부인과 연결된 채 점점 멀어져갔다. (나하고 점심을 같이 먹었으니까.) 실은 두 사람이 런던의 거리를 걸어감에 따라 길게 늘어져서 점점 가늘어졌다. 마치 점심을 같이 한 뒤에 친구와 부인의 몸을 동여맨 것 같은 그 실은, (부인이 거기서 졸고 있을 때) 시간을 알리고, 예배 시간을 고해주는 종소리와 함께 희미해졌다. 거미줄 하나가 비에 젖어 빗방울 무게를 못 견디어 축 늘어지는 것처럼 부인은 그만 잠이 들고 말았다.

한편 리처드 댈러웨이와 휴 위트브레드는 밀리슨트 브루턴이 긴 의자에 누워서 연결된 실을 툭 끊고 막 코를 골기 시작한 순간에 콘디트 가 모퉁이에 서서 미적거리고 있었다. 양쪽에서 불어오던 바람이 길 모퉁이에서 마주쳤다. 두 사람은 점포의 진열장을 들여다봤다. 뭘 사거나 얘기가 하고 싶어서가 아니라, 길 모퉁이에서 마주치는 바람, 육체의 조수(潮水)가 느끼는 일종의 피곤, 선풍 속에 마구 부딪치는 아침과 낮의 두 개의 힘과 작별하려고 한 것이었다. 두 사람은 걸음을 멈췄다. 신문의 전단이 공중에 떴다. 처음에는 연처럼 힘차게 올라가더니 주춤 하고 스르르 내려와서 펄럭거렸다. 어떤 부인의 면사(面紗)가 내려졌다. 점포의 노란 발이 바르르 떨렸다.

아침에는 급히 달리던 차의 속도가 지금은 늦어지고, 말이 끄는 마차가 텅 빈 거리를 아무렇게나 덜커덩거리며 지나갔다. 리처드 댈러웨이는 저도 모르게 노퍼크 생각을 하고 있었다. 따뜻한 산들바람이 꽃잎을 날려보내고, 물결을 일게 하고, 꽃이 핀 풀밭을 설레게 하던 일, 아침나절 노동의 피곤을 낮잠으로 풀어보자고 울타리 밑에 앉은 건초 말리는 인부들이 파란 풀잎 포장을 헤치고, 바람에 떠는 야생 당근의 동그란 꽃을 젖히고서 하늘을 바라보는 모습, 파랗고 변함없는, 해맑게 빛나는 여름 하늘을 생각했다.

리처드는 손잡이가 둘 달린 제임스 1세 시대의 은배(銀杯)를 보고 있었다. 그는 휴 위트브레드가 감정가인 듯 의젓이 스페인 목걸이를 바라다보고, 이블린이 좋아할지 모르니까 값을 물어보자고 생각하는 것도 다 알면서 잠자코 있었다. 생각하기도 움직이기도 귀찮았다. 인생이 이런 난파선의 한 조각을 표착시킨 것이었다. 진열장에는 색색의 인조석이 가득히 들어차 있었다. 리처드는 다가오는 노년의 무감각함, 노년의 강직함을 의식하면서 우두커니 몸을 사리며 들여다보았다.

'이블린 위트브레드가 이 스페인 목걸이를 보면 사고 싶어 할 테지 — 그렇겠지. 아아, 하품이 나온다.'

휴는 점포로 들어갔다.

"그렇구 말구!"

따라 들어가면서 리처드는 말했다.

리처드는 도무지 휴와 목걸이를 사러 가고 싶지는 않았다. 몸 안에서 조수가 흐르고, 오전이 오후와 마주쳤다. 깊고 깊은 바다에 뜬 앙상한 조각배처럼 브루턴 경 부인의 증조부의 모습이며 그의《회상록》이며 북아메리카 원정 문제며 떠내려가다가 가라앉아버렸다. 밀리슨트 브루턴도 가라앉았다. 이민 문제가 어떻게 돼 가건 리처드는 상관없었다. 그 편지를 편집자가 실건 안 실건 간에 그것은 그가 알 바가 아니었다. 목걸이는 휴의 미끈한 손가락 사이로 축 늘어졌다. 어차피 휴가 패물을 사야만 한다면 아무 여자에게나 주어버리지, 길에 다니는 아무 여자에게나. 이 하잘것없는 인생이 리처드의 마음을 마구 쳤다—이블린에게 목걸이를 사준다는 그런 시시한 인생이.

'내게 아들이 있다면 일해라, 일해라 하고 일러주겠다. 그렇지만 내게는 엘리자베스가 있어. 난 엘리자베스를 사랑해.'

"더보네트 씨를 만났으면 좋겠는데요."

휴는 짧게 익숙한 말씨로 말했다. 이 더보네트란 남자는 위트브레드 부인의 목 둘레의 치수를 알고, 그보다 이상한 것은 스페인제 패물에 대한 그 부인의 취미도 알고, 부인이 어느 정도로 소지품이 있나 하는 것도 (휴는 생각이 안 났다) 잘 알았다. 이런 것이 모두 리처드에게는 이상스럽게 보였다. 2, 3년 전에 팔찌 하나 준 것 외에 클라리사에게 선물을 해본 일이 없었기 때문이었다. 그 팔찌도 성공은 아니었다. 클라리사는 한 번도 그 팔찌를 낀 적이 없었다. 아내가 그 팔찌를 한 번도 안 한다고 생각하면 괴로웠다. 한 갈래의 거미줄이 이리저리 움직여보다가, 마침내 어떤 잎사귀 끝에 가서 붙듯이 리처드의 마음은 무감각한 데서 벗어나 아내 클라리사에게로 쏠려 갔다. 피터 월시가 그렇게 열렬히 사랑했던 클라리사에게로. 아까 오찬회 때는 갑자기 아내 모습이 떠올랐다. 그와 클라리사, 두 사람의 생활이 머리에 떠올랐다. 그는 보석이 담긴 쟁반을 앞에 끌어다가 브로치랑 반지랑을 집어 들고 물어보았다.

"이건 얼마지요?"

그러나 자기의 취미에는 자신이 없었다. 집의 응접실 문을 열고 들어갈 때에 내밀 것을 하나 가지고 들어가고 싶었다. 클라리사에게 줄 선물. '그런데 뭣이 좋을까?' 휴는 또 입을 열려 했다. 말도 할 수 없이 점잔을 뺀다. 35년 동안이나 이 점포와 거래를 해온 지금, 패물을 알지 못하는 나이 어린 점원이 아무거나 떠맡기는 것이 마땅치 않은 모양이었다. 주인 더보네트는 나가고 없었다. 휴는 그러면 아무것도 사지 않겠다고 했다. 그 말에 젊은 점원은 얼굴이 빨개져 공손히 머리를 숙였다.

'휴가 하는 말은 다 옳아. 그러나 나는 목이 달아난대도 저런 말을 할 수는 없어. 상인들이 왜 저렇게 못된 건방진 태도를 참는지 알 수가 없어. 휴는 어쩔 수 없는 얼간이가 돼가고 있군. 이런 인간하고는 한 시간 이상 같이 지낼 수 없어.'

이런 생각이 들어서 리처드는 작별 인사로 모자를 흔들고 콘디트가 모퉁이로 접어들었다. 자기와 클라리사를 맺어주는 거미줄을 더 듬어가기를 간절히, 그렇다, 간절히 바라면서, 웨스트민스터에 있는 아내에게로 똑바로 돌아가야겠다고 생각하면서 모퉁이로 접어

들었다.

'그러나 가지고 들어갈 게 뭐 있었으면 좋겠는데. 꽃으로 할까? 그래 꽃이 좋겠다. 귀금속엔 안목이 없으니까. 장미 같은 것이 좋아. 보아 하니 오늘의 파티는 하나의 행사인 것 같군. 축복하는 뜻에서 장미건 난초건 수북하게 많이 사가자. 오찬회 때 피터 월시의 얘기가 났을 때 느낀 그 기분, 그런 기분을 아내와 둘이서 이야기해본 일은 없지. 오랫동안 해본 일이 없어.'

흰 장미, 빨간 장미를 한데 모아쥐면서 리처드는 생각했다. (얇은 종이에 싼 커다란 다발이다.)

'이것은 큰 잘못이야. 사람은 그런 말을 할 수 없을 때가 온다. 부끄러워서 말을 못 하게 되는 때가 와.'

그는 거슬러 받은 6펜스 은전 두어 개를 호주머니에 넣으면서 생각했다. 그리고 커다란 꽃다발을 한아름 안고, 웨스트민스터를 향해서 걸어가기 시작했다.

'이 꽃을 내밀고 (아내가 무어라고 생각하건 간에) 「나는 당신을 사랑하고 있소」 하고 말해주어야지. 왜 못 해? 전쟁, 땅에 묻혀서 벌써 사람들의 기억에서 사라져가는 몇천의 유망하던 청년들을 생각하면, 이것은 기적이야. 참으로 기적이 아니고 무어냐. 지금 클라리사에게 사랑한다고 말해주려고 런던의 거리를 걸어간다. 이런 말을 해본 일이 없어.'

그는 생각했다. 반은 게을러서 안 했고 반은 쑥스러워 안 했다. 그런데 클라리사를—클라리사를 생각한다는 것은 어려운 일이었다.

오찬회에서처럼 갑자기 두 사람이 생활하는 모습이 뚜렷이 떠오르는 것은 다르다 하더라도 리처드는 네거리에서 걸음을 멈추고, 또 마음속으로 기적이라고 되풀이했다— 그는 산으로 들로 돌아다니면서 사냥을 하고 세간의 더러움을 모르는 단순성을 아직도 간직하고 있었기 때문에 하원에서는 짓밟힌 자를 옹호하고 충동에 따라 행동을 했다. 또 끈기와 고집이 있는 동시에 말이 적어지고 무뚝뚝해졌다— 이것은 기적이라고 그는 또 생각했다.

'내가 클라리사와 결혼한 것도 하나의 기적이고—.'

길 건너기를 주저하면서 그는 생각했다.

'나의 일생도 기적이야.'

그러나 대여섯 살 된 조무래기 아이들이 피커딜리의 대로를 저희끼리 건너가는 모습을 보고 피가 끓어오르듯 화가 났다.

'경관이 곧 차를 정지시켰어야지. 런던의 경관에 대해서 나는 조금도 지나친 환상을 가지고 있지 않아. 사실이지 나는 경관들의 불법 행위에 증거를 수집하고 있는 중이야. 또 길가에 노점을 내는 것을 금지당하고 있는 과일 장사들이나 매춘부들도, 따지고 보면, 허물은 추호도 그들에게 있는 게 아니야. 젊은 남자들을 탓할 것도 못돼. 다만 우리의 지겨운 사회 조직과 기타의 문제에 결함이 있는 거야.'

그는 이런 일을 모두 생각하고 있었다. 아내에게 사랑한다는 말을 하려고 공원으로 질러가는 리처드는 머리가 허옇고, 완고하고, 화사하고, 깨끗해 뵈는 것이 그런 생각을 하고 있는 것같이 남의 눈에도 보였다.

'방에 들어가면 그렇게 말해주어야지. 느끼는 바를 전혀 말하지 않고 지낸다는 것은 유감천만이니까.'

그는 생각했다. 그린 공원을 건너지르면서 가난한 사람들이 나무 그늘에 누워 있는 모습을 바라보는 것은 즐거웠다.

'애들이 발길질을 하면서 젖을 빤다. 종이 봉지가 여기저기에 흩어져 있군. 제복을 입은 뚱뚱한 공원지기가 저런 휴지들은 얼른 주워버릴 수도 있겠지만 안 하지.' (공원에서 놀고 있는 사람들이 줍기 싫다면 말이다.)

그는 모든 공원, 모든 광장을 여름철에는 애들을 위해서 개방해야 한다는 의견이었다. 공원의 풀밭은 노란 불을 밑에서 비추는 양 웨스트민스터 구(區)의 가난한 어머니들과 기어다니는 애들을 환히 비추는가 하면 다시 그늘이 졌다.

'저기 팔을 버티고 누운 가련한 여자 같은, 부랑자들을 어떻게 하면 좋을까(저 여자는 모든 인연의 굴레를 벗어나 땅에 몸을 던져 호기심에 찬 눈으로 관찰하고 마음 내키는 대로 생각하고, 뻔뻔하게 입을 딱 벌리고, 익살스러운 얼굴로 왜, 어찌하여 하는 문제들을 생각 중인 것 같다). 나는 모르겠다.'

꽃을 총대처럼 쥐어 들고, 리처드 댈러웨이는 그 여자 가까이 갔다. 생각에 잠긴 채 그는 여자 앞을 지나갔다. 그래도 두 사람 사이에 불꽃이 튈 사이는 있었다— 그를 보고 여자는 웃었다. 그도 여자 부랑자의 문제를 생각하면서 기분이 좋은 듯이 싱긋이 웃었다. 애기해보자는 것은 전혀 아니었지만.

'그래 클라리사 보고 사랑한다고 말을 해주어야겠어. 전에는 피터 월시를 시기한 일도 있었지. 피터와 클라리사를 시기했어. 클라리사 자신도 피터 월시와 결혼하지 않길 잘했다고 여러 번 말했지만, 클라리사라는 사람을 잘 알고 보면 그것은 분명 옳은 말이야. 클라리사는 의지할 곳이 필요해. 클라리사가 약하다는 것은 아니지만 의지할 곳이 필요해.'

버킹엄 궁전(흰 옷을 입고 관중 앞에 서 있는 연만한 명가수 같다)의 독특한 위엄은 부정할 수 없다. 그는 생각했다.

'몇백만의 사람들(문에는 국왕께서 차를 타고 나가시는 것을 보려고 군중이 웅기중기 모여 있었다)이 하나의 상징으로 생각하고 있는 것을 아무리 어리석다 하더라도 얕볼 수는 없는 노릇이지. 어린애가 집짓기를 가지고 지어도 저보단 낫게 짓겠네.'

빅토리아 여왕의 기념탑(여왕이 뿔테 안경을 쓰고, 켄징턴을 마차로 지나가시던 것이 생각난다)을 바라다보면서 리처드는 생각했다. 탑의 하얀 받침대와 여왕의 자애를 찬양하는 높다란 군상도 보였다.

'그러나 나는 고대 주트족 족장 호사의 후손에게 차라리 통치를 받겠어. 대를 잇는 계속성이 나는 좋거든. 과거의 전통을 계승받는다는 것이 좋아. 내가 살아온 이 세대는 위대해. 정말이지 내 일생은 하나의 기적이야. 잘못 알아서는 안 돼. 한창때의 내가 지금 클라리사에게 사랑한다는 말을 하려고 웨스트민스터에 있는 집을 향해서 걸어가고 있다. 행복은 이런 거야.'

그는 생각했다.

이런 거라고 그는 웨스트민스터 사원의 딘즈 야드에 들어가면서 혼자 말했다. 빅벤이 울리기 시작했다. 처음에는 음악적인 예비 종, 그 다음엔 불귀(不歸)의 시간을 알리는 소리가 울렸다.

'오찬회 때문에 한나절을 다 보내버렸네.'

현관문 가까이 다가가면서 리처드는 생각했다.

빅벤 종소리는 클라리사의 응접실에도 넘쳤다. 그 방에서 클라리사는 책상에 앉아 이것 저것 신경을 쓰고 있었다. 오늘 저녁 파티에 엘리 헨더슨을 초대하지 않은 것은 사실이었다. 그것은 부러 한 일이었다. 그런데 마셤 부인한테서 편지가 왔다. 편지에는 "엘리 헨더슨더러 당신에게 초대해달라고 청해보겠다고 했어요. 엘리는 참 가고 싶어해요"라고 씌어 있었다.

'그렇지만 장안의 시원치 않은 여자들을 왜 있는 대로 집의 파티에 초대해야 한담? 마셤 부인이 참견할 일일까? 엘리자베스는 또 도리스 킬먼하고 아까부터 방 안에 틀어박혀 있어. 이렇게 비위 상하는 일이 또 어디 있을까? 이런 시간에 저런 여자하고 기도를 드리고 있다니.'

종소리가 우울하게 물결쳐 들어와 방 안에 넘쳤다. 물결은 밀려갔다가 몰려들어 다시 한번 부서졌다. 그때 클라리사는 방문에서 누가 서둘러 더듬는 듯한 무엇이 긁히는 소리를 들었다.

'누굴까, 이런 시간에? 어머나, 세 시야! 벌써 세 시야!'

내리누르듯 위엄 있게 시계가 세 시를 땡 쳤다. 다른 소리들은 잔잔했다. 그런데 문 손잡이가 가만히 돌아가며 리처드가 불쑥 들어섰다.

'아이 깜짝이야! 꽃을 들고, 리처드가 들어오네. 예전에 콘스탄티노플 주에서 난 리처드를 거절한 일이 있었어. 또 그 오찬회가 아주 재미있다고 하는 브루턴 경 부인은 나를 초대하지도 않았어. 저이는 꽃을 내밀고 있네 — 장미다. 흰 장미, 빨간 장미.' (그러나 리처드는 당신을 사랑한다는 말을 아무리 해도 할 수가 없었다. 해야 할 그 말을.)

"아이 예뻐."

클라리사는 꽃을 받으면서 말했다.

'클라리사는 알아준다. 내가 말 안 해도 알아줘. 나의 클라리사는.'

아내는 꽃을 맨틀피스 위의 꽃병에다 꽂았다.

"참 예뻐요!"

클라리사는 그러면서 "그래 재미있었어요?" 하고 물었다.

"브루턴 경 부인이 내 안부를 묻습디까? 피터 월시가 돌아왔어요. 마셤 부인한테서는 편지가 오고요. 엘리 헨더슨을 초대해야 할까요? 그 킬먼이란 여자가 2층에 와 있어요."

"자, 한 5분 동안만 우리 여기 앉아 있읍시다."

리처드가 말했다.

방은 텅 비어 보였다. 의자를 모두 벽에다 밀어놓았기 때문이었다.

'대체 여기서 뭣들을 했지? 아, 참, 파티 때문이지. 아니, 난, 파티

를 잊어버리진 않은걸.'

"피터 월시가 돌아왔다고?"

"네, 돌아왔어요. 여기 왔었어요. 이혼을 하려고 한대요. 인도에 있는 어떤 부인을 사랑하고 있다고요. 조금도 안 변했어요. 난 여기서 옷을 꿰매면서…… 부어턴 생각을 했어요."

그 여자는 말했다.

"휴가 오찬회에 왔소."

리처드가 말했다.

"휴는 아까 만났어요!"

"그래, 도저히 참을 수 없는 친구야. 이블린의 목걸이를 사더군. 전보다 살이 쪘던데. 어쩔 수 없는 등신이야."

"그런데 피터와 결혼했을지도 모르겠다는 생각이 문득 들었어요."

클라리사는 조그만 보타이를 매고 거기 앉아서 주머니칼을 접었다 폈다 하는 피터 월시를 생각하면서 말했다.

"그전하고 꼭 같네요, 글쎄."

오찬회에서도 피터의 말이 나왔다고 리처드는 말했다. (그러나 그 여자를 사랑한다는 말을 할 수가 없었다. 그는 아내의 손을 쥐었다. 이것이 행복이라고 생각하면서.)

"휴와 같이 밀리슨트 브루턴을 위해서《타임스》지에 보낼 편지를 썼지. 휴가 할 수 있는 건 고작해야 그런 정도야. 그래, 우리의 친애하는 킬먼 양은?"

리처드가 물었다. 장미가 아주 예쁘다고 클라리사는 생각했다. 처음에는 한데 뭉쳐 있던 것이 지금은 각기 떨어졌다.

"킬먼은 우리가 점심을 먹자마자 왔어요."

클라리사가 말했다.

"엘리자베스는 얼굴이 빨개졌어요. 둘이서 방 안에 들어앉아서 기도드리는가봐요."

'맙소사! 마땅치 않은데. 하기야 내버려두면 이런 일들은 저절로 없어져버리겠지만.'

"방수 외투와 우산을 들고요."

클라리사는 말했다. 리처드는 "당신을 사랑해"라는 말을 하지 않았다. 그 대신 아내의 손을 쥐었다.

'행복이란 이런 거야, 바로 이거야.'

그는 생각했다.

"내 파티에, 온 장안의 시원치 않은 여자들을 모조리 청해야 할 까닭이 어디 있어요? 마셤 부인이 파티를 열 적에 언제 내 손님을 청했다고?"

클라리사가 말했다.

"딱하지, 엘리 헨더슨도."

리처드가 말했다— 클라리사도 자기 파티에 대해서 저렇게까지 마음을 쓴다는 것은 참 이상한 일이라고 그는 생각했다.

'그런데 리처드는 방이 달라 보이는 것도 모르는가봐. 그렇지만— 무슨 말을 하고 싶은 것도 같은데.'

'파티 때문에 그렇게 이것저것 근심을 해야 한다면 안 하도록 해 보지. 아내는 피터와 결혼했더라면 좋았을 거라고 생각하고 있나? 자, 난 이제 가봐야지.'

"가봐야겠어."

일어나면서 리처드는 말했다. 그러나 그는 무슨 말을 하려는 듯이 망설이고 서 있었다.

'무엇일까? 이이가 왜 그럴까? 장미까지 사오고.'

클라리사는 알 수가 없었다.

"무슨 위원회인가요?"

남편이 문을 열자 아내가 물었다.

"아르메니아 사람들 문제야."

리처드는 말했다.

"알바니아 사람이라고 했던가?"

'사람에겐 위엄이라는 것이 있어. 고독이란 것이 있어. 남편과 아내 사이에도 틈새가 있고. 그것은 존중해야 하지.'

남편이 문 여는 모습을 바라다보면서 클라리사는 생각했다.

'왜 그러냐 하면 나 자신이 그걸 버리고 싶지 않고, 또 남편에게서 그렇게 하면 자기의 독립심, 자존심도 잃게 되는 거야. 그럴 만한 가치가 있는 것이 못 돼.'

리처드는 베개와 이불을 가지고 돌아왔다.

그는 "점심 먹은 후에는 한 시간 동안 푹 쉬어야지" 하고 아내에게 일러두고 나가버렸다.

'참, 그이도! 의사가 한 번 그런 말을 했다고 언제나 점심 뒤에는 한 시간 동안 푹 쉬어야 한다고 끝내 말하는군. 의사가 하는 말을 그대로 고지식하게 듣는 것도 그이다운 일이야. 그것도 그이의 사랑스러운 순수한 순진성 때문이지. 순진성은 아무도 못 따라. 그렇기 때문에 아까 내가 피터하고 한담을 하면서 시간을 보내고 있었을 때에도, 그이는 부지런히 일할 수 있었던 거야. 그이는 벌써 하원까지 절반은 갔겠네. 아르메니아인지 알바니아인지 하는 사람들 때문에. 나는 사다준 장미를 보고 있으라고 이 소파에다 남겨두고. 남들은 클라리사 댈러웨이가 응석을 부린다고 하겠지. 나는 아르메니아 사람보다 장미 쪽이 훨씬 더 좋아. 고국에서 쫓겨나와 불구가 되고, 추위에 떨면서, 잔인성과 부정의 희생이 된 민족(리처드가 그런 말을 하는 걸 몇 번 들었다) — 그런 말을 들어도 난 알바니아 사람에 대해선 아무것도 느껴지지가 않아. 아르메니아 사람이랬나? 그런데 장미는 참 좋거든. (이게 아르메니아 사람에게 도움이 안 될까?) — 장미는 잘라서 병에다 꽂아도 보기 좋은 유일한 꽃이야. 그건 그렇고, 리처드는 벌써 하원에 닿았을 테지. 나의 곤란한 문제를 다 해결해버리고 지금쯤은 위원회에 들어갔을 거야. 아니야 참, 그렇지 않아. 엘리 헨더슨을 청하지 않을 이유는 없다고 했어. 물론 그이 원대로 청해야지. 베갤 갖다 주었으니 드러누워야겠다. ……그렇지만— 왜 갑자기 아무 이유도 없이 이토록 암담한 기분이 될까?'

풀밭에 떨어뜨린 진주나 다이아몬드를 조심스레 풀잎을 이리저리 헤쳐서 찾다가 마침내 풀뿌리 가까운 데서 찾아낸 사람처럼 클라리사는 이 일 저 일을 생각해봤다.

'아니야, 리처드는 머리가 썩 좋지 못하니까 절대로 장관이 못 된다고 샐리 시튼이 말해서가 아니야. (문득 기억이 났다.) 아니야, 그건 건 아무래도 좋아. 엘리자베스나 도리스 킬먼 때문도 아닌걸. 그런 것은 사실의 문제니까. 아침나절에 느꼈던 감정, 무슨 불쾌했던 감정 때문인 것 같아. 피터가 뭐라고 한 말과 내가 침실에서 모자를 벗고 있었을 때의 그 우울함이 관련이 돼 있나보다. 그런데 리처드가 뭐랬나? 장미를 갖다 주었지. 아 참, 내 파티 때문이야! 알았어! 내 파티 때문이야! 둘 다 내가 파티를 연다고 날 부당하게 비평하고 괜히 웃었기 때문이야! 그 때문이야.

그러면 난 어떻게 스스로를 변명하지? 무엇 때문인지를 알아내서 마음이 아주 개운해졌네. 둘 다, 아니 적어도 피터는 이렇게 생각할 거야. 내가 뽐내기 좋아하고 유명한 인사들에게 둘러싸이길 좋아하고, 명성을 탐낸다고. 말하자면 괜히 상류인인 척한단 말이지. 그야 피터가 그렇게 알아도 그만이야. 리처드는 그저 내 심장에 나쁜 줄 알면서 그런 자극 있는 일을 좋아하는 건 어리석다는 거지. 어린애 같다고. 그런데 둘 다 잘못 알고 있어. 내가 좋아하는 것은 순전히 인생이니까. 그렇기 때문에 내가 이러는 거야.'

클라리사는 큰 소리로 인생을 보고 말했다.

사회와 떨어져 모든 것으로부터 벗어나서 이렇게 소파 위에 누워 있노라니까 여태껏 뚜렷이 존재한다고 느꼈던 인생이란 것이 형체 있는 물건처럼 느껴졌다. 인생은, 해가 쬐는 거리에서 나는 소리를 옷처럼 휘감고 뜨거운 입김을 내쉬면서 소곤거리며 발을 불어 젖히는 것 같았다.

'그래 피터가 「네, 그러시겠지요. 댁의 파티는— 댁에서 파티를 여는 의의가 어디 있지요?」 하고 묻는다면 이렇게 대답할 수밖에 없지. (그것도 누가 이해해주리라고는 생각 못 하지만.) 이 파티라는 것은 하나의 의식이라고. 그야 막연하기 짝이 없는 말이긴 해. 인생은 순조로운 항해라고 한 건 누구지? 피터가 아니었나— 언제나 연애하고 있는 피터. 언제나 당치 않은 여자와 연애하는 것이 누구냔 말이야? 당신의 사랑이란 대체 무어냐고 물어볼까보다. 대답은 빤하지. 사랑은 세상에서 가장 중요한 겁니다, 여자는 도저히, 이해 못 합니다 할 테니까. 그렇대도 그만이라고 한다면 또 어떤 남자가 내 생각을 이해할 수 있을까? 인생에 대한 내 생각을? 피터나 리처드가 아무런 이유 없이 파티를 연다는 것은 상상도 못할 일이 아닌가?

그러나 남의 말은 제쳐놓고(그이들의 판단이란 어쩌면 이리도 피상적이고 단편적일까!) 내 마음속에 깊이 파고들어보면 내가 인생이라고 부르는 것에는 무슨 뜻이 있나? 아이 참, 이상도 하지. 사우스 켄징턴에는 이러이러한 사람이 있고, 또 누구는 베이스 워터에 있고 또 누구든 말하자면 메이페어에 있다고 하자. 그러면 나는 항상 그들의 존재를 의식하게 된다. 이것은 여간한 허비가 아니고, 이런 유감이 없다고도 생각해. 그래서 이 사람들을 한데 모을 수만 있다면 하고 생각하기 때문에 이런 일을 하는 거지. 그래서 이것은 하나의 의식이라는 거야. 합해서 새로운 것을 창조해내려는. 그렇지만 누구를 위해서지?

아마 의식을 위한 의식인지도 몰라. 어쨌든 이것은 나의 천성인 걸 뭐. 그 밖에 볼 것이라곤 아무것도 없는 나야. 사색도 못 하고, 글도 못 쓰고, 피아노도 못 친다. 아르메니아 사람과 터키 사람을 혼동하고, 출세를 좋아하고, 불편을 싫어하고, 또 남이 나를 좋아하지 않는 것은 못 견디지. 그런가 하면 한없이 실없는 소리를 늘어놓기도 하고. 그리고 오늘날까지도 적도가 무어냐고 물으면 모를 정도니까.

그렇지만 수요일, 목요일, 금요일, 토요일 하고 하루가 지나면 또 하루가 여전히 온다는 것, 아침에 눈을 뜨고 하늘을 쳐다보고, 공원을 산책하는 것, 휴 위트브레드를 만난 것, 갑자기 피터가 찾아온 것, 그리고 저 장미꽃들. 이것으로 충분하지. 이런 것이 지난 뒤에 죽음이 온다는 것은 믿을 수가 없어! — 언젠가는 끝이 오고야 만다는 것은 차마 믿기가 어려워. 내가 인생을 얼마나 사랑하는지 이 세상에선 알 사람이 하나도 없어. 얼마나 순간순간을 사랑하는지를 — .'

방문이 열렸다. 엘리자베스는 어머니가 쉬고 있으리라는 것을 알았다. 그래서 소리 없이 가만히 들어왔다. 그리고 움직이지 않고 서 있었다. 한 백 년 전에 노퍼크의 해안에 어떤 중국 사람이 표류해 와서, (힐버리 부인이 말하듯) 댈러웨이 가의 여자들과 피를 섞었는지도 모른다. 댈러웨이 집안 사람들은 대체로 금발 머리에다가 파랑 눈이 많은데 엘리자베스는 전혀 다르게 머리가 까맣고 창백한 얼굴에, 중국 사람처럼 눈꼬리가 올라갔다. 무슨 생각에 잠겼는지 알 수 없는 동양적 신비성을 가지고 있었다. 얌전하고 사려가 깊고 조용했다. 어렸을 때에는 아주 익살스러운 데도 있었으나 열일곱 살이 된 지금은 왜 그토록 심각해져버렸는지 클라리사는 알 수가 없었다. 윤기 도는 푸른 잎에 싸인, 봉오리진 히아신스 같은 엘리자베스였다.

엘리자베스는 가만히 서서 어머니를 바라다보았다. 방문이 좀 열려 있고, 문 밖에 킬먼 양이 서 있다는 것을 클라리사는 알았다.

'킬먼 양은 방수 외투를 입고 우리 모녀가 하는 말에 귀를 기울이고 있겠지.'

아닌 게 아니라 킬먼 양은 층계참에 서 있었다. 방수 외투도 입고 있었다. 그러나 이 비옷을 입는 데에는 까닭이 있었다. 첫째, 값이 싸고, 둘째, 이미 마흔이 넘어서 남의 비위에 맞도록 옷을 입지 않아도 됐기 때문이다. 더군다나 그는 가난했다. 창피할 만큼 가난했다. 그렇지만 않다면 댈러웨이 따위의 인간, 친절을 베풀어주겠답시는 부자에게서 일자리를 얻지도 않았을 것이다.

'공평히 말해서 주인 댈러웨이 씨는 친절히 해주지만 부인은 그렇지 않았어. 그저 은혜를 베풀어주려는 태도뿐이었지. 부인은 모든 계급 중에도 아주 몹쓸 계급의 출신이야—돈 있고, 교양이란 겉만 핥아본 계급에서 나온 거야. 그런 인간들은 곳곳에 값진 물건을 가지고 있지. 그림, 양탄자, 수많은 하인들도 두고 말이야. 댈러웨이 부부가 내게 해주는 일은 무엇이든 다 마땅히 내가 받아야 할 권리

가 있다고 생각해.'

킬먼 양은 생각하고 있었다.

'나는 내내 속아왔어. 정말이야— 이 말은 과장이 아니야. 왜냐하면 여자는 반드시 어떤 행복을 누릴 권리가 있으니까. 그런데 난 못생기고, 가난해서, 한 번도 행복을 맛본 일이 없어. 돌비 양의 학교에서 행복할 수 있는 기회가 겨우 올 듯하니까 전쟁이 나버렸어. 나는 도무지 거짓말이라고는 할 줄 모르는 성미여서, 돌비 양은 당신은 독일 사람에 대해서 당신과 같은 생각을 가진 사람들과 같이 지내는 편이 행복할 거라고, 내게 사표를 내도록 하지 않았나. 우리 집안이 독일 계통이란 것은 사실이야. 18세기에는 이름도 키일만(Kiehlman)이라고 썼으니까. 그렇지만 내 동생은 전쟁에 나가서 영국을 위해서 죽었어. 내가 독일 사람은 모두 악한이라고 하지 않는다고 해서 사람들은 나를 내쫓은 거야— 독일에 친구도 있고, 제일 행복했던 시절을 독일에서 보낸 나를 보고 말이야! 하지만 여하간에 난 역사를 알아. 그땐 닥치는 대로 일을 해야만 해서 퀘이커 교파 사람들과 일하던 판에 댈러웨이 씨와 만나게 된 거야. 그이가 자기 딸에게 역사를 가르치게 해주었어. (참 친절한 처사였어.) 그 밖에 난 또 문화 강좌를 좀 하는 것이 있었지. 그럴 때에 신의 영감이 내렸던 거야. (이 말을 할 때면 그는 언제나 고개를 숙였다.) 그 계시의 광명을 본 것이 2년 하고도 3개월 전 일. 이제는 클라리사 댈러웨이 같은 여자들이 부럽지 않아. 오히려 불쌍해.'

푹신한 양탄자 위에 서서 토시를 손에 끼고 있는 어린 소녀의 낡은 판화를 보면서 킬먼 양은 가슴속부터 그런 여자들을 불쌍히 여기고 경멸했다.

'이런 사치를 다하는 생활을 하면서 앞으로 더 나아지리라는 희망이 어찌 있을 수 있느냔 말이야. 소파에 누워 있지 말고— 엘리자베스는「어머니는 쉬고 계세요」했지만 공장에서 일하거나 계산대 뒤에 서서 일을 해야 마땅하다. 댈러웨이 부인을 비롯한 모든 귀부인들은 말이야!'

쓰라림으로 애타는 마음을 안고, 2년 3개월 전에 킬먼 양은 어느 교회로 들어갔다. 거기서 그는 에드워드 휘터커 목사의 설교를 들었고, 또한 소녀들의 찬양을 들었다. 그때 엄숙한 광명이 내려오는 것을 보았다. 음악 때문인지 노랫소리 때문인지는 몰랐다. 저녁때 외로울 적엔 그는 바이올린을 만져서 위로를 받기도 했다. 그러나 그 소리란 차마 들을 수가 없는 것이었다. (음악에 대한 귀가 없었기 때문에) 마음속에서 끓고 용솟음치던 그 뜨겁고 흐트러진 감정은 거기 앉아 있는 동안에 어느덧 가라앉았다. 킬먼 양은 엉엉 소리를 내고 통곡했다. 그러고 난 뒤에, 켄징턴에 있는 사택에 휘터커 씨를 만나러 갔다.「그것은 하나님의 인도하심입니다」라고 목사는 말했다.「주께서 갈 길을 보여주신 것입니다」라고. 그래서 지금은 결심을 하고 괴로운 감정이 마음속에 끓어오를 때나, 댈러웨이 부인에 대한 증오와 세상에 대한 원한이 끓어오를 때에는, 언제나 하나님을 생각했다. 휘터커 목사를 생각했다. 그러면 격분한 노기에 뒤이어 평온이 왔다. 달콤한 감미가 그의 혈관을 채웠다. 그는 입을 벌린 채

방수 외투를 입고 층계참에 덧없이 서 있었다. 때마침 딸을 데리고 나온 댈러웨이 부인을 빤히 기분이 나쁠 정도로 침착하게 노려보았다.

엘리자베스는 "장갑을 갖고 내려오는 걸 잊어버렸어요" 했다. 킬먼 양과 어머니가 서로 미워하기 때문에 한 말이었다. 그는 두 사람이 한 자리에 있는 것을 차마 보고 있을 수가 없었다. 장갑을 찾으러 엘리자베스는 2층으로 뛰어올라갔다.

그러나 킬먼 양은 댈러웨이 부인을 증오하지는 않았다. 크고 회색빛이 도는 푸른 눈으로 클라리사를 보고 그 자그마한 분홍 얼굴, 가냘픈 몸, 산뜻하게 차린 외양을 살폈을 때 킬먼 양은 '바보! 멍청이!'라고 생각했다.

'이 여자는 슬픔도 기쁨도 몰라. 자기 인생을 그저 헛되게 흘려보내고 있어!'

이렇게 생각하자, 그 여자를 이겨보자는 욕망, 가면을 벗어보자는 욕망이 억누를 길 없이 일어났다. 이 여자를 쓰러뜨릴 수가 있다면 마음이 좀 편해질까 하고, 이 여자의 육체가 아니라 이 여자의 마음과 그 마음속에 있는 냉소적인 태도를 짓밟고 싶어졌다. 자기의 우월함을 여봐란 듯이 보여주고 싶었다. 클라리사를 울리고, 못 살게 하고, 망신을 시키고, 무릎을 꿇고 "당신이 옳습니다" 하는 말을 짜내게 했으면 얼마나 속이 시원할까 하고 킬먼은 생각했다. 그러나 그건 하나님의 뜻에 맡겨야 했다. 킬먼 양의 뜻대로 되는 일이 아니었다. 그것은 종교적인 승리라야 했다. 그래서 킬먼 양은 눈을 부라리고 노려보았다.

클라리사는 그만 가슴이 선뜩했다.

'이런 것이 기독교인일까— 이 여자가! 이 여자는 내 딸을 빼어 갔어! 눈에 안 보이는 초자연의 존재와 통한다는 이 여자가! 뚱뚱하고, 밉고, 평범하고, 우아함도 없으면서, 주제에 인생의 참뜻을 알고 있다고 하는 이 여자!'

"엘리자베스를 백화점에 데리고 가겠다고요?"

댈러웨이 부인이 말했다.

그렇다고 킬먼 양이 대답했다. 두 사람은 거기 마주 서 있었다. 킬먼 양은 생각했다.

'내가 왜 상냥스럽게 굴어야 해. 난 언제나 내 밥벌이는 해왔는데. 현대사에 대한 지식도 철저하고 보잘것없는 수입에도 옳다고 믿는 사업을 위해서는 그만큼 돈도 냈어. 그런데 이 여자는 아무것도 안 하지 않나. 믿는 것도 없어. 딸을 키웠어도—.'

그러나 엘리자베스가 그때 돌아왔다. 숨을 좀 가쁘게 쉬면서, 어여쁜 엘리자베스가.

'그래 둘이서 백화점에 가는구나.'

거기 서 있는 킬먼 양을 보니까 클라리사는 이상스럽게도(그는 유사 이전의 괴물이 원시적인 전쟁에 나가려고 갑옷을 입은 것처럼 말없이 굳건하게 서 있었다) 그에 대한 생각이 시시각각으로 오그라들고, 증오심도(이념에 대한 증오이지 사람 자체에 대한 것은 아니다) 부스러지고, 악의도 없어지는 것 같았다. 키까지 작아지는 것 같아 보이고 클라리사가 진심으로 도와주고 싶다고 생각하던 예전의 킬먼 양으로 되어가는 듯했다.

괴물이 이렇게 작아지는 것을 보고 클라리사는 웃었다.

"잘 다녀와요" 하면서 그는 웃었다.

킬먼 양과 엘리자베스 두 사람은 나란히 아래층으로 사라졌다.

갑작스런 충동과 저 여자가 딸을 내게서 빼어간다는 격렬한 외로움에서 클라리사는 층층대 난간 너머로 내려다보면서 외쳤다.

"파티를 잊지 말아라. 오늘 저녁 집에서 열리는 파티를!"

그러나 엘리자베스는 벌써 현관 문을 열었고, 밖에는 짐차가 하나 지나가고 있었다. 엘리자베스는 대답을 하지 않았다.

사랑과 종교! 정신이 쑤시는 듯한 느낌을 가지고 응접실로 돌아가던 클라리사는 생각했다.

'아아 지겨워, 사랑이니 종교니, 다 지겹다!'

지금 눈앞에 킬먼 양의 육체가 없고 보니 그 여자의 생각이 머리를 짓누르는 것 같았다.

'세상에 이처럼 잔인한 것이 또 있을까.'

클라리사는 생각했다.

'거북살스럽게 투덜거리고 거만하게 위선에 차서, 남의 말을 엿듣고, 시기하고, 무한히 잔악하고, 뻔뻔스럽고, 방수 비옷을 입고, 층계참에 서 있는 이 사랑과 종교의 화신처럼 잔인한 것이 또 있을까. 내가 언제 남을 억지로 전향시키려고 해보았느냔 말이야. 누구든지 자기 본연 그대로 있어주길 난 원하지 않나?'

클라리사는 건넛집 노부인이 층계를 올라가는 모양을 창으로 바라다 보았다.

'할머니, 당신이 층계를 올라가고 싶으면 올라가고, 멈추고 싶으면 멈추세요. 침실까지 올라가서 커튼을 헤치고, 다시 안으로 들어가세요. 웬일인지 난 저 할머니에게는 존경심을 갖게 돼. 자기를 남이 보고 있는 줄 조금도 모르고 창밖을 내다보는 저 할머니에게. 저런 사람에게는 무엇인가 엄숙한 데가 있어 — 사랑과 종교는 무엇이건 간에 망치고야 말지. 영혼의 사생활이라는 것을 망쳐버려. 불길한 킬먼이 그걸 망쳐버린다. 그러다가 저런 정경을 보면 괜히 눈물이 날 것 같아.

사랑도 또한 파괴를 해. 아름다운 것, 진실한 것이 모두 사랑 때문에 없어져버리니. 피터 월시를 예로 들어보자. 그이는 매력도 있고 재주도 있고 무엇에 관해서건 주관이 서 있는 사람이야. 포프에 관해서, 또는 에디슨에 관해서 알고 싶다거나, 그저 부질없는 이야기를 지껄이거나, 인간은 어떤 것이냐, 또는 이러이러한 일은 무슨 뜻이 있느냐 하는 것을 알고 싶으면 누구보다도 피터에게 물어보면 돼. 나를 여러 가지로 도와준 이도 피터였어. 책을 빌려준 것도 피터였고. 그렇지만 그이가 좋아하는 여자를 좀 보라지 — 천하고 보잘것없고 평범하기 짝이 없는 여자들이야. 사랑에 사로잡힌 피터를 생각해봐 — 그이가 몇 해 만에 날 보러 와서 무슨 이야길 했느냔 말이야? 자기 이야기지.'

끔찍스러운 정열이라고 클라리사는 생각했다.

'타락한 정열!'

클라리사는 육해군백화점으로 걸어가는 킬먼과 엘리자베스를 떠올리면서 생각했다.

'참 이상하고 기이하기도 해. 그래 저 할머니가(우리는 서로 몇 해를 두고 이웃에서 살아왔다) 저 종소리, 저 한 줄기 소리에 정을 붙인 듯이 창가에서 멀어져가는 정경이란 참 가슴을 치는 데가 있으니. 종소리는 엄청나게 크긴 하지만 저 할머니와 무슨 관계가 있는 성도 싶어. 아래로, 아래로, 일상 생활의 한가운데로 종의 여운은 스며들어 현재의 순간을 엄숙하게 만든다. 저 할머니는 저 소리 때문에 움직여 가야만 하는 거야—.'

클라리사는 상상해봤다.

'그렇지만 어디로 가는 것일까?'

클라리사는 돌아서서 사라져가는 노부인을 눈으로 좇았다. 노부인의 하얀 모자가 침실 저 안에서 움직이는 것이 아직도 보였다. 노부인은 방 저쪽 끝에서 아직도 움직이고 있었다.

'무엇 때문에 신조(信條)라든가 기도라든가 비옷이란 것들이 있어야 할까? 저런 것이야말로 기적이고, 신비로운 일인데.'

클라리사는 생각했다.

'옷장에서 화장대로 가고 있는 저 노부인이야말로 기적이야. 아직도 보이네. 킬먼이 해명했다고 함직한, 또는 피터가 자기가 해명했다고 함직한 오묘한 신비. 그렇지만 나는 피터도 킬먼도 도대체 해명이 무엇인지 손톱만큼도 모른다고 생각해. 이 오묘한 신비는,

즉 여기 방이 하나 있고, 저기 또 하나 방이 있다는 그것인데, 종교나 또는 사랑이 이걸 해명해낸단 말인가?

사랑—.'

이때 언제나 빅벤보다 2분 늦게 치는 또 하나의 시계 소리가 방 안으로 들어왔다. 앞치마에 온갖 잡일을 담뿍 담은 여자처럼 방 안으로 천천히 들어왔다. 빅벤은 위엄이 당당하니까, 엄숙하고 공평한 판결을 내리는 것이 옳고 마땅하지만, 저는 그 밖에 자질구레한 일을 다— 마셤 부인, 엘리 헨더슨, 얼음을 담을 유리 그릇 같은 걸— 챙겨야 한다고 그 소리는 말하는 것 같았다. 바다 위에 납작하게 뜬 금조각 같은 이 엄숙한 종소리가 지나간 자국을 따라, 가지가지의 잔일들이 넘치고, 찰싹찰싹 물소리를 내면서 춤추듯 몰려 들어왔다. 마셤 부인, 엘리 헨더슨, 얼음을 담을 유리 그릇—.

'이제 곧 전화를 걸어야겠네.'

이 뒤떨어진 시계 소리는 빅벤의 소리가 지나간 자국을 따라 수다스럽게 울렸다. 앞치마에 자질구레한 일을 담뿍 담아가지고 들어왔다. 몰려드는 자동차, 횡포를 부리는 짐차, 밀며 밀리며 걸어가는 수많은 우락부락한 남자와, 호화로운 옷차림의 여자들, 회사와 병원들의 둥근 지붕과 뾰족한 탑, 이런 것들에 부딪혀서 이 앞치마에 담뿍 담은 자질구레한 일들의 마지막 유물인 시계 소리의 여운은 산산이 부서져버렸다. 잠시 길거리에 서서 "육체의 유혹이야" 하고 중얼거리고 있는 킬먼 양의 몸뚱이에도 부딪혀 지쳐빠진 파도의 물거품처럼 흩어져버렸다.

'내가 극복해야 하는 것은 육체야. 클라리사 댈러웨이는 날 모욕했어. 내가 예상한 대로야. 그런데 나는 이기지 못했다. 육체를 억제할 수가 없었어. 추하고 어색하다고 해서 클라리사 댈러웨이는 나를 비웃는 거야. 그리고 나의 육체적인 욕망을 불러일으킨 것이다. 클라리사 곁에 있을 때에는 나의 이런 꼴이 부끄러워지기 때문이지. 또 나는 그 여자처럼 말할 줄도 몰라. 그렇지만 어째서 그 여자처럼 되고 싶어하나? 왜? 난 뱃속부터 댈러웨이 부인을 경멸해. 그 여자는 진실하지 못해. 착하지도 않아. 그 생활이란 허영과 허위의 덩어리야.'

그런데도 도리스 킬먼은 그만 눌려버렸다. 사실이지 그 여자는 클라리사 댈러웨이가 절 보고 웃었을 때 울음이 터질 뻔했다.

"육체의 욕망이야, 육체의."

그는 중얼거렸다. (혼자 소리내어 말하는 것이 그의 버릇이었다.) 빅토리아 가를 걸어가면서 킬먼 양은 이 어지럽고 괴로운 감정을 억눌러보려고 애를 썼다. 신께 기도를 했다.

'얼굴이 보기싫게 생긴 것은 어쩔 수 없는 일이야. 예쁜 옷을 사 입을 돈도 내게는 없어. 클라리사 댈러웨이가 나를 비웃었다—그렇지만 우편함까지 가기 전에 무슨 다른 일에 마음을 집중시켜보자. 어쨌든 난 엘리자베스를 내 것으로 만들었어. 아니야, 다른 일을 생각하자. 러시아를 생각하자. 우편함으로 갈 때까지.'

"시골은 참 좋을 테지."

킬먼 양은 혼자 중얼거렸다. 자기를 얕보고, 비웃고, 저버린 세상에 대한 격렬한 분격과 사람들이 거들떠도 안 보는 이 추한 육체의 번민을 그는 휘터커 씨가 말한 것 같이 억누르려고 허덕였다. 머리를 어떤 모양으로 빗어도 그의 이마는 달걀처럼 빤들빤들하고 허옜다. 그 어떤 옷도 맞지를 않아서 어느 것을 사나 다름이 없었다. 여자가 이렇다는 것은, 즉 이성과 접하는 기회가 전혀 없다는 뜻이다. 누구에게도 지상(至上)의 사랑을 받지 못한다는 뜻이다. 요즈음에 와서는 엘리자베스만은 예외지만 단지 먹기 위해서 사는 것 같다는 생각이 그에게 들었다. 그저 먹는 맛에, 저녁과 차, 밤에 쓰는 더운 물병 때문에 사는 것 같았다.

'그래도 싸워야 해. 극복을 하고, 신에 대한 믿음을 가져야 한다. 휘터커 씨는 내가 하나의 목적을 위해서 태어났다고 하셨어. 그렇지만 아무도 이 괴로움은 몰라줘. 그이는 십자가를 가리키면서 신은 알아주신다고 하셨지만. 하지만 다른 여자들, 클라리사 댈러웨이는 같은 여자들은 아무렇지도 않은데, 왜 나만이 고통을 받아야 할까? 진리는 고통을 통해서만 얻을 수 있는 것이라고 휘터커 씨가 말씀하셨지.'

그는 우편함을 지나쳐버렸다. 그가 고통을 통해서 얻을 수 있는 진리와, 휘터커 씨가 육체에 대해서 한 말을 중얼거리는 동안에, 엘리자베스는 육해군백화점의 시원한 갈색 담배 판매부로 들어갔다. "육체의 유혹" 하고 킬먼은 중얼거렸다.

"무얼 보러 가시겠어요?"

엘리자베스가 그의 생각을 중단시켰다.

"페티코트."

무뚝뚝하게 말하면서 킬먼 양은 승강기 쪽으로 큰 걸음을 옮겼다.

두 사람은 위로 올라갔다. 엘리자베스는 킬먼을 이리저리 끌고 다녔다. 방심한 킬먼을 커다란 아기나 무거운 군함인 양 끌고 다녔다. 거기에는 가지각색의 페티코트가 있었다. 갈색이 나는 것, 우아한 것, 줄친 것, 빈약한 것, 약하디 약하게 생긴 것들이 있었다. 킬먼은 방심한 채 엄숙한 얼굴로 페티코트를 골랐다. 판매원은 이 사람이 정녕 미치지나 않았나 하고 생각했다,

엘리자베스는 점원이 물건을 싸는 동안 킬먼 양이 무슨 생각을 하고 있을지가 속으로 궁금했다.

"차를 마셔야지."

킬먼 양은 정신을 차려 가다듬으면서 말했다. 두 사람은 차를 마셨다.

엘리자베스는 킬먼 양이 혹시 시장한 것이 아닌가 생각했다. 그가 먹는 모양이 그런 것 같았다. 정신 없이 먹으면서 킬먼은 옆 테이블에 놓인 설탕을 씌운 케이크를 몇 번이고 건너다 보았다. 어떤 부인이 데리고 앉은 어린애가 그 케이크를 집었을 때 '킬먼 양은 저 케이크가 먹고 싶은 게 아닌가?' 하고 엘리자베스는 생각했다.

'그래, 킬먼 양은 저게 먹고 싶은 거야. 저 케이크가 먹고 싶었던 거야— 저 분홍빛 케이크가.'

먹는 기분이 그에게 남겨진 유일한 기쁨이었다. 그런데 이것조차 꺾이다니!

"행복할 때에 여유를 남겨두어야 해요. 무슨 일이 있으면 의지할 수 있게 말이에요."

킬먼이 엘리자베스 보고 말한 적이 있었다.

"그런데 난 타이어가 벗겨진 차바퀴 같아서(그는 이런 비유가 맘에 들었다) 돌멩이마다 나를 덜거덕덜거덕 흔들어요."

공부가 끝난 후에 남아 있으면서 킬먼은 이런 말을 했다. 화요일 아침 공부가 끝난 후에 '학생 가방'이라고 부르는 책가방을 들고 난롯가에 서서 이런 말을 했다. 또 전쟁 이야기도 했다.

"결국 영국 사람이 반드시 옳다고만 생각하지 않는 사람들도 세상에는 있어요. 책도 여러 가지 있어요. 회합도 여러 가지 있고. 여러 가지 다른 관점도 있는 법이에요. 엘리자베스, 나하고 어떤 분의 강연을 들으러 가지 않으려우? (아주 괴짜로 생긴 노인이지만.)"

그래서 킬먼 양은 켄징턴에 있는 어떤 교회로 엘리자베스를 데리고 가서, 거기 있는 목사와 같이 차를 마셨다.

'킬먼 양은 내게 책도 빌려줬어. 젊은 세대의 우리에게는 모든 직업의 길, 법률이나 의학이나, 정치의 길이 열려 있다고 그인 말했지.'

"그런데 나는 내 생애를 완전히 망쳐버렸어요. 이건 내 탓일까?"

"아니 그럴 리가 있어요? 아니에요."

엘리자베스는 말했다.

'언젠가 어머니가 「부어턴에서 바구니가 왔는데 킬먼 양, 꽃 좀 드릴까요?」 하면서 부르러 오셨다. 킬먼 양을 대할 때의 어머니는 언제나 지극히 친절하시지만, 킬먼 양은 받은 꽃을 한데 뭉쳐버리고 인사도 하려 들지 않았어. 킬먼 양에게 흥미가 있는 일은 어머니가 조금도 재미없어 하셔. 그래서 두 분이 같이 계시면 아주 거북해져. 게다가 킬먼 양이 골이 나면 아주 보기 싫은 얼굴이 되고 말아. 그렇지만 킬먼 양은 재주가 있지. 나는 가난한 사람들에 대해서 생각해본 일이 단 한 번도 없어. 집에선 부족한 걸 모르는 생활을 하고 있고— 어머니는 매일 아침 침대에서 조반을 잡수신다. 루시가 날라다 드리지. 어머니는 또 늙은 부인네를 좋아하셔. 공작 부인도 좋아하고 귀족 집안에서 자라난 분들도 좋아하고. 그렇지만 킬먼 양은(공부가 끝난 뒤 어느 화요일 아침에) 「우리 할아버지는 켄징턴에서 유화구점(油畵具店)을 열고 있었어요」 하고 말했어. 킬먼 양은 내가 아는 그 어떤 사람하고도 전혀 달라. 내가 아주 못난 것처럼 느끼게 만들어.'

킬먼 양은 차를 또 한 잔 마셨다. 엘리자베스는 동양적인 몸가짐에 간파할 수 없는 신비성을 지니고 바로 앉아 있었다.

"아뇨, 전 아무것도 먹고 싶지 않아요."

그러면서 엘리자베스는 장갑을 찾았다— 흰 장갑을. 장갑은 테이블 밑에 있었다.

"아이, 그래도 가지 말아요!"

킬먼 양은 이렇게 예쁘고 젊은 엘리자베스를 보내고 싶지 않았다. 진정으로 사랑하는 이 소녀를 보내고 싶지 않았다. 킬먼 양은 커다란 손을 테이블 위에서 폈다 쥐었다 했다.

'하지만 이렇게 간다는 건 좀 너무 노골적인지도 모르겠어. 정말 가고 싶지만.'

엘리자베스는 생각했다.

"그렇지만 난 아직 다 먹지도 않았는데."

킬먼 양이 말했다.

"그렇다면 물론 기다리지요. 그런데 여기는 공기가 탁해서요."

"오늘 저녁 파티에 갈래요?"

킬먼 양이 물었다.

"아마 갈 거예요. 어머니가 내가 나와주었으면 하시니까요."

엘리자베스는 대답했다.

"파티에 정신을 잃어선 안 돼요."

킬먼 양은 초콜릿 에클레어의 마지막 2인치를 손가락으로 집었다.

파티는 과히 좋아하지 않는다고 엘리자베스는 말했다. 킬먼 양은 입을 열고, 턱을 조금 앞으로 내밀고, 초콜릿 에클레어의 마지막 조각을 집어 삼켰다. 그리고 손가락을 닦고 나서, 담긴 차로 찻잔을 가시는 듯이 돌렸다.

금세 몸이 산산조각이 날 것 같다고 그는 느꼈다. 고통은 그토록 심했다. 엘리자베스를 꼭 잡을 수 있다면, 꼭 껴안을 수 있다면, 영원토록 완전히 내 것으로 만들고 죽는다면 그 이상 한은 없겠다고 그는 생각했다. 그러나 여기 앉아서 그는 할 말이 아무것도 생각이 나지 않았다.

'엘리자베스가 내게 등을 지는 걸 눈앞에 보고, 그마저 날 싫어하는 지경이 되다니 — 이건 너무해. 참을 수가 없어.'

킬먼의 두툼한 손가락이 안쪽으로 구부러졌다.

"난 절대 파티에 안 나가요."

킬먼 양은 엘리자베스를 보내지 않으려고 말했다.

"날 파티에 청해주는 사람도 없으니까."

이렇게 말하면서도 그는 자기를 파멸시키는 것이 바로 이런 에고이즘임을 자각하고 있었다. 휘터커 씨는 그러지 말라고 경계해주었으나 어쩔 수 없었다. 그토록 고생을 해온 것이었다.

"사람들이 날 청하겠어요?"

킬먼이 말했다.

"난 못생기고 쾌활하지 못해요."

이건 어리석다는 것도 그는 알았다.

'그렇지만 저기 지나가는 사람들이 — 포장지에 싼 짐을 들고 가는 나를 얕보는 저 사람들이 — 내게 이런 말을 하도록 만드는 거야. 그렇지만 난 도리스 킬먼이야. 학위도 가졌어. 난 이 세상에서 자수성가한 여자야. 현대 역사에 대한 내 지식은 훌륭하고도 남아.'

"난 내가 불쌍하진 않아요."

킬먼은 말했다.

'내가 불쌍해하는 건 — 집의 어머니예요.'

그는 말하고 싶었으나, 그런 말을 엘리자베스에게 해서는 안 되겠다고 마음을 돌이켰다.

"난 다른 사람들이 훨씬 더 불쌍해요."

까닭 모르게 문간까지 끌려왔지만, 어서 달아나고 싶어서 못 견뎌하는 말 못 하는 짐승처럼 엘리자베스 댈러웨이는 묵묵히 앉아 있었다. '킬먼 양이 무슨 말을 더 하려나?' 하면서.

"날 잊지 말아주어요."

도리스 킬먼은 말했다. 목소리가 떨렸다. 말 못 하는 짐승이 들판 저 끝까지 겁이나 달아난 듯이.

커다란 손이 펴졌다 쥐어졌다 했다.

엘리자베스는 고개를 돌렸다. 종업원이 왔다.

"계산대에서 돈을 내야지요."

그러면서 엘리자베스는 걸어갔다. 엘리자베스가 실내에서 저쪽으로 건너가는 데 따라 킬먼의 몸은 내장을 끌어내어 잡아당기는 것 같았다. 엘리자베스는 한 번 몸을 이쪽으로 틀고, 아주 공손히 고개를 숙이더니 나가버렸다.

'저 애는 가버렸어.'

킬먼 양은 대리석 테이블에 앉아서 에클레어에 둘러싸여 한 번, 두 번, 세 번, 고통의 충격을 받았다.

'저 애는 가버렸어. 댈러웨이 부인이 이겼어. 엘리자베스는 가버렸어. 아름다운 것은 가버렸어. 젊음이 가버린 거야.'

이렇게 그는 앉아 있다가 마침내 일어났다. 조그만 테이블 사이에서 부딪히고 몸을 좌우로 조금 비틀거렸다. 누군가 그의 페티코트를 들고 뒤쫓아왔다. 그는 길을 잘못 들어 인도 여행용으로 특별히 만든 트렁크들 사이에 갇혀버렸다. 다음에는 분만용품 세트와 아기 내복 사이로 들어갔다. 세상에 하고많은 일용품, 소모품, 내구품(耐久品), 햄, 약품, 꽃, 문방구들 사이에서 가지각색의 냄새가 떠돌아, 달콤한 냄새가 나는가 하면 신내가 나는 속을 그는 비틀비틀 걸어갔다. 모자를 비스듬히 쓰고, 얼굴이 새빨개서 비틀거리는 자기의 온몸이 거울에 비친 것이 보였다. 그는 간신히 길로 나갔다.

웨스트민스터 사원의 탑이 앞에 우뚝 서 있었다. 신의 거처였다. 찻길 한가운데에 신의 거처가 있었다. 그는 포장지 뭉치를 들고, 또 하나의 성소(聖所)인 사원을 향해 완고한 걸음을 옮겼다. 얼굴 앞에 텐트 모양으로 손을 맞대고 이 사원에 숨을 곳을 찾아들어와 역시 같은 모양을 하고 있는 이들 곁에 앉았다. 가지각색의 참배인들은 사회적 지위나 남녀의 구별조차도 없는 듯이 손을 마주하고 있었다. 그러나 일단 그 손을 떼면 즉시로 신앙이 독실한 중류 계급의 영국 남녀가 되어버렸다. 그중에는 사원에 보관되어 있는 역대 왕의 납 인형을 보려고 부리나케 나가는 이도 있었다.

그러나 킬먼 양은 여전히 손을 텐트처럼 마주하고 있었다. 이래서 혼자 남게 되면 또 다른 사람들이 들어왔다. 새로운 참배인이 길에서 들어와서 안에서 이리저리 돌아다니는 사람들과 자리를 바꾸었다. 그래도 여전히 — 사람들이 사방을 둘러보고, 무명 전사자의 무덤 앞을 천천히 지나가도 그래도 여전히, 그는 눈을 손으로 덮은 채, 겹겹이 덮인 어둠 속에서 — 사원 내의 광선은 없다시피 했기 때문에 — 허영, 욕망, 물질을 넘어 서서 증오와 사랑에서 벗어나려고 애를 썼다. 그의 손이 꼼지락거렸다. 그가 몸부림치는 것 같았다. 그러나 다른 사람들에게는 신이 가까이 하기 쉬운 존재고 앞에 놓인 길도 평탄했다. 은퇴한 재무부 관리 플레처 씨, 유명한 왕실 고문 변호사의 미망인 고럼 부인은 유유히 신에게로 다가가 기도를 올렸다. 그리고 뒤로 몸을 기대어 음악을 즐기며(오르간 소리가 아름답게 울려왔다), 한편 줄 끝에서 기도를 올리고 또 올리며, 저승의 문간에서 있는 킬먼을 보고 같은 경지를 헤매는 동료 영혼이라고 동정을 보냈다. 비물질적인 재료로 새겨 만든 영혼, 킬먼이란 여자가 아닌 하나의 영혼이라고 생각했다.

그러나 플레처 씨는 가야 했다. 킬먼 곁을 지나야만 했다. 그는 자기가 티끌 하나 없이 깨끗하기 때문에 이 불쌍한 여인의 지저분한 모양엔 상을 찡그리지 않을 수 없었다. 머리가 흩어져 내려오고 포장지에 싼 보따리는 땅바닥에 동댕이쳐져 있었다. 여자는 좀처럼 그가 지나가게 비켜주지 않았다. 그러나 둘레를 둘러보고 흰 대리석상, 회색 유리, 가뜩 들어선 위인들의 무덤을 보고 있는 동안에(그는 이 사원이 아주 자랑스러웠다) 이따금 무릎을 꿇은 자리를 옮기면서 앉아 있는 이 여자의 건장하고 큰 몸집과 강인한 모습에 깊은 인상을 받게 되었다. (킬먼이 신에게 접근해가는 방법도 그렇게 거칠었다— 그의 욕망도 그렇게 거칠었다.) 그것은 댈러웨이 부인이나(그는 그날 종일 킬먼 생각을 저버릴 수가 없었다) 에드워드 휘터커나 엘리자베스가 킬먼에게서 받은 것과 같은 인상이었다.

그때 엘리자베스는 빅토리아 가에서 버스를 기다리고 있었다.

'밖에 나오는 건 참 기분이 좋아. 아직 집으로 안 가도 되겠지.'

그는 생각했다. 바깥 공기를 쐬면 여간 기분이 상쾌하지가 않았다. 그래서 버스를 타려고 한 것이다. 그러나 엘리자베스가 멋진 옷을 입고 거기 서 있으니까—벌써 시작했다—사람들이 그를 포플러나무, 새벽 서광, 히아신스, 사슴, 흐르는 물, 화원에 피는 백합 같은 것에 비기기 시작했다.

'이러니까 인생은 내게 짐이 되는 거야. 나는 혼자서 시골에 가서 하고 싶은 일이나 하고 지내는 편이 얼마나 더 좋은지 모르는데도, 남들은 날 백합에 비기려고 하고, 또한 파티에도 나가지 않으면 안 된다고 하니, 개를 데리고 아버지와 아무도 없는 시골서 지내는 데다 비하면 런던은 그야말로 무미건조하기 짝이 없어.'

버스가 급히 달려왔다. 섰다 떠나간다—빨간색과 노란색 칠에 빛나는 화려한 버스의 대열—.

'하지만 어떤 버스를 타야 옳을까? 아무 거라도 괜찮겠지. 물론 저렇게 남을 믿고 타지는 않겠어.'

이렇게 생각하는 엘리자베스는 몸가짐이 유연했다. 그에게 부족한 것은 표정이지만 그 눈은 아름다웠다. 중국인같이 치오른 동양적인 눈이었다. 어머니도 말했던 것 같이 어깨가 예쁘고 자세가 날씬해서 언제나 보기에 매력이 있었다. 요즈음, 특히 저녁때 흥분했다기보다 무슨 일에 흥미를 가졌을 때에는 아름다워 보였다. 품위가 있고 침착해 보였다.

'저 여인은 뭘 생각하고 있나?'

남자마다 그에게 반해버려서 엘리자베스는 정말 성가셨다.

'또 시작이다' 하면서 클라리사는 그런 기미를 짐작할 수가 있었다 — 사람들이 칭찬을 하기 시작하는 기미를 짐작할 수가 있었다. 엘리자베스가 남의 말에 도무지 무관심한 것이 — 예를 들면 옷에 대해서도 — 때로 클라리사는 걱정이 됐다. 그렇지만 강아지나 모르모트가 디스템퍼에 걸렸다고 떠드는 것이 오히려 나을지도 몰랐다. 그것이 그 애의 매력인지도 몰랐다.

'그런데 킬먼 양과의 괴상한 우정 관계는 어떻게 하면 좋을까. 글쎄 — .'

클라리사는 새벽 세 시경 잠을 못 이루고 마르보 남작의 《회상록》을 읽을 때면 생각했다.

'그것은 그 애가 애정을 가졌다는 증거지' 하면서.

홀연히 엘리자베스는 앞으로 걸어 나가서 정당한 권리인 양 누구보다도 앞서 버스를 탔다. 그는 위층에 자리를 잡았다. 이 성급한 동물 — 해적선은 움직이기 시작하더니 나는 듯 달려갔다. 그는 쓰러지지 않으려고 난간을 붙잡아야 했다. 버스는 해적선인 양 우악스럽게, 무지럽게, 용서 없이 덤벼들고, 위태위태하게 남을 앞지르고, 대담하게 승객을 잡아들이는가 하면, 승객을 무시하고 뱀장어처럼 꿈틀거리면서 거만하게 수많은 차 사이로 달려갔다. 그 해적선은 돛을 잔뜩 부풀리고, 뽐내고, 화이트홀 쪽으로 달려갔다. 이때 엘리자베스는 자기를 빈틈없이 사랑하고, 들의 사슴과도 같이 — 또는 숲 사이에 비치는 달과도 같이 여겨주는 킬먼 양을 조금이라도 생각했을까? 그는 자유롭게 된 것이 무한히 기뻤다. 신선한 공기가 다시없이 향기로웠다. 육해군백화점 안은 아주 숨이 막힐 것 같았다. 그런데 지금은 화이트홀을 향해 말을 타고 달리는 듯한 기분이었다. 버스가 흔들릴 적마다 노르스름한 갈색 코트에 싸인 아름다운 그의 육체는 기수(騎手)처럼, 또는 배의 선수에 달린 조각상처럼 뛰놀았다. 산들바람이 가볍게 그의 머리를 흩날렸다. 더위 때문에 그의 볼은 흰 칠을 한 나무같이 창백해 보였다. 아름다운 눈은 아무의 눈과도 마주치지 않고, 앞을 바로 바라보았다. 표정 없이 빛나는 그 눈은 조각상의 그것처럼 믿기 어려우리 만큼 순진하게 앞을 뚫어보았다.

'킬먼 양이 사귀기 몹시 까다로운 것은 언제나 자기가 괴롭다는 이야기만 하기 때문이야. 그렇지만 그래야 옳을까? 위원회에 매일같이 나가서 몇 시간씩 허비하는 것이 가난한 사람들에게 도움이 된다면 우리 아버지도 그런 일쯤은 하고 계셔(런던으로 이사온 뒤로는 통 아버지를 볼 수가 없다)— 그런 것이 킬먼 양이 말하는 기독교도라면. 그렇지만 말로 하기엔 참 힘들어. 아이 난 좀 더 멀리 가고 싶어. 1페니 더 내면 스트랜드까지 갈 수 있다고? 자, 여기 1페니 있어요. 난 스트랜드까지 가볼 테야.

난 앓고 있는 사람이 좋아. 킬먼 양은 모든 직업의 길이 우리 세대 여자들에게 열려 있다고 했어. 그러니까 나는 의사가 될 수도 있는 거야. 농업가도 좋아. 가축들도 병이 잘 나니까. 천 에이커의 땅을 가지면 사람을 많이 부릴 수도 있어. 그럼 그 사람들 집을 찾아가봐야지. 이제 서머셋하우스군. 난 아주 능란한 농업가가 될 수 있을 거야— 이런 생각은 킬먼 양 말에서 나온 거지만, 웬일인지 순전히 저 서머셋하우스를 보고 그런 생각이 난 것만 같아. 저 커다란 회색 건물은 화려하고도 정중해 보여. 부지런히 일하는 사람들의 인상도 좋아. 이 교회는 스트랜드 거리를 밀려가는 사람들의 물결을 거슬러 서 있는, 회색 색종이로 만든 집 같군. 이 근방은 웨스트민스터하곤 아주 다른데.'

그는 챈서리 레인에서 내려서면서 생각했다.

'이 근방은 사람들도 아주 진실하고 부지런해 보인다. 요컨대 난 직업을 갖고 싶어. 의사라도 좋고 농업가라도 좋으니까 되고 싶어. 필요하다면 의회에라도 들어갈 테야. 이렇게 느끼는 것도 스트랜드란 거리가 있기 때문이지.

허다한 볼일로 바삐 다니는 사람들의 발길, 돌을 하나하나 집어다 기초를 쌓는 손들, 쓸데없는 잡담이 아니고(여자를 포플러나무에 비기는 것— 그야 물론 재미있겠지만 참 실없는 일이야) 선박이랑 사업이랑 법률이랑 행정이랑 하는 일들을 생각하고, 아주 장엄하게(그는 템플 구역에 왔었다) 쾌활하게(강이 흐르고 있다) 경건하게(여긴 교회가 있다) 항상 일에 몰두하는 사람들의 모습은, 어머니가 뭐라고 하시건, 농업가나 의사가 되려는 나의 결심을 굳게 해준다. 그렇지만 난 게으름뱅이야.

이런 이야기는 일체 안 하는 게 좋겠지. 실없는 소리로 들릴 테니까. 혼자 있으면 이따금 이런 생각이 나는 건가봐— 건축가의 이름이 새겨져 있지 않은 빌딩, 상업구에서 돌아오는 사람들 편이 켄징턴에 있는 한낱 목사나 킬먼 양이 빌려준 어떤 책보다 훨씬 세차게 마음속 모래 바닥에 꾸벅꾸벅 졸면서, 거북스럽게, 수줍어 누워 있는 무엇을 흔들어 일으켜주고, 아이가 두 팔을 쭉 뻗듯이 그 무엇으로 하여금 표면을 깨뜨리는 힘을 갖게 해준다. 아마 그건 이런 것일지도 몰라. 한숨이나 뻗은 팔, 충돌, 계시 같은 것은 인상만을 영원히 남기고, 다시 밑의 모래 바닥으로 가라앉아버리는 것인지도 몰라. 집에 가야겠네. 야회에 나갈 옷을 입어야지. 그런데 몇 시일까?— 시계가 어디 있나?'

엘리자베스는 플리트 가를 쭉 훑어보았다. 그는 세인트 폴 사원 쪽으로 조금 걸어갔다. 겁이 나는 듯이— 마치 밤에 촛불을 켜고 낯선 집에 들어가, 발끝으로 가만가만 걸어다니다가 주인이 침실 문을 덜컥 열어젖히면서 여기 무엇하러 왔느냐고 물을까 겁이 나는 것 같았다. 또 그 낯선 집에서는 침실 문인지, 거처방 문인지, 아니면 식량 저장실로 통하는 문인지 모를 문이 열려 있어도, 차마 들어가지 못하는 듯이 그도 괴상한 샛길이나 호기심이 끌리는 골목길로는 들러보려고 하지 않았다.

'댈러웨이 가(家)에서는 매일 스트랜드를 지나가는 이가 아무도 없으니까 나는 선구자야. 길을 잃고도 모험이 재미나고 의심조차 하지 않는 애와 같아.'

여러 가지 점에서 클라리사는 엘리자베스가 퍽 미숙하고 아직 인형이나 낡아빠진 슬리퍼에 애착을 갖는 아기라고 생각했다. 또 그것이 오히려 그의 매력이라고도 생각했다.

그야말로 댈러웨이의 가문은 사회 봉사의 전통을 가지고 있었다. 수녀원 원장, 대학생, 또는 여학생 과장, 교장을 지낸 이도 있고, 또 부인들 사회에서 여러 가지 높은 지위를 가진 이들도 있었다— 그 어느 것도 그리 대단한 것은 아니지만— 엘리자베스는 세인트 폴 사원을 향해서 조금 더 가까이 갔다. 이 소요 속에 있는 따뜻함, 자매와 같은, 어머니와 같은, 또는 형제와 같은 정다움이 그의 마음에 들었다. 그것이 좋아 보였다. 소음은 몹시 요란했다. 홀연히 나팔 소리가(실업자들이다) 그 소음 속에서 크게 울려 나왔다. 군악 소리였다. 누가 행진이나 하고 있는 것 같은 소리였다. 그러는 중에도 죽어가는 사람이 있다면— 어떤 여자가 마지막 숨을 내쉬고 간병인이(그것이 누구이든 간에) 죽음이라고 하는 최대의 위엄을 갖춘 행위가 방금 이루어진 방에서 창문을 열고 플리트 가를 내려다본다면 저 소란한 소리, 군악의 소리는 위로하는 듯 또는 무정하게, 또는 의기양양하게 그의 귓전에 울렸을 것이다.

그 소리에는 의식(意識)이 없었다. 그 소리에는 인간의 미래나 운명의 의식이 없었다. 그렇기 때문에 눈이 침침해지도록 죽어가는 사람 얼굴에 떠오르는 의식의 마지막 전율을 바라보고 있었던 사람들에게는 위로가 될 수도 있었다.

인간의 망각성(忘却性)은 상처를 주고, 인간의 망은(忘恩)은 마음을 부식시킨다. 그러나 1년 내내 끊임없이 퍼붓는 이 소리는 잡히는 대로, 그것이 맹세건 짐차건 생명이건 무엇이건 간에 다 휘몰아간다. 이 행렬은 이런 것들을 모두 몸에 감듯 휘감고, 마치 빙하의 무지스러운 흐름 속의 얼음덩어리가 뼈다귀건 퍼런 꽃이건 떡갈나무건 간에 몰아쳐 떠내려 보내는 것 같았다.

그러나 시간이 생각보다 늦었다.

'어머니는 내가 혼자 이렇게 다니는 걸 좋아하시지 않겠지.'

엘리자베스는 스트랜드로 되돌아갔다.

휘몰아치는 바람이(더운데도 바람이 꽤 있었다) 얇은 검은 망사가 되어 해를 가리고 스트랜드의 거리로 불어 내려갔다. 사람들의 얼굴이 침침해지고, 버스도 갑자기 광채를 잃었다. 구름은 거대한 빙산처럼 솟아올라 도끼로 캐면 단단한 얼음 조각이라도 떨어져 나올 것 같았다. 비탈진 널찍한 금빛 구름은 잔디를 깐 천국의 동산과도 같았고, 언뜻 보기에 하늘에 계신 제신(諸神)의 모임을 위해서 지은 안주(安住)의 집 같기도 했다. 구름들은 쉴새 없이 움직이고 있었다. 구름 사이로 암호가 오고갔다. 이미 정해놓은 계획대로 실현이나 하는 듯이 산봉우리 하나가 줄어드는가 하면 불변의 지위를 차지해오던 거대한 피라미드 모양이 복판으로 움직여 나아가 엄숙하게 군운(群雲)을 이끌고 새로이 정박할 곳으로 가기도 했다. 각자가 그 자리에 굳어버리고, 완전히 합의가 되어 정지한 듯 보이는, 눈결처럼 흰, 또는 금빛으로 불타는 구름의 표면처럼 신선하고 자유롭고 민감한 것은 또 없을 터였다. 구름은 변했다 사라졌다 장엄한 구름 덩어리를 흐트러뜨렸다 하는 것이 순간에 가능했다. 엄연히 고정되고, 층층이 쌓여, 굳고 단단한 듯이 보이는 구름은 때로 땅 위에 빛을 던지는가 하면, 때로는 그림자를 던졌다.

조용히 그러나 당당히 엘리자베스 댈러웨이는 웨스트민스터로 가는 버스를 탔다.

벽들을 회색으로 비췄다가는 바나나를 눈부신 노란색으로 비추고, 또 스트랜드 거리를 회색으로, 다시 버스를 노랗게 비춰내는 빛과 그림자가 방에서 긴 의자에 누운 셉티머스 워런 스미스에게는 마치 왔다 갔다 하면서 오라고 손짓하는 신호같이 보였다. 엷은 금빛이 생물 같은 놀라운 감수성을 갖고 장미꽃 위에, 또 벽지 위에 아롱지는 것을 그는 우두커니 바라보았다. 밖에서는 나무가 대기의 바다 속에 그물 치듯 잎을 펼쳤다. 물결 소리가 방 안에서도 들리고 새 소리가 그 물결 소리 사이로 들려오는 것 같았다. 모든 요정이 그의 머리 위에 보화를 퍼부었다. 그의 손은 긴 의자 위에 놓여 있었다. 손은 헤엄칠 때 물위에 떠 있듯이 이 긴 의자에 놓여 있었다. 먼 해안에서 개가 짖었다. 멀리서 짖고 있었다. 이제는 두려워하지 마라 하고 육체 안의 마음이 말했다.

'이제는 두려워 마라.'

'난 두려워하지 않는다.'

순간마다 벽에 부드럽게 아롱지는 저 금빛 무늬 같은 암시로 자연의 신은 자기의 뜻을 표현하려는 것이다 — 저기. 저기, 저기 — 자연은 새털 장식을 떨게 하는가 하면 머리카락을 흐트러뜨리고, 또한 망토 자락을 이리저리 흩날리면서, 아름답게 항상 아름답게 가까이 다가와, 동그랗게 모은 두 손 사이로 이젠 두려워 마라 하는 셰익스피어의 말, 자연신의 참뜻을 속삭여주는 듯싶었다.

루크레치아는 테이블 앞에 앉아 모자를 뜨면서 남편을 바라보았다. 남편이 웃고 있었다.

'그럼 저인 기분이 좋은가보다. 그렇지만 셉티머스가 웃는 것은 차마 보고 있을 수가 없어. 이것은 결혼이 아니야. 남편도 아니야. 저렇게 이상한 모양으로 깜짝깜짝 놀라기도 하고 깔깔 웃는가 하면 몇 시간이고 잠자코 앉아 있고, 내게 달려들어서 무엇을 적으라고 하는 게 어디 남편이냐. 테이블 서랍엔 그렇게 해서 적은 것이 가뜩 들어 있어. 셰익스피어니, 위대한 발견이니, 죽음이 없다거니 하는 데 대해서 쓴 것이. 저이는 요사이 공연히 갑자기 흥분을 해. (그런데, 홈즈 선생도 윌리엄 브래드쇼 경도 두 분 다 흥분하는 것이 제일 나쁘다고 하셨다.) 손을 휘젓고, 나는 진리를 안다고도 외치고. 자기가 모든 것을 알고 있다! 죽은 친구 에반스란 남자가 왔다고도 하고. 에반스가 휘장 뒤에서 노랠 한대. 저이가 말하는 대로 난 받아 써야 해. 어떤 말은 참 아름다운 것도 있어. 또 어떤 때는 아주 횡설수설이고. 그런데 저이는 언제나 말하다가 마음이 변해서 중간에 끊어버리고 말아. 무슨 말을 하려다가는 새로운 말이 들린다고 손을 쳐들고 귀를 기울이기도 해. 그렇지만 내게는 아무 소리도 안 들리는걸. 한번은 방을 청소하러 오는 처녀 아이가 이렇게 적어놓은 종이 쪽지를 읽고, 마냥 웃고 있는 것을 봤어. 그땐 정말 애처로웠지. 그 일로 해서 셉티머스는 인간의 잔인성에 그만 울부짖고 만 거야— 그 얼마나 서로가 서로를 갈기갈기 찢어 뜯느냐고. 홈즈 선생과 연관을 시켜서 공상을 하나봐. 죽을 먹고 있는 홈즈니 셰익스피어를 읽는 홈즈니 하고—혼자 큰 소리로 웃었다가는 화를 내기도 해. 아마 홈즈 선생이 무언지 몹시 무서운 것으로 보이나봐. 홈즈 선생을「인간성」이라고 부르고 있어. 그리고 여러 가지 환상도 보는가봐. 늘 자기가 물에 빠졌다는 소리를 해. 자기는 절벽 위에 누워 있고, 머리 위로 갈매기가 낄낄 울면서 지나간다고 하면서, 긴 의자 가에서 바다를 내다보는 시늉도 하고, 또 음악도 들리나봐. 실은 예인(藝人)이 치는 풍금 소리거나 아니면 누가 길거리에서 소리지르고 있는 것인데. 그런데도「좋은데」하고 볼에 눈물을 뚝뚝 흘리고 앉아 있는걸. 전쟁에 나가 용감히 싸운 셉티머스 같은 남자가 우는 것은 가슴이 아파서 차마 보고 있을 수가 없어. 그리고 가만히 드러누워서 귀를 기울이다가도 갑자기「떨어진다, 난 불 속에 떨어진다」고 고함을 지르기도 해. 나도 정말 어디 불이 있나 하고 돌아다보게 돼. 그만큼 그이의 표정은 절실해. 그렇지만 사실은 아무것도 없는걸. 방 안에는 우리뿐이고, 그것은 꿈이라고 기어이 달래주지만, 어떤 땐 나까지 겁이 나.'

앉아 바느질을 하면서 루크레치아는 한숨을 지었다.

그의 한숨에는 숲 바깥을 스치는 저녁 바람처럼 보드라운 매력이 있었다. 지금 가위를 놓는가 하면 금세 테이블에서 무엇을 집으려 몸을 돌리기도 했다. 몸을 이리저리 돌리고, 살랑살랑 똑딱똑딱하는 소리를 내는 동안에 루크레치아가 앉아서 바느질하는 상 위에는 무엇이 만들어져갔다. 셉티머스는 속눈썹 사이로 아내의 흐릿한 윤곽, 검은 옷을 입은 자그마한 몸, 얼굴, 손, 실패를 줍고 비단 헝겊을 찾으면서 (아내는 물건을 잃어버린다) 테이블을 향해 움직이는 모양을 보았다. 필머 부인의 출가한 딸에게 줄 모자를 만들고 있었다.

'그 딸 이름이— 아아 잊어버렸구나.'

"필머 부인의 출가한 딸 이름이 무어지?"

그는 물었다.

"피터스 부인이에요."

루크레치아가 대답했다. 그는 모자를 들어보고, 아무래도 작을 듯하다고 했다.

"피터스 부인은 커요. 그이가 별로 좋진 않지만 필머 부인이 우리에게 친절히 해주니까— 오늘 아침에도 포도를 주었어요—."

아내가 말했다.

"사례 표시라도 하고 싶어서 하는 거지요. 요전 날 저녁에 방에 들어와보니까 피터스 부인이 우리가 나간 줄 알고, 우리 유성기를 틀고 있잖아요."

"정말이야? 그 여자가 유성기를 틀고 있었어?"

남편이 물었다.

"그래요, 그때도 당신에게 말했지요. 피터스 부인이 유성기를 틀고 있는 걸 보았다고."

그는 가만히 눈을 뜨고 유성기가 정말 거기 있는가를 보았다.

'하지만 실재의 것— 실재의 것이란 너무도 자극이 세다. 조심해야겠다. 미치지 말아야지.'

그는 먼저 아래 선반에 있는 패션 잡지를 바라보고 서서히 녹색 나팔이 달린 유성기로 눈길을 옮겨갔다. 이처럼 엄연한 사실은 또 없었다. 그래서 용기를 가다듬고, 그는 그릇장을 보았다. 바나나를 담은 접시니, 빅토리아 여왕과 그 남편 앨버트 전하의 판화니, 장미가 꽂힌 화병이 놓인 맨틀피스를 보았다. 이것들은 하나도 움직이지 않았다. 모두가 멈춰 있었고, 모두가 실재하는 것이었다.

"그 여자는 입이 험해요."

루크레치아가 말했다.

"남편은 무얼 하나?"

셉티머스가 물었다.

"남편은" 하면서 루크레치아는 기억을 더듬었다.

'필머 부인이 딸의 남편은 무슨 회사 외판원이기 때문에 이리저리 다닌다고 한 것 같아'라고 생각하면서 아내는 "그가 지금은 헐에 있대요"라고 말했다.

'지금은! 이것은 이탈리아 사람의 말투다. 루크레치아가 한 말이다.'

그는 눈을 가리고 아내 얼굴의 일부만을 보이게 했다. 처음엔 턱, 그 다음에 코, 그 다음에 이마. 얼굴이 일그러지지나 않았나, 무서운 흉터가 있지나 않을까 해서였다. 그렇지만 괜찮았다. 아내는 천연스럽게 거기서 바느질하고 있었다.

'여자가 바느질을 하면 저렇게 입술을 오므려 침착하고 우울하게 보인다. 그러나 조금도 무서운 데는 없다.'

두 번 세 번 아내의 얼굴이며 손을 다시 보고 그는 스스로를 납득시켰다.

'대낮에 아내가 앉아서 바느질하고 있는 게 어디가 무섭고 두려운가? 피터스 부인은 입이 험하다. 남편은 헐에 있단다. 그런데 어째서 격분을 하고, 예언을 하는 거냐? 매를 맞고 쫓겨서 도망칠 게 어디 있나? 구름을 보고 떨고 울 것도 없지 않나? 루크레치아가 옷가슴에 핀을 꽂고 앉아 있고 피터스 씨가 헐에 있는데 진리를 갈구하고 계시를 전할 까닭이 어디 있나? 기적도, 계시도, 고민도, 고독도, 바다 속으로 깊이깊이 떨어져가서 불꽃 속에 빠져 타버리고 말았다. 루크레치아가 피터스 부인의 밀짚 모자에 장식을 다는 것을 보고 있는 동안에도 담요의 꽃무늬가 올바로 보이지 않나.'

"피터스 부인한테는 너무 작아."

셉티머스가 말했다.

'며칠 만에 처음으로 저이가 옛날처럼 이야기하고 있어.'

"그럼요 — 너무 작아요."

아내는 말했다.

"그렇지만 피터스 부인이 이게 좋다고 한걸요."

그는 아내의 손에서 모자를 집었다.

"풍금쟁이가 끌고 다니는 원숭이 모자 같군."

그가 말했다.

그 말이 아내에겐 얼마나 반가웠을까!

'벌써 몇 주일 동안 이렇게 둘이서 부부답게 몰래 남의 일에 웃어

본 일이 없었어. 필머 부인이건, 피터스 부인이건 누구건 간에 여기 들어와 보면 우리가 왜 웃고 있는지 알지 못할 거야.'

"이거 보세요."

아내는 말하면서 모자 옆에다 장미꽃을 핀으로 꽂았다.

'아아 이렇게 행복스러웠던 일이 또 있을까! 생전 처음이야!'

그러면 더 우습다고 셉티머스가 말했다.

"안된 말이지만 그 여자가 그걸 쓰면 공진회(共進會)에 나온 돼지처럼 보일 거야."

(셉티머스처럼 날 웃기는 이는 없어.)

"당신 바느질 상자엔 무엇이 들었어?"

"리본이니, 구슬, 솔, 조화가 들어 있어요."

아내는 테이블 위에다 그것들을 다 쏟아놓았다. 남편은 여러 가지 색을 합치기 시작했다.

'손재주도 없고 보자기를 쌀 줄도 모르지만 이이는 아주 안목이 높아서 감식을 곧잘 할 때가 많아. 물론 때론 망령도 부리지만 어떤 때는 아주 좋은 배색을 해내기도 하거든.'

"예쁜 모자를 만들어줄게!"

셉티머스는 이것저것 집으면서 중얼거렸다. 루크레치아는 그 곁에 무릎을 꿇고 어깨 너머로 들여다보았다.

"자, 다 됐어 — 디자인이 말이야. 당신이 이걸 한데 꿰매줘. 그런데 아주 조심해서 내가 한 대로 붙여야 해."

셉티머스가 말했다.

아내는 그것을 꿰맸다.

'아내가 바느질할 적엔 화롯가에서 주전자 끓는 소리가 난다. 부글부글 바글바글하면서. 노상 바쁘게, 힘있는 조그맣고 뾰족한 손끝으로 헝겊을 잡고 바늘을 꼭 찌르면 바늘이 똑바로 반짝 하면서 들어간다. 햇빛이 술과 벽지 위에 들었다 나갔다 하겠지만 좀 기다려보자.'

그는 생각했다. 소파 저쪽 끝으로 발을 뻗고, 뻗은 발에 신은 줄친 양말을 바라보면서.

'따뜻한 자리, 이 고요한 공기에 싸인 아늑한 자리에서 기다려보자. 저녁때, 숲가로 가면 땅이 패이고, 또는 나무가 알맞게 우거져서 (우리는 과학적이어야 해, 과학적이라야) 따뜻한 기운이 감돌고 공기가 새깃처럼 볼을 스치는 이와 비슷한 데가 왜 더러 있지.'

"자, 됐어요."

루크레치아는 말하면서 피터스 부인의 모자를 손가락 끝으로 뱅뱅 돌렸다.

"우선 이걸로 됐어. 나중에—."

아내의 말이 잘 안 잠긴 수도꼭지에서 흐르는 물방울처럼 뚝뚝 흘러서 사라졌다.

"이거 참 잘됐어요. 이렇게 뽐낼 수 있을 만큼 잘된 건 처음이에요. 이건 정말 튼튼하고 실속이 있어요. 피터스 부인의 모자 말이에요."

"어디 좀 봐."

그는 말했다.

'옳지. 난 이 모자를 볼 적마다 행복할 거야. 이걸 만들었을 때 그이가 정신이 바로 들었으니까. 그때 그이가 웃었다, 우리끼리였다 하고 생각이 나겠지. 나 이 모자를 언제까지나 좋아할 거야.'

"어디 좀 써 봐."

남편이 말했다.

"그렇지만 참 이상해 보일 거예요."

아내는 외치며 거울로 뛰어가 이리저리 비춰보았다. 그때 문을 똑똑 두드리는 소리가 나서 그는 얼른 모자를 벗었다.

'윌리엄 브래드쇼 경일까? 벌써 오라고 사람을 보내왔을까!'

아니다! 조그만 계집아이가 신문을 가지고 온 것이었다.

그저 늘상 있는 일이 일어난 것이었다. 두 사람의 생활에서 매일 저녁 일어나는 일이. 그 애는 문간에서 엄지손가락을 빨고 있었다. 루크레치아는 그 애 앞에 무릎을 꿇었다. 어르는 소리를 하면서 입을 맞춰주었다. 책상 서랍에서 과자 봉지를 꺼냈다. 언제나 그랬다. 먼저 이렇게 하고 그 다음에 저렇게 하고, 하나씩 하나씩 순서를 밟곤 했다. 먼저 이것을 다음엔 저것을 하고. 춤을 추며 깡충깡충 뛰면서 아이와 루크레치아는 방 안을 뱅뱅 돌았다. 셉티머스는 신문을 들었다.

"서리 주(州)의 팀이 전부 아웃이 되고" 하면서 그는 읽었다.

"열파 내습(熱波來襲)."

루크레치아는 "서리 주의 팀이 전부 아웃, 열파 내습" 하고 되풀이했다. 열파 내습 하는 말을 필머 부인의 손녀딸과 하는 유희의 일

부처럼 되풀이하고 두 사람은 웃으며 노래하며 놀았다. 셉티머스는 무척 피곤했다. 마음이 흐뭇했다. 자고 싶었다. 그는 눈을 스르르 감았다. 눈에 아무것도 안 보이게 되자, 유희 소리가 멀어지고 이상하게 들리더니 무엇을 찾으려다 못 찾고 점점 멀어져가는 사람들의 말소리처럼 들려왔다.

'난 또 길을 잃어버렸군?'

그는 겁결에 뛰어 일어났다.

'눈에 무엇이 보인단 말인가? 그릇장 위엔 바나나 접시가 있다.'

방에는 아무도 없었다. (루크레치아는 그 애를 엄마한테 데려다주러 나갔다. 잘 시간이 됐으니까.)

'그렇다, 영원히 고독. 이것이 밀라노에 있는 그 방에 들어가서 여자들이 모자 본을 가위로 오리는 것을 보았을 적에 내게 선언된 숙명이다. 영원히 고독이란 숙명.

그릇장과 바나나와 나는 고독하다. 이 음산한 고지(高地)에 몸을 펴고 노출된 채 나는 고독하다 — 그러나 산등성이는 아니다. 뾰족한 바위 꼭대기도 아니다. 필머 부인네집 거처방 소파 위다. 죽은 자의 환상, 얼굴, 목소리, 그건 다 어디 가버렸나? 눈앞에 검은 갈대와 파란 제비를 그린 칸막이가 있다. 한때 산이 보이던 곳에, 얼굴이 보이던 곳에, 미(美)가 보이던 곳에 칸막이가 있다.'

"에반스!"

그는 외쳤다. 아무 대답도 없었다.

'생쥐가 운다. 그렇지 않으면 문장이 스치는 소릴까. 저건 죽은 자의 목소리다. 칸막이, 석탄 그릇, 식기장 다 그대로 있다. 그럼 칸막이, 석탄 그릇, 식기장과 맞서보자—.'

그러나 그때 루크레치아가 재잘거리면서 방으로 뛰어들어왔다.

"편지가 왔대요. 모든 사람의 계획이 틀어졌어요. 필머 부인은 결국 브라이튼에 못 가게 되나 봅니다. 윌리엄스 부인에게 알릴 시간도 없고. 참 야단났지요."

그때 모자가 루크레치아의 눈에 띄었다.

'……옳지…… 저 모자를 조금 더 이렇게……' 하고 생각하는 동안에 루크레치아의 음성은 만족스러운 억양 속에 사라졌다.

"제길!"

루크레치아는 외쳤다. (이렇게 욕하는 것이 셉티머스 내외 간에는 농담이 되어 있었다.) 바늘이 부러졌던 것이다. 모자, 어린애, 브라이튼, 바늘 하고 루크레치아는 하나하나 쌓아 올렸다. 처음엔 이것, 다음엔 저것 하고 바느질하면서 생각을 쌓아 올렸다.

그는 조화 장미를 떼어버리면 모자가 더 나아 보일지 남편의 말을 들어보고 싶었다. 그래서 루크레치아는 소파 끝에 앉았다.

"우린 지금 정말 행복해요."

모자를 내려놓으면서 여자가 갑자기 말했다. 이제는 남편에게 아무 말이건 할 수 있을 것 같았다. 무슨 말이건 머리에 떠오르는 대로 할 수 있을 것 같았다. 셉티머스가 영국인 친구들하고 카페에 들어왔을 그때에 루크레치아가 받은 첫인상도 그러했다.

'이이는 들어올 적에 좀 열없는 듯이 사방을 둘러보았지. 그리고 모자를 걸었는데 떨어져버렸어. 그래, 생각이 난다. 영국 사람인 줄을 금세 알았어. 언니가 늘 찬미하던 몸집이 큼직한 영국 사람의 타입은 아니지만. 이이는 늘 호리호리하니까. 그렇지만 혈색이 생생하고 맑았어. 코가 큼직하고, 눈이 빛나고, 등을 좀 구부정하게 앉는 모습이 이이보고도 늘 말했지만 젊은 매를 연상케 하는 데가 있었어. 처음 이이를 만난 날 저녁 우리는 도미노를 하고 있었지. 그 자리에 이이가 들어온 거야— 젊은 매처럼. 그래도 내게는 늘 친절하게 대해주었어. 이이가 행패를 부리거나 술에 취한 것은 한 번도 본 일이 없어. 이따금 이번 무서운 전쟁 때문에 괴로워하는 일이 있을 뿐이지. 그런 때도 내가 들어오면 그런 생각을 다 잊어버리는 것 같았어. 나는 무슨 말이건, 세상의 아무런 일이건, 일하는 데의 사소한 근심이나 생각이 나는 것은 무엇이건 간에 이이에게 다 이야기했지. 그러면 이이는 곧 알아주었어. 집안 식구들도 그럴 수는 없을 거야. 이이는 나보다 나이도 많고, 머리도 좋다— 참 진실한 사람이야. 내가 영어로 동화도 제대로 못 읽을 때에 셰익스피어를 읽어보라고 했지!— 나보다 경험도 많아서 날 도와주기도 했어. 나도 이이를 도와줄 수가 있었고!

'그렇지만 이 모자는 어쩌나. (시간이 자꾸 지난다.) 윌리엄 브래드쇼 경은 어떡하고.'

루크레치아는 두 손으로 머리를 누르면서 이 모자가 좋은지 어떤지 남편이 말해주기를 기다렸다. 그렇게 숙여 보이면서 기다리고 앉아 있는 아내의 모습에서, 셉티머스는 이 가지에서 저 가지로 건너가며 정확하게 앉을 자리를 잡으려는 새 같은 아내의 마음을 느낄 수가 있었다. 아내가 맥을 놓고 그렇게 편하게 긴장이 풀린 자세로 앉아 있는 것을 보면 능히 그 마음을 알 수가 있었다. 그가 말을 하면 아내는 금세 생긋이 웃었다. 새가 발가락으로 가지를 든든히 쥐고 앉을 때 모양으로.

그러나 그는 브래드쇼가 "앓고 있을 때 정든 사람과 같이 있으면 좋지 않습니다"라고 한 말이 새삼스러웠다.

'브래드쇼는 안정하는 법을 배워야 한다고 했다. 우리가 별거를 해야 한다고 했다.'

"해야 한다, 해야 한다, 왜 해야 하나? 브래드쇼가 내게 무슨 권리가 있단 말인가? 내게 '해야 한다'고 할 무슨 권리가 있단 말인가?"

그는 물었다.

"당신이 자살하겠단 말을 하니까 그런 거예요."

루크레치아가 말했다. (다행히 그 여자는 지금 셉티머스에게 무슨 말이든지 할 수 있다.)

'그래 내가 그놈들 손아귀에 쥐였단 말이구나! 홈즈나 브래드쇼가 내게 덤벼드는구나! 코가 새빨간 짐승 같은 놈이 비밀의 장소마다 코를 들이대고 있다. 「해야 한다」고 하고 있다.'

"내 서류는, 내가 쓴 서류는 어디 있어?"

루크레치아는 남편의 서류, 남편이 쓴 것, 자기가 남편을 위해서 쓴 것을 내왔다. 그것을 소파에 던졌다. 두 사람은 같이 그 뭉치를 바라보았다. 도표, 도안, 무기 대신에 작대기를 휘두르는 자그마한 남자와 여자, 등에는 날개가 — 날갤까? — 돋아 있었다. 실링 은전이나 6펜스 은전을 대고 그린 여러 개의 원 — 태양과 별, 등산객들이 서로 몸뚱이를 밧줄로 동여매고 기어오르는 나이프나 포크 모양의 톱날 같은 절벽, 꼭 물결처럼 보이는 작은 얼굴들이 내다보고 있는 바다의 풍경화, 그리고 세계 지도들이 있었다.

"태워버려!"

그는 외쳤다. 이번에는 그가 쓴 글들이 나왔다. 철쭉 덤불 그늘에서 노래하는 사자(死者)들, 시간에 대한 송가(頌歌), 셰익스피어와 나눈 대화, 에반스, 에반스, 에반스 — 죽음의 나라에서 보내오는 에반스의 계시들이었다.

"나무를 베지 — 말아라, 국무총리에게 전하라" 하는 계시, 우주적인 사랑, 세상의 뜻에 관한 시들이었다.

"태워버려!"

그는 외쳤다.

그러나 루크레치아는 서류를 손으로 눌렀다. 그중에 아주 뛰어난 것이 있다고 생각했기 때문이다.

"비단 오라기로 (봉투가 없으니까) 이것을 묶어놓아야지."

그리고 말했다.

"사람들이 당신을 데리고 가더라도 난 따라갈 테예요. 우리의 의사를 무시하고 우리를 떼어놓을 수는 없어요."

아내는 별로 보지도 않고 서류의 가장자리를 가지런히 정리한 다음에 그 뭉치를 묶었다. 옆에 바싹 다가앉은 루크레치아가 꽃잎에

겹겹이 싸인 것 같다고 셉티머스는 생각했다.

'아내는 꽃피는 나무다. 어떠한 자도 두려워하지 않고 성소에 다다른 아내가 엄숙한 얼굴로 저기서 나뭇가지 사이로 내다보고 있다. 홈즈도 브래드쇼도 두려워하지 않는, 최후의 그리고 최대의 기적이다. 승리다.'

비틀거리면서 무서운 층계를 올라가는 아내를 그는 보았다. 홈즈와 브래드쇼를 업고 가는 아내를.

'저들은 체중이 168파운드 이하로 내려간 일도 없고, 아내를 궁전에 배알하러 보내고 연 몇만 파운드를 벌어들이고, 균형의 정신을 설득시키는 자다. 의견도 제각기 다르다. (홈즈는 이렇다고 하고, 브래드쇼는 저렇다고 하니까 말이다.) 그래도 둘이 다 재판관 나리시다. 저들은 환상과 그릇장을 혼동하고, 아무것도 똑똑히 볼 수도 없으면서 남을 지배하고 벌을 주려 드는 자다. 이런 자들에게 루크레치아는 승리한 것이다.'

"자, 서류는 다 묶었어요. 아무도 여기엔 손을 못 대요. 어디다 치워놓아야지."

그러고 나서 루크레치아는 무슨 일이 있어도 우리를 떼어놓을 수는 없다고 했다. 남편 곁에 앉아서 그를 매라고 또는 까마귀라고 불렀다. 이런 새들은 심술이 사나워서 곡식을 망가뜨리는 것이 당신하고 꼭 같다고 했다.

"무슨 일이 있어도 우리를 떼어놓을 수는 없어요."

그런 다음 루크레치아는 일어나 짐을 꾸리러 침실로 갔다. 그때 아래층에서 말소리가 들려왔다. 홈즈 선생이 왔나보다 하고, 루크레치아는 그를 올라오지 못하게 하려고 뛰어내려갔다.

층계에서 아내가 홈즈와 이야기하는 소리가 셉티머스에게 들려왔다.

"이것 보세요, 나는 그저 친구로서 온 것입니다."

홈즈가 말하고 있었다.

"안 돼요. 그이는 만나지 못하십니다."

아내의 말이었다.

아내가 암탉처럼 날개를 펴서 못 들어오게 길을 막고 있는 모습이 눈에 선했다. 그러나 홈즈는 고집을 부렸다.

"부인, 제발……."

홈즈는 그 여자를 한 옆으로 밀었다. (홈즈는 힘이 넘치는 사나이였다.)

'홈즈가 올라오고 있다. 홈즈가 문을 활짝 열어젖히리라. 「자네 겁이 나나?」 그럴 게다. 홈즈가 날 붙잡는다. 아니야, 홈즈 따위나 브래드쇼 따위에 잡힐 게 어디 있나.'

비틀비틀 일어나서 한 발씩 깡충깡충 뛰면서 그는 손잡이에 빵이라고 새겨진 필머 부인의 깨끗한 빵칼을 생각해보았다.

'아아 그렇지만 그 칼을 망쳐서는 안 되지. 가스는? 하지만 지금은 시간이 없다. 홈즈가 오고 있다. 면도칼은 가진 게 있는 것도 같은데 루크레치아가 늘 하듯 종이에 싸서 어디로 넣어버렸다. 남은 건 창밖에 없다. 커다란 블룸즈버리 하숙집의 유리창, 이 창문을 열고 뛰어내리는 것은 귀찮고 성가시기도 하려니와 값싼 연극 같은 방법이다. 보통 세상 사람들은 그런 것을 비극이라고 하겠지만 나나 루크레치아에게는 맞지 않는다. (루크레치아는 내 편이니까.) 홈즈나 브래드쇼는 이런 일을 좋아한다. (그는 창 문턱에 걸터앉았다.) 그렇지만 최후의 최후까지 기다려보자. 난 죽고 싶지 않다. 인생은 즐겁다. 태양은 쨍쨍하다. 다만 인간만이!'

맞은편 계단을 내려오다가 어떤 노인이 발을 멈추고 그를 뚫어지게 쳐다보았다. 홈즈가 문간까지 온 게다.

"옛다 봐라!"

소리치고 그는 힘껏 아래 있는 필머 부인의 집 철책에다 몸을 던졌다.

"저런 못난이!"

홈즈 선생은 문을 열어젖히면서 외쳤다. 루크레치아는 창가로 뛰어갔다. 눈으로 보고 알았다. 홈즈 선생과 필머 부인은 서로 맞부딪쳤다. 필머 부인은 앞치마 자락을 펄럭거리면서 침실에 있는 루크레치아의 눈을 가려주었다. 사람들이 한참 계단을 오르내렸다. 홈즈 선생이 들어왔다. 선생은 백지장 같은 얼굴로 와들와들 떨면서 손에는 물그릇을 들고 있었다. 정신을 차리고 무얼 좀 마셔야 한다고 의사가 루크레치아에게 말했다. (이게 무얼까? 무언지 달콤해.)

"주인께선 몹시 다치셔서 의식을 회복하기 어려우시겠습니다. 보셔선 안 됩니다. 될 수 있는 대로 기운을 차리십시오. 검시(檢屍)에 입회를 하게 되실 테니까요. 젊은 양반이 안됐습니다. 누가 이럴 줄 알았어야지요? 갑작스러운 충동이라서 아무도 나무랄 수는 없습니다. (그는 필머 부인보고 말했다.) 무엇 때문에 그런 짓을 했는지 도대체 알 수가 없군요."

홈즈 선생은 말했다.

달콤한 물을 마시니까 루크레치아는 프랑스 창을 열고 어느 정원에 내려가는 것 같은 기분이었다.

'그러나 여기가 어딜까? 시계가 치네. 한 시, 두 시, 세 시. 저 소리는 어쩌면 저렇게도 뚜렷할까? 이런 쿵쿵 하는 소리나 수군거리는 소리에다 대면. 꼭 셉티머스같이 뚜렷해.'

루크레치아는 잠이 들려고 했다. 그러나 시계 소리가 뒤이어 났다. 네 시, 다섯 시, 여섯 시. 앞치마 자락을 펄럭거리는 필머 부인은 (사람들이 시체를 이리 들여오진 않겠지요?) 그 정원의 일부같이 보였다. 깃발 같기도 했다. 그가 베네치아의 아주머니네 집에 있었을 때 돛대 위에서 날리는 깃발을 본 일이 있었다. 전쟁에서 죽은 이들을 그렇게 깃발로 맞이했다. 그런데 셉티머스는 무사히 전쟁에서 돌아왔다. 루크레치아의 추억은 대부분이 즐거운 것이었다.

'난 모자를 쓰고 옥수수 밭을 뛰어갔어 — 그게 어디였나? — 언덕을 향해서. 어딘지 바닥에 가까이 간 것 같았지. 배니, 갈매기니, 나비들이 있었으니까. 우리는 절벽 위에 앉아 있었어.'

런던서 살 적에도 그들은 거기 앉아 있는 거나 같았다. 침실 문을 통해서 내리는 비, 속삭이는 말소리, 메마른 옥수수, 밭에 바람이 휘몰아치는 소리, 바다의 부드러운 물결 소리가 비몽사몽간에 들려왔다. 물결 소리는 둥그렇게 패인 조개 껍질 안에서 반향하듯 또는 속삭이듯 그의 귀에 울렸다. 루크레치아는 무덤 위에 뿌려진 꽃인 양 바닷가에 힘없이 누워 있는 것 같은 자신을 의식했다.

"그인 죽었어요."

루크레치아는 성실해 보이는 푸른 눈으로 방문을 쳐다보면서 거기 서 있는 초라한 부인네를 보고 웃어보였다. (사람들이 시체를 이리 들여오진 않겠지요?)

"원 별소릴, 그럴 리가 있어요?"

필머 부인은 말했다.

'아니야, 설마! 지금 시체를 들고 나가는 중인데, 이 젊은 아내에게 알려주지 않아도 좋을까, 내외는 한몸인데' 하고 필머 부인은 생각했다.

'그렇지만 의사의 말대로 해야겠지.'

"잠을 자게 하세요."

그 여자의 맥을 짚으면서 홈즈 선생은 일렀다. 창을 등진 의자에 앉은 커다란 몸집의 검은 윤곽을 루크레치아는 보고 있었다.

'그래 저게 홈즈 선생이군.'

문명의 승리의 하나라고 피터 월시는 생각했다. 병원 차에서 나는 요란한 종소리를 들으면서, 이것은 문명의 승리의 하나라고 생각했다. 민첩하게 솜씨 있게, 병원 차는 어떤 불쌍한 인간을 즉시로 친절하게 싣고 병원으로 달려가고 있었다.

'머리에 타박상을 입었거나 병으로 쓰러진 사람이겠지. 언제 우리도 같은 경우를 당할지 모르지만, 교차로에서 아까 차에 치인 사람이겠지. 문명이란 이런 거야. 동양에서 바로 돌아온 내게는 이런 것이 눈에 띄는구나— 런던의 능률, 조직, 상호부조의 정신이— 짐차도 자동차도 모두 자진해 병원 차를 지나가라고 비켜섰네— 좀 지나치다고 할까, 아니 오히려 감동시키는 데가 있지 않나. 희생자를 안고 싣고 가는 병원 차를 보고 사람들이 표하는 저 경의에 말이야.'

집으로 향해 바삐 가던 남자들은 병원 차가 지나가자 곧 출산할 임산부를 연상했다. 또 의사나 간호사가 따라가는 들것에 누운 것이 하마터면 자기들일 수도 있었다고 생각해보았다.

'아아, 그러나 의사나 시체를 상상하기만 하면 생각이 이상해지고 센티멘탈해져. 눈에 보이는 인상에 대한 산뜻한 쾌감이나 일종의 욕망이 그런 생각을 더는 하지 말라고 일러줘— 그것은 예술에도 해롭고 우정에도 해로운 것이라고. 옳은 말이야. 그렇지만.'

피터 월시는 병원 차가 길 모퉁이를 돌아설 적에 생각했다. 그 경쾌하고도 요란한 종소리는 옆 골목에서 들려오다가 차가 토트넘 코트 가로 멀어질 때까지 계속해서 울려왔다.

'— 그렇지만 이것은 고독의 특권이야. 혼자 있을 때엔 멋대로 할 수 있어. 남이 안 보면 울 수도 있고. 이것이 나의 파멸의 원인이었지— 인도에 체류하는 영국 사람 사회에서 내 감정이 약했다는 점이. 울 때 울지 못하고, 웃을 때 웃지 못한 것이 말이야. 나는 지금— .'

피터는 우체통 옆에 서서 생각했다.

'눈물에 허물어질 것 같은 느낌이야. 이유는 알 수 없어. 아마 어떤 미감에 감동되어서인지 모르지. 그리고 클라리사를 방문함으로써 시작된 오늘 하루의 무게가 더위와 강렬함으로 더욱 무거워지고, 뒤이은 인상의 한 방울 한 방울이 깊고 컴컴한, 아무도 모를 지하실 바닥에 괴어서 나를 피곤하게 한 것인지도 몰라. 인생에는 완전하고 침범할 수 없는 비밀이 있기에, 나는 인생이란, 구불구불한 골목이나 샛길에 가득 찬 미지의 놀라운 정원인 것처럼 느끼게 되었어. 사실 이런 순간은 숨이 막힐 것 같아. 대영 박물관 건너편의 우체통 옆에서 내게 찾아온 이 순간, 여러 가지 사물이 하나가 되는 이 순간은 숨이 막힐 것 같아. 이것은 병원 차와 생과 죽음이 합치는 순간이야.'

그는 어떤 감정의 급류에 휩쓸려 높다란 지붕까지 빨려 올라가고 몸뚱이만이 조개 껍질이 흩어진 해안처럼 무참히 남아 있는 것같이 느껴졌다.

'인도에 체류하는 영국인 사회에서 이런 점이 내 파멸의 원인이 된 거야— 이 감정에 예민한 점이. 클라리사는 한때 나와 어디선가 버스 2층에 탄 일이 있었지. 클라리사는 적어도 겉으로 보기에는 마음이 움직이기 쉬워서 절망에 잠겨 있는가 하면 금세 기분이 좋아지곤 했어. 그 시절에는 감수성이 넘쳐 흐르고, 같이 지내기에 다시없이 재미나는 친구였지. 클라리사는 버스 위에서 신기한 전경, 이름, 사람을 곧잘 찾아냈어. 우리는 런던을 잘 돌아다녔고, 캘리도너

가의 고물 시장에서 발견한 물건들을 주머니에 수북히 넣어가지고 돌아오기도 했어 — 그 시절의 클라리사는 이론으로 머리가 가득 차 있었어 — 둘이서 태산 같은 이론을 털어놓고 젊은이가 흔히 하듯 따지기를 잘했어. 이 이론은 우리가 가진 불만을 설명하자는 데서 오는 것이었지. 우리가 남을 알지 못하고, 남이 우리들 알아주지 않는다는 불만을 말이야. 어떻게 서로를 알 수가 있느냐는 것이었어. 사람은 매일 만나다가도 반년이고 1년이고 안 만나. 자기 외의 사람을 우리가 얼마나 모르고 지내고 있느냔 말이야. 그것이 불만이라고 하는 데에 우리는 동의했지. 그러나 클라리사는 샤프츠버리의 거리를 달리는 버스에 앉아서 자기는 모든 곳에 있는 것처럼 느껴진다고 했어.「여기나 여기가 아니고」하면서 클라리사는 좌석의 등을 두드리며「나는 모든 곳에 있는 것 같아요」, 샤프츠버리의 거리를 가면서 클라리사는 손을 휘저으면서「나는 저 모든 거예요. 그렇기 때문에 나를 알려면, 또 누구를 알려면 우리를 완성시켜준 사람들이나 장소들까지도 알아내야 하는 거예요」했지. 클라리사는 이야기를 건네보지도 않은 사람들, 거리를 다니는 여자를, 계산대 뒤에 앉은 남자 — 심지어는 나무나 광 같은 것에까지도 이상한 친근감을 가지고 있었어. 그래서 이런 인생과 죽음의 공포가 함께 되어, 결국 선험적인 이론을 갖게 된 것이지. 그래서 (그이의 회의주의에도 불구하고) 밖에서 볼 수 있는 우리의 부분인 육체는 눈에 안 보이는 부분과 비교하면 일시적인 것에 지나지 않는다는 사실을 클라리사가 믿게 되고, 또 믿는다는 말을 하게 된 거야. 클라리사는 우리의 안 보이는 부분이 널리 퍼져 육신이 죽은 다음에도 남아서, 어떤 형태로든지 이 사람 저 사람에게 부속되어 어떤 곳에서 방황할지도 모른다고 했어. 정말 그럴지도 모르지.

거의 30년이 되어오는 오랜 우리의 우정을 회고해보면 클라리사의 이론이 이렇게 내게 깊이 작용하는 걸 알 수가 있어. 내가 여행도 하고, 또 여러 가지 방해가 있었기 때문에(오늘 아침에도 내가 클라리사와 이야기를 시작하려고 하니까 망아지처럼 다리가 길고 예쁜 엘리자베스가 말없이 들어오지 않았나) 둘이 실제로 만난 것은 시간으로 보아 퍽 짧았고, 또 그 회합이 중단되거나 고통스러울 때도 많았지만 내 인생에 미친 영향은 헤아릴 수 없을 만큼 크지. 이것은 신비로운 일이기도 해. 둘이서 만나는 것, 그것은 하나의 날카롭고 뾰족하고 불쾌한 씨앗을 받는 것 같았어. 만나는 것이 무섭게 고통스러웠어. 그렇지 않을 적도 있었지만. 그러다가도 서로 떨어져 있는 동안에 당치 않은 곳에서 그 씨앗이 꽃으로 피어나서 향기를 풍기고, 몇 해 동안 잊어버렸던 꽃을 다시 만져보고, 맛보고, 사방을 둘러보며 모든 것을 새삼스레 느끼고 이해하게 해주었지. 이렇게 클라리사는 내 기억에서 살고 있어. 배에서나, 히말라야의 산중에서나 이상야릇한 것이 동기가 되어서 이런 기억이 되살아왔어. (관대하고 열광적인 바보 샐리 시튼은 이래서 파란 수국을 봤을 때 내 생각을 한 거야.) 클라리사만큼 내게 영향을 준 사람은 없을 거야. 언제나 이렇게 새침하고 얌전하고 날 비난하는 듯한 그의 모습이 떠오르는군. 나는 원치도 않는데. 어떤 때는 그 모습이 황홀하고 낭만적이고, 어떤 들판이나 영국의 이른 가을을 연상시키기도 하지. 런던서보다 시골에서 그의 모습이 더 잘 보여. 부어턴 시절의 장면 하나하나가 떠오르는군.'

피터는 호텔에 도착했다. 그는 빨간 의자와 긴 의자가 그득히 차 있고 뾰족뾰족한 잎들이 시들어가는 식물이 늘어선 홀을 건너갔다. 그는 못에 걸린 방 열쇠를 집었다. 젊은 여사무원이 편지 몇 장을 주었다. 피터는 위층으로 올라갔다.

'— 내가 클라리사와 제일 자주 만난 것은 그해 늦은 여름 부어턴에서였어. 그때 나는 남들이 하듯이 그 집에 1주일 또는 2주일까지도 머물렀지. 먼저 생각나는 것은 어떤 산꼭대기에서 클라리사가 겉옷 자락을 휘날리면서 손으로 머리를 움켜잡고 손가락질을 하면서 우리보고 외치던 일이야— 저 아래 세번 강이 보인다고. 또 어떤 숲속에서 아주 서툰 솜씨로 주전자의 물을 끓이던 일도 생각난다.

그때 연기가 굽이쳐 내려와 얼굴에 쐬던 일, 어떤 오막살이집 할머니더러 물 좀 달라고 했더니 그 할머니가 우리가 떠나가는 것을 문에까지 나와서 쳐다보던 일, 남들은 마차를 탔으나 우리는 언제나 걸어다니던 일이 떠올라. 클라리사는 타는 것을 좋아하지 않았어. 그때 기르던 개 말고는 동물도 통 싫어했어. 우리는 몇 마일이건 걸어다녔어. 클라리사는 이따금 방향을 확인하려고 걸음을 멈추면서 나를 이끌고 들판을 건너 집으로 돌아오곤 했지. 그러는 동안에도 토론을 하고, 시를 논하고 인간을 논하고 정치를 논했어. (클라리사는 그 시절에 급진 사상을 가지고 있었지.) 그때는 눈에 보이는 거라곤 아무것도 없고, 다만 이따금 클라리사가 경치나 나무에 감탄하면서 나에게도 좀 보라고 하는 것뿐이었어. 그러곤 또다시 걸어서 아주머니에게 드릴 꽃을 쥔 채 그가 앞장을 서서 그루터기만 남은 밭을 지나갔지. 그는 몸이 허약한데도 피곤한 줄 모르고 어둑어둑해질 무렵에야 겨우 부어턴에 돌아갔어. 그리고 저녁을 먹은 후 브라이트코프 할아버지가 피아노 뚜껑을 열고 나지도 않는 소리로 노래를 하면 우리들은 안락의자에 깊숙이 앉아 웃음을 참느라고 무진 애를 썼어. 그렇지만 언제나 웃음이 터지고 말았지. 아무것도 아닌 것을 가지고 웃고, 또 웃고 또 웃었어. 브라이트코프 할아버지는 그것을 못 본 척했고. 아침이 되면 할미새처럼 집 앞에서 장난을 치고—.

아, 이건 클라리사가 보낸 편지다! 이 파란 봉투, 그의 필적이야. 읽어봐야겠군. 또 괴로운 체험을 해야 할 회합! 이 사람의 편지를 읽으려면 터무니없이 힘이 들어.'

"만나뵙고 반가웠다는 말씀을 꼭 드리고 싶어요."

편지는 이 말뿐이었다.

그러나 피터는 마음이 설레었다. 괴로웠다. 이런 글을 써 보내지 말았으면 했다. 한참 생각에 잠겨 있는데 누가 옆구리를 쿡 찌른 것 같은 기분이었다.

'왜 나를 가만 두지 못할까? 무어라 해도 그는 댈러웨이와 결혼하고 이 몇 해를 더없이 행복하게 살아오지 않았나.

호텔이란 곳은 도무지 위안을 받을 데가 못 돼. 오히려 그 반대야. 저 못에는 지금까지 수없는 사람들이 모자를 걸었어. 이렇게 생각해보면 이 파리도 남의 코에 앉았다 온 것일 테지. 처음에는 깨끗하다는 인상을 받았지만 그것도 따지고 보면 깨끗하다기보다는 텅 비고 쓸쓸해. 이럴 수밖에 없겠지. 새벽에 깐깐한 하녀 감독이 냄새를 맡고, 이리저리 들여다보면서 추위에 코가 시퍼래진 하녀들을 시켜서 청소를 한다. 감독은 다음에 들어올 손님을, 깨끗이 닦은 접시에 놓아서 들여갈 고기덩이처럼 생각하는 모양이지. 잠잘 침대가 하나, 앉을 안락의자가 하나, 양치질하고 수염을 깎을 때 쓰라고 유리컵이 하나, 거울이 하나 있어. 책과 편지와 가운이 판으로 박은 듯이 똑같은 말털 의자 위에 널브러진 모양이 당치 않게 보이는 것이 건방지군. 이런 것이 눈에 띄는 것도 클라리사의 편지 때문이지.'

"만나뵙고 반가웠다는 말씀을 꼭 드리고 싶어요."

그는 편지를 접어 밀어버렸다. 무슨 일이 있어도 다시는 안 읽겠다.

'이 편지를 여섯 시 전에 내게 오도록 하려고 클라리사는 내가 나오자 곧 그 자리에서 썼을 테지. 우표를 붙이고 사람을 시켜서 부쳤을 테지. 내가 찾아가서 놀란 거야. 여러 가지로 느끼는 바도 많았겠지. 내 손에 입을 맞췄을 때는 순간 후회도 하고, 날 원망도 하고(안색을 보니까), 옛날에 내가 한 말들이 생각이 났는지도 몰라 — 내가 이이와 결혼했더라면 세상이 얼마나 달라졌을까. 그러나 지금에 와선 이 모양이야. 이미 중년이 되었고 이렇다 할 아무것도 없다고 생각했는지도 모르지. 그런데 그 굽힐 줄 모르는 끈기로 기어이 이런 생각을 모두 저버렸을 테지. 그에게는 남에게 볼 수 없는, 질기고 참을성 있고 장애를 극복하면서 이겨나가는 생명력이 있어. 그래. 그러다가 내가 방을 나와버리자 곧 그 반동이 온 거지. 내게 몹시 미안해서 어떻게 하면 날 기쁘게 해줄 수가 있을까 하고 생각했을 거야. (언제나, 사랑만은 쏙 빼놓으면서 말이다.) 볼에 눈물을 흘리면서 책상 앞에 가서 내 마음을 이끌 저 한 줄을 급히 쓰는 모양이 보이는 듯하군. 뵙고 반가웠습니다라고. 진정 반갑기는 했겠지.'

피터 월시는 구두끈을 풀었다.

'하지만 성공은 하지 못했을 거야. 우리가 결혼을 했다면 말이지. 결국 결혼 안 한 편이 훨씬 당연하다는 생각이 들어.'

이상한 일이지만 이것도 또 사실이었다. 품행이 단정하고 보통 직책에도 틀림이 없고, 좋긴 하나 좀 까다롭고 뻐긴다고 사람들이 보는 피터 월시 — 그런 피터 월시가 머리도 허예진 요즈음에 와서 특히 만족한 듯이 침착한 표정을 하고 있다는 건 이상한 일이라고 사람들은 생각했다. 여자들이 그를 따르는 것은 이것 때문이었다. 지나치게 우락부락하지 않은 점을 여자들이란 좋아하는 법이기 때문이다.

'내게는, 아니 내 배후에는 어딘지 남과 다른 데가 있다. 책을 좋아해서 그런지도 모르지 — 남의 집에 가도 반드시 책상에서 책을 집어 보니까. (그는 지금 구두끈을 마룻바닥에 끌면서 책을 읽고 있었다.) 내가 점잖아서 그런지도 모르고. 그것은 담뱃재를 털 때나 또 물론 여자들을 대할 때의 몸가짐에서 볼 수가 있지. 철없는 여자도 날 마음대로 다룰 수가 있으니까 재미가 있기도 하겠고 또 어안이 벙벙하기도 할 거야. 하지만 그런 짓을 하면 여자 쪽이 위험하지. 말하자면 나는 다루기 쉽고, 쾌활하고 점잖아서 상종하기에는 매력이 있을지 몰라도 그것은 어느 정도까지야. 여자가 무슨 말을 해도—아니, 안 돼. 내겐 속이 빤히 들여다뵈는걸. 참을 도리가 없지—이러니까 안 되는 거야. 그런가 하면 남자끼리 있을 때는 소리도 지르고, 농담이 나오면 옆구리를 움켜쥐고 온몸을 뒤흔들면서 웃기도 한다. 인도에 있을 때는 요리에 대해서는 제일가는 감식가였어. 난 대장부란 말이야. 그러나 남이 경의를 표해야 할 그런 사나이는 아니야—고마운 일이지. 데이지의 남편 시몬스 소령과는 조금도 같지 않단 말이야. 어린애가 둘이나 있는데 데이지는 늘 우리 둘을 비교했어.'

피터는 구두를 벗었다. 주머니를 털어놓았다. 주머니칼과 함께 베란다에 앉은 데이지의 사진이 나왔다. 데이지는 흰 옷을 입고 폭스테리어를 무릎에 안고 있었다. 아주 매력이 있다. 머리가 까맣다. 그중 나은 사진이었다.

'결국 이 여자와의 관계가 클라리사와의 관계보다도 훨씬 자연스러웠어. 시끄러운 일도 거북한 일도 없었고. 까다롭지도, 애가 쓰이지도 않았어. 모두가 원만했지. 베란다에 앉은 검은 머리의 절세 미인은(지금도 그 소리가 들리는 듯하다) 「물론이지요. 물론 당신께 모두를 바치겠어요!」라고 했다. 「당신이 원하는 모두를」 하고(데이지는 사려라고는 도무지 없어) 외쳤어. 그렇게 외치면서 남이야 보건 말건 내게로 달려왔어. 그는 나이가 스물네 살밖에 안 돼. 그런데 어린애가 둘이야. 자 그러니!

자, 이 나이에 이런 지경에 빠졌으니. 밤에 잠을 못 이룰 때면 난 이 일로 몹시 머리가 무거워져. 우리가 결혼을 하면? 나는 괜찮아. 그러나 그 여자는? 친절하고 말수 적은 버지스 부인에게 상의했더니, 변호사를 만나겠다는 명목으로 영국으로 가면 데이지가 재고하고, 이 문제가 제게 가져올 결과도 생각할 여지가 생길 거라고 했겠다. 버지스 부인은 그 여자의 환경이 문제라고 봤어. 사회와도 인연을 끊어야 하고 자식도 내놓아야 한다는 거야. 그래서 종말에는 과거를 가진 과부가 되어, 교외 근방에서, 아니, 장소를 막론하고 아무렇게나 살게 될 거라고. (아시지요, 얼굴에 분칠한 이런 여자들이 어떻게 돼가는지.) 그러나 나는 그 말을 우습게 여겼어. 난 아직 죽을 마음이 없으니까. 어쨌든 이것은 데이지 자신이 결말을 지어야지. 자기가 판단을 내릴 일이야.'

피터는 생각했다. 양말바람으로 방 안을 돌아다니며 야회용 와이셔츠 주름을 펴면서 그는 생각했다.

'클라리사의 파티에 가든지, 극장에 가든지, 그렇지 않으면 여기 앉아서 옥스퍼드 시절에 알던 친구가 썼다는 재미있는 책을 읽든지 해야겠다. 은퇴하게 되면, 책을 쓰고 싶어. 옥스퍼드로 가서 보들리 도서관에서 책을 들추고 싶어. 머리가 검은 절세 미인 데이지가 테라스 끝까지 달려와도 허사지. 손을 흔들어봐도 허사고, 남이 무어라건 조금도 개의치 않는다고 해봐도 허사고. 난 지금 이렇게 있어. 그 여자가 세상에서 제일로 치는 사나이, 완전한 신사, 매력 있고 품위 있는 남자가(여자가 내 나이를 조금도 상관치 않는다) 블룸즈버리의 호텔 방을 돌아다니고 수염을 깎고 세수를 하고 있어. 면도칼을 놓고 물 그릇을 집으면서 보들리 도서관의 책을 들추고 흥미가 있는 한두 가지 조그만 문제에 대해서 진리를 탐구할 생각을 해. 그리고 나는 아무하고나 한담을 하고 점심 먹을 시간 같은 것은 점점 무시하게 되고, 남과의 약속도 잊어버리게 되었으면 한다. 데이지가 여느 때처럼 키스를 해달래도, 싸움을 걸어도 선뜻 응하지는 않겠어. (그야 진심으로 그를 사랑하긴 하지만) — 즉 버지스 부인 말대로 그 여자가 나를 잊어버린다면, 아니면 우리가 처음 만난 1922년 8월에 존재했던 나만을 기억해준다면 더 행복할 수 있는 게 아닐까. 마치 황혼의 십자로에 서 있는 내 모습이 이륜 마차가 달리는 데 따라 점점 작아지는 것을 보면서 뒷좌석에 꽁꽁 묶인 그 여자가 헛되이 팔을 뻗치고 자기는 무슨 일이건, 정말 무슨 일이건 하겠다고 외치는 것 같군.

남이 무슨 생각을 하는지 난 도무지 알 수가 없어. 마음을 집중시키는 것이 점점 어려워져. 일신상의 일에 골몰해서 머리가 복잡해. 우울하다가도 금세 쾌활해지기도 하지. 여자들에게 의지하고 싶고, 정신이 없고, 마음이 어둡고, 점점 이해력이 적어진다. (수염을 깎으면서 그는 생각했다.) 클라리사가 어째서 우리 살 집쯤은 구해주고, 데이지에게 친절히 해주고, 사교계에 소개해주지 않는지 알 수가 없군. 그렇게만 해준다면 — 그런다면 나는 어떻게 하지? 그저 빙빙 맴돌다가(이때 그는 열쇠니 서류를 분류하는 중이었다) 쏜살같이 내려와서 먹이를 잡아먹는 야생조처럼, 말하자면 혼자 고독을 즐기겠어. 하지만 나처럼 남에게 의지하고 사는 이도 또 없을 거야. (그는 조끼의 단추를 채웠다.) 이것이 내가 실패한 원인이야. 남자만의 사회를 떠날 수도 없고 고급 장교들을 좋아하고, 골프를 좋아하고, 브리지도 좋아해. 그리고 그중에도 여성들과의 사교를 좋아하지. 미묘한 사교 관계, 여성들이 사랑하는 데 성실하고 대담하고 훌륭한 점이 좋아. 그야 그런 사랑은 결점도 있지만 내게는(머리가 검은 절세 미인의 사진이 봉투 위에 놓여 있다) 어디까지나 훌륭한 인생의 절정에 피어나는 화려한 꽃이라는 생각이 들어. 그러면서도 나는 앞뒤를 생각하기 때문에(클라리사가 내 기력을 영영 빼앗아버렸다) 결정적인 행동을 할 수가 없어. 그래서 말없는 사랑에는 금세 싫증이 나고 사랑에 변화를 구하게 된다. 데이지가 다른 남자를 사랑한다면 미칠 듯이 화가 날 테지만. 정말 미칠 듯이 화가 날 거야. 난 질투가 많으니까. 타고난 성질이 어쩔 수 없이 질투가 많게 마련이야. 그래서 고통을 많이 받지. 자, 내 칼이 어디 있지? 시계는? 도장은? 지갑은? 다시 읽지는 않겠지만 생각해보는 데는 즐거운 클라리사의 편지는? 또 데이지의 사진은? 자, 저녁을 먹으러 가자.'

사람들이 식사를 하고 있었다.

화분이 둘러 있는 자그마한 테이블에 앉아서 성장을 한 이도 있고, 안 한 이도 있었다. 숄, 핸드백 등을 곁에 놓고 태연한 척하고 있었다. 이렇게 여러 가지 요리가 나오는 식사에 익숙지 못하기 때문이었다. 그러나 그들은 자신이 있어 보였다. 이 만찬에 돈을 낼 수가 있기 때문에. 또 피곤해 보이기도 했다. 종일 물건을 사러 또는 구경을 하러 런던 장안을 다녔기 때문일 것이다. 이 사람들은 호기심을 숨기려고도 하지 않았다. 뿔테 안경을 쓴 멋진 신사가 들어오니까 일제히 돌아다보았다. 이들은 친절해 보였다. 기차 시간표를 빌려준다든가, 필요한 지식을 알려주는 사소한 친절을 기꺼이 베풀어줄 것 같았다. 또 그들 마음에는 약동하는 하나의 욕망, 의식 밑에 숨어서 그들을 끌어당기는 욕망이 있었다. 고향이 한 고장이라든지, 또는 같은 이름의 친구가 있다고 하면서 어떻게든지 인연을 맺고 싶어하는 욕망이. 그들은 몰래 곁눈질해보고 거북하게 말이 끊어졌다가 갑자기 가족끼리의 환담에 골몰했다. 이런 사람들이 앉아서 저녁을 먹는 데에 월시 씨가 들어와서 커튼 옆 테이블에 앉았다.

그가 무슨 말을 한 것은 아니었다. 혼자 왔기 때문에 이야기를 하려면 상대가 종업원밖에 없었다. 사람들이 그를 존경한 것은 메뉴를 보고, 포도주 이름을 손으로 가리키고, 테이블로 다가앉아서 허둥대지 않고 정중하게 먹기 시작한 그의 태도 때문이었다. 식사가 끝나서 월시 씨가 "배를 주시오" 했을 때, 그때까지 마음속에 갇혀 있던 경의의 염이 모리스 일가가 앉은 테이블에서 타올랐다. 월시 씨가 나지막하게, 그러나 명확하게 정당한 권리를 옹호하는 훈련주의자 같은 태도로 말을 했는지는 찰스 모리스 청년도, 찰스 노인도, 엘레인 양도, 모리스 부인도 알지는 못했다. 그러나 혼자 테이블에 앉아서 "배를 주시오" 했을 때 모리스 가의 사람들은 이 신사가 어떠한 합법적인 요구에 대해서 그들의 지지를 바라며, 자기들도 곧 응낙할 수 있는 어떠한 주의(主義)의 옹호자인 것 같이 느꼈다. 그래서 그들의 공명하는 눈이 신사의 눈과 마주치고 다 같이 흡연실로 갔을 적에는 필연적으로 양편에서 몇 마디 주고받게 되었다.

심각한 화제는 아니었다 — 그저 런던에 사람이 많다는 이야기, 런던이 지난 30년 동안에 변했다는 이야기, 모리스 씨는 리버풀이 더 좋다는 이야기, 모리스 부인이 웨스트민스터의 생화전(生花展)에 간 이야기, 모리스 일가가 황태자를 만난 이야기 등이었다. '그렇지만' 하고 피터 월시는 생각했다.

'이만한 가족은 아무데서도 보기 드물지. 절대 없지. 식구 사이의 친밀감도 흠잡을 데가 없고, 상류 계급이 어떻건 관심도 없이 좋을 대로 살아가고 있어. 엘레인은 가사를 배우는 중이고, 아들은 리드 대학에서 장학금으로 공부하고, 부인은(피터와 같은 나이다) 집에 아이가 셋이 더 있다고. 자동차 두 대가 있는데도 모리스 씨는 지금도 일요일에는 자기 구두를 수선한다고 한다. 훌륭해.'

정말 훌륭하다고 피터 월시는 손에 술잔을 들고 붉은 말털 의자와 재떨이 사이에서 몸을 앞뒤로 흔들면서 생각했다. 모리스 씨네 사람들이 호감을 가져주어서 기분이 좋았다. 그렇다, 그들은 "배를 주시오" 한 사나이에게 호감을 가져주었다. 자기에게 호감을 갖고 있다고 피터는 느꼈다.

'클라리사의 파티에 가자. (모리스 가 사람들은 또 만나자고 하면서 가 버렸다.) 클라리사의 파티에 가자. 인도에서 보수당의 못난이들이 무엇을 하고 있는지 리처드에게 물어보고 싶으니까. 연극은 어떤 것을 상연 중일까? 음악은 — 그리고 또 실없는 남의 소문은.'

이것이 우리들 영혼의 진정한 모습이라고 그는 생각했다.

'우리들 자신이 이런 것이지. 물고기처럼 깊은 바다에서 살고, 커다란 해초의 줄기 사이를 뚫고 몽롱한 속을 헤매며, 햇빛이 아롱지는 데를 지나 앞으로 앞으로 나아가서, 음산하고 싸늘한 깊은 신비 속으로 들어간다. 그리고 갑자기 표면에 떠올라 와서 바람에 주름지는 물결을 타고 논다. 말하자면, 영혼은 남의 소문 이야기를 하는 동안에도 솔질을 하고 닦고 활기를 띠려는 적극적인 욕구를 가지고 있어. 정부는 인도에 대해서 — 리처드 댈러웨이는 알 테지 — 어떤 방책을 가졌을까?'

무척 무더운 밤이었다. 신문 파는 애들이 열파 내습이라고 빨간 글씨로 커다랗게 쓴 전단을 돌리고 호텔의 포치에는 버드나무 의자를 내다놓아 신사들이 유유히 술을 마시고 담배를 피우면서 앉아 있었다. 피터 월시는 거기에 앉았다. 하루가 — 런던의 하루가 시작하려고 하고 있달까. 프린트 무늬의 가정복과 흰 에이프런을 벗어버리고, 파란 옷을 입고 진주를 달려는 여인처럼 하루의 모양이 변하고, 모직 옷을 벗어버리고 망사 옷을 입고 저녁으로 변해가고 있었다. 마룻바닥에 속옷을 벗어버리는 여인이 내쉬는 듯한 그런 기쁜 한숨을 지으면서 이 하루는 먼지와 열과 색채를 벗어버리려고 했다. 교통이 한산해지고 화물차 대신 승용차가 경쾌하게 경적을 울리면서 질주해갔다. 그리고 광장의 짙은 잎사귀 사이에 여기저기 눈부신 전등불이 켜졌다. "나는 물러가겠어요" 하고 저녁이 말하는 성싶었다. 뾰족 솟은 호텔의 지붕과 윤곽이 들쭉날쭉한 나지막한

상가 위로 희미하게 사라져가는 황혼이 "나는 흐려져가요, 사라져가요"라고 말하는 듯싶었다. 그러나 런던은 그 말을 못 들은 듯 총검을 하늘로 치켜세우고, 황혼의 날개를 잘라 거리의 향연에 억지로 참여시키려는 듯싶었다.

피터 월시가 마지막 영국에 다녀간 이후로 윌레트 씨의 서머타임이라고 하는 대단한 개혁이 일어났다. 이 길에 연장된 저녁이 피터에게는 새로운 경험이었다. 이것은 감정을 돋우어주는 데가 있었다. 젊은이들이 서류함을 들고, 자유로워진 것이 기뻐서, 또 이 유명한 보도를 걷는 것이 말은 안 해도 자랑스러워서, 걸어갈 적에 일종의 기쁨이 그들의 얼굴을 물들였다. 그야 값싼, 허울만 좋은 것인지는 몰라도 어쩔 줄 모르는 기쁨의 빛이 있었다. 옷들도 잘 입었다. 분홍 양말, 예쁜 구두들을 신었다. 두어 시간 영화나 보려는 모양이었다. 노오란 빛이 도는 푸른 저녁 빛이 그들을 선명하고 세련된 모양으로 비춰내고 광장의 나뭇잎 위에 납처럼 창백한 빛을 던지고 있었다—나무들은 바닷물에 잠긴 것 같았다—물속에 잠긴 도시의 나무들 같았다. 피터는 이 아름다움이 놀라웠다. 또 힘을 북돋워주는 듯도 싶었다. 인도에서 돌아온 영국인들이 당연한 권리나 되는 듯이 오리엔탈 클럽에 앉아서(이런 사람들을 그는 얼마든지 안다) 세상의 멸망을 결론짓고 있었다.

'나는 여전히 젊어. 청년들이 즐기는 서머타임 같은 것을 부러워하지 않아. 한 소녀의 말, 한 하녀의 웃음소리를 듣고도—손으로 만져볼 수 없는 무형의 말을—젊은 시절엔 도저히 움직이지 못하리라고 생각했던 피라미드 모양의 사회 조직에 변화가 오고 있는 것을 느끼게 된다. 이 변화가 사람들을 위에서 누르고 있어. 억누른다. 특히 여자들을 눌러. 클라리사의 헬리너 아주머니가 저녁을 먹은 후면 등잔불 밑에 앉아서 회색 압지 사이에 넣어서 리트레 프랑스어 사전으로 꾹 누르던 꽃잎처럼. 그 아주머니도 지금은 돌아가셨지. 클라리사에게서 그 부인이 한쪽 눈 시력을 잃었다는 소식을 들은 일이 있어. 그때는 그것이 신통하게 어울리는 일이라고 느꼈지 — 자연의 걸작 중 하나라고 — 늙은 패리 양이 유리 눈을 낀다는 것은. 그 할머니는 나뭇가지를 움켜쥔 채 서리를 맞은 새처럼 죽었으리라. 그 할머니는 딴 세대에 속해. 그래도 워낙 원만하고 완전한 분이라서 언제나 수평선 위에 하얀 돌섬처럼 뚜렷이 솟아 있었지. 마치 모험에 찬 기나긴 인생 항로에서 과거의 어떤 단계를 비추는 등대 같아. 이 한없는 — 호주머니에서 동전을 찾아내서 신문을 사고, 그는 서리와 요크셔의 크리켓 시합 기사를 읽었다. 이렇게 동전을 내미는 것도 몇백 번인지 — 서리가 또 아웃이다 — 이 한없을 생을 비추는 등대. 그러나 크리켓은 단순한 게임이 아니야. 크리켓은 중요하다. 크리켓 기사를 읽지 않을 수는 없지.'

그는 먼저 특보 기사의 득점표를 보았다. 그러고 나서 날이 덥다는 기사를, 그 다음에 살인 사건을 읽었다.

'몇백 번 몇천 번 같은 일을 되풀이해서 사람들은 경험을 쌓지. 되풀이하면 신선한 맛은 없어진다고 하겠지만. 풍부한 과거, 풍부한 경험을 쌓아가면서 하나나 둘밖에는 안 되는 사람들에게 관심을 두고, 청년이 갖지 못하는 힘, 즉 적당한 데서 끝을 맺을 줄 알고, 하고 싶은 일을 하고, 남의 말을 개의치 않고, 별 큰 기대도 없이 그날 그날을 지내는 힘을 얻게 되는 거야.'

그는 신문을 탁자에다 놓고 문 쪽으로 갔다.

'그렇지만 이것은(그는 모자와 외투를 찾았다) 내게는 해당이 안 돼. 적어도 오늘 저녁의 내게는 해당이 안 돼. 이 나이에 하나의 경험을 얻으리라는 확신을 갖고 나는 지금 파티에 가려는 것이 아닌가. 그러나 무슨 경험이냐?

어쨌든 미(美)라는 경험만은 얻게 되겠지. 그것은 눈이 어떻다 하는 미숙한 아름다움도 아니고 순수하고 단순한 미도 아니야. 그것은 러셀 광장으로 통하는 베드포드 가의 미야. 그것은 물론 곧고 텅 빈 미라야 해. 복도와 같은 균형의 미, 그것은 또한 불을 환히 켜놓은 창이기도 하고, 피아노이기도 하고 소리가 나는 축음기이기도 하지. 눈에 안 보이는 향락의 분위기, 열린 창, 커튼이 없는 창에서 테이블을 둘러싼 사람들 무리, 젊은 사람들이 천천히 춤추는 모습이 엿보일 때마다 밖으로 새어나오는 환희의 분위기야. 그것은 남녀가 환담을 하고, 하녀가 멍하니 밖을 내다보고 있을 때(일이 끝났을 때 하녀들 입에서 나오는 말이란 참 묘하지) 2층 난간에 널어놓은 양말, 앵무새 한 마리, 서너 개의 화초들이 만들어내는 분위기. 재미있고, 신비롭고, 무한히 풍부한 이 인생. 택시가 재빨리 달리고, 커다란 저 광장에는 남녀가 쌍쌍이 거닐고 있군. 한가하게 농을 붙이기도 하고 포옹을 하는가 하면 가지가 우거진 나무 밑으로 구부리고 들어가기도 하는 정경은 감동적이야. 남들이 모두 조용히 자기 일에 열중하고 있기 때문에 사람들은 조심스럽게 가만가만 지나간다. 무슨 신성한 의식이 진행되는 중이어서 방해하는 것은 불경한 일이라는 듯이. 저것은 재미있어. 자, 저 번쩍이는 햇빛 속에 나가볼까.'

그의 가벼운 외투가 바람에 나부꼈다. 형언하기 어려운 개성을 가진 걸음걸이였다. 몸을 약간 앞으로 굽히고 뒷짐을 지고 눈만은 여전히 매같이 반짝이면서 그는 가벼운 발걸음으로 걸었다. 웨스트민스터를 향해서 런던의 거리를 구경하면서 걸어갔다.

'그러고 보니 오늘은 모든 사람이 다 저녁을 밖에서 먹나보군. 이 집에서는 머리에 보랏빛 타조 깃을 세 개 꽂고 쇠장식이 달린 구두를 신은 귀부인이 하인이 열고 선 문에서 큰 걸음걸이로 나오고 있네. 문이 열리고 선명한 꽃무늬가 달린 숄을 미라처럼 두른 부인들, 모자를 안 쓴 부인들이 나오고 있어. 조그마한 앞뜰에 회칠을 한 기둥이 서 있는 고급 주택에서는 경쾌한 옷차림으로 여자들이 머리에 빗을 꽂은 채(아이들 방에 뛰어올라갔다 오는 길이리라) 나왔어. 남자들은 옷자락을 펄럭거리면서 기다리고. 자동차가 부릉거리기 시작한다. 모든 사람이 다 외출을 하는군. 문이 열리고 사람들이 계단을 내려오고 떠나고 하는 것이 마치 런던 자체가 강가에 매어놓은 작은 보트를 타고 물위에서 흔들리고 있는 것 같아. 마치 온 장안이 사육제에 가려고 보트로 떠내려가는 것 같다. 화이트홀 일대는 스케이트 장처럼 은빛으로 빛나고 거미같이 보이는 사람들이 은반 위를 미끄러져 가는군. 아크등불에 몰려드는 하루살이들 같아. 너무 더

워서 사람들은 웅기중기 서서 이야기하고 있고. 이 웨스트민스터 구에서 퇴직한 판사겠지. 한 노인이 새하얀 옷을 입고 문간에 털썩 앉았네. 인도에 체류하던 관리인지도 몰라.

여기서는 술주정뱅이 여자들의 싸움판이 벌어졌네. 여기서는 또 순경이 혼자 서 있을 뿐이고. 안개에 싸인 집들이 몽롱해. 높은 집, 둥근 지붕을 한 집, 교회, 의사당들이 보이고, 강 위에 떠 있는 기선에서 나는 기적 소리, 우렁우렁 울리는 고함 소리가 안개 속에서 들려온다. 한데 이것은 클라리사의 집으로 통하는 길이로군. 여기는 클라리사의 거리야.'

택시가 길 모퉁이로 돌아갔다. 마치 다리의 말뚝을 감도는 물처럼 한데 모여서 빙 돌아가는 자동차들은 그의 파티, 클라리사의 파티로 가는 사람들을 싣고 가는 거라고 피터는 생각했다.

눈에 비치는 여러 가지 차디찬 흐름을 그는 걷잡을 수가 없었다. 눈이 하나의 컵이고, 시각의 인상이 거기에 넘쳐서, 그 나머지는 의식에 남아 있지도 못한 채 양 옆으로 흘러버리는 것 같았다.

'자, 두뇌를 작동시켜야겠다. 이 집에, 전등불이 환히 켜진 이 저택에 들어설 때, 몸을 펴 가다듬어야겠어. 자동차가 멈추고 화려한 여인들이 내리고 있군. 영혼의 인내력을 북돋워야지.'

피터는 주머니칼의 큰 날을 펼쳤다.

루시는 응접실에 뛰어들어가서 의자의 커버를 평평히 하고 의자를 바로 놓고 잠시 숨을 들이쉬었다. 누구든지 아름다운 은기와 놋으로 된 스토브용 도구와 새 의자 커버와 노란색 커튼을 보면 '아아 깨끗하다, 어쩌면 저렇게 길이 잘 들고, 손질이 잘 되어 있나' 하겠지 생각하면서 서 있었다. 루시는 하나하나를 감상해보았다. 웅성웅성하는 소리가 들려왔다.

'손님들이 벌써 식사를 하고 올라오시네. 어서 가봐야지!'

그는 곤두박질하듯 층계를 뛰어내려갔다.

"국무총리가 오신대."

애그니스가 유리잔을 담은 쟁반을 들고 들어오면서, 손님들이 식당에서 그런 말을 하시더라고 했다.

"괜찮아, 국무총리가 하나쯤 더 온대도 상관없어!"

저녁 이 시간에 접시니, 스튜 냄비니, 채니, 번철이니, 닭고기 젤리니, 아이스크림 기계니, 딱딱한 빵 껍질이니, 레몬이니, 뚜껑 달린 수프 그릇이니, 푸딩 접시니 하는 속에 파묻힌 워커 부인은 아무래도 좋았다. 설거지 대에서 연방 씻어내도 여전히 그릇들이 부엌 테이블 위에 또 의자 위에 넘쳐서 그의 머리 위를 누르는 것 같았다. 화롯불은 활활 소리내어 타오르고 전등불은 눈이 부신데, 저녁상을 또 봐야 했다. 그러니 국무총리가 하나쯤 더 온대도 내겐 별다름이 없다고 워커 부인은 생각했다.

손님들 중 부인네들은 벌써 위층으로 올라가 계시다고 루시가 말했다. 부인들은 한 사람씩 올라가고, 댈러웨이 부인은 맨 뒤에 따라가면서 언제나 부엌으로 무슨 말을 전했다.

'워커 부인에게 고맙다는 말을 전해주어요 하는 말을 어느 날 밤

에는 하시더니. 내일 아침이면 요리의 성적을 살펴보시겠지 — 수프니, 연어니 —.'

연어가 이번에도 또 덜 익은 것을 워커 부인은 알고 있었다.

'언제나 푸딩이 걱정이 돼서 제니에게 연어를 맡기기 때문이야. 그래서 연어는 언제든지 덜 익게 마련이지. 하지만 루시는 금발에 은빛 머리 장식을 한 부인이 전채(前菜)를 정말 집에서 만들었느냐고 물어보더라고 했어. 어쨌든 걱정은 이 연어야.'

워커 부인은 접시를 뱅글뱅글 돌리고 화로의 조절기를 눌렀다 뺐다 하면서 생각했다. 식당에서 와 하고 웃는 소리가 났다. 누가 이야길 하고 있었다. 또 웃는 소리 — 부인네들이 간 뒤에 남자 손님들이 재미를 보고 있었다.

"토케이를 주어요."

루시가 달려와서 말했다. 댈러웨이 씨가 궁전의 술창고에서 가져온, 국왕이 하사하신 토케이 포도주를 가져오라고 한 것이다.

그 말이 부엌 전체에 전해졌다. 어깨 너머로 루시는 엘리자베스 아가씨가 참 예쁘다고 보고했다. 분홍색 성장을 하고, 아버님이 주신 목걸이를 걸고, 볼수록 예뻐서 눈을 뗄 수가 없다고 했다. 제니는 아가씨의 개를 잊어버리지 말아야겠다고 생각했다. 그 개가 손님을 문 적이 있어서 방에 가둬놓았지만 무엇을 먹고 싶어할지도 모른다고 엘리자베스가 말했기 때문이다. 그렇지만 제니는 막무가내로 손님이 계신 2층에 가려고 하지 않았다.

'벌써 현관에 차가 왔어! 초인종 소리가 나네! — 그런데 남자 손님들은 아직 식당에서 토케이를 들고 계셔!

옳지, 2층으로들 올라가시네. 야회에 먼저 오신 손님들이야. 자꾸들 오실 테니까 문을 열어놔야지.'

파킨슨 부인은 생각했다. (야회 때면 불려오는 이였다.)

'홀은 부인들이 복도에 면한 방에서 외투를 벗는 동안 기다리는 남자 손님들로 가득 차겠지.' (신사분들은 윤이 나는 머리를 빗으면서 기다린다.)

버넷 부인, 늙은 엘런 버넷이 부인들을 돕고 있었다. 그는 이 집에 40년이나 있었고, 요즘은 여름마다 부인 손님 시중을 들어왔다. 엘런은 어머니가 된 부인들의 소녀 시절을 알기 때문에 겸손한 태도는 여전하면서도 부인들과 악수도 했다.

"네, 마님."

공손히 말하면서 익살도 곧잘 부리고, 젊은 아가씨들을 쳐다보면서 가슴 속옷을 거북해하는 러브조이 부인의 옷을 솜씨 있게 고쳐주기도 했다. 러브조이 부인과 딸 앨리스는 버넷 부인을 오랫동안 — "30년입지요, 마님" 하고 버넷 부인은 말을 보탰다 — 알기 때문에 머릿솔이며 빗을 빌려 쓰는 특전을 가질 수 있네요 했다.

"옛날 부어턴에 우리가 다니던 시절엔 젊은 여자들이 루즈를 쓰지 않았는데."

러브조이 부인이 말했다.

"아가씨는 루즈를 쓰실 필요가 없으시지요."

버넷은 앨리스를 귀엽다는 듯이 바라다보았다. 외투를 맡아두는 방에 앉아서 털외투를 두드려도 보고 스페인식 숄을 어루만져도 보면서 화장대를 깨끗이 치우는 버넷 부인은 모피나 수놓은 숄과 상관없이 어떤 부인이 좋은 분인지를 알아볼 수가 있었다. 정이 가는 할머니라고 러브조이 부인은 계단을 올라가면서 말했다. 클라리사의 유모였다고 하면서.

러브조이 부인은 몸을 바로 펴고 "러브조이 부인과 러브조이 양이에요" 하고 윌킨스(파티 때면 고용되는)에게 일렀다. 윌킨스가 허리를 굽혔다가 펴는 몸가짐에는 탓할 데가 없었다. 윌킨스는 허리를 굽혔다 펴고 아주 공평한 목소리로 "러브조이 부인과 러브조이 양—존 니덤 경과 동 부인—월드 양—월시 씨" 하고 고했다. 윌킨스의 태도는 정말 훌륭했다. 그의 가정 생활도 흠잡을 데가 없으리라. 다만 입술이 파르스름하고 수염을 깨끗이 깎은 저런 남자가 자식들 때문에 고통을 받고 있다고는 생각할 수 없는 일이었다.

"아이, 어서 오세요!"

클라리사가 말했다. 누구에게나 하는 말이었다.

'「아이, 어서 오세요!」 그럴 때 저이는 제일 마땅치가 않아. 말만 허울이 좋고 진심은 없어. 온 것이 큰 잘못이었어. 집에서 책이나 볼 것을—.'

피터 월시는 생각했다.

'뮤직홀이나 갈 걸 그랬군. 집에 있을걸.'

피터가 아는 이는 아무도 없었다.

'아이 참, 이 파티는 잘 안 되겠네. 완전히 실팬가봐.'

버킹엄 궁전의 가든 파티에 갔다 감기가 들어서 오늘 저녁에는 아내가 오지 못한다고 렉섬 경이 하는 말을 듣고 클라리사는 빼저리게 느꼈다. 피터가 구석에서 자기를 비판하듯 서 있는 것을 눈꼬리로 슬쩍 보았다.

'왜, 어째서 난 이런 일을 할까? 왜 호화로운 첨탑을 탐내고 이렇듯 고통에 불타나? 어쨌든 날 태워버려라! 타서 재가 돼라! 무엇이건 이것보다는 나으리라! 엘리 헨더슨처럼 점점 가늘어져서 꺼져버리느니 활활 타는 횃불을 휘두르고 땅에 내던져버리는 쪽이 낫겠지. 피터 월시가 와서 구석에 서 있기만 해도 난 이럴 지경이니 참 이상도 하군. 피터는 나 자신을 과장해서 돌이켜보게 해. 어리석은 일이야. 그렇다면 저이가 왜 왔을까? 날 비판하려고 왔을까? 어째서 저이는 언제나 내게서 가져가기만 하고 주지는 않을까? 어째서 자기의 조그만 의견을 버리지 못할까? 저기, 저이가 저쪽으로 가네. 저이에게 말 좀 건네봐야지. 그렇지만 기회가 없겠는데. 인생은 이런 거야—.'

클라리사는 이렇게 생각하면서 굴욕을 느꼈다. 체념도 해봤다.

'— 렉섬 경은 부인이 가든 파티에서 털외투를 입지 않으려고 했다고 「여인네들은 다 같아서요」라나— 렉섬 부인은 나이가 적어도 일흔다섯이라는데! 이 노인 내외가 서로 위하는 것은 참 부러워. 난 렉섬 경이 좋아. 이 파티가 중요하다고 생각하는데 잘 안 될 것 같고 재미가 없을까봐 나는 정신이 하나도 없는걸. 손님이 할 일 없이 돌아다니고, 엘리 헨더슨처럼 구석에 몰려 서서 똑바로 서려고도 안

하는 것보다는 폭발을 하거나 무서운 사건이 일어나거나 하는 편이 차라리 낫지 않나!'

극락조가 전면에 뿌린 듯이 날고 있는 노오란 커튼이 넘실대는 바람에 불려 들어왔다. 새가 하나 방으로 날아들어왔다 나가버리는 것처럼 커튼이 다시 빨려나갔다. (창이 열려 있기 때문이었다.)

'어디서 바람이 들어오나?'

엘리 헨더슨은 생각했다. 그녀는 추위를 몹시 탔다.

'그렇지만 내일 재채기를 하고 몸져눕는다고 해도 상관 없어. 그저 어깨를 다 드러내놓은 여자들이 걱정이 돼서 그러는 거지. 부어턴에서 목사를 하던 늙은 아버지, 병석에 누우신 아버지가 남의 생각을 하라고 가르치셔서 내가 이러는 거야. 아버지도 지금은 돌아가셨지.'

엘리 헨더슨이 감기가 들어서 폐가 나빠지는 일은 없었다. 그가 염려하는 것은 저 어깨를 드러낸 아가씨들이었다. 그녀 자신은 평생 머리숱이 적고 해쓱한 옆 모습을 한, 훅 불면 날아갈 것 같은 여자였다. 그야 쉰을 넘은 지금 무언지 온화한 빛이 안에서부터 비쳐 나오기 시작했지만, 오랫동안 자기 희생을 해서 정화된 그 고상한 빛도, 없는 살림에 체면을 차리는 마음의 고통과 연수입이 300파운드밖에 안 되는 데다가 보호자조차도 없는 생활에서 오는 공포 때문에 차차 흐려졌다. (그 여자는 한 푼도 벌 수가 없었다.) 그래서 그는 겁이 많았고 해가 갈수록 이렇게 옷을 잘 입은 사람들과 만날 자격을 잃어버려갔다. 이 사람들이야 사교 시즌이면 저녁마다 시중드는 애에게 오늘은 이러저러한 옷을 입겠노라고 하면 되겠지만, 엘리 헨더슨은 맘이 조마조마해서 뛰어나가 값싼 조화를 대여섯 개 사오고, 낡고 검은 옷에 숄을 둘러야 했다. 그것도 클라리사의 파티에 나오라는 초청이 그 시간이 다 돼서 왔기 때문이었다. 과히 기분 좋은 일이 아니었다. 금년에는 자기를 초대할 예정이 아니었던 모양이라고 생각했다.

클라리사가 그를 초대할 까닭도 사실 없었다. 그저 서로 전부터 알았다 뿐이지 그 밖에 이유는 아무것도 없었다. 클라리사와 그는 사촌이었다. 하지만 클라리사가 여기저기서 인기를 얻어 두 사람의 사이가 벌어진 것도 무리가 아니었다. 파티에 간다는 것은 엘리에게 큰일이었다. 예쁜 옷을 보는 것만 해도 좋았다.

'저기 머리를 멋지게 빗고 분홍 옷을 입은 게 이젠 성숙한 엘리자베스 아닌가? 그래도 열일곱 살 이상은 못 됐을 텐데. 정말 예쁘네. 그런데 요새는 처음 사교계에 나오는 아가씨들이 옛날처럼 흰 옷을 안 입나보다. (다 잘 봐두었다가 딸 이디스에게 얘기해주어야지.) 몸에 착 붙는 홀쭉한 옷을 발꿈치 위까지 오게 입고 있네. 그다지 어울리지 않는군.'

그는 생각했다.

눈이 침침해서 엘리 헨더슨은 목을 앞으로 길게 뽑았다. 이야기할 상대가 없는 것이 그리 딱하지도 않았다. (아는 이라고는 통 없었다.) 사람들을 보는 것이 재미있었다. (저이들은 아마 정치가들인 게지.) 리처드 댈러웨이의 친구들인 듯싶었다. 리처드는 이 불쌍한 부인을 밤새 혼자 서 있으라고 버려둘 수가 없었다.

"아이구 엘리, 그래 재미가 어때요?"

그는 친절하게 말했다. 엘리 헨더슨은 긴장이 되고 얼굴이 빨개져서 말을 걸어주니 아주 고맙다고 생각하면서 말했다.

"추위보다는 더위를 못 견디는 사람이 더 많은가보지요."

"네, 그렇지요."

리처드 댈러웨이가 말했다.

"네."

그러나 더는 할 말이 없었다.

"어이, 리처드."

누가 팔꿈치를 당겼다.

"야아, 피터. 이거 피터 월시 아닌가. 여어, 참 반갑네 — 정말 반갑군! 자넨 조금도 안 변했군."

두 남자는 서로 어깨를 툭툭 치면서 방을 건너 저리로 가버렸다.

'오래간만에 만난 모양이지.'

엘리 헨더슨은 그들의 뒷모습을 바라보면서 생각했다.

'저 남자 얼굴은 분명 낯이 익은데. 키가 훌쩍 크고 중년이고, 눈이 잘생긴 것이. 머리가 검고 안경을 쓴 건 존 버로스를 닮았다. 이디스라면 누군지 알 텐데.'

극락조가 날고 있는 커튼이 또 한번 펄럭였다. 클라리사는 — 랠프 라이언이 커튼을 손으로 툭 치고 얘기를 계속하는 것을 — 보았다.

'그래 결국 실패는 아닌가봐. 이제는 제대로 되겠어 — 이 파티가.

이제 겨우 시작이야. 막 시작하는 판이야. 하지만 아직도 어떻게 돼 갈지는 모를 일이지. 좀 더 여기 서 있어야겠어. 손님들이 몰려오시는 것 같으니까.'

"개러드 대령과 동 부인 — 휴 위트브레드 씨 — 보울리 씨 — 힐버리 부인 — 메리 매덕스 경 부인 — 퀸 씨 — ."

윌킨스가 억양을 붙여가며 고했다. 클라리사는 손님마다 누구하고나 대여섯 마디씩 말을 주고받았다. 그런 뒤에 손님들은 방으로 들어갔다. 손님들은 램프 라이언이 커튼을 친 뒤로 지루함이 없어지고 생기를 띠게 된 방으로 들어갔다.

하지만 클라리사에게는 여간 힘드는 일이 아니었다. 자기는 파티를 즐길 경황도 없었다. 거기 서서 자기 아닌, 개성이 없는 인간 노릇을 하고 있는 셈이었다. 이런 일은 누구든지 할 수 있다. 그러나 이 개성이 없는 존재를 클라리사는 적이 찬양하고 어쨌든 자기가 이런 일을 일으켰으며 이것은 하나의 획기적인 일이라는 생각을 안 할 수 없었다. 자기가 하나의 말뚝이 되어버린 것이 획기적인 일이라고 생각하지 않을 수 없었던 것이다. 이상스럽게도 그는 자기의 외양 같은 것도 염두에 없고, 그저 층계 꼭대기에 박은 말뚝 같은 기분이었다. 파티를 열 적마다 그는 자기 아닌 무엇이 되어버리는 것 같았다. 그것은 옷차림이 다른 때문이기도 하고, 일상 생활의 습관에서 벗어난 때문이고, 또 배경 탓이기도 하다고 클라리사는 생각했다. 다른 자리에서는 못 할 말, 힘드는 말도 여기서는 할 수가 있었다. 또 본질적인 문제에 더 깊이 들어갈 수도 있었다. 그래도 클라리사는 그럴 수가 없었다. 어쨌든 아직은 그럴 수가 없었다.

"아이, 어서 오세요!" (연만한 해리 경이다! 이분은 누구하고나 안면이 있으셔.)

'이상스러운 것은 손님이 하나하나 뒤를 이어 층계를 올라올 때의 이 느낌이야. 마운트 부인과 셀리어, 허버트 애인스티, 데이커스 부인—아 그리고 브루턴 경 부인도!'

"와주셔서 정말 고맙습니다!"

클라리사는 말했다. 진심이었다—거기 서서 몰려오는 손님들 기척을 느끼자니 이상한 기분이 들었다. 어떤 이는 나이가 많고 또 어떤 이는…….

"클라리사!"

'그 목소리! 샐리 시튼이야! 샐리 시튼! 이렇게 오래간만에! 옛모습을 어렴풋이밖에 찾아볼 수 없는 샐리! 옛날에는 저렇지 않았는데, 내가 더운물 주전자를 쥐고 떨던 때의 샐리 시튼은. 샐리가 이렇게 이 집에 오다니, 이 집에! 그전과는 아주 달라졌어!'

서로 말이 엉키고 서로가 열없어서 웃고 있는 동안에 두서없는 말이 튀어나왔다—"런던을 지나는 길이었어. 클래러 헤이든에게서 파티가 있다는 말을 들었지. 만나기에 이런 좋은 기회가 또 있어야지! 그래서 그냥 뛰어들어온 거야—초대장도 없이……."

'이제는 더운물 주전자도 태연히 내려놓을 수가 있겠어. 샐리는 옛날 같은 생기는 없어. 그래도 이렇게 다시 만나니 참 뜻밖이야.'

샐리는 늙어서 고운 맛은 덜해졌어도 퍽 행복스러워 보였다. 두 여인은 응접실 문 밖에서 입을 맞추었다. 처음에는 이편 볼, 다음에는 저편 볼에. 그러고 나서 클라리사는 샐리의 손을 쥐고 돌아섰다. 방에는 손님들이 가득 차 있었다.

'웅성웅성 이야기 소리가 나네. 촛대가 보인다. 커튼이 펄럭거리고. 리처드가 사다준 장미가 있군.'

"난 커다란 아들이 다섯이나 돼."

샐리가 말했다.

'이이는 그저 자기 중심이라서 자기 일만 언제나 제일로 생각해주기를 남에게 저렇게 기탄없이 바라지.'

샐리에게 아직 그 버릇이 남아 있는 것이 클라리사는 기뻤다. 믿을 수가 없다고 외치면서 클라리사는 과거를 추억하는 반가움으로 온몸에 생기가 돌았다.

'아아 그렇지만 윌킨스가 오란다. 윌킨스가 날 오란다.'

윌킨스는 사람들에게도 알려주고, 안주인이 경솔한 일이 없도록 해야 한다는 듯이 권위 있는 목소리로 어떤 이름을 불렀다.

"국무총리다."

피터 월시가 말했다.

'국무총리? 정말일까?'

엘리 헨더슨은 놀랐다.

'이디스에게 할 좋은 얘깃거리가 되겠네! 이건 웃을 수도 없군. 국무총리는 하나 별다른 데도 없는 이야. 가게 계산대 뒤에 세워놓고 비스킷을 팔래도 어울리겠다— 저런 금줄 친 옷에 호강을 하고.

그렇지만 공평하게 말한다면 처음에 클라리사와 나란히 가다가 다음에는 리처드가 뒤를 따라서, 인사하고 다니는 태도는 꽤 괜찮군. 한낱 명사인 양 뵈려고 애쓰고 있는걸. 가만히 보고 있자니 재미가 있네.'

아무도 그쪽을 보는 이가 없었다. 모두 여전히 얘기를 계속했다. 그러나 국무총리가 옆을 지나가는 것을 분명히 알고, 골수까지 사무치게 느끼는 것이 분명히 엿보였다. 자기들의 대표, 영국 상류 사회의 상징이 지나간다는 것을. 나이 많은 브루턴 경 부인은 레이스 옷을 입고 당당한 풍채로 살며시 그 곁으로 가더니 둘이서 조그만 방으로 들어갔다. 순간 사람들은 그 안의 기척을 살피고 엿들었다. 그리고 좌중에는 눈에 보이게 동요가 일어났다. 국무총리!

'아이고 맙소사. 이 속물 영국인들!'

피터는 구석에 서서 생각했다.

'저렇게 금줄 친 옷을 입고 경의를 표하는 것이 좋을까! 저기! 저건 — 바로 — 휴 위트브레드잖아. 귀빈이 들어간 방 근방에 얼씬거리고 있네. 전보다 살이 찌고, 머리도 허예진 훌륭하신 휴가!'

저치는 밤낮 바쁜 얼굴을 하고 있다고 피터는 생각했다.

'특권은 있을지 몰라도 비밀을 좋아하는 치야. 목숨이라도 내걸고 비밀을 지키지만 그 비밀이야말로 내일 아침이면 궁중의 위병 입에서 새어나오고 신문에도 날 한 토막 소문에 불과하지. 지껄이는 것도 빼는 것도 그런 식이야. 그런 일에 골몰하고 사립 학교형 인간과 사귀는 것을 영광으로 아는 무리의 존경과 애정을 받고 즐기고 있는 동안에, 머리가 허예지고 저렇듯 노경에 들어버린 거야. 휴에 관해서는 그런 생각을 필연적으로 하게 돼. 그것이 저 친구의 방식이니까. 몇천 마일 바다를 건너서《타임스》지에서 본 저 친구의 편지도 그런 식이야. 돌원숭이의 지절거리는 소리나 노동자들이 여편네를 패는 소리를 들을 망정 그런 지저분한 소리를 듣지 않게 된 것을 난 신께 감사드릴 정도였어. 어떤 대학에서 온 피부색이 노란 젊은 녀석이 하나 저 옆에서 알랑거리고 있네. 휴는 저 청년을 도와도 주고, 지도도 해주고, 처세술도 가르쳐줄 테지. 저 친구는 남에게 친절을 베푸는 걸 무척 좋아하거든. 늙은 부인들이 곤란할 때는 염려도 해주고 그들 마음을 기쁘게도 해주거든. 부인네들이 나이들어 세상에서 버림을 받았거니 하고 있는 것 같으면 휴가 달려와서 한 시간 동안이나 지난 이야기를 하고, 또 사소한 회고담도 하고 댁에서 만드신 케이크가 맛이 좋다고 칭찬도 해준다. 물론 휴는 마음만 내키면 아무 때고 공작 부인 댁의 케이크를 먹을 수도 있겠지. 보아하니 그런 재미를 보면서 많은 시간을 보내고 있는 모양이야. 전지하시고 자비하신 신은 저자를 용서할 수도 있겠지만 이 피터 월시만은 자비심이 없어. 세상에 악당도 많겠다만 기찻간에서 소녀의 골통을 쳐부숴서 교수형을 받는 놈도 전체적으로 볼 때 휴 위트브레드란 인간과 그의 친절보다는 미치는 해독이 적을 거야. 저 꼴을 좀 봐라. 국무총리와 브루턴 부인이 나오니까 발끝으로 서서, 춤이라도 추듯 쫓아가서, 바른 발을 꿇고, 지나가려는 브루턴 부인께 절을 하네. 저 부인께 말을 건넬 수 있다는 것, 사사로이 말을 건넬 수 있는 특권을 가졌다는 것을 여봐라는 듯이 과시하고 있지 않아. 브루턴 부인이 멈춰 섰군. 그 점잖은 머리를 흔든다. 아마 무슨 일 때문에 휴가 사소한 봉사를 해준 것을 사례하고 있는가보군. 이 부인에게는 관청에서 자질구레한 일을 돌봐주는 서기들, 아첨꾼들이 있어. 그런 자들을 사례하는 뜻에서 부인은 오찬에 초대하겠지. 부인은 18세기 이래로 내려오는 명문의 여자야. 그만하면 괜찮아.'

지금 클라리사는 국무총리의 뒤를 따라 반백의 머리에 위엄을 띠고 의기양양하게 광채를 내며 방 안으로 걸어갔다. 귀걸이를 달고 인어 같은 은녹색 옷을 입었다. 자기의 존재를 엄연히 인식하며 지나가는 결에라도 전체의 공기를 단숨에 알아보는 재질을 가지고 있었다. 클라리사는 돌아서다가 어떤 여자 옷에 스카프가 걸리자 그것을 떼면서 웃었다. 물에 뜬 인어와 같이 천연스러운 웃음이었다. 그러나 역시 나이가 들어 보였다. 인어라고 하더라도 해 맑은 날이 저물 때 물결 너머로 져가는 해를 거울에 비쳐보는 일도 있으리라. 그러나 한 줄기의 우아함이 아직도 그에게서 엿보였다. 가혹한 점도, 무표정하게 빼는 점도, 지금은 무르익어서 보이지가 않았다. 잘난 척하려고 애쓰는 (어디 마음껏 해보게) 금줄 친 옷을 입은 사나이에게 작별 인사를 하는 클라리사에게서는 형언하기 어려운 품위와 절묘한 온정이 스며나왔다. 인생의 가장자리 끝까지 왔기 때문에 이제는 온 세계의 복리를 기원하면서 물러가야겠습니다 하는 것 같았다. 피터는 클라리사를 바라보면서 이렇듯 생각했다. (하지만 사랑하고 있는 것은 아니다.)

'정말이지, 국무총리가 와주신 것은 고마웠어.'

클라리사는 생각했다. 수상과 함께 방 안을 걸어가면서 샐리나 피터가 있는 앞에서 또 리처드가 만족히 여기고 남들이 부러워하는 가운데 클라리사는 순간 도취해버렸다. 심장의 신경이 알코올에 잠겨서 하르르 떨면서도 원형을 간직한 채 팽창해가는 것 같은 그런 도취감이었다.

'그래, 그렇지만 결국 이런 기쁨이란 좋고 온몸이 얼얼하고 쑤시는 것 같은 느낌을 갖게 하지만 이런 겉모양이나 성공에는 (예를 들면 저기 있는 피터도 날 훌륭하다고 생각하겠지만) 반드시 어떤 허무감이 있는 거야. 사람들도 그것을 느낄 테지. 이 기쁨은 팔을 뻗으면 닿을 것 같으면서도 마음속까지 파고 들어오질 못해. 내가 나이를 먹어서 그런지는 몰라도 그전처럼 만족할 수가 없어. 국무총리가 층계를 내려가는 모습을 이렇게 바라보고 있노라니까 조슈아 레이놀즈 경이 그린, 털 토시를 든 소녀의 초상화의 금빛 테두리에서 갑자기 킬먼의 모습이 튀어 오르네. 나의 원수 킬먼. 이 감정이야말로 만족감도 주고 실감도 주는구나. 아이 보기 싫어— 성이 난 위선적이고 더러운 여자. 무서운 힘이 있고, 엘리자베스를 유혹한 자. 몰래 기어들어서 그 애의 마음을 뺏고 더럽히려는 자. (리처드는 쓸데없는 말이라고 하겠지만) 나는 그 여자가 미워. 나는 그 여자를 사랑해. 내게 필요한 것은 친구가 아니고 원수야— 필요한 것은 더런트 부인도 클래러도 아니며 윌리엄 브래드쇼 경 내외분도 트룰로크 양이나 엘리너 깁슨도 아니야. (지금 층계를 올라오고 있다.) 킬먼! 내게 볼 일이 있

으면 여기까지 찾아오렴. 나는 파티가 더 소중한걸! 저기 잘 아는 해리 경이 계시네.'

"해리 경!" 하면서 클라리사는 풍채 좋은 노인 앞으로 다가갔다. 그는 세인트 존스 우드에 있는 영국 미술원 회원 중 어떤 두 화가의 작품을 합친 것보다도 더 많은 졸작을 그리는 화가였다. (그의 그림은 언제나 해 질 무렵에 물가에 서서 습기를 마시는 소, 그렇지 않으면 독특한 방법으로 앞발 하나를 들고 뿔을 치켜올리는 소를 그려서 '낯선 자의 접근'을 나타내는 것이 보통이었다 — 그의 모든 활동은 만찬회에 나가는 거나 경마장에 가는 거나 간에 이 해지는 물가에 서서 습기를 마시는 소를 근거로 했다.)

"무엇이 그렇게 우스우세요?"

클라리사가 그를 보고 물었다. 윌리 티트콤과 해리 경과 허버트 에인스티가 셋이서 웃고 있었다.

"아니 아무것도 아니에요."

해리 경은 클라리사 댈러웨이에게 이야기를 할 수는 없었다. (그 여자를 좋아하고 그런 타입의 여자로는 완전한 부인이라고 생각해서 초상화를 그리겠다고까지 했으나) 뮤직홀 무대에서 있었던 이야기는 도저히 할 수가 없었다. 그는 그날 저녁 파티를 가지고 클라리사를 놀렸다.

"브랜디 생각이 나는데요. 여기 온 손님들은 다 나보다 손위군요."

그러나 그는 클라리사가 좋고, 존경도 하지만 클라리사 댈러웨이를 보고 무릎 위에 앉으라고 할 수는 없는 노릇이었다. 그러는 판에 종잡을 수 없는 도깨비불이나 떠다니는 인광 같은 힐버리 노부인이 와서 웃고 있는 그에게(그는 어떤 공작과 어떤 노인 이야기를 하면서 웃고 있었다) 두 손을 내밀었다. 방 한 구석에서 그 웃음 소리를 들었을 적에, 노부인은 아침에 일찍이 깨어서 차를 가져오라고 하녀를 부르는 것조차도 싫을 때 갖는 불안, 즉 우리는 반드시 죽는다는 불안— 그런 자기의 불안이 엄습해 오는 것 같이 느껴졌다.

"우리에게는 얘기 못 하시겠대요."

클라리사가 말했다.

"클라리사, 오늘 저녁 당신은 내가 처음 댁에 갔을 적에 회색 모자를 쓰고 정원을 거니시던 어머님과 흡사해 보이는군요."

힐버리 부인은 말했다.

그러니까 정말 클라리사의 눈에는 눈물이 글썽해졌다.

'정원을 거니시는 어머니! 그렇지만, 아아 나는 저리로 가보아야겠다.'

밀턴에 대한 강의를 맡고 있는 브라이얼리 교수가 꼬마 짐 허튼(이런 파티에 나올 적에도 넥타이나 조끼를 제대로 걸치지 못하고 머리도 매끈하게 빗을 줄 모르는 짐 허튼)과 이야기를 하고 있었다. 이런 거리에서도 둘이 말다툼을 하는 것을 클라리사는 알 수가 있었다. 브라이얼리 교수는 아주 괴상한 인품을 지녔다. 자기와 허튼 같은 저속한 문인 사이에는 모든 학위와 명예와 교수의 지위라는 차가 있는데도 불구하고 교수는 자기의 괴이한 성격— 그의 박식과 수줍음, 인정미가 없는 냉정한 매력, 속물 근성과 뒤섞인 순진성— 에 불리한 분위기에는 무척 눈치가 빨랐다. 부인의 흐트러진 머리칼이나 청년의 장화를 보고, 잘난 척하는 하층 계급의 인간들, 반역자, 날치는 청년들, 자칭 천재들을 연상하게 될 때 그는 몸을 후들후들 떨었다. 그리고 고개를 들고 "흥" 하고 코웃음을 치고 중용의 덕이 필요하며, 밀턴을 감상하려면 고전에 대한 약간의 교양이 있어야 한다고 넌지시 말했다. 브라이얼리 교수는(클라리사는 눈치챘다) 짐 허튼과(검은 양말은 세탁소에 가 있기 때문에 빨간 양말을 신고 있다) 밀턴에 대한 의견이 맞지 않는 모양이었다. 그래서 클라리사는 사람 사이로 슬쩍 들어갔다.

"나는 바흐가 좋아요."

클라리사가 말했다. 허튼도 좋다고 했다. 그것이 클라리사와 허튼을 맺는 기반이 되었다. 허튼은(아주 졸렬한 시인이었다) 늘 댈러웨이 부인을 예술에 흥미를 갖는 상류 부인 중에서는 제일이라고 생각했다.

'부인이 엄격한 것은 이상할 정도야. 음악에 관한 부인의 태도는 일체 비개성적이지. 아는 척도 꽤 하는 편이고. 그렇지만 보기에 어쩌면 저렇게도 매력이 있을까! 교수패들만 아니면 이 집은 참 재미있는데.'

클라리사는 허튼을 툭 채서 구석방 피아노 앞에 앉히고 싶었다. 허튼은 피아노를 묘하게 잘 쳤다.

"아이 소란도 해라! 시끄럽군요!"

클라리사는 말했다.

"야회가 성공했다는 징조지요!"

점잖게 고갯짓을 하면서 교수는 슬그머니 저리로 가버렸다.

"저분은 밀턴의 일이라면 무엇이든지 다 아세요."

클라리사가 말했다.

"그래요?"

허튼이 말했다. 그는 함스테드에 돌아가면 가는 곳마다 저 교수 흉내를 내야겠다고 생각하고 있었다. 밀턴 교수, 중용지덕(中庸之德)의 교수, 살며시 걸어가는 흉내를.

"저 두 분하고 이야기 좀 해야겠어요."

클라리사가 말했다.

"게이턴 경과 낸시 블로하고."

그 두 사람이 드러나게 이 파티에 소음을 더해주고 있기 때문은 아니었다. 그들은 노란 커튼 앞에 나란히 서서 별로 얘기도 하는 것 같지 않았다. (보다시피.)

그들은 이제 어디로 갈 터였다. 둘이 같이. 그들은 어떤 경우에도 말을 많이 하는 법이 없었다. 그저 보고만 있을 뿐이었다. 또 그것으로 충분했다. 둘이 다 퍽 깨끗하고 건강하게 보였다. 여자는 살굿빛으로 화장을 하고 남자는 훤칠하고 풍채가 깨끗했다. 그를 노리는 어떤 총알이나 어떤 타격에도 끄떡없는 새 같은 눈을 하고 있었다. 또한 그는 크리켓을 하면 치는 것이나 뛰는 것이나 틀림이 없었다. 고삐를 쥐면 말의 입이 그의 움직임에 응할 만큼 능했다. 고향의 교회 묘지에는 조상의 기념비가 있고, 거기에 깃대도 걸려 있다고 하는 명문 출신이기도 했다. 그는 또한 여러 가지 의무도 겸해 가지고 있었다. 소작인을 부리고, 부양할 어머니와 여동생이 하나 있는 그는 종일 로즈의 크리켓 장에서 — 시간을 보냈다. 두 사람의 화제는 이런 것들이었다 — 크리켓이니, 사촌이니, 영화니 하는 — 그때 댈러웨이 부인이 건너왔다. 게이턴 경은 저 부인이 참 좋다고 했다.

"나도요. 몸가짐이 참 매력이 있으세요."

블로 양도 말했다.

"어머나 — 정말 잘 오셨어요!"

클라리사가 말했다. 클라리사는 귀족을 좋아했다. 젊은이가 좋았다. 낸시가 좋았다. 낸시는 파리의 일류 양재사가 만든 값진 옷을 입고 거기 서 있었다. 꼭 맞는 옷 모양이 마치 허리에서 파란 주름이 저절로 피져나오는 것 같았다.

"무도회도 가지려고 했는데요."

클라리사가 말했다.

이 두 젊은이가 말을 하지 못하기 때문이다. 그들은 이야기할 수가 없었다. 사실 그럴 필요가 있었을까? 외치고, 포옹하고, 몸을 흔들고, 새벽에 일어나서 말에게 사탕을 먹이고, 예쁜 개의 콧등에 입을 맞추고, 어루만져주고, 혈기에 차 옷자락을 바람에 날리며 쏘다니고, 뛰어들어 헤엄을 쳤으나, 영어라는 언어가 가진 그 풍부한 재원도, 감정을 전달해주는 영어의 힘도(그와 피터는 저맘때에는 밤새 토론을 했지), 이 두 남녀에게는 적합하지가 않았다.

'이들은 젊었을 때에 이미 굳어버린 것 아닌가. 영지에 세들어 사는 사람들에게는 한없이 좋은 사람들이겠지만 개인으로 대하면 지

루할지도 몰라.'

"참 유감이에요! 춤도 추시게 하려고 했는데. 정말 두 분이 오셔서 고맙습니다. 그렇지만 춤은요! 방들마다 꽉 차 있어요."

'숄을 두른 헬리너 아주머니가 오신다. 아아, 저리 가봐야겠어— 게이턴 경과 낸시 블로를 두고. 늙으신 아주머니, 패리 양이야.'

헬리너 패리 양은 죽지 않았다. 아직도 살아 있었다. 여든이 넘어서, 그는 지팡이를 짚고 층계를 천천히 올라왔다. 아주머니가 의자에 앉았다. (리처드가 앉혀드린 거다.) 1860년대의 버마를 아는 사람들을 클라리사는 모두 이 아주머니 앞에 불러냈다.

'피터는 어디로 갔을까? 아주머니와 피터는 참 사이가 좋았는데.'

인도 이야기가 나오니까, 아니, 실론* 이야기만 나와도 아주머니의 눈은(그 한쪽은 유리눈이다) 빛이 짙어지고 푸른빛을 발하면서 앞을 바라보았다. 아주머니 눈에 보이는 것은 인간이 아니었다— 총독도 장군도, 반란 때의 그리운 추억도, 자랑스러운 환상도 아니었다— 그의 눈에 보인 것은 난초와, 산길과, 1860년대에 외로운 산등성이로 노동자 등에 업혀 가던 자기 모습이었다. 그런가 하면 전에 수채화로 그린 일이 있는 난초를(생전 처음 보는 놀라운 꽃들이었다) 뿌리째 뽑으려고 내려선 자기의 모습이었다. 그는 난초다. 1860년대의 인도를 여행하는 자기 모습을 생각하는 명상 중에는 지금 전쟁이 나서 문 앞에 폭탄이 떨어졌다고 일러주어도 화를 낼 정도로

* 스리랑카의 옛 이름.

꿋꿋한 영국 부인이었다—'여기 피터가 오네.'

"이리 와서 헬리너 아주머니하고 버마 얘기나 하세요."

클라리사가 말했다.

'그런데 오늘 저녁엔 밤새 클라리사와 한마디도 말을 못 했다!'

"우린 나중에 얘기하지요."

클라리사는 흰 숄을 두르고 지팡이를 든 헬리너 아주머니 앞으로 피터를 인도해가면서 말했다.

"피터 월시예요."

클라리사가 말했다. 아무 반응도 없었다.

이 아주머니는 클라리사가 초대했다. 따분하고 시끄럽지만 클라리사는 아주머니를 초대했다. 그래서 아주머니가 온 것이다.

"런던서 살다니 — 리처드와 클라리사가 말이야— 딱하지. 클라리사의 건강만을 위해서라면 시골서 사는 것이 한결 나을 텐데. 그렇지만 클라리사가 사교를 좋아하니까."

"이이는 버마에 있었어요."

클라리사가 말했다.

"아아."

노부인은 버마의 난초에 대해서 자기가 쓴 소책을 찰스 다윈이 평해서 한 말을 회상치 않을 수 없었다.

(클라리사는 브루턴 부인과 이야기를 해야겠다고 생각했다.)

"물론 지금은 버마의 난초에 관한 내 책을 다들 잊었겠지만 1870년 이전에는 3판까지 나왔다우."

아주머니가 피터에게 말했다.

"이제야 그대가 누군지 알겠수. 부어턴에 와 있었지." (피터 월시는 클라리사가 보트를 타러 나오라고 하던 날 밤에 한마디 인사도 없이 이 노인을 응접실에 두고 나간 것이 생각났다.)

"리처드는 댁의 오찬회에서 아주 재미가 있었다고 해요."

클라리사가 브루턴 경 부인에게 하는 말이었다.

"리처드가 잘 도와주었지요."

브루턴 부인이 대답했다.

"내가 편지 쓰는 것을 도와준 거예요. 그래 건강은 어떠세요."

"네, 아주 좋아요!"

클라리사가 말했다. (브루턴 경 부인은 정치가의 아내가 병이 나는 것을 질색했다.)

"저기 피터 월시가 있군요."

브루턴 부인이 말했다. (부인은 클라리사에게 할 말이 생각이 나지 않았다. 클라리사를 좋아하기는 했지만. 클라리사는 좋은 점도 많았으나 두 사람에게 공통되는 점이라고는 도무지 없었기 때문이다 — 브루턴 경 부인과 클라리사는. 리처드가 매력은 없다 하더라도 일을 더 도울 수 있는 여자와 결혼하는 편이 나았을지도 모른다고 브루턴 부인은 생각했다. 리처드는 내각으로 들어갈 기회를 잃었다.)

"피터 월시군요!"

브루턴 부인은 이 재미있는 불신자와 악수했다 — '마땅히 이름이 날 만큼 재능이 있으면서 나지 못한 남자다. (항상 여자 문제로 옥신

각신하고 있지.) 그리고 참 패리 양도 있군. 훌륭한 노인이야.'

브루턴 부인은 검은 옷을 입은 척탄병의 유령 같은 모양으로 패리 양이 앉은 의자 곁에 서서 피터 월시에게 오찬회에 오라고 청했다. 부인의 태도는 퍽 친절했으나 인도의 식물이나 동물에 대해서는 아무 기억도 없기 때문에 자세한 이야기는 하지 않았다.

"물론 인도에 간 일은 있지요. 그때는 세 사람의 총독 집에서 머물렀어요. 인도의 행정관 중 몇몇은 참 훌륭하다고 생각한 이도 있었지만 — 어쨌든 비극이지요 — 인도의 정세란! 국무총리하고도 방금 얘기했는데요."

(숄을 둘러쓴 패리 양은 국무총리가 브루턴 부인에게 한 말에는 통 관심이 없었다.) 부인은 현지에서 방금 돌아온 피터 월시의 의견을 들어보고 싶다고 했다.

"샘슨 경에게 소개해드리지요. 정말 인도에서의 어리석은 정책이랄까 부정을 생각하면 밤에 잠도 안 와요. 나도 군인의 딸이니까요. 이제는 늙어서 별 일도 못 하지만 나의 모든 것, 집도 하인도 친구 밀리 브러시도 — 밀리를 기억하시나요? — 언제든지 — 도움이 된다면 — 바칠 각오는 있지요."

부인은 비록 영국에 대한 이야기는 하지 않았으나 영제국, 사랑하는 이 나라가 그의 피 속에 흐르고 있음을 느꼈다. (셰익스피어는 안 읽었지만) 만일 투구를 쓰고, 화살을 쏘고, 군대를 이끌고, 적진을 향해 쳐들어갈 수 있는 여자가 있다면, 또 불굴의 정의감으로 야만의 무리를 다스리다가 그들로 인해 무참한 죽음을 당해 방패에 덮여 고향의 묘지에 묻히거나 어떤 태고의 산기슭에 풀이 무성한 무덤이 될 수 있는 여자가 있다면 그 여자야말로 바로 밀리슨트 브루턴이었다. 여자이기 때문에 억제되고 논리적인 능력이 부족했지만(《타임스》지에 편지를 쓸 수도 없었다) 그는 항상 영제국이 염두에서 떠나지 않았다. 그리고 모국 브리태니어의 상징인 여신상을 친히 거울 삼아서 곧은 자세와 꿋꿋한 태도를 얻게 된 것이었다. 그렇기 때문에 죽은 후에라도 그의 영혼은 땅을 떠나 유니언잭의 깃발이 휘날리지 않는 하늘 나라 지역을 헤매리라고는 상상할 수가 없었다. 죽은 자 속에 섞여서 영국인이기를 그만두다니, 아니, 절대! 그럴 수는 없었다!

'저게 브루턴 부인일까? (그전에 알던) 저건 머리가 허예진 피터 월시고?'

로제터 부인은 속으로 생각했다. (옛날 샐리 시튼이다.)

'저것은 분명 늙은 패리 양이야— 내가 부어턴에 머물 때 화를 잘 내던 아주머니 말이야. 발가벗고 복도를 뛰어다니다가 패리 양에게 불려간 일은 도무지 잊을 수가 없는걸!'

"아, 클라리사, 클라리사!"

샐리가 클라리사의 팔을 잡았다.

클라리사는 그의 곁에 와 섰다.

"그렇지만 여기 있을 수는 없어요. 이따 다시 올 테니 기다려주어요."

클라리사는 피터와 샐리를 보면서 말했다. 손님이 다 갈 테니까 기다리고 있으란 말이었다.

"다시 올게요."

그는 옛 친구인 샐리와 피터를 바라다보았다. 두 사람은 서로 손을 맞쥐었다. 샐리는 분명 옛날을 회고해서인지 웃고 있었다.

그러나 샐리의 음성에는 그전같이 황홀감을 주는 윤택한 맛은 없었다. 눈에도 광채는 없었다. 옛날에 잎담배를 피우고, 발가벗고 스펀지를 가지러 복도를 뛰어가서 엘리 애트킨슨이 남자 양반들이 보면 어떻게 하려고 그러느냐고 꾸짖었을 시절의 광채는 없었다.

'그래도 샐리를 나쁘다고 한 이는 아무도 없었어. 밤에 배가 고프다고 식품 저장실에서 닭고기를 훔쳐내고, 침실에서 잎담배를 피우고, 값진 책을 나룻배에다 잊어버리고 두고 내리기도 했어. 그래도 모든 사람이 샐리를 좋아했지. (아마 아버지는 예외였지만) 그것은 그의 열, 그의 생명력 때문이었을 거야— 샐리는 그림도 그리고 글도 썼으니까. 마을의 할머니들은 지금도 잊어버리지 않고 「빨간 옷을 입고 활발해 보이던 친구」 하면서 날 보기만 하면 문안을 해. 샐리는 하고많은 사람 중에서 휴 위트브레드를 비난했지. (나의 옛 친구 휴는 저기서 포르투갈 대사와 이야기하고 있네.) 여자도 참정권을 가져야 한다고 했더니 휴가 그 벌로 흡연실에서 제게 키스를 했다고 하면서 천한 남자들이 하는 짓이라고 비난을 했어.'

그래서 클라리사는 가족 기도회 때 휴를 공공연히 비난하려는 샐리를 말리지 않으면 안 됐던 것을 회고했다— 대담하고 무모하고 모든 일에 중심이 되어서 사건을 일으키는 것을 좋아하는 멜로드라마틱한 성미가 있어서, 그만한 일은 능히 해치울 것 같았기 때문이었다. 그래서 클라리사는 늘 샐리가 때아닌 죽음이나 수난을 당해 비극적인 종말을 보게 되지 않을까 염려했다. 그런데 그러기는커녕 샐리는 결혼을 했다. 그것도 뜻밖에 맨체스터에 방적 공장을 가졌다고 하는 단춧구멍만 하게 대머리가 벗겨진 남자하고. 그리고 아들이 다섯이라니!

'샐리와 피터가 같이 앉아 있군. 무슨 이야기를 하면서 — 낯익은 장면이다 — 저 둘이 이야기하고 있는 것은. 지난 날 이야기를 하는 거겠지. 저 두 사람과 (리처드보다도 더) 나는 공통된 과거를 가지고 있어. 그 정원, 나무들, 브람스의 노래를 소리 없이 부르던 요제프 브라이트코프 노인, 응접실 벽지, 돗자리 냄새 등 — 여기 내가 싫어하는 브래드쇼 부부가 오네.

브래드쇼 부인에게 가봐야지. (은회색 옷을 입고 물탱크 가에서 몸의 균형을 유지하고 서서 초대장을 보내달라고 공작 부인들에게 짖고 있는 물개 같아. 전형적인 벼락부자의 마누라다.) 브래드쇼 부인에게 가서 무슨 말을 해야지 — .'

그러나 브래드쇼 부인이 앞질러 말했다.

"너무 늦어서 하마터면 못 올 뻔했어요, 댈러웨이 부인."

흰머리가 파란 눈 때문에 점잖아 보이는 윌리엄 경이 그렇다고 맞장구를 쳤다. 그렇지만 오고 싶은 마음을 누를 수가 없어서 왔다는 것이다.

'윌리엄 경은 자기가 하원에서 통과되기를 바라는 법안 때문에 리처드와 이야기하고 있나봐. 리처드와 이야기하는 저 사람의 모양을 보니까 난 왜 이렇게 몸이 움츠러들까? 저이는 사실 그대로 위대한 의사로 보인다. 자기 전문 방면에서는 단연 으뜸가는 세력가야. 그러나 얼굴은 꽤 피곤해 보이는데. 저이 앞에 나타나는 환자들을 생각 좀 해봐 — 불행의 밑바닥에서 헤매는 이들, 정신착란증의 경지에 있는 이들, 수많은 남편, 아내들을 말이야. 저이는 극심한 난문제를 해결지어야 할 테지. 그렇지만 — 나는 내가 괴로워하는 모양을 윌리엄 경에게는 보이고 싶지 않아. 아니 저런 이에게는 보일 수 없어.'

이렇듯 클라리사는 생각했다.

"이튼에 다니는 아드님은 잘 있어요?"

클라리사는 부인에게 물었다. 이하선염 때문에 아들은 크리켓 팀엘 그만 못 들어가고 말았다고 브래드쇼 부인은 말했다.

"아버지가 본인보다 더 섭섭한가봐요. 정말 자기도 큰 아기 정도밖에 안 되는걸요."

클라리사는 리처드와 이야기하는 윌리엄 경을 바라보았다. 아기처럼 보이지는 않았다 — 조금도 아기 같지는 않았다. 클라리사는 전에 한번 누구하고 브래드쇼 경의 진찰을 받으러 간 일이 있었다. 브래드쇼 경이 하는 말이야 다 옳고 이치에 들어맞았지만 길에 나오니까 비로소 안도의 한숨이 나왔다. 대합실에서 어떤 불쌍한 사람이 울고 있던 것이 다시금 생각났다.

'하지만 윌리엄 경의 어디가 싫은지 알 수가 없어. 엄밀하게 말해서 어디가 싫은지. 다만 리처드도 같은 의견이던데. 「저 친구는 취미가 좋지 않아, 냄새가 싫다」고 그이는 하지. 그래도 그이는 비상한 재주가 있는 이야. 저이들은 법안 이야기를 하나봐.'

어떤 환자에 대해 윌리엄 경은 소리를 낮추어 말하고 있었다. 그 환자는 지금 그가 이야기하는 포탄 충격의 장기적인 영향과 무슨 관련이 있는 모양이었다. 법안에 어떤 규정 사항을 넣을 필요가 있다고 브래드쇼는 말했다.

댈러웨이 부인을 여자끼리의 세계, 남편의 훌륭한 성질이니, 과로하는 딱한 버릇이니를 서로 자랑하는 여자끼리의 세계로 끌어들이면서 브래드쇼 부인은(참 딱하지. 이 사람을 미워할 수는 없다) 귓속말로 나직이 말했다.

"우리가 막 나오려고 하는데 전화가 오지 않습니까. 아주 불쌍한 사건이에요. 청년이 하나(주인이 지금 댈러웨이 씨에게 하는 얘기가 바로 이것입니다) 자살했답니다. 군대에 갔다 왔다던데요."

'아아! 내 파티가 한창인데 죽음이라니.'

클라리사는 생각했다.

클라리사는 아까 국무총리가 브루턴 부인과 함께 들어갔던 작은 방으로 들어섰다. 누가 있을지도 몰랐다. 그러나 아무도 없었다. 의자에는 국무총리와 브루턴 부인이 앉았던 자국이 아직도 남아 있었다. 브루턴 부인은 경의를 표해서 한편으로 몸을 구부리고 총리는 번듯하게 위엄을 갖추고 앉아 있었다. 두 사람은 거기서 인도의 정세 이야기를 했다. 그러나 지금은 아무도 없다. 파티의 화려함이 무너져버린 지금 아름다운 의상에 몸을 싼 채 혼자 여기 들어오는 것은 신기한 느낌이었다.

'하필 파티에 와서 죽음 이야기를 하다니, 브래드쇼 부처는 어쩌자는 것일까? 청년이 하나 자살했어. 그리고 그들은 그 이야기를 파티에서 하고 있어 — 브래드쇼 부처가 죽음에 대해서 이야기하고 있어. 자살을 했다고 — 그러나 어떻게? 이런 사건을 갑자기 들으면 먼저 내 육체가 그것을 체험하는 것 같아. 옷에 불이 붙고 몸이 타는 것 같아. 그 청년은 창에서 뛰어내렸다지. 지면이 불쑥 치솟고, 녹슨 담장 못의 뾰족한 끝이 떨어진 그의 몸을 푹 찔러 상처를 낸다. 그는 그 자리에 눕는다, 골통에서 피가 펑펑 쏟아지면서. 그런 다음에 의식불명의 암흑 — 눈에 보이는 듯해. 그렇지만 왜 그랬을까? — 브래드쇼 부처가 내 파티에서 이런 이야기를 하다니!

전에 한번 서펀타인 연못에 1실링 은화를 던진 일이 있어. 그 밖에는 무엇을 던진 일이라곤 없어. 그런데 이 청년은 몸을 던져버렸어. 우리는 여전히 살아간다. (돌아가봐야지. 방에 손님이 가득 찼고, 아직도 사람들이 계속 오고 있는데.) 우리는, (하루종일 그는 부어턴과 피터와 샐리를 생각했다) 우리는 늙어가겠지. 한 가지 중요한 것이 있어. 잡담으로 둘러싸이고, 일상 생활 속에서 더러워지고 흐릿해지고, 매일매일의 타락한 생활 속에서 거짓과 잡담의 물방울이 되어 떨어지는 그 하나. 이것을 그 청년은 지킨 거야. 죽음은 도전이야. 죽음은 사물의 본체와 통해보려는 시도야. 사람들은 그 본체가 이상스럽게도 피하기 때문에 중심을 파악할 수 없음을 느끼지. 친밀함도 멀어지고 기쁨도 식어버려. 인간은 고독해. 죽음 속에는 대오(大悟)

가 있어. 그러나 이 자살한 청년은— 영혼의 순결을 간직한 채 뛰어내렸을까? 「지금 죽는다면 차라리 가장 행복하리라」고 옛날에 나는 흰 옷을 입고 층계를 내려오면서 혼자 말한 일이 있었지.

시인이나 사상가들도 세상에는 있어. 그 청년이 그러한 정열을 가졌다고 하자. 그리고 윌리엄 브래드쇼에게 갔다고 하자. 그는 일류 의사야. 그러나 내가 보기에는 어딘지 악하고, 성도 정욕도 없고, 여자들에게 지극히 공손하지만 말로 하기 어려운 모욕을 줄 수 있는 사람이야— 영혼을 강제하는 모욕, 바로 그거야— 만일에 이 청년이 윌리엄 브래드쇼에게 갔는데 브래드쇼 경이 권세를 부리는 이러한 인상을 주었다면 청년은 이렇게 생각하지 않았을까? (정말 나도 지금 그것을 느낄 수가 있다.) 인생은 견딜 수 없게 됐다, 저런 인간들이 인생을 견딜 수 없게 만든다고.

그리고 (오늘 아침에도 느낀 일이지만) 공포, 압도해오는 무력감이라는 것이 있어. 부모는 우리 손에 생명이라는 것을 쥐어주지. 끝까지 살고 이것을 들고 조용히 걸어가라고. 그러나 깊은 마음속에는 이것을 다할 수 없는 무서운 공포가 숨어 있는 거야. 요즘도 리처드가 곁에서《타임스》지를 읽고 있는 동안 새처럼 겁이 나 몸을 움츠렸다가도, 나는 차차 생기를 돌려서 끝없는 기쁨의 불꽃을 일으키려고 나뭇가지를 여기저기서 모아다가 맞비비곤 해. 그러지 않으면 나는 살아갈 수가 없을 것 같다고 느껴져. 나는 이 공포를 면할 수가 있지만 그 청년은 자살을 해버린 거야.

어쨌든 이것은 나의 비극— 나의 치욕이야. 남녀가 여기저기서 이 깊은 암흑 속에 빠져 사라져가는 것을 본다는 것은 내게 내려지는 벌이야. 나는 여기서 야회복을 입고 서 있어야만 해. 나는 꾸미고, 훔친다. 나라는 인간은 완전히 훌륭했던 일이 한 번도 없는걸. 성공을 바라지 않았나 말이야. 벡스버러 부인이니 뭐니 하고. 한때는 부어턴의 테라스를 걸어다닌 일도 있었건만.

이상하고 믿을 수 없는 일이지만 지금처럼 행복한 기분을 가져본 적이 없어. 파티의 진행이 아무리 늦어도 아무리 오래가도 지루하지가 않아. 아무런 쾌락도 여기에 비길 수는 없지.'

의자를 바로 하고 책을 하나 책장에 밀어 넣으면서 클라리사는 생각했다. 청년 시절의 환희 속에서 책을 밀어 넣고 일상 생활의 과정에 몰두하는 중에 이 행복감을 찾는 것은 해가 뜰 때나 하루가 저물 때와 같은 기쁨의 충동이었다.

'부어턴에서 모두들 모여서 이야기하고 있을 때 나는 몇 번이고 밖에 나가서 하늘을 보았어. 저녁상을 받았을 때는 사람들 어깨 너머로, 또 런던에 있을 때는 잠 못 이루는 밤에 하늘을 바라보았지.'

클라리사는 창가로 걸어갔다.

'우스꽝스러운 생각이기는 하지만 하늘에는 나의 일부가 들어 있어. 시골 하늘에도, 이 웨스트민스터를 덮은 하늘에도.'

그는 커튼을 열고 내다보았다.

'아이 깜짝이야! 건넛집 방에서 그 늙은 부인이 이쪽을 뚫어지게 보고 있네! 이제 자려나보다. 아아, 저 하늘, 장엄한 하늘.'

아름다운 한쪽 뺨을 돌리듯 하늘은 저물어 가리라고 클라리사는 생각했다.

'그런데 저것 좀 봐! — 잿빛처럼 창백한 하늘에 끝이 뾰족한 커다란 구름이 퍼져 질주하고 있네. 이건 또 생각지도 않던 일인걸. 바람이 일었나봐. 건넛집 방에서는 할머니가 잠자리에 들려 하는구나. 건너다보는 것이 재미가 나. 저 부인이 방을 건너갔다가 다시 창가로 왔다가 하면서 움직이는 것을 보는 것이 재미있어. 저 할머니는 내가 보일까? 응접실에서는 아직도 손님들이 웃고 떠드는데, 저 노인이 조용히 혼자 자러 가는 것을 바라보는 것은 재미있어. 지금 문의 발을 내리네. 시계가 치기 시작한다. 청년은 자살했어. 그래도 나는 불쌍히 여기지는 않아. 시계가 친다. 하나, 둘, 셋, 불쌍히 여길 필요는 없어. 인생은 이렇게 계속해가는 것이니까! 저런! 저 노인이 불을 껐네! 온 집안이 깜깜해졌어. 인생은 이렇게 계속해가는데.'

클라리사는 되풀이했다. 셰익스피어의 말이 생각났다.

'이제는 뜨거운 햇빛도 두려워 말라! 손님들에게로 돌아가봐야지. 하지만 참 이상한 밤이기도 해! 왜 그런지 내가 퍽 닮은 것 같아 — 그 자살한 청년하고.'

청년이 한 일, 사람들이 살아가는 속에서 그가 목숨을 버린 것이 반갑기도 했다. 시계가 쳤다. 그 소리는 둔한 원을 그리며 공중에 녹아들었다.

"가봐야겠어. 사람들을 만나야지. 샐리와 피터를 찾자."

그 여자는 작은 방에서 나왔다.

"그런데 클라리사는 어딜 갔을까?"

피터가 말했다. 그는 샐리와 소파에 앉아 있었다. (이렇게 오랜 세월이 지난 지금도 그는 샐리를 로제터 부인이라고 부를 수가 없었다.)

"그 사람 어딜 갔나? 클라리사가 어디 있을까?"

샐리는, 피터도 그랬지만, 사진판 신문에서밖에 본 일이 없는 정치가들, 중요한 인물들을 클라리사는 극진히 대하고 상대해 이야기를 해야 하나보다 하고 짐작했다.

"그 사람들과 같이 있겠지요. 그렇지만 리처드 댈러웨이는 장관이 못 됐어요. 정치가로는 성공 못 한 거 아니에요?"

샐리의 말이었다.

"나는 신문을 통 안 읽어요. 이따금 리처드의 이름이 난 것은 봤지만. 그렇지만 그러면 — 난 퍽 외로운 생활을 하는 셈이지요. 미개지의 생활이라고 클라리사는 할 거예요. 나는 큰 상인, 대공장주, 적어도 실제로 일하는 사람들 가운데서 살고 있거든요. 나도 일을 했구요!" 하면서 "아들이 다섯이에요" 하고 샐리는 피터에게 말했다.

'아이고, 어쩌면 이렇게도 변했을까, 이 사람이! 모성의 부드러움, 모성의 자기 중심주의! 마지막으로 만난 것은 달빛이 밝은 꽃양배추 밭에서였지. 꽃양배추의 잎이 「거친 청동의 조각 같다」고 샐리는 문학적인 표현을 하더니, 그러고 나서 샐리가 장미를 하나 꺾었지. 생각만 해도 지겨운 그날 밤, 분숫가에서 한바탕 다툰 뒤에 샐리는 나를 이리저리 끌고 다녔어. 나는 자정 열차를 타야 했고. 참, 그때는 나도 울었어!'

피터는 회고했다.

'저건 옛날 버릇이야, 주머니칼을 펴는 것은.'

샐리는 생각했다.

'흥분하면 늘 칼날을 열었다 닫았다 해. 이이가 클라리사를 사랑하던 시절에, 우리는 아주 사이가 좋았어. 피터 월시와 나는. 그래, 그리고 점심때 리처드 댈러웨이 때문에 우리가 어리석게도 몹시 싸웠지! 난 리처드를 위컴이라고 불렀어. 「왜 리처드를 위컴이라고 못해?」 하니까 클라리사가 화를 버럭 낸 거야. 그 뒤로는 참 우리는 한 번도 마음이 합해지지 않았어. 나와 클라리사는. 지난 10년 동안에도 대여섯 번이나 만났을까? 그리고 피터 월시는 인도로 가버리고. 남의 소문에는 불행한 결혼을 했다고 하지만 어린애가 몇인지도 몰라. 변해버려서 물어볼 수도 없고. 주름이 져서 쭈그러진 것같이 보이기는 하나 전보다 친절한 것 같아. 이이에게는 정말 정이 가. 내 청춘과 관련이 있으니까. 이이가 준 에밀리 브론테의 책을 난 아직도 가지고 있어. 자기도 글을 써보겠다고 하더니. 그때는 쓸 마음이 있었던 게지.'

"글 좀 써봤어요?"

샐리가 물었다. 그 든든하고 잘생긴 손을 옛날을 회상시키듯 무릎 위에 펼치면서.

'이 사람은 여전히 매력이 있는걸. 아직 개성이 남아 있어. 샐리 시튼은. 그러나 로제터란 사나이는 어떤 친굴까? 결혼식 날 동백꽃을 두 개 달았다고—.'

피터가 알고 있는 것은 그것뿐이었다.

'로제터 부처는 무수한 하인을 부리고 몇 마일이나 되는 온실이 있습니다'라나 뭐라나 클라리사가 편지를 했더라고 하니까 샐리는 웃음을 터뜨리면서 그것이 사실이라고 했다.

"그래요, 연간 수입이 1만 파운드예요— 세금까지 포함해서 그런지는 생각이 잘 안 나지만요. 우리 남편이 다 맡아 해주어요. 그이를 꼭 만나보세요. 마음에 드실 거예요."

샐리가 말했다.

'이 샐리가 그 전에는 초라하기 짝이 없는 옷을 입고 있었지.'

"마리 앙투아네트가 할아버지에게 주었다고 하는 반지를 전당잡혔다지요?— 그렇지요?— 부어턴으로 가려고."

"네, 그래요."

샐리는 새삼스레 기억이 났다.

"아직도 가지고 있어요. 마리 앙투아네트가 할아버지께 준 반지를. 그때는 내 돈이라고는 한 푼도 없어서 부어턴에 가려면 늘 죽을 지경이었지요. 그렇지만 부어턴에 가는 것은 참 좋았어요— 부어턴으로 갔기 때문에 올바른 정신으로 있을 수가 있었던 것 같아요. 집에서는 그렇게 불행했거든요. 하지만 모두 과거지사가 되어버렸지요— 다 지난 일이에요."

샐리는 말했다.

"패리 씨는 돌아가시고, 패리 양은 아직도 살아 계시더군요. 꼭 돌아가신 줄로 알았는데."

생전에 이렇게 놀란 일은 또 없다고 피터가 말했다.

"그래 클라리사의 결혼은 성공이지요?"

샐리가 물었다.

"저기 있는 아주 잘생기고 침착한 젊은 처녀가 엘리자베스지요. 저기 붉은 옷을 입고 커튼 곁에 서 있는 저 처녀가."

(저 여인은 포플러나무 같다, 저이는 강물 같다, 저이는 히아신스 같다 하고 윌리 티트콤은 생각했다.)

'아아 시골에 가서 하고 싶은 일을 한다면 얼마나 좋을까! 불쌍한 내 개가 울고 있네.'

엘리자베스는 생각하고 있었다. 조금도 클라리사를 닮지 않았다고 피터 월시가 말했다.

"아아, 클라리사!"

샐리가 불렀다.

샐리가 느낀 것은 단순히 이랬다.

'나는 클라리사에게 많은 신세를 졌어. 우리는 친한 친구였거든. 지인(知人)이 아닌 친구. 지금도 흰 옷을 입고, 두 손에 꽃을 담뿍 들고 돌아다니는 클라리사의 모습이 눈에 선하다— 오늘날까지 담배 잎사귀를 보면 부어터 생각이 나지.'

"그런데— 피터, 아실지 모르지만— 클라리사에게는 무엇인가가 모자라요. 그 모자라는 것이 무엇일까? 매력도 있지요. 독특한 매력이 있어요. 그런데 솔직히 말해서 (샐리는 피터가 옛 친구, 참된 친구라는 것을 느꼈다— 서로 못 만났던 것도, 떨어져 있던 거리가 먼 것도 무슨 상관이랴. 샐리는 이따금 편지를 쓰고 싶어서 썼다가 찢어버렸다. 그렇지만 피터는 알아주겠지. 사람이란 말을 안 해도 이해하는 법이니까. 먹어가는 나이를 자각하는 것도 그래. 나도 이젠 늙어서 오늘 낮에도 이튼에 아들을 보러갔다 오는 길이야. 이하선염을 앓고 있는 아들을) 클라리사는 어떻게 그럴 수가 있었을까요? — 리처드 댈러웨이와 결혼할 수가? 스포츠맨이고, 개밖에 모르는 남자와 말이에요. 그이가 방에 들어오면 문자 그대로 마구간 냄새가 나요. 그리고 또 이 모든 것도 그렇지 않아요?"

샐리는 손짓을 했다.

휴 위트브레드가 흰 조끼를 입고 빈둥거리며 지나갔다.

'멍하고 살이 찌고 눈이 멀어서, 자만심과 안락밖에는 보이지 않아서 우리도 못 보고 지나가는군.'

"우리를 못 본 척하려나봐요."

샐리가 말했다. 사실 샐리는 말을 걸 용기도 없었다.

'— 그래 저게 휴로군! 훌륭한 휴…….'

"저이가 지금 무얼 하지요?"

샐리는 피터에게 물었다.

저치는 임금의 구두를 닦고, 윈저 성의 술병을 센다고 피터가 이야기했다.

"여전히 독설가시로군요!"

"그런데 샐리, 솔직히 말해봐요."

피터가 말했다.

"그 키스 사건 말이오. 휴의 키스 사건을."

입술에다 했다고 샐리는 확언했다.

"밤에 흡연실에서 말이에요. 너무 분해서 클라리사에게로 달려갔어요. 휴가 그런 짓을 할 리가 없어! 훌륭한 휴가! 클라리사는 그럽디다. 휴의 양말은 언제나 제일 멋쟁이라나 하면서 — 오늘 저녁 입은 야회복도 빈틈이 없네요. 저이는 자녀가 있어요?"

"이 방에 있는 사람은 다 이튼에 아들이 여섯씩 있지."

피터가 말했다.

"나만은 빼놓고. 다행히 난 아무도 없어요. 아들도, 딸도, 아내도 말이오."

"그런데도 괜찮으신가봐요."

샐리가 말했다. 이이는 여기 있는 누구보다도 젊어 보인다고 샐리는 생각했다.

그렇지만 여러모로 봐서 어리석은 짓이었다고 피터는 말했다.

"클라리사처럼 결혼을 한다는 것은 정말 바보예요."

하지만 "우리는 그 덕분에 재미도 많이 봤지요" 하고 피터는 덧붙였다.

'어쩌면 그럴 수가 있을까?'

샐리는 영문을 몰랐다.

'무슨 뜻일까? 이이를 알면서도 이상하게도 나는 그 신상에 일어난 일을 하나도 몰라. 자존심에서 저런 말을 하나? 그럼직도 하지. 결국 이이에게는 인생이란 괴로운 것이었을 테니까 (피터는 괴짜고

요정 같은 데가 있고, 보통 사람과는 전혀 다르지만) 저 나이에 가정도 없고, 찾아갈 곳도 없으니 쓸쓸하기도 할 거야.'

"우리 집에 오셔서 몇 주일이든지 계세요."

"그야 가지요. 꼭 가서 댁에 머물겠어요."

이야기를 하던 중에 다음과 같은 이야기가 나왔다.

"그 오랜 시간 동안에 댈러웨이 부부는 한 번도 우리를 찾아온 일이 없었어요. 여러 번 두 내외를 청했건만. 클라리사는(물론 못 온 것은 클라리사 탓일 테니까) 오려고도 안 해요. 왜냐하면……."

샐리는 말했다.

"클라리사는 속을 보면 속물이니까요 — 클라리사가 속물이라는 것은 인정해야 해요. 이것 때문에 우리 사이가 멀어진 거예요. 클라리사는 내가 나보다 못한 사람과 결혼했다고 생각해요 — 나는 오히려 남편이 자랑인데도 — 광부(鑛夫)의 아들이라고 해서 클라리사는 그런 거예요. 우리 돈은 동전 한 푼까지도 그이가 다 벌었어요. 어렸을 때(샐리의 목소리는 떨렸다) 그이는 커다란 석탄 주머니를 날랐대요."

(이 모양으로 이 여자는 내내 이야기를 계속하겠다고 피터는 생각했다.)

'몇 시간이건 계속하겠군. 광부의 아들이니, 남들이 자기가 저보다 못한 사람과 결혼했다고 생각하느니, 아들이 다섯이니 그리고 또 한 이야기는 무어더라 — 그래 식물이다. 수국이니, 산매화니 수에즈 운하 북쪽에서는 절대 안 자란다는 진기한 히비스커스 백합이니 하는 꽃 이야기지. 자기는 맨체스터 근교에 있는 집에서 정원사를 하나 두어서 히비스커스 백합의 화단을 만들었다는 이야기야. 화단이 몇 개든지 있다나, 이런 지저분한 이야기를 클라리사는 슬쩍 피해버린 거지. 전처럼 샐리를 옹호해주겠다는 마음이 없어서 그랬을 거야.

속물이라고? 그렇지, 여러 점에서 클라리사는 속물이지. 그런데 클라리사는 아까부터 어디 갔을까? 밤이 깊어가는데.'

"그래도."

샐리가 말했다.

"클라리사가 파티를 연다는 말을 듣고 안 오고는 못 견뎠어요— 다시 한번 꼭 만나고 싶어서요. (난 지금 빅토리아 가에서 유숙하고 있어요. 바로 이웃이지요.) 그래서 초대장도 없이 온 거예요. 그런데."

샐리가 나지막이 말했다.

"저, 좀 가르쳐주세요. 저이가 누구지요?"

그것은 출입구를 찾고 있는 힐버리 부인이었다. 퍽이나 늦었군! 하고 부인은 중얼거렸다.

'밤이 깊어가고 손님들이 차차 돌아가면 옛날 친구도 만나게 되고, 조용한 구석방이니 더없이 아름다운 경치가 눈에 띄게 되는군. 지금 마술의 정원에 둘러싸였다는 것을 저이들은 알까? 등불, 나무, 아름답게 빛나는 연못, 그리고 하늘. 요정의 등불 같다고 클라리사가 정원에서 말한 일이 있지. 클라리사는 재주꾼이야. 정원은— 그런데 저이들 이름을 모르겠네. 그러나 어렴풋이 아는 이 같기도 하고. 이름 없는 친구, 말 없는 노래, 그런 것이 언제나 제일 좋아. 그건

그렇고, 문이 너무 많고, 생각도 못 한 방이 하도 많아서 어디로 나가야 할지 알 수가 없는걸.'

"저이가 힐버리 부인이에요."

피터가 말했다.

"그런데 저 여자는 또 누굴까? 내내 커튼 옆에서 말도 안 하고 서 있는 여자는?"

얼굴이 낯익었다. 부어턴에서 본 것도 같았다.

"창가의 커다란 테이블에서 속옷을 마르던 이가 아닌가? 데이비드슨이었나?"

"아아, 엘리 헨더슨이에요."

샐리가 말했다.

"클라리사는 저 여자에게 너무했어요. 클라리사와 사촌이라는데 아주 가난해요. 클라리사는 남에게 심하게 해요."

"상당히 그런 편이죠."

피터가 응대했다.

"그래도" 하고 샐리가 말했다.

"클라리사는 감정적이기는 하지만 피터, 당신이 그것 때문에 클라리사를 사랑했던, 그러나 지금은 좀 두려워도 하는, 그런 열광적인 충동에 넘쳐서 심정을 토로할 때도 더러 있어요—친구에게는 클라리사가 참 친절하거든요. 그런 성질이란 참 귀한 거예요. 그래서 밤에나 크리스마스 날에 하느님의 은혜를 하나하나 들어서 기도할 적에는 우리의 우정을 맨 먼저 들어요. 그때는 우리가 젊었지요.

또 클라리사의 마음이 순진했던 탓도 있고. 피터, 당신은 날 감상적이라고 생각하겠지요. 사실 그렇기도 해요. 나는 말을 할 가치가 있는 것은 자기가 느끼는 것밖에 없다고 생각하게 됐으니까요. 영리한 것은 어리석어요. 느낀 바를 단순히 말해버려야지요."

"그렇지만 난 모르겠는데, 내가 무얼 느끼는지."

피터 월시가 말했다.

불쌍한 피터라고 샐리는 생각했다.

'왜 클라리사는 여기 와서 이야기하지 않을까? 피터가 간절히 바라고 있는데. 난 잘 알아. 여기 앉아 있는 동안 내내 이이는 클라리사만을 생각하고, 그 나이프를 매만지고 있었잖아.'

인생은 단순한 것이 아니라고 생각한다고 피터가 말했다. 클라리사와의 관계도 단순하지가 않았고 그것이 자기의 일생을 망쳐버렸다고 했다. (우리는 퍽 친한 사이였다—나와 샐리 시튼은. 그러니까 이런 말을 안 하면 오히려 우스꽝스럽지.) 사랑을 두 번 할 수는 없는 일이라고도 말했다. 샐리는 뭐라고 해야 옳을지 몰랐다.

"하지만 사랑의 경험이 있는 것이 낫지 않겠어요. (이이는 날 감상적이라고 하겠네—전에도 독설이 대단했으니까.) 맨체스터에 있는 우리 집에 꼭 오셔서 같이 지내세요."

다 옳은 말씀이라고 피터는 했다.

"런던에서 볼일을 마치면 곧 가서 댁에 묵지요."

"클라리사는 리처드보다 당신을 더 생각했어요. 그것은 보증할 수 있어요."

"아니, 아니, 천만에요."

피터는 부정했다. (샐리, 그런 말을 하면 곤란한데요—말이 지나칩니다.)

"저 착한 친구—방 한구석에 서서 옛날 그대로 열변을 토하고 있는 리처드와 이야기하는 이가 누구예요? 저 잘생긴 남자 말이에요."

샐리가 물었다.

"촌에서 사니까 누가 누군지 알고 싶은 마음이 끝이 없군요."

그러나 피터는 모르겠다고 했다.

'저 인상은 좋지 않은데.'

피터는 생각했다.

'아마 무슨 장관인가보지. 저런 친구들 중에서는 내가 보기에 리처드가 제일이야. 그중 청렴해.'

"그런데 리처드는 무슨 일을 했을까요?"

샐리가 물었다.

"공적인 일이겠지요."

"그런데 부부 사이는 좋은가요?"

샐리가 또 물었다. (그 자신은 참 행복하다.)

"나는 그 부부 일은 하나도 모르면서 그저 결론을 내려버려요, 남들처럼. 그런 줄은 나도 알지요. 하기야 매일 같이 사는 사람들의 일인들 우리가 무얼 아나요? 우리는 다 죄수가 아니겠어요. 감방의 벽을 박박 손톱으로 긁었다는 남자가 나오는 아주 좋은 희곡을 읽었는데, 그거야말로 진정한 인생의 모습이라고 생각했어요—인생은 감방의 벽을 긁는 거지요. 대인 관계에 실망하면(인간은 꽤 까다로우니까) 이따금 뜰에 나가서 남자나 여자에게서 얻을 수 없는 마음의 평안을 꽃에서 구해보곤 해요."

"아니, 난 양배추는 싫어. 사람이 더 좋아요."

피터가 말했다.

"정말 젊은이들은 곱군요. 저 나이 때 클라리사하고는 어쩌면 저렇게 다르지요. 당신은 저 애를 이해할 수 있어요? 도무지 말이 없더군요."

샐리는 엘리자베스가 방을 건너가는 것을 바라보면서 말했다.

"말이 별로 없지. 아직까지는 말을 안 하지."

피터도 동의했다. 백합 같다고 샐리가 말했다.

"연못가에 핀 백합 같아요."

"그러나 우리가 아무것도 모른다는 데는 동의할 수 없는데요. 우리는 모든 것을 다 알아요. 적어도 나는 알아요."

피터가 말했다.

"그렇지만 이 두 사람, 지금 이리 오고 있는 두 사람(클라리사가 곧 안 온다면 정말 가야겠네) 아까까지 리처드와 이야기하던 저 잘생긴 남자하고 야비해 보이는 그의 부인— 저런 사람들에 대해서 우리가 무얼 알 수 있겠어요?"

샐리가 소곤거렸다.

"저런 치들은 어처구니 없는 사기꾼이지요."

피터가 힐끔 두 내외를 쳐다보고 말해서 샐리는 웃었다.

그런데 윌리엄 브래드쇼 경은 문 앞에 멈춰 서서 그림을 바라보고 있었다. 판화가(版畵家)의 이름을 알려고 그림의 모퉁이를 들여다보았다. 그의 아내도 들여다보았다. 윌리엄 브래드쇼 경은 미술에 흥미가 있었다.

"젊었을 때는 너무 흥분해 있어서 인간을 이해하지 못 했어요. 이제 늙어보니까, 정확히 말해서 쉰둘인데(자기는 몸은 쉰다섯이지만 마음만은 스무 살 처녀 같다고 샐리가 말했다) 나이를 먹어서 성숙해지니까—성숙해지니까 관찰도 할 수 있고, 이해도 할 수 있고, 그러면서 느끼는 힘도 잃지 않거든요."

피터가 말했다.

"그래요, 정말이에요. 해가 갈수록 나는 점점 깊이 점점 열정적으로 느끼게 돼요."

샐리가 말했다.

"그게 점점 더해 간답니다."

피터가 말했다.

"곤란한 것도 같지만 반가워해야 옳은 일이겠지요—내 경험으로는 그것이 더해가는 것만 같아요. 인도에 어떤 이가 있는데요. 그 여자 이야길, 샐리, 당신에게 하고 싶어요. 당신이 좀 만나봐주었으면 좋겠어요. 결혼한 여자지요. 애가 둘이고."

"그러면 다같이 맨체스터로 오세요."

샐리의 말이었다.

"가기 전에 꼭 오신다고 약속하셔야 해요."

엘리자베스가 온다고 피터가 말했다.

"저 애는 우리의 절반도 못 느끼지요, 아직은."

샐리는 엘리자베스가 아버지 곁으로 가는 것을 보면서 응답했다.

'그래도 저 부녀가 정이 지극한 것은 알 수 있어.'

엘리자베스가 아버지 곁으로 가는 태도를 보고 샐리는 생각했다. 리처드는 브래드쇼와 이야기하면서 엘리자베스를 보고 있었다. 그리고 저 예쁜 처녀가 누굴까 하고 생각했다. 갑자기 그 처녀가 엘리자베스인 것을 깨달았다. 그런데 알아볼 수가 없었던 것이다. 분홍 옷을 입은 모습이 너무나 아름다워서였다. 엘리자베스는 윌리 티트콤과 이야기하면서 아버지가 자기를 보고 있는 것을 느꼈다. 그래서 그 곁으로 가서 아버지와 같이 파티가 거진 파해서 손님들이 떠나가고 바닥이 어지럽게 흐트러진 방이 점점 텅 비어가는 것을 바라보았다. 엘리 헨더슨도 마지막으로 가려고 하고 있었다. 엘리는 아무도 말을 건넨 사람은 없었으나 이디스에게 말해주려고 하나도 빠짐없이 봐두고 싶었다.

리처드와 엘리자베스는 파티가 끝이 난 것이 기뻤고, 또한 리처드는 딸이 자랑스러웠다. 그런 말을 엘리자베스보고 해주고 싶지는 않았으나 리처드는 하지 않고 견딜 수가 없었다.

"널 보고 있었단다. 그리고 저 예쁜 처녀가 누군가 했어. 그랬더니 내 딸이 아니냐!"

그 말을 듣고 엘리자베스는 기뻤다.

'그렇지만 불쌍하게도 저 개가 짖고 있네.'

"리처드가 퍽 나아졌군요. 당신 말이 옳아요."

샐리가 했다.

"가서 얘기 좀 하고 올게요. 작별 인사를 하러 가는 거예요. 두뇌 같은 것이 문제예요?"

로제터 부인은 일어났다.

"마음씨에 비하면 말이에요."

"나도 가지요."

피터는 말했으나 잠시 그대로 앉아 있었다.

'이 두려움이 무엇일까? 이 환희가 무엇일까?'

혼자 그는 생각했다.

'나를 이상스러운 흥분으로 채우는 이것은 무엇일까?'

그것은 클라리사라고 그는 말했다. 클라리사가 거기 와 서 있었다.

작품 해설

1

버지니아 울프는 1882년 1월 25일 런던의 귀족 주택지 켄징턴에서 태어났다. 문예 비평가이며 철학자였던 부친 레슬리 스티븐은 첫 부인 해리엣(이는 대커리의 딸이었다)이 1875년에 별세한 뒤 줄리아 더크워드라는 아름다운 여자와 1878년에 재혼하여 버네서, 도비, 버지니아, 에드리언 4남매를 두었다.

13세에 어머니를, 22세에 아버지를 사별하여, 예민했던 버지니아의 마음에는 일찍부터 죽음의 그늘이 져 있었다.

버지니아는 학교 교육을 받지는 않았으나 어려서는 부친의 친구 브라우닝, 하디, 러스킨, 아놀드, 페이터, 스티븐슨, 브리지스 등의 문필가 틈에서 독서를 즐겼으며, 자라서는 오빠의 친구들 리튼

스트레치(비평가이며 전기 문학가), 로저 프라이(화가며 비평가), 레너드 울프(정치 비평가), 클라이브 벨(미술 비평가), 던컨 그랜트(화가), J. M. 케인스(경제학자), 데스먼드 매카시(문예 비평가) 등이 만들어내는 문화적인 분위기 속에서 미술, 문학, 인생, 정치, 경제, 그 밖의 여러 가지 문제를 논하고 사상을 연마했다.

후에 블룸즈버리 그룹으로 알려진 이 청년 모임의 새롭고 독창적인 사상과 업적에 대하여 인습적인 사회는 경계를 하면서도 시기와 선망을 금치 못했다.

1912년에 버지니아는 레너드 울프와 결혼했다. 레너드는 좋은 남편인 동시에, 아내가 작가로서 성장할 수 있게 도와주는 다시없는 협조자였다. 버지니아는 작품을 쓸 적마다 남편이 그것을 읽고 평할 때까지는 늘 불안해했다고 한다.

1917년에 울프 부처는 산책 도중에 우연히 인쇄기를 발견하여 사들였다. 이 기계의 운전법을 애써 습득한 그들은 취미 삼아 집 한 구석에서 책을 인쇄하기 시작했다. 울프의 전 작품을 비롯하여 귀한 책들과, 파묻혔던 많은 재능을 세상에 내어준 호가스 출판사는 이렇게 해서 발족했다.

독서와 친구지간의 환담, 창작, 평론의 기고, 강연, 그리고 틈을 타서 살림과 인쇄업을 보는 것이 버지니아의 일과였다. 그러나 언뜻 보기에 평탄했던 울프의 일생은 그의 작품과도 같이 내적 생활에서는 끊임없는 사건의 계속이었다. 다채로운 버지니아의 '마음의 풍경'은 여기에 일일이 적을 길이 없다.

버지니아가 즐겨 읽은 문학가 중에는 셰익스피어, 초서, 오스틴, 셸리, 키츠, 톨스토이, 단테 등이 있다. 울프의 흐르는 듯한 문체만을 볼 때에는 그 뒤에 숨은, 뼈를 에이는 듯한 고충의 흔적을 찾아볼 수가 없으나 역시 그도 착상, 구상의 진통을 작품을 쓸 때마다 겪었다. 그의 작가 일기와 동생의 친구 빅토리아 색빌웨스트와 주고받은 편지에는 그 고투의 자국이 역력히 드러나 있다.

죽음과 삶과 시간과 미의 탐구는 그의 생애의 목적이었다고도 할 수 있다. 2차 대전이 시작되고 폭격이 심해지자 '전쟁은 무엇을 의미하느냐, 그것은 암흑과 노고와 그리고 아마도 죽음'이 아니냐는 의심을 품었다. 그래도 '새로운 생을 다시 살아보겠다'고 마음을 먹었으나 원래 허약했던 몸과 예민한 마음이 전쟁의 위협에 못 이겨 남편 레너드의 짐이 될 것을 두려워한 울프는 별장 가까이 있는 우즈 강에 몸을 던져 59세의 일기를 마쳤다.

1941년 3월 28일 버지니아가 남편에게 남긴 유서에는 "나는 미쳐버리고야 말 것 같습니다. 허망한 말소리들이 들리는 것 같고 창작에 집중할 수가 없습니다. 이겨내려고 싸워도 보았지만 더는 싸울 수도 없습니다. 내 생전의 행복은 모두 당신이 주신 것입니다. 당신은 탓할 데 없이 훌륭한 남편이었습니다. 목숨을 이어가면서 당신의 생을 괴롭힐 수는 없습니다"라고 적혀 있었다.

2

“작가의 마음의 모든 비밀, 생에 대한 모든 체험, 정신의 모든 특성은 작품에 역력히 드러난다”고 한 울프의 말은 그 자신의 작품을 가장 적절하게 설명하고 있다. 그러나 또한 이러한 생의 체험이라든가 정신적인 특성을 객관화하는 것이 작가에게 주어진 과제다. 울프는 생의 경험을 대상화하면서 동시에 자기의 작품 세계에 뛰어들어 호흡한 작가라고 할 수 있다. 울프의 작품은 모두가 일상 생활에서 맛본 기쁨과 슬픔, 그 밖의 감정을 모아 만든 것이다. 그에게는 생활이 곧 창작이요 창작이 곧 생활이었다. 따라서 그의 작품은 자기의 생활 환경이라는 규범 밖으로 벗어나지 못한 것도 사실이나, 살아가는 과정을 토대 삼아 끊임없이 예술지상(藝術至上)의 목적인 미(美)를 탐구한 점, 또 그 탐구한 바를 실험적인 테크닉과 우아한 문체로 완성한 예술이라는 형태로 나타내려고 노력한 점에서 그만큼 순수했던 작가는 찾아보기 힘들 것이다. 죽음과 생이 교차하는 가운데, 시간의 영원한 흐름 속에 떠오른 울프의 미의 세계는 비록 좁다고는 할망정 그 예술적인 생명이 오래 지속될 것이다. 울프가 어려운 작가인 것은 사실이나 한번 그의 문체에 익숙해지면 잊을 수 없는 매력을 느끼게 되며, 우리와 같은 희로애락의 바닷속에서 살아보려고 애쓰던 그의 모습을 발견하고 인간적인 친밀감을 맛보게 된다.

웨스트민스터에 사는 하원의원 부인 클라리사 댈러웨이는 남편

리처드를 위해서 파티를 연다. 준비에 한창 분주할 때 5년 만에 인도에서 돌아온 옛 애인 피터 월시가 갑자기 찾아온다. 클라리사는 딸 엘리자베스를 사이에 두고 독일인 가정 교사 킬먼 양과 미묘한 심리의 갈등을 갖는다. 피터는 클라리사를 만난 후 리젠트 공원으로 가 폭격의 충격으로 정신착란을 일으킨 셉티머스 스미스와 아내 루크레치아를 본다. 밤이 되어 댈러웨이의 집에서는 파티가 열린다. 국무총리, 지인들, 클라리사의 옛 친구 샐리 시튼까지 참석하여 성대한 파티가 진행되는 중에 유명한 정신과 의사 브래드쇼가 와서 셉티머스의 자살 소식을 전한다. 브래드쇼는 자기의 어리석은 직업의식이 자살의 원인이 되었음을 알지 못한다. 그러나 클라리사는 자살한 미지의 청년에 대해서 순간 직감적인 공감을 느끼고 육체적인 고통까지도 체험한다. 피터도 알 수 없는 힘에 이끌려 파티에 오지만 클라리사는 그의 애정에 응하려 하지 않는다.

플롯을 찾아보자면 이런 것이나, 일반적 의미의 플롯은 거의 없고 심리(心理)의 하염없는 움직임과 연쇄적인 변화가 그것을 대신하고 있다. 인물들의 행동은 두어 줄의 설명으로 그치고 사건은 순전히 사람들의 심리라는 거울을 통해서 비쳐진다. 소설의 시초부터 끝까지의 시간은 불과 열두 시간—클라리사가 유월의 어느 수요일, 저녁에 있을 파티에 쓸 꽃을 사러 나갈 때부터 파티가 끝나고 클라리사가 피터의 곁으로 다가갈 때까지다. 그러나 열두 시간이라는 짧은 시간의 테두리 안에 과거와 미래를 포함하는 몇십 년, 아니

몇백 년이라는 시간이 담겨 있다. 다시 말하면 과거는 부어턴에서의 소녀 시절까지 거슬러 올라가 이른 아침 향기로운 공기며 싸늘한 분숫가의 숲까지도 회상케 하고, 미래는 본드 가가 황야로 변하고 사람들이 땅에 묻혀 금니(金齒)만 남긴 채 흙이 되어버릴 때까지 뻗어나간다. 생을 이루는 하나하나의 순간이 영원으로 통한다고 본 울프는 찰나의 의식을 파악하고 표현함으로써 유동하는 인생의 모습을 그려보려고 의도했다.

그렇기 때문에 여기서는 여러 사람들의 의식 작용을 통해서 회상의 형태로 사건이 진행되어간다. 이렇게 해서 이미 지나가버린 때가 회상 속에 되살아 나온다. 처음의 몇십 페이지는 공상의 비약, 인물의 도입, 사건의 급속한 전개로 복잡하다. 그리고 차차 의식, 감각, 기억, 연상, 정서, 충동, 외적 행동이 서로 교차된다. 어렵다고 하면 어려운 소설이기도 하고 단조롭다면 단조롭다고 볼 수도 있을 것이다. 그러나 거기에는 서로 관련이 없어 보이는 등장 인물들의 심리적 움직임을 꿰뚫고 있는 통일성이 있다.

꽃을 사가지고 돌아와 녹색 야회복을 꿰매는 댈러웨이 부인의 뇌리에 오고가는 "두려워 마라" 하는 말은 아침결에 그가 본드 가 어느 책방 진열창에 펼쳐놓은 셰익스피어의 책에서 읽은 시구다. 이것은 글 전체를 통해서 다섯 번이나 되풀이되며 해 질 무렵, 방에서 빛과 그늘의 아롱지는 무늬를 바라보는 셉티머스의 의식에 문득 떠오른다. 이렇듯 그들은 눈에 보이지 않는 실로 서로 연결되어 있다.

《댈러웨이 부인》에서 통일성을 주는 요소는 이뿐이 아니다. 그 하나는 런던의 거리에, 공원에, 백화점에 있는 사람들의 귓전에 울리는 의사당 빅벤의 시계 소리다. "시계가 쳤다. 그 소리는 둔한 원을 그리며 공중에 녹아들었다"— 이 시계 소리를 리처드도 듣고, 클라리사도 듣고, 셉티머스도, 피터도, 엘리자베스도 듣는다. 그리고 각자의 연상은 여기에서부터 방향을 달리해 퍼져간다. 이런 의미에서 시계 소리는 이 작품의 기반을 이룬다고도 볼 수 있다.

또 하나의 통일적인 요소는 시간과 육체의 한계를 넘어서 인격과 인격 사이에 이루어지는 상호 감응이다. 브루턴 부인은 리처드가 다녀간 뒤까지도 가느다란 실이 두 사람을 연결하고 있음을 느끼고 클라리사 또한 자기 자신을 한 번도 보지 못할 미지의 사람들의 일부라고 느끼며, 자살한 청년의 소식을 들었을 때에는 그것을 직접 자기 자신의 재난, 자기 자신의 불행으로 느낀다. 생의 본질은 개개의 순간밖에 있을 수 없고 또한 그것은 내적 세계와 외적 세계를 연결하는 정신적인 작용 안에 존재한다. 그렇기 때문에 각 순간이 이미 완전한 생인 동시에 순간마다가 다른 순간과 다르다는 것이 울프가 체득한 인생의 뜻이라고 하겠다. 이런 점에서《댈러웨이 부인》은 인생의 본질적인 문제를 취급하고 있다고 할 수 있을 것이다.

이와 같이 내부로부터 뒤집어본 울프의 인물은 자연 영적인 성질을 띠고 반투명한 인상을 준다. 종래 작가들이 갖는 성격 묘사의 원리는 하나의 인물에게 일정한 숙명과 일정한 갈등을 부여하고 작품의 주제에 따라 결정된 테두리 안에서 움직이게 한다. 그러나 울프는 다채로운 외적 행동으로 인물을 설명하는 대신에 어떤 성격을 가진 인물의 속에서 밖을 내다보고 설명함으로써 그 인물의 성격을 조성한다. 그렇기 때문에 울프의 표현의 중심이 되는 것은 인물 각자의 내면적인 일상생활이다. 인습적인 성격 묘사의 관념으로 볼 때는 종잡을 수 없이 모호한 수법이라고도 생각이 되겠으나, 보다 더 리얼리티에 가까운 표현 방법임을 부정할 수는 없다.

울프는 또한 인간이 존속하는 한 언제나 관심을 끄는 죽음이라는 문제를 취급하고 있다. 인생, 런던, 유월의 이 순간을 사랑하고 거기서 신비로운 행복감을 찾는 클라리사는 또한 여생이 차차로 줄어감을 의식하고 한순간 한순간을 속속들이 꿰뚫고 살아보고 싶다는 정열을 느낀다. 그것은 다가오는 죽음의 그림자를 의식하기 때문이다. 그러나 죽음을 바라보는 그의 태도는 때로 극히 비인적(非人的)이다. 내가 죽어 없어진 뒤에도 이 세상은 여전히 존속하리라. 그것을 노엽게 여길 것인가, 그렇지 않으면 죽음이 절멸을 의미한다는 것을 깨닫고 오히려 마음의 위안을 삼을 것인가 하고 클라리사는 생각한다. 사람들은 육체가 죽은 후까지도 남의 마음속에 살아갈 수 있다고 그는 믿었다. 어떠한 생이라도 죽음은 반드시 따라다니는 법이다.

죽음을 각오할 때에 비로소 순간마다 생의 의의가 있고, 죽음의 그늘 아래 있는 삶과 인간에 대해서 진정 사랑을 느낄 수 있다. 시간은 삶과 죽음을 통일시킨다. 그리고 시간과 죽음의 뜻을 파악할 때

비로소 미(美)를 찾을 수 있다. 삶은 죽음으로써 끝을 맺지만, 이 둘은 뗄 수 없는 관계가 있어 죽음이 있음으로써 비로소 삶이 있다. 또한 삶은 필연적으로 죽음을 내재한다.

이런 문제를 대하는 울프는 어디까지나 냉정하다. 영적인 세계를 한 발 물러서서 바라보는 그의 문체는 그렇기 때문에 비인적이고 침착하고 개성적이다. 우아하면서 산뜻하고 경쾌한 미, 광선과 같이 투명하고 맑은 감각, 정확한 표현, 움직여가는 감정의 흐름이 아울러 세련되고 깨끗한 뒷맛을 남겨준다.

삶의 자태를 현재의 순간 속에 파악하고 또 그 현재의 순간 속에 온 과거와 미래를 응결시켜서 시간의 흐름과 삶의 흐름을 교류시킨 데에 울프의 묘미가 있다.

옮긴이

버지니아 울프 연보

1882년 런던의 유복한 가정에서 태어났다. 어린 시절 저명한 문예 비평가이자 철학자인 아버지 레슬리 스티븐에게 개인 교육을 받으며 문학을 익혔다.

1895년 어머니 줄리아 스티븐이 사망했다.

1897년 킹스칼리지에서 그리스어와 역사 강의를 청강했다. 이복 언니 스텔라가 사망했다. 어머니를 잃은 슬픔이 더해져 신경 쇠약 증세가 처음 나타났다.

1902년 케임브리지대학교의 트리니티칼리지에 입학했다.

1904년 아버지 레슬리 스티븐이 사망했다. 최초로 자살을 시도했다.

1905년 문학, 미학, 경제, 정치 등을 논하는 모임인 블룸즈버리 그룹이 결성되었다. 구성원은 버지니아 울프, 존 메이너드 케인스, E. M.

포스터 등이었다.

1912년 레너드 울프와 결혼했다.

1915년 첫 소설《출항》을 출간했다. 심리적으로 불안정하던 시절에 쓴 작품으로 추후 발표될 모든 작품의 씨앗이 들어 있다고 평가받는다.

1917년 레너드와 함께 호가스 출판사를 설립했다. 추후 영국에서 발표되는 울프의 모든 작품은 여기서 출간되었다.

1919년 두 번째 소설《밤과 낮》이 출간되었다. 요양 중이라 하루에 한 시간 반만 집필을 허락받은 상태에서 쓴 작품으로, 사랑과 결혼, 행복의 관계를 다뤘다.

1921년 단편집《월요일이나 화요일》이 출간되었다.

1922년 과감한 언어적 실험을 도모한 세 번째 소설《제이콥의 방》을 출간했다. 비타 색빌웨스트를 처음 만났다. 색빌웨스트는《올랜도》의 모델이 된 인물로 두 사람은 울프가 사망할 때까지 연인이자 친구로 가깝게 지냈다.

1925년 《댈러웨이 부인》이 출간되었다.

1927년 아버지의 세계와 어머니의 세계를 상징적으로 대조한《등대로》가 출간되었다.

1928년 한 시인이 수백 년의 시간 동안 성별을 바꾸며 살아가는 이야기를 다룬《올랜도》가 출간되었다.《등대로》로 페미나상을 받았다.

1929년 대학에서 강의한 내용을 기초로 한《자기만의 방》이 출간되었다.

1931년 《파도》가 출간되었다. 울프는 이 작품을 '산문이면서 시, 소설인 동시에 희곡'이라고 평했다.

1937년 1880년대 빅토리아 시대부터 1930년까지의 세월을 포괄하는 이야기를 담은《세월》을 출간했다.

1938년 《3기니》를 출간했다. 파시즘과 전쟁, 제국주의 등을 여성의 입장에서 비판적으로 논한 작품이다.

1941년 마지막 소설이자 사후 출간된《막간》을 탈고했다. 서식스의 우즈강에서 자살로 생을 마감했다.

옮긴이 **나영균**

이화여자대학교 문리대 영문과와 동 대학원을 졸업했으며, 이화여자대학교 영문학과 교수를 지냈다. 번역서로 셰익스피어의 《헨리 5세》, 《뜻대로 하세요》, 제임스 조이스의 《더블린 사람들》, 조셉 콘래드의 《어둠의 속》 등이 있다.

댈러웨이 부인

1판 1쇄 발행 1972년 10월 30일
4판 1쇄 발행 2025년 2월 20일

지은이 버지니아 울프 | **옮긴이** 나영균
펴낸곳 (주)문예출판사 | **펴낸이** 전준배
출판등록 2004. 02. 11. 제 2013-000357호 (1966. 12. 2. 제 1-134호)
주소 04001 서울특별시 마포구 월드컵북로 21
전화 02-393-5681 | **팩스** 02-393-5685
홈페이지 www.moonye.com | **블로그** blog.naver.com/imoonye
페이스북 www.facebook.com/moonyepublishing | **이메일** info@moonye.com

ISBN 978-89-310-2450-0 04800
ISBN 978-89-310-2365-7 (세트)

■ 문예세계문학선

★ 서울대, 연세대, 고려대 필독 권장 도서 ▲ 미국대학위원회 추천 도서
● 《타임》 선정 현대 100대 영문 소설 ▽ 《뉴스위크》 선정 세계 100대 명저

1 **젊은 베르테르의 슬픔** 괴테 / 송영택 옮김
▲▽ 2 **멋진 신세계** 올더스 헉슬리 / 이덕형 옮김
▲●▽ 3 **호밀밭의 파수꾼** J. D. 샐린저 / 이덕형 옮김
4 **데미안** 헤르만 헤세 / 구기성 옮김
5 **생의 한가운데** 루이제 린저 / 전혜린 옮김
6 **대지** 펄 S. 벅 / 안정효 옮김
●▽ 7 **1984** 조지 오웰 / 김승욱 옮김
▲●▽ 8 **위대한 개츠비** F. 스콧 피츠제럴드 / 송무 옮김
▲●▽ 9 **파리대왕** 윌리엄 골딩 / 이덕형 옮김
10 **삼십세** 잉게보르크 바흐만 / 차경아 옮김
★▲ 11 **오이디푸스왕 · 안티고네** 소포클레스 · 아이스킬로스 / 천병희 옮김
★▲ 12 **주홍글씨** 너새니얼 호손 / 조승국 옮김
▲●▽ 13 **동물농장** 조지 오웰 / 김승욱 옮김
★ 14 **마음** 나쓰메 소세키 / 오유리 옮김
★ 15 **아Q정전 · 광인일기** 루쉰 / 정석원 옮김
16 **개선문** 레마르크 / 송영택 옮김
★ 17 **구토** 장 폴 사르트르 / 방곤 옮김
18 **노인과 바다** 어니스트 헤밍웨이 / 이경식 옮김
19 **좁은 문** 앙드레 지드 / 오현우 옮김
★▲ 20 **변신 · 시골 의사** 프란츠 카프카 / 이덕형 옮김
★▲ 21 **이방인** 알베르 카뮈 / 이휘영 옮김
22 **지하생활자의 수기** 도스토옙스키 / 이동현 옮김
★ 23 **설국** 가와바타 야스나리 / 장경룡 옮김
★▲ 24 **이반 데니소비치의 하루** A. 솔제니친 / 이동현 옮김
25 **더블린 사람들** 제임스 조이스 / 김병철 옮김
★ 26 **여자의 일생** 기 드 모파상 / 신인영 옮김
27 **달과 6펜스** 서머싯 몸 / 안흥규 옮김
28 **지옥** 앙리 바르뷔스 / 오현우 옮김
★▲ 29 **젊은 예술가의 초상** 제임스 조이스 / 여석기 옮김
▲ 30 **검은 고양이** 애드거 앨런 포 / 김기철 옮김
★ 31 **도련님** 나쓰메 소세키 / 오유리 옮김
32 **우리 시대의 아이** 외된 폰 호르바트 / 조경수 옮김
33 **잃어버린 지평선** 제임스 힐턴 / 이경식 옮김
34 **지상의 양식** 앙드레 지드 / 김붕구 옮김
35 **체호프 단편선** 안톤 체호프 / 김학수 옮김
36 **인간 실격** 다자이 오사무 / 오유리 옮김
37 **위기의 여자** 시몬 드 보부아르 / 손장순 옮김
●▽ 38 **댈러웨이 부인** 버지니아 울프 / 나영균 옮김
39 **인간희극** 윌리엄 사로얀 / 안정효 옮김
40 **오 헨리 단편선** O. 헨리 / 이성호 옮김
★ 41 **말테의 수기** R. M. 릴케 / 박환덕 옮김
42 **파비안** 에리히 케스트너 / 전혜린 옮김
★▲▽ 43 **햄릿** 윌리엄 셰익스피어 / 여석기 옮김
44 **바라바** 페르 라게르크비스트 / 한영환 옮김
45 **토니오 크뢰거** 토마스 만 / 강두식 옮김
46 **첫사랑** 이반 투르게네프 / 김학수 옮김
47 **제3의 사나이** 그레이엄 그린 / 안흥규 옮김
★▲▽ 48 **어둠의 속** 조셉 콘래드 / 이덕형 옮김
49 **싯다르타** 헤르만 헤세 / 차경아 옮김
50 **모파상 단편선** 기 드 모파상 / 김동현 · 김사행 옮김
51 **찰스 램 수필선** 찰스 램 / 김기철 옮김
★▲▽ 52 **보바리 부인** 귀스타브 플로베르 / 민희식 옮김
53 **페터 카멘친트** 헤르만 헤세 / 박종서 옮김
★ 54 **몽테뉴 수상록** 몽테뉴 / 손우성 옮김
55 **알퐁스 도데 단편선** 알퐁스 도데 / 김사행 옮김
56 **베이컨 수필집** 프랜시스 베이컨 / 김길중 옮김
★▲ 57 **인형의 집** 헨리크 입센 / 안동민 옮김
★ 58 **소송** 프란츠 카프카 / 김현성 옮김
★▲ 59 **테스** 토마스 하디 / 이종구 옮김
★▽ 60 **리어왕** 윌리엄 셰익스피어 / 이종구 옮김
61 **라쇼몽** 아쿠타가와 류노스케 / 김영식 옮김
▲▽ 62 **프랑켄슈타인** 메리 셸리 / 임종기 옮김
▲●▽ 63 **등대로** 버지니아 울프 / 이숙자 옮김
64 **명상록** 마르쿠스 아우렐리우스 / 이덕형 옮김
65 **가든 파티** 캐서린 맨스필드 / 이덕형 옮김
66 **투명인간** H. G. 웰스 / 임종기 옮김
67 **게르트루트** 헤르만 헤세 / 송영택 옮김
68 **피가로의 결혼** 보마르셰 / 민희식 옮김

(뒷면 계속)

★ 69 **팡세** 블레즈 파스칼 / 하동훈 옮김
70 **한국 단편 소설선** 김동인 외
71 **지킬 박사와 하이드** 로버트 L. 스티븐슨 / 김세미 옮김
▲ 72 **밤으로의 긴 여로** 유진 오닐 / 박윤정 옮김
★▲▽ 73 **허클베리 핀의 모험** 마크 트웨인 / 이덕형 옮김
74 **이선 프롬** 이디스 워튼 / 손영미 옮김
75 **크리스마스 캐럴** 찰스 디킨슨 / 김세미 옮김
★▲ 76 **파우스트** 요한 볼프강 폰 괴테 / 정경석 옮김
▲ 77 **야성의 부름** 잭 런던 / 임종기 옮김
★▲ 78 **고도를 기다리며** 사뮈엘 베케트 / 홍복유 옮김
★▲▽ 79 **걸리버 여행기** 조너선 스위프트 / 박용수 옮김
80 **톰 소여의 모험** 마크 트웨인 / 이덕형 옮김
★▲▽ 81 **오만과 편견** 제인 오스틴 / 박용수 옮김
★▽ 82 **오셀로 · 템페스트** 윌리엄 셰익스피어 / 오화섭 옮김
★ 83 **맥베스** 윌리엄 셰익스피어 / 이종구 옮김
▽ 84 **순수의 시대** 이디스 워튼 / 이미선 옮김
★ 85 **차라투스트라는 이렇게 말했다** 니체 / 황문수 옮김
★ 86 **그리스 로마 신화** 에디스 해밀턴 / 장왕록 옮김
87 **모로 박사의 섬** H. G. 웰스 / 한동훈 옮김
88 **유토피아** 토머스 모어 / 김남우 옮김
★▲ 89 **로빈슨 크루소** 대니얼 디포 / 이덕형 옮김
90 **자기만의 방** 버지니아 울프 / 정윤조 옮김
▲ 91 **월든** 헨리 D. 소로 / 이덕형 옮김
92 **나는 고양이로소이다** 나쓰메 소세키 / 김영식 옮김
★ 93 **폭풍의 언덕** 에밀리 브론테 / 이덕형 옮김
★▲ 94 **스완네 쪽으로** 마르셀 프루스트 / 김인환 옮김
★ 95 **이솝 우화** 이솝 / 이덕형 옮김
★ 96 **페스트** 알베르 카뮈 / 이휘영 옮김
▲ 97 **도리언 그레이의 초상** 오스카 와일드 / 임종기 옮김
98 **기러기** 모리 오가이 / 김영식 옮김
★▲ 99 **제인 에어 1** 샬럿 브론테 / 이덕형 옮김
★▲100 **제인 에어 2** 샬럿 브론테 / 이덕형 옮김
101 **방황** 루쉰 / 정석원 옮김
102 **타임머신** H. G. 웰스 / 임종기 옮김
●103 **보이지 않는 인간 1** 랠프 엘리슨 / 송무 옮김
●104 **보이지 않는 인간 2** 랠프 엘리슨 / 송무 옮김
▲105 **훌륭한 군인** 포드 매덕스 포드 / 손영미 옮김
106 **수레바퀴 아래서** 헤르만 헤세 / 송영택 옮김
▲107 **죄와 벌 1** 표도르 도스토옙스키 / 김학수 옮김
▲108 **죄와 벌 2** 표도르 도스토옙스키 / 김학수 옮김
109 **밤의 노예** 미셸 오스트 / 이재형 옮김
110 **바다여 바다여 1** 아이리스 머독 / 안정효 옮김
111 **바다여 바다여 2** 아이리스 머독 / 안정효 옮김
112 **부활 1** 레프 톨스토이 / 김학수 옮김
113 **부활 2** 레프 톨스토이 / 김학수 옮김
▲●114 **그들의 눈은 신을 보고 있었다**
조라 닐 허스턴 / 이미선 옮김
115 **약속** 프리드리히 뒤렌마트 / 차경아 옮김
116 **제니의 초상** 로버트 네이선 / 이덕희 옮김
117 **트로일러스와 크리세이드**
제프리 초서 / 김영남 옮김
118 **사람은 무엇으로 사는가**
레프 톨스토이 / 이순영 옮김
119 **전락** 알베르 카뮈 / 이휘영 옮김
120 **독일인의 사랑** 막스 뮐러 / 차경아 옮김
121 **릴케 단편선** R. M. 릴케 / 송영택 옮김
122 **이반 일리치의 죽음** 레프 톨스토이 / 이순영 옮김
123 **판사와 형리** F. 뒤렌마트 / 차경아 옮김
124 **보트 위의 세 남자** 제롬 K. 제롬 / 김이선 옮김
125 **자전거를 탄 세 남자** 제롬 K. 제롬 / 김이선 옮김
126 **사랑하는 하느님 이야기** R. M. 릴케 / 송영택 옮김
127 **그리스인 조르바** 니코스 카잔차키스 / 이재형 옮김
128 **여자 없는 남자들** 어니스트 헤밍웨이 / 이종인 옮김
129 **사양** 다자이 오사무 / 오유리 옮김
130 **슌킨 이야기** 다니자키 준이치로 / 김영식 옮김
131 **실종자** 프란츠 카프카 / 송경은 옮김
132 **시지프 신화** 알베르 카뮈 / 이가림 옮김
133 **장미의 기적** 장 주네 / 박형섭 옮김
134 **진주** 존 스타인벡 / 김승욱 옮김
135 **황야의 이리** 헤르만 헤세 / 장혜경 옮김